KB123397

香/山/三/體/法

백거이

강순애 저

『향산삼체법』의 판본과
내용에 관한 연구

보고사

머리말

『향산삼체법(香山三體法)』은 안평대군 이용이 백거이(白居易) 시 3,000여 수 중에서 150제(題) 185수(首)를 뽑아 선집하여 오언사율(五言四律), 칠언사율(七言四律), 칠언절구(七言絶句)의 삼체(三體)로 구성되어 있다. 이 시 중 제1수부터 제72수(제1제~제41제)까지는 오언율시, 제73수부터 제134수(제42제~제103제)까지는 칠언율시, 제135수부터 제185수(제104제~제146제)까지는 칠언절구이다.

이 책은 국내에서 유통된 판본이 발굴되지 않아 연구가 거의 이루어지지 않았다. 고(故) 심우준(沈喁俊) 교수의 『香山三體法 研究』가 1997년 일지사에서 출간되었다. 이 책에는 일본 봉좌문고(蓬左文庫)에 소장되어 있던 명종 20년(1565)경 『향산삼체법』 번각본이 소개되었다. 당시로서는 이보다 앞선 간행본이 소개된 적이 없어서 학계에 중요한 정보원이 되었다.

필자는 2009년에 중종 10년(1515)경에 간행된 『향산삼체법』 초주갑인자혼입보자본을 처음 만났다. 처음 만나는 순간에 책이 지닌 자료의 가치를 알 수 있었다. 2010년 4월에 중종 10년(1515)경에 초주갑인자혼입보자본으로 간행된 국내외의 유일본이며 초주갑인자보주설을 뒷받침할 수 있는 자료임을 입증하였다. 일본 봉좌문고에는 명종 20년(1565)경에 간행한 목판본이 남아 있는데, 봉좌문고본과 중종 10년본인 초주갑인자혼입보자본과의 비교를 통하여 봉좌문고본이 중종 10년본을 저본으로 번각한 목판본임을 밝혔다.

그러다가 우연히 2008년에 주금성(朱金城)이 전주(箋注)한 『백거이집전교(白居易集箋校)』 1~5가 상해고적출판사(上海古籍出版社)에서 출간된 것을 알게 되었다. 이 책은 주금성이 중국에서 유통된 『백거이문집(白居易文集)』의 판본들 중에 명(明) 만력(萬曆) 34년(1606)에 마원조(馬元調) 간행의 『백거이장경집(白居易長慶集)』을 기본 텍스트로 하고 다른 간행본들과 비교하여 전주(箋注)한 것이다. 『향산삼체법』의 텍스트가 백거이의 저술이고 중국에서 먼저 간행되어 오랫동안 유통되었던 것임을 감안한다면 『백거이집전교』를 참고하여 국내에서 간행된 각 판본 간에 나타나는 텍스트의 차이를 꼼꼼하게 연구하고 정리할 필요가 있음을 알게 되었다.

그 작업은 오언율시에 관한 텍스트 연구, 칠언율시의 저술, 내용 및 텍스트 비교에 관한 연구 및 『향산삼체법』 칠언절구의 구성, 내용 및 텍스트 비교에 관한 연구로 이어지면서 초주갑인자혼입보자본 『향산삼체법』과 『백거이집전교』의 텍스트 및 교감 내용을 비교 분석하여 텍스트의 올바른 이해를 위한 여러 요소들을 추출하게 되었다.

이것으로 마무리인가 싶었는데 2014년 가을, 호림박물관에 초주갑인자본 『향산삼체법』이 소장되어 있음을 알게 되었다. 초주갑인자혼입보자본의 저본이 된 세종 27년(1445) 간행의 판본이라 마음이 설레었다. 호림박물관 소장의 원본을 실사하고 사진을 건네받아 확인해 보니 완본은 아니었지만 초주갑인자본임은 분명했다. 2015년 6월에 호림박물관이 소장하고 있는 세종 27년(1445) 간행의 초주갑인자본 『향산삼체법』에 대한 연구를 진행하였다. 이와 같이 새로운 자료의 발굴과 연구로 인해 『향산삼체법』과 관련된 기존의 이설들을 정리하고, 판본의 계통을 정리하고 텍스트의 상세한 연구에도 새로운 지평을 열게 되었다.

필자는 2010년도부터 2015년까지 『서지학연구』에 발표했던 원고들을 정리하여 보완하였고, 『향산삼체법』 원문의 주석을 마쳤다. 끝에는 초주갑인자혼입보자본의 원본을 도판으로 실어서 필요한 이들에게 참고가 되도록 하였다.

원고를 정리해 나가던 올 여름은 매우 더웠다. 메르스의 역풍도 여간 만만하지 않았다. 스승이 병원에 입원하셔서 힘든 시간을 견디고 계신 지 1년이 훌쩍 넘었다. 메르스의 역풍으로 인해 병원에서 환자들을 격리하여 뵙지 못한 지 몇 달 되었다. 스승께서 고통과 외로움의 시간들을 어떻게 견디고 계실지 생각하면 가슴이 너무 아픈데 글을 써 나가면서 그럭저럭 견뎌내었다. 그리고 한 가닥 실오라기라도 잡는 심정으로 쾌유를 간절히 기도하였다. 얼마 전에 스승을 뵈었는데 거의 알

아보지 못했다. 이 책이 출판되는 날 조금이라도 쾌차해서 뵐 수 있기를 진심으로 바란다. 보실 수만 있다면, 투병에 지친 모습으로도 얼마나 기뻐하실지 생각하면 가슴이 에인다. 이 글은 부족하지만 존경하는 나의 스승님 천혜봉 박사님께 바친다. 끝으로 이 책을 출판하는 과정에서 도움을 주신 사랑하는 가족들, 보고사의 김흥국 사장님과 편집부 직원들, 교정에 도움을 준 제자 곽동화 선생에게도 진심으로 감사의 인사를 전한다.

2015년 11월
한성대학교에서 지은이

목차

일러두기

1. 백거이 『향산삼체법』에 관한 연구 결과를 종합하고, 특히 6장은 초주갑인자혼입보자본의 『향산삼체법』 한문 원문을 싣고 토와 주석을 달았다. 뒤에는 영인 도판을 실어서 이용자의 편리를 도모하도록 하였다.

2. 『향산삼체법』 원문의 띄어쓰기는 초주갑인자혼입보자본의 『향산삼체법』 원문 내용에 의거하여 맞추었다.

3. 『향산삼체법』은 권수부터 권말까지 총 42장이다. 총 42장 중 38장 전·후면이 결장이다.

4. 원문의 영인 부분에는 장차(張次)를 부여하고, 장차의 매김에 있어서 1장 전면은 1장 a, 1장 후면은 1장 b의 형식으로 하였다.

5. 『향산삼체법』 원문의 영인을 PDF파일로 촬영하였으며, 실물 크기의 80%로 축소하였다.

백거이『향산삼체법』의
판본과 내용에 관한 연구

1
서론

『향산삼체법(香山三體法)』은 안평대군(安平大君, 1418~1453) 이용(李瑢)이 백거이의
시 오언율시·칠언율시·칠언절구 가운데 185수를 뽑아 세종 27년(1445)경에 편찬하
여 간행한 단권본이다. 안평대군이 백거이의 시를 왜 선집하였는지는 『향산삼체법』
뒤에 붙인 그의 발문(跋文)에 잘 나타난다. 발문에 의하면,[1] "백거이의 시는 자못 소
회를 푸는 맛이 있어 달도(達道)한 사람들이 많이 사랑한다. 옛사람 중에 그 시를 편
집한 이가 혹은 양괄(養恬)[2]이라 하고 혹은 조도(助道)라 했다. [일부 중략] 이 책을
출판하여 이름을 『향산삼체법』이라 하고 달도한 자들과 더불어 읽으려 한다."라고
한 데서 알 수 있다.

『향산삼체법』은 국내에서 판본이 발굴되지 않아 연구가 거의 이루어지 않았다. 고
(故) 심우준(沈嶋俊) 교수에 의해 일본 봉좌문고(蓬左文庫)에 소장되어 있던 명종 20년
(1565)경 번각본이 소개되었고, 이에 대한 연구가 단행본(一志社, 1997)으로 출간되었
다. 이 단행본에 실려 있는 내용과 도판은 조선조 유통본으로는 처음 소개되는 것이
어서 학계에 관심의 대상이 되었다.

---

1) 白居易 著, 李瑢 編, 『香山三體法』 世宗 27年(1445) 跋文. "白樂天之詩 頗有遺懷之作 故達道之人率多愛
之 古人選錄其詩者 或名曰養恬 或名曰助道 … 今以三體類而出之 名曰香山三體法 庶幾與達道者共之云
乙丑六月匪懈堂書"

2) 『莊子』 外篇 第16 繕性. "古之治道者 以恬養知 知生而無以知爲也 謂之以知養恬 [옛날 도를 다스리던
사람들은 욕심을 끊고 깨끗하고 편안하게 있음으로서 지혜를 길렀다. 나면서부터 지혜로서 행동하는
일이 없었으니, 그를 두고서 지혜로서 욕심이 없이 깨끗하고 담담함을 기르는 것이라 말한다]"

필자는 2010년 4월에 중종 10년(1515)경 초주갑인자혼입보자본으로 간행한 국내외의 유일본인『향산삼체법』을 발굴하여 초주갑인자보주설을 뒷받침할 수 있는 자료임을 입증하였고, 일본 봉좌문고 소장의 명종 20년(1565)경 번각본은 중종 10년(1515)경의 초주갑인자혼입보자본을 번각한 것으로 밝혔다.[3] 또한 초주갑인자본『향산삼체법』과『백거이집전교』의 텍스트 및 교감 내용을 비교 분석하여 텍스트의 올바른 이해를 위한 여러 요소들을 추출했는데, 그 결과물로는 오언율시에 관한 텍스트 연구,[4] 칠언율시의 저술, 내용 및 텍스트 비교에 관한 연구[5] 및『향산삼체법』 칠언절구의 구성, 내용 및 텍스트 비교에 관한 연구[6]가 발표되었다. 2015년에는 호림박물관이 소장하고 있는 세종 27년(1445) 간행의 초주갑인자본『향산삼체법』에 대한 연구를 진행하였다. 이와 같이 새로운 자료의 발굴과 연구로 인해『향산삼체법』과 관련된 기존의 이설(異說)들을 정리하고, 텍스트의 상세한 연구에도 새로운 지평을 열게 되었다.

필자는 2010년도부터 2015년까지『서지학연구(書誌學研究)』제45집, 제54집, 제55집, 제57집, 제62집에 발표했던 원고를 보완하였고, 이어『향산삼체법』 초주갑인자혼입보자본 원문을 신고 주석을 하였다. 뒤에는 초주갑인자혼입보자본의 원본을 도판으로 실어서 단행본으로 엮어내게 되었다.

본 연구는 백거이의 삶과 문학 및 안평대군 이용의 선집,『향산삼체법』의 간행 판본,『향산삼체법』의 구성, 내용 및 텍스트 비교,『향산삼체법』의 원문과 주석의 순으로 진행하고자 한다.

이 연구의 결과는 서지학 분야, 한문학 및 중국문학 분야에 가장 기본적인 연구성과로 활용될 것이다.

---

3) 강순애,「초주갑인자혼입보자본『香山三體法』에 관한 서지적 연구」,『書誌學研究』第45輯(2010), 5~32쪽.
4) 강순애,「『향산삼체법(香山三體法)』의 오언율시 텍스트에 대한 서지적 연구」,『書誌學研究』第54輯(2013), 43~74쪽.
5) 강순애,「『향산삼체법(香山三體法)』 칠언율시의 저술, 내용 및 텍스트 비교에 관한 연구」,『書誌學研究』第55輯(2013), 65~107쪽.
6) 강순애,「『향산삼체법(香山三體法)』 칠언절구의 구성, 내용 및 텍스트 비교에 관한 연구」,『書誌學研究』第57輯(2014), 51~82쪽.

2
백거이의 삶과 문학 및 안평대군 이용의 선집

『향산삼체법』은 안평대군 이용(李瑢)이 백거이의 삶과 문학이 모두 들어 있는『백씨문집(白氏文集)』내의 시 3,000여 수 중에서 150제(題) 185수(首)를 뽑아 선집한 것이다. 향산(香山)은 백거이의 호이며, 삼체(三體)는 오언사율(五言四律), 칠언사율(七言四律), 칠언절구(七言絕句)를 말한다. 여기서는 백거이의 삶과 문학 및 안평대군 이용의 선집에 대해 살펴보고자 한다.

2.1. 서론

『향산삼체법』은 백거이 저작의 일부이지만 동시에 안평대군 이용이 의도를 가지고 선집한 편집본이기도 하다. 이용은 시의 선집을 모두 백거이의 문집 전반에서 하였기 때문에 백거이의 삶과 문학을 대표할 수 있는 글들이라 생각한다. 이 편집본은 백거이의 거질 문집에 비해 누구든지 쉽게 참고할 수 있는 책이어서 유학자들 사이에서 많은 사랑을 받았을 것으로 추정된다.

백거이의 삶과 문학에 대해서 그가 살았던 당시대의 삶은 어떠했고 어떠한 벼슬을 했으며 교류한 사람들은 어떤 사람들이며 시의 성격과 작품의 특징은 무엇인지 어떤 작품집이 남아 있는 지를 살펴보고자 한다.

안평대군 이용은 백거이 시 3,000여 수 중에서 150제(題) 185수(首)를 선집하였는데, 오언율시 72수, 칠언율시 62수, 칠언절구 51수이다. 이들 선집은 주금성(朱金城)

의 『백기이집전교(白居易集箋校)』를 참고하여 『백거이문집』에 수록된 권차와 각 시에 사용된 시운(詩韻)을 밝혀서 『향산삼체법』이 지니는 자료적 특징을 살펴보고자 한다.

2.2. 백거이의 삶과 문학

백거이(白居易, 772~846)는 하남성(河南省) 신정현(新鄭縣) 사람으로 자(字)는 낙천(樂天), 호(號)는 향산거사(香山居士) 또는 취음선생(醉吟先生)이라고도 하였다. 시호는 문(文)이며 중국 중당시대(中唐時代, 766~826)의 시인이다. 정원(貞元) 16년(800) 29세 때 최연소로 진사에 급제하였고, 이어 서판발췌과(書判拔萃科), 재식겸무명어체용과(才識兼茂明於體用科)에 연속 합격하여 한림학사(翰林學士), 좌습유(左拾遺) 등의 관직에 발탁되었다. 원화(元和) 10년(815) 재상 무원형(武元衡)의 암살사건에 관하여 직언을 하다가 조정의 분노를 사 강주사마(江州司馬)로 좌천되었다. 원화 15년(820) 목종(穆宗)이 즉위하자 낭중(郎中)이 되어 중앙으로 복직했고, 장경(長慶) 2년(822) 이후 항주자사(杭州刺史), 소주자사(蘇州刺史)를 거쳐 회창(會昌) 2년(842) 형부상서(刑部尙書)를 끝으로 관직에서 은퇴하였다.[7]

백거이는 중국문학사에서 당 시기에 배출된 많은 시인들 중 이백(李白)과 두보(杜甫) 이후 가장 걸출한 시인 중의 한 명으로 꼽힌다. 백거이는 장안에서 벼슬을 하거나 임지(任地)에 나가거나 많은 친구들과 시를 주고받았는데, 이들이 모두 당시에 저명한 시인, 문학가, 정치가로 예를 들면, 한유(韓愈), 장적(張籍), 왕건(王建), 양거원(楊巨源), 서응(徐凝), 이신(李紳), 우승유(牛僧孺), 두원영(杜元穎), 전휘(錢徽), 엄휴부(嚴休復), 배도(裴度), 위처후(韋處厚), 최군(崔群), 양우경(楊虞卿), 영호초(令狐楚), 가속(賈餗), 서원여(舒元輿), 곽행여(郭行餘), 이건(李建), 원종간(元宗簡), 최현량(崔玄亮), 이종민(李宗閔), 이량(李諒), 심전사(沈傳師) 등이다. 그는 우승유와 이덕유(李德裕)의 양당

---

7) 강순애, 「『白氏文集』 해제」, 연세대학교 국학연구원 편, 『연세대중앙도서관소장 고서해제』 11(평민사, 2008), 427쪽.

의 인물과도 가까웠으며 우승유 쪽 사람들과 더 가까웠다. 전기(傳奇) 작가인 진홍(陳鴻), 유우석(劉禹錫), 원진(元積)은 평생의 막역한 친구였다.[8]

　백거이가 살았던 중당시대는 안사(安史)의 난을 겪은 후로 당왕조의 국운이 기울어가던 시대였다. 백거이는 이 시대의 지식인으로서 정치적 이상을 실현하고자 정치에 참여하였고 평생 동안 관직을 지낸 문인이었다. 그는 정치가나 사상가라기보다는 문학적 감성을 지닌 시인이었으며 스스로 '시마(詩魔)'라고 할 정도로 시작(詩作)에 몰두하였다. 그는 전 생애를 두고 본다면 풍유시인(諷諭詩人)이라기보다는 한적시인(閑適詩人), 감상시인(感傷詩人)에 가까웠다.[9]

　그의 작품에는 고체시(古體詩), 금체시(今體詩), 악부(樂府), 가행(歌行), 부(賦) 등의 시가(詩歌) 및 지명(誌銘), 제문(祭文), 찬(贊), 기(記) 등에 이르는 모든 문학형식을 망라했다. 백거이는 문학으로써 정치이념을 표현하고 독자의 감정에 호소하여 실제 행동에 옮기도록 하는 것을 작품 활동의 목적으로 삼았다. 그러나 원화 10년(815) 강주사마로의 좌천과 목종의 죽음은 그에게 큰 좌절을 안겨주었으며, 이를 계기로 정치 문학으로부터 탈피하여 인생의 문학을 추구하게 되었다. 장경 4년(824) 목종이 죽은 지 얼마 되지 않아 친구 원진(元積)에 의해 『백씨장경집(白氏長慶集)』50권이 편찬되었다. 당시 백거이의 나이는 53세였으며 '장경(長慶)'은 목종의 죽음과 동시에 새로이 바뀐 연호였다. 따라서 『백씨장경집』은 죽은 천자의 후한 대접을 그리워함과 동시에 자신의 인생에서 새로운 전환점을 기념하는 것이었다. 그로부터 10년 후인 태화(太和) 9년(835)에 백거이가 그의 문집을 여산(廬山) 동림사(東林寺)에 보낸 것은 60권본, 개성(開成) 원년(836)에 동도(東都) 승선사(勝善寺)에 보낸 것은 65권본, 개성 4년(839) 소주(蘇州) 선림사(禪林寺)로 보낸 것은 67권본이었다. 그때그때 모은 문집의 분량이 달랐던 것인지는 알 수 없으나 각각의 권수가 다르다. 여하튼 그의 문집은 원진에 의해 편찬된 50권 이외에 후집(後集) 20권이 정리되었고, 이어서 회창(會昌) 5년(845)에 5권의 속후집(續後集)이 편찬됨으로써 합계 75권의 대집(大集)이 완

---

8) 白居易 著, 朱金城 箋注, 『白居易集箋校』三(上海古籍出版社, 2008), 4~5쪽.
9) 김경동 편저, 『백거이시선』(도서출판미디어, 2001), 8쪽.

성되었다. 회창 6년(846) 8월, 75세의 나이로 낙양(洛陽) 이도리(履道里)에서 생애를 마감했다.[10]

백거이가 지은 작품 수는 회창 5년(845) 5월 자신의 마지막 문집 편찬이었던 『백씨문집(白氏文集)』을 완성하고 지은 「白氏長慶集後序」에 의하면, 3,840편이다. 다만 백거이가 회창 6년(846)에 세상을 떠났으니 회창 5년(845) 5월 이후의 작품이 편입되지 않았으므로 평생의 총 편수라고 하기 어렵다.[11]

백거이는 모두 여덟 차례에 걸쳐서 자신의 시를 편집하였다.[12] 그중에서 2차 편집이 이루어졌던 장경 4년까지만 풍유시(諷諭詩)·한적시(閒寂詩)·감상시(感傷詩)·잡율시(雜律詩)의 4분류법을 적용했고, 이후로는 격시(格詩)와 율시(律詩)의 2분류법을 적용했다. 백거이는 모두 75권의 시문집을 남겼는데, 이 가운데 71권이 남아 있다.

2.3. 안평대군 이용의 선집

『향산삼체법』 끝에 세종(世宗) 27년(1445)에 안평대군이 붙인 발문(跋文)[13]이 있는데, 이 내용을 참조하면, "안평대군이 백낙천의 시집 원본을 구했지만 너무 방대하고 번다하므로 찾아 읽기가 어려웠다. 그의 시 중에서 선집하여 삼체로 분류하여 간행하면서 이름을 『향산삼체법』이라 한다."고 하였다.

안평대군 이용[14]은 백거이 시 3,000여 수 중에서 150제(題) 185수(首)를 뽑아 선집

---

10) 〈http://enc.daum.net/dic100/contents.do?query1=b09b0650a〉 [cited 2008. 11. 26]. 김경동 편저, 『白居易詩選』(문이재, 2002), 97~106쪽.

11) 金卿東, 「白居易詩文研究」, 『중국문학연구』 21(2000), 79쪽.

12) 정진걸, 「白居易詩研究」, 『東亞文化』 제44집(2006. 12), 108쪽.

13) 白居易 著, 李瑢 編, 『香山三體法』 世宗 27年(1445) 跋文. "白樂天之詩 … 余幸得元本 浩穰繁亂 難於搜閱 今以三體類而出之 名曰香山三體法 … 乙丑六月匪懈堂書"

14) 〈http://culturedic.daum.net/dictionary_content.asp?Dictionary_Id=10009721&mode=title&query=%BE%C8%C6%F2%_B4%EB%B1%BA+%C0%CC%BF%EB〉 [cited 2015. 4. 20].
조선 초기 왕족 서예가. 자는 청지, 호는 匪懈堂, 琅玕居士, 梅竹軒. 이름은 瑢. 세종의 셋째 아들. 세종 10년(1428) 안평대군에 봉해졌고, 문종 때 조정의 배후 실력자로 등장하여, 둘째 형 수양대군의 세력과

하여 『향산삼체법』이라 하였는데 향산(香山)은 백거이의 호이며, 삼체(三體)는 오언사율(五言四律), 칠언사율(七言四律), 칠언절구(七言絶句)를 말한다. 이 시 중 제1수부터 제72수(제1제~제41제)까지는 오언율시, 제73수부터 제134수(제42제~제103제)까지는 칠언율시, 제135수부터 제185수(제104제~제146제)까지는 칠언절구로 되어 있다.[15] 이들 선집은 주금성(朱金城)의 『백거이집전교(白居易集箋校)』를 참고하여 『백거이문집』에 수록된 권차를 찾아내고자 한다.

　1) 『향산삼체법』에 수록된 백거이의 오언율시는 제1수부터 제72수(제1제~제41제)까지이다. 오언율시의 구성 체계와 선집에 대해 〈표 1〉로 작성하면 다음과 같다.

〈표 1〉 『향산삼체법』의 五言律詩 제1首~제72首(제1題~제41題)

구분	시의 제목	시의 제목(운자), 『백거이집전교』 수록 권수
제1수(1장 전면)	對琴待月	對琴待月(支), 권26(1790쪽)
제2수(1장 전면)	賦得高原草送別	賦得高原草送別(庚), 권13(768쪽)
제3수(1장 후면)	春送盧秀才下第遊太原謁嚴尚書	春送盧秀才下第遊太原謁嚴尚書(侵), 권13(751쪽)
제4수(1장 후면)	送文暢上人東遊	送文暢上人東遊(東), 권13(754쪽)
제5수(1장 후면~2장 전면)	社日關路作	社日關路作(先), 권13(755쪽)
제6수(2장 전면)	旅次景空寺宿幽上人院	旅次景空寺宿幽上人院(刪), 권13(771쪽)
제7수(2장 전면~2장 후면)	除夜寄弟妹	除夜寄弟妹(庚), 권13(775쪽)
제8수(2장 후면)	客中守歲	客中守歲(眞), 권13(787쪽)
제9수(2장 후면~3장 전면)	題施山入野居	題施山人野居(陽), 권14(792쪽)
제10수(3장 전면)	中書夜直夢忠州	中書夜直夢忠州(尤), 권19(1236쪽)
제11수(3장 전면)	夏夜宿直	夏夜宿直(庚), 권19(1292쪽)
제12수(3장 후면)	新磨鏡	新磨鏡(歌), 권14(814쪽)
제13수(3장 후면)	上巳日恩賜曲江宴會卽事	上巳日恩賜曲江宴會卽事(歌), 권14(824쪽)

　맞서 있었다. 1453년 癸酉靖難으로 황보인 김종서 등이 살해된 뒤 강화도에 유배되었다가 교동에서 賜死되었다. 詩文, 그림, 가야금 등에 능하고 특히 글씨에 뛰어나 당대의 명필로 꼽혔다.

15) 심우준, 『香山三體法 研究』(一志社, 1997), 18쪽.

구분	시의 제목	시의 제목(운자), 『백거이집전교』 수록 권수
제14수(3장 후면~4장 전면)	夜坐	夜坐(庚), 권14(861~862쪽)
제15수(4장 전면)	途中感秋	途中感秋(支), 권15(940쪽)
제16수(4장 전면~4장 후면)	遊寶稱寺	遊寶稱寺(眞), 권16(990쪽)
제17수(4장 후면)	除夜	除夜(先), 권16(1015쪽)
제18수(4장 후면~5장 전면)	西河雨夜送客	西河雨夜送客(尤), 권16(1047쪽)
제19수(5장 전면)	松下琴贈客	松下琴贈客(寒), 권25(1716쪽)
제20수(5장 전면)	湖亭望水	湖亭望水(歌), 권16(993쪽)
제21수(5장 후면)	吳宮詞	吳宮詞(歌), 권17(1123쪽)
제22수(5장 후면)	偶題閣下廳	偶題閣下廳(東), 권19(1277~1278쪽)
제23수(5장 후면~6장 전면)	小歲日對酒吟錢湖州所寄詩	小歲日對酒吟錢湖州所寄詩(支), 권20(1350쪽)
제24수(6장 전면)	秋晚	秋晚(東), 권23(1588쪽)
제25수(6장 전면~6장 후면)	船夜援琴	船夜援琴(侵), 권24(1616쪽)
제26수(6장 후면)	秋齋	秋齋(冬), 권25(1717쪽)
제27수(6장 후면~7장 전면)	履道春居	履道春居(侵), 권25(1744쪽)
제28수(7장 전면)	北窓閑坐	北窓閑坐(陽), 권25(1763쪽)
제29수(7장 전면)	池上	池上(靑), 권25(1776쪽)
제30수(7장 후면)	惜洛花	惜洛花(侵), 권25(1848쪽)
제31수(7장 후면)	和杜錄事題紅葉	和杜錄事題紅葉(眞), 권27(1918쪽)
제32수(7장 후면~8장 전면)	池上贈韋山人	池上贈韋山人(眞), 권28(1942쪽)
제33수(8장 전면)	西風	西風(微), 권28(1954쪽)
제34수(8장 전면~8장 후면)	雨後秋涼	雨後秋涼(眞), 권34(2356쪽)
제35수(8장 후면)	自詠	自詠(東), 권34(2362쪽)
제36수(8장 후면~9장 전면)	酬夢得暮秋晴夜對月相憶	酬夢得暮秋晴夜對月相憶(支), 권34(2371쪽)
제37수(9장 전면)	新秋夜雨	新秋夜雨(尤), 권37(2573쪽)
제38수(9장 전면)	何處春先到	何處春先到(靑), 권27(1905~1906쪽)
제39수(9장 후면)	和春深二十首 1	和春深二十首 1(麻), 권26(1827~1838쪽)
제40수(9장 후면)	和春深二十首 2	和春深二十首 2(麻)
제41수(9장 후면~10장 전면)	和春深二十首 3	和春深二十首 3(麻)
제42수(10장 전면)	和春深二十首 4	和春深二十首 4(麻)
제43수(10장 전면)	和春深二十首 5	和春深二十首 5(麻)

구분	시의 제목	시의 제목(운자), 『백거이집전교』 수록 권수
제44수(10장 전면~10장 후면)	和春深二十首 6	和春深二十首 6(麻)
제45수(10장 후면)	和春深二十首 7	和春深二十首 7(麻)
제46수(10장 후면)	和春深二十首 8	和春深二十首 8(麻)
제47수(10장 후면~11장 전면)	和春深二十首 9	和春深二十首 9(麻)
제48수(11장 전면)	和春深二十首 10	和春深二十首 10(麻)
제49수(11장 전면)	和春深二十首 11	和春深二十首 11(麻)
제50수(11장 전면~11장 후면)	和春深二十首 12	和春深二十首 12(麻)
제51수(11장 후면)	和春深二十首 13	和春深二十首 13(麻)
제52수(11장 후면)	和春深二十首 14	和春深二十首 14(麻)
제53수(11장 후면~12장 전면)	和春深二十首 15	和春深二十首 15(麻)
제54수(12장 전면)	和春深二十首 16	和春深二十首 16(麻)
제55수(12장 전면)	和春深二十首 17	和春深二十首 17(麻)
제56수(12장 전면~12장 후면)	和春深二十首 18	和春深二十首 18(麻)
제57수(12장 후면)	和春深二十首 19	和春深二十首 19(麻)
제58수(12장 후면)	和春深二十首 20	和春深二十首 20(麻)
제59수(12장 후면~13장 전면)	何處難忘酒七首 1	何處難忘酒七首 1(眞), 권27(1898~1899쪽)
제60수(13장 전면)	何處難忘酒七首 2	何處難忘酒七首 2(青)
제61수(13장 전면)	何處難忘酒七首 3	何處難忘酒七首 3(先)
제62수(13장 전면~13장 후면)	何處難忘酒七首 4	何處難忘酒七首 4(東)
제63수(13장 전면~13장 후면)	何處難忘酒七首 5	何處難忘酒七首 5(豪)
제64수(13장 후면)	何處難忘酒七首 6	何處難忘酒七首 6(歌)
제65수(13장 후면~14장 전면)	何處難忘酒七首 7	何處難忘酒七首 7(元)
제66수(14장 전면)	不如來飮酒七首 1	不如來飮酒七首 1(鹽), 권27(1899~1901쪽)
제67수(14장 전면)	不如來飮酒七首 2	不如來飮酒七首 2(尤)
제68수(14장 전면)	不如來飮酒七首 3	不如來飮酒七首 3(覃)
제69수(14장 후면)	不如來飮酒七首 4	不如來飮酒七首 4(元)
제70수(14장 후면)	不如來飮酒七首 5	不如來飮酒七首 5(文)
제71수(15장 전면)	不如來飮酒七首 6	不如來飮酒七首 6(蒸)
제72수(15장 전면)	不如來飮酒七首 7	不如來飮酒七首 7(豪)

위의 〈표 1〉을 종합하면 다음과 같다.

첫째, 오언율시는 72수인데 제1수~제38수까지는 단일 제목이고, 제39수~세58수, 제59수~제65수, 제66수~제72수는 연작시이다. 시의 운자(韻字)는 모두 평성(平聲)의 운자를 사용하였는데, 支(제1수), 庚(제2수), 侵(제3수), 東(제4수), 先(제5수), 刪(제6수), 庚(제7수), 眞(제8수), 陽(제9수), 尤(제10수), 庚(제11수), 歌(제12수), 歌(제13수), 庚(제14수), 支(제15수), 眞(제16수), 先(제17수), 尤(제18수), 寒(제19수), 歌(제20수), 歌(제21수), 東(제22수), 支(제23수), 東(제24수), 侵(제25수), 冬(제26수), 侵(제27수), 陽(제28수), 靑(제29수), 侵(제30수), 眞(제31수), 眞(제32수), 微(제33수), 眞(제34수), 東(제35수), 支(제36수), 尤(제37수), 靑(제38수), 麻(제39수~제58수), 眞·靑·先·東·豪·歌·元(제59수~제65수), 鹽·尤·覃·元·文·蒸·豪(제66수~제71수)이다. 이들 운자 중 자주 사용된 것은 眞 6회, 歌 5회, 尤 5회, 東 5회, 庚 4회, 支 4회, 侵 4회, 先 3회 등이다. 5율은 2·4·6·8구의 끝 글자에서 압운하는 것이 정격이고 5율의 1구에서 압운하는 것이 변격이다. 이러한 변격의 예를 보면, 제14수, 제24수, 제27수, 제32수, 제35수 등이다.

둘째, 이들 시는 모두 『백거이문집』에서 선집되었는데, 주금성의 『백거이집전교』를 참고하면, 권13/7수, 권14/4수, 권15/1수, 권16/4수, 권17/1수, 권19/3수, 권20/1수, 권23/1수, 권24/1수, 권25/6수, 권26/21수, 권27/16수, 권28/2수, 권34/3수, 권37/1수로 도합 72수이다.

2)『향산삼체법』에 실려 있는 칠언율시는 제73수부터 제134수(제42제~제103제)까지 61수이다. 이들의 구성 체계와 선집에 대해 〈표 2〉로 작성하면 다음과 같다.

〈표 2〉『향산삼체법』의 七言律詩 제73首~제134首(제42題~103題)

구분	시의 제목	시의 제목(운자), 『백거이집전교』 수록 권수
제73수(15장 전면~15장 후면)	江樓夕望招客	江樓夕望招客(陽), 권20(1373쪽)
제74수(15장 후면)	杭州春望	杭州春望(麻), 권20(1364쪽)
제75수(16장 전면)	酬哥舒大見贈	酬哥舒大見贈(東), 권13(724쪽)
제76수(16장 전면~16장 후면)	自河南經亂關內阻飢兄弟離散各在一處因望月有感聊書所懷寄上浮梁大兄於潛七兄烏江十五兄兼示符離及下邽弟妹	自河南經亂關內阻飢兄弟離散各在一處因望月有感聊書所懷寄上浮梁大兄於潛七兄烏江十五兄兼示符離及下邽弟妹(東), 권13(781쪽)

구분	시의 제목	시의 제목(운자), 『백거이집전교』 수록 권수
제77수(16장 후면~17장 전면)	送王十八歸山寄題仙遊寺	送王十八歸山寄題仙遊寺(灰), 권14(800쪽)
제78수(17장 전면)	庾順之以紫霞綺遠贈以詩答之	庾順之以紫霞綺遠贈以詩答之(元), 권14(808쪽)
제79수(17장 전면~17장 후면)	宴周皓大夫光福宅	宴周皓大夫光福宅(先), 권14(819쪽)
제80수(17장 후면)	得潮州楊相公繼之書并詩以此寄之	得潮州楊相公繼之書并詩以此寄之(眞), 권37(2557쪽)
제81수(17장 후면~18장 전면)	臼口阻風十日	臼口阻風十日(眞), 권15(943쪽)
제82수(18장 전면~18장 후면)	落下雪中頻與劉李二賓客宴集因寄汴州李尙書	落下雪中頻與劉李二賓客宴集因寄汴州李尙書(文), 권34(2331쪽)
제83수(18장 후면)	江樓月	江樓月(支), 권13(834쪽)
제84수(18장 후면~19장 전면)	認春戱呈馮少尹李郎中陳主簿	認春戱呈馮少尹李郎中陳主簿(尤), 권26(1778쪽)
제85수(19장 전면)	題王處士郊居	題王處士郊居(刪), 권15(949쪽)
제86수(19장 전면~19장 후면)	歲晩旅望	歲晩旅望(先), 권15(949쪽)
제87수(19장 후면)	晏座閑吟	晏座閑吟(東), 권15(950쪽)
제88수(19장 후면~20장 전면)	醉後題李馬二妓	醉後題李馬二妓(先), 권15(963쪽)
제89수(20장 전면)	庾樓曉望	庾樓曉望(眞), 권16(979쪽)
제90수(20장 후면)	北樓送客歸上都	北樓送客歸上都(齊), 권16(987쪽)
제91수(20장 후면~21장 전면)	百花亭晩望夜歸	百花亭晩望夜歸(灰), 권16(1008쪽)
제92수(21장 전면)	寄李相公崔侍郎錢舍人	寄李相公崔侍郎錢舍人(先), 권16(1011쪽)
제93수(21장 전면~21장 후면)	南浦歲暮對酒送五十五歸京	南浦歲暮對酒送王十五歸京(刪), 권16(1014쪽)
제94수(21장 후면)	石楠樹	石楠樹(陽), 권16(1022쪽)
제95수(21장 후면~22장 전면)	尋郭道士不遇	尋郭道士不遇(冬), 권17(1070쪽)
제96수(22장 전면)	風雨晩泊	風雨晩泊(東), 권17(1102쪽)
제97수(22장 전면~22장 후면)	八月十五日夜湓亭望月	八月十五日夜湓亭望月(先), 권17(1110쪽)
제98수(22장 후면~23장 전면)	西省對花憶中州東坡新花樹因寄題東樓	西省對花憶中州東坡新花樹因寄題東樓(侵), 권19(1230쪽)
제99수(23장 전면)	蘇相公宅遇自遠禪師有感而贈	蘇相公宅遇自遠禪師有感而贈(支), 권19(1285쪽)
제100수(23장 전면~23장 후면)	江亭翫春	江亭翫春(陽), 권19(1297쪽)
제101수(23장 후면)	悲歌	悲歌(歌), 권20(1374쪽)

구분	시의 제목	시의 제목(운자), 『백거이집전교』 수록 권수
제102수(23장 후면~24장 전면)	江樓晚眺景物鮮奇吟翫成篇寄水部張員外	江樓晚眺景物鮮奇吟翫成篇寄水部張員外(陽), 권20(1375쪽)
제103수(24장 전면~24장 후면)	酬微之誇鏡湖	酬微之誇鏡湖(虞), 권23(1534쪽)
제104수(24장 후면)	紫薇花	紫薇花(東), 권24(1623쪽)
제105수(24장 후면~25장 전면)	偶飲	偶飲(東), 권24(1640쪽)
제106수(25장 전면)	正月三日閑行	正月三日閑行(蕭), 권24(1653쪽)
제107수(25장 전면~25장 후면)	病中多雨逢寒食	病中多雨逢寒食(先), 권24(1661쪽)
제108수(25장 후면~26장 전면)	眼病	眼病(麻), 권24(1671쪽)
제109수(26장 전면)	詠懷	詠懷(寒), 권24(1675쪽)
제110수(26장 전면~26장 후면)	鸚鵡	鸚鵡(東), 권24(1692쪽)
제111수(26장 후면)	題天竺寺	題天竺寺(文), 『白居易集箋校』에 수록되어 있지 않음.
제112수(26장 후면~27장 전면)	琴茶	琴茶(刪), 권25(1703쪽)
제113수(27장 전면~27장 후면)	寄殷協律	寄殷協律(文), 권25(1746쪽)
제114수(27장 후면)	鏡換盃	鏡換盃(支), 권26(1803쪽)
제115수(27장 후면~28장 전면)	不出門	不出門(眞), 권26(1895쪽)
제116수(28장 전면)	過元家履信宅	過元家履信宅(支), 권27(1917쪽)
제117수(28장 전면~28장 후면)	題崔常侍濟上別墅	題崔常侍濟上別墅(文), 권25(1919쪽)
제118수(28장 후면~29장 전면)	予與微之老而無子發於言歎着在詩篇今年冬各有一子戲作二件一以相賀一以自嘲	予與微之老而無子發於言歎着在詩篇今年冬各有一子戲作二件一以相賀一以自嘲(支), 권28(1935쪽)
제119수(29장 전면)	橋亭卯飲	橋亭卯飲(青), 권28(1951쪽)
제120수(29장 전면~29장 후면)	夜宴惜別	夜宴惜別(尤), 권28(1966쪽)
제121수(29장 후면)	座中戲呈諸少年	座中戲呈諸少年(陽), 권28(1985쪽)
제122수(29장 후면~30장 전면)	戲贈夢得兼呈思黯	戲贈夢得兼呈思黯(先), 권34(2337쪽)
제123수(30장 전면)	早春憶遊思黯南莊因寄長句	早春憶遊思黯南莊因寄長句(尤), 권34(2338쪽)
제124수(30장 후면)	送蘄春李十九使君赴郡	送蘄春李十九使君赴郡(支), 권34(2340쪽)
제125수(30장 후면~31장 전면)	寒食日寄楊東川	寒食日寄楊東川(眞), 권34(2342쪽)
제126수(31장 전면)	早夏曉興贈蒙得	早夏曉興贈夢得(陽), 권34(2347쪽)
제127수(31장 전면~31장 후면)	誚思黯相公晚夏雨後感秋見贈	誚思黯相公晚夏雨後感秋見贈(支), 권34(2354쪽)

구분	시의 제목	시의 제목(운자), 『백거이집전교』 수록 권수
제128수(31장 후면)	久雨閑悶對酒偶吟	久雨閑悶對酒偶吟(歌), 권34(2355쪽)
제129수(31장 후면~32장 전면)	九月八日詶皇甫十見贈	九月八日詶皇甫十見贈(陽), 권34(2364쪽)
제130수(32장 전면)	開成大行皇帝挽歌詞	開成大行皇帝挽歌詞(庚), 권35(2418쪽)
제131수(32장 전면~32장 후면)	感秋詠意	感秋詠意(微), 권35(2424쪽)
제132수(32장 후면)	老病幽獨偶吟所懷	老病幽獨偶吟所懷(東), 권35(2425쪽)
제133수(33장 전면)	偶吟自慰兼呈夢得	偶吟自慰兼呈夢得(眞), 권35(2448쪽)
제134수(33장 전면~33장 후면)	和李中丞與李給事山居雪夜同宿小酌	和李中丞與李給事山居雪夜同宿小酌(眞), 권36(2510쪽)

〈표 2〉를 종합하면 다음과 같다.

첫째, 칠언율시는 62수인데 제73수~제134수까지 모두 단일 제목이다. 시의 운자(韻字)는 모두 평성(平聲)의 운자를 사용하였는데, 陽(제73수), 麻(제74수), 東(제75수), 東(제76수), 灰(제77수), 元(제78수), 先(제79수), 眞(제80수), 眞(제81수), 文(제82수), 支(제83수), 尤(제84수), 刪(제85수), 先(제86수), 東(제87수), 先(제88수), 眞(제89수), 齊(제90수), 灰(제91수), 先(제92수), 刪(제93수), 陽(제94수), 冬(제95수), 東(96수), 先(제97수), 侵(제98수), 支(제99수), 陽(제100수), 歌(제101수), 陽(제102수), 虞(제103수), 東(제104수), 東(제105수), 蕭(제106수), 先(제107수), 麻(제108수), 寒(제109수), 東(제110수), 文(제111수), 刪(제112수), 文(제113수), 支(제114수), 眞(제115수), 支(제116수), 文(제117수), 支(제118수), 靑(제119수), 尤(제120수), 陽(제121수), 先(제122수), 尤(제123수), 支(제124수), 眞(제125수), 陽(제126수), 支(제127수), 歌(제128수), 陽(제129수), 庚(제130수), 微(제131수), 東(제132수), 眞(133수), 眞(제134수)이다. 이들 운자 중 자주 사용된 것은 東 8회, 眞 7회, 支 7회, 先 7회, 陽 6회이다. 칠언율시의 경우에는 1·2·4·6·8구의 끝 글자에서 압운하는 것이 정격이고 제1구에서 압운하지 않는 경우는 변격이다. 이러한 변격의 예를 보면, 제75수, 제77수, 제78수, 제82수, 제84수, 제86수, 제87수, 제88수, 제93수, 제95수, 제96수, 제97수, 제98수, 제106수, 제107수, 제108수, 제109수, 제112수, 제113수, 제114수, 제116수, 제118수, 제119수, 제121수, 제122수, 제123수, 제125수, 제134수 등이다.

둘째, 이들 칠언율시는 『백거이문집』에서 선집되었는데, 주금성의 『백거이집전교』를 참고하면, 권13/3수, 권14/3수, 권15/5수, 권16/6수, 권17/3수, 권19/3수, 권20/4수, 권23/1수, 권24/7수, 권25/3수, 권26/3수, 권28/4수, 권34/9수, 권35/4수, 권36/1수, 권37/1수이다. 1수는『백거이문집』에 실리지 않았다.

3)『향산삼체법』에 실려 있는 칠언절구는 제135수부터 제185수(제104제~제146제)까지 51수이다. 이들의 구성 체계와 선집에 대해 〈표 3〉으로 작성하면 다음과 같다.

〈표 3〉『향산삼체법』의 七言絕句 제135首~제185首(제104題~제146題)

구분	시의 제목	시의 제목(운자),『백거이집전교』수록 권수
제135수(33장 후면)	秋雨中贈元九	秋雨中贈元九(先), 권13(727~728쪽)
제136수(33장 후면~34장 전면)	和友人洛中春感	和友人洛中春感(眞), 권13(731~732쪽)
제137수(34장 전면)	華陽觀中八月十五日夜招友翫月	華陽觀中八月十五日夜招友翫月(歌), 권13(733~734쪽)
제138수(34장 전면)	下邽莊南桃花	下邽莊南桃花(灰), 권13(735~736쪽)
제139수(34장 전면~34장 후면)	三月三十日題慈恩寺	三月三十日題慈恩寺(元), 권13(736~737쪽)
제140수(34장 후면)	縣南花下醉中留劉五	縣南花下醉中留劉五(微), 권13(745쪽)
제141수(34장 후면)	醉中留別楊六兄弟	醉中留別楊六兄弟(陽), 권13(746쪽)
제142수(34장 후면)	和王十八薔薇澗花時有懷蘇侍御兼見贈	和王十八薔薇澗花時有懷蘇侍御兼見贈(侵), 권13(748쪽)
제143수(35장 후면)	重到毓材宅有感	重到毓材宅有感(眞), 권13(756쪽)
제144수(35장 후면)	長安正月十五日	長安正月十五日(尤), 권13(772쪽)
제145수(35장 전면~35장 후면)	晚秋閑居	晚秋閑居(庚), 권13(777쪽)
제146수(35장 후면)	途中寒食	途中寒食(陽), 권13(779쪽)
제147수(35장 후면)	冬夜示敏巢	冬夜示敏巢(庚), 권13(786~787쪽)
제148수(35장 후면~36장 전면)	花下自勸酒	花下自勸酒(文), 권13(790쪽)
제149수(36장 전면)	題李十一東亭	題李十一東亭(尤), 권13(791쪽)
제150수(36장 전면)	杏園花落時招錢員外同醉	杏園花落時招錢員外同醉(支), 권14(803~804쪽)
제151수(36장 전면~36장 후면)	禁中夜作書與元九	禁中夜作書與元九(支), 권14(805~806쪽)
제152수(36장 후면)	夜惜禁中桃花因懷錢員外	夜惜禁中桃花因懷錢員外(東), 권14(824~825쪽)

구분	시의 제목	시의 제목(운자), 『백거이집전교』 수록 권수
제153수(36장 후면)	嘉陵夜有懷二首 중 1	嘉陵夜有懷二首 중 1(侵), 권14(836~837쪽)
제154수(36장 후면~37장 전면)	嘉陵夜有懷二首 중 2	嘉陵夜有懷二首 중 2(東), 권14(836~837쪽)
제155수(37장 전면)	望驛臺	望驛臺(麻), 권14(838~839쪽)
제156수(37장 전면)	暮立	暮立(先), 권14(856쪽)
제157수(37장 전면~37장 후면)	寒食夜有懷	寒食夜有懷(先), 권14(858쪽)
제158수(37장 후면)	王昭君二首 중 1	王昭君二首 중 1(東), 권14(870~873쪽)
제159수(37장 후면)	王昭君二首 중 2	王昭君二首 중 2(支), 권14(870~873쪽)
제160수(37장 후면)	遊城南留元九李二十晚歸	遊城南留元九李二十晚歸(微), 권15(888~889쪽)
제161수(38장 전면)	題王侍御池亭	題王侍御池亭(歌), 권15(911~912쪽)
제162수(38장 전면)	浦中夜泊	浦中夜泊(蒸), 권15(944쪽)
제163수(38장 전면)	望江州	望江州(元), 권15(959쪽)
제164수(38장 후면)	夜泊	夜泊(尤), 『白居易集箋校』에 수록되어 있지 않음.
제165수(38장 후면)	答春	答春(庚), 권16(982~983쪽)
제166수(38장 후면)	階下蓮	階下蓮(東), 권16(1004쪽)
제167수(39장 전면)	望郡南山	望郡南山(刪), 『白居易集箋校』에 수록되어 있지 않음.
제168수(39장 전면)	竹枝詞	竹枝詞(齊), 권18(1183~1185쪽), 『白居易集箋校』에는 竹枝詞四首임. 그중의 一首임.
제169수(39장 전면)	三月三日	三月三日(先), 권18(1198쪽)
제170수(39장 후면)	紫薇花	紫薇花(陽), 권19(1240~1241쪽)
제171수(39장 후면)	舊房	舊房(支), 권19(1261~1262쪽)
제172수(39장 후면)	暮江吟	暮江吟(東), 권19(1300~1301쪽)
제173수(40장 전면)	秋房夜	秋房夜(陽), 권19(1303쪽)
제174수(40장 전면)	潮	潮(灰), 권23(1556쪽)
제175수(40장 전면)	春風	春風(灰), 권27(1928쪽)
제176수(40장 후면)	戲答夢得	戲答夢得(陽), 『白居易集箋校』에 수록되어 있지 않음.
제177수(40장 후면)	早春持齋答皇甫十見贈	早春持齋答皇甫十見贈(眞), 권34(2336~2337쪽)
제178수(40장 후면~41장 전면)	前有別柳枝絶句夢得繼和云春盡絮飛留不得隨風好去落誰家又復戲答	前有別柳枝絶句夢得繼和云春盡絮飛留不得隨風好去落誰家又復戲答(麻), 권35(2416쪽)

구분	시의 제목	시의 제목(운자), 『백거이집전교』 수록 권수
제179수(41장 전면)	五年秋病後獨宿香山寺三絶句 중 1	五年秋病後獨宿香山寺三絶句 중 1(庚), 권35(2428~2429쪽)
제180수(41장 전면)	五年秋病後獨宿香山寺三絶句 중 2	五年秋病後獨宿香山寺三絶句 중 2(灰), 권35(2428~2429쪽)
제181수(41장 전면)	五年秋病後獨宿香山寺三絶句 중 3	五年秋病後獨宿香山寺三絶句 중 3(尤), 권35(2428~2429쪽)
제182수(41장 후면)	勸夢得酒	勸夢得酒(陽), 권35(2441쪽)
제183수(41장 후면)	宿府池西亭	宿府池西亭(靑), 권37(2557~2558쪽)
제184수(41장 후면)	傷春詞	傷春詞(支), 권18(1221쪽)
제185수(28장 후면~29장 전면)	賦得聽邊鴻	賦得聽邊鴻(文), 권15(900쪽)

〈표 3〉을 종합하면 다음과 같다.

첫째, 칠언절구는 51수인데 제135수부터 제185수까지 모두 단일 제목이다. 시의 운자(韻字)는 모두 평성(平聲)의 운자를 사용하였는데, 先(제135수), 眞(제136수), 歌(제137수), 灰(제138수), 元(제139수), 微(제140수), 陽(제141수), 侵(제142수), 眞(제143수), 尤(제144수), 庚(제144수), 陽(제146수), 庚(제147수), 文(제148수), 尤(제149수), 支(제150수), 支(제151수), 東(제152수), 侵(제153수), 東(제154수), 麻(제155수), 先(제156수), 先(제157수), 東(제158수), 支(제159수), 微(제160수), 歌(제161수), 蒸(제162수), 元(제163수), 尤(제164수), 庚(제165수), 東(제166수), 刪(제167수), 齊(제168수), 先(제169수), 陽(제170수), 支(제171수), 東(제172수), 陽(제173수), 灰(제174수), 灰(제175수), 陽(제176수), 眞(제177수), 麻(제178수), 庚(제179수), 灰(제180수), 尤(제181수), 陽(제182수), 靑(제183수), 支(제184수), 文(제185수)이다. 이들 운자 중 자주 사용된 것은 陽 6회, 支 5회, 東 5회, 尤 4회, 先 4회 등이다. 칠언절구의 경우에는 1, 2, 4구 끝자에 운자를 붙이는 것이 정격이고, 제1구 끝자에 붙이지 않은 경우가 변격이다. 정격의 압운을 한 경우는 제143수, 제144수, 제145수, 제150수, 제152수, 제153수, 제156수, 제158수, 제164수, 제165수, 제167수, 제168수, 제171수, 제172수, 제173수, 제174수, 제175수, 제177수, 제178수, 제181수, 제183수, 제184수, 제185수로 51수 중 23수에 불과하다. 변격의 경우가 27수로 더 많은 것을 볼 수 있다.

둘째, 이들 칠언절구는 『백거이문집』에서 선집되었는데, 주금성의 『백거이집전교』를 참고하면, 권13/15수, 권14/10수, 권15/5수, 권16/2수, 권18/3수, 권19/4수, 권23/1수, 권27/1수, 권34/1수, 권35/5수, 권37/1수이다. 3수는 『백거이문집』에 실리지 않았다.

2.4. 결론

위에서 살펴본 바를 종합하면 다음과 같다.

1) 백거이(白居易, 772~846)는 중당시대(中唐時代, 766~826) 중국문학사에서 배출된 많은 시인들 중 이백(李白)과 두보(杜甫) 이후 가장 걸출한 시인 중의 한 명으로 꼽힌다. 백거이는 중앙과 지방에서 보직을 하면서 당시에 저명한 시인, 문학가, 정치가들과 시를 주고받았다. 그중 전기(傳奇) 작가인 진홍(陳鴻), 유우석(劉禹錫), 원진(元稹)은 평생의 막역한 친구였다. 그는 스스로 '시마(詩魔)'라고 할 정도로 시작(詩作)에 몰두하였다. 그의 작품에는 고체시(古體詩), 금체시(今體詩), 악부(樂府), 가행(歌行), 부(賦) 등의 시가 및 지명(誌銘), 제문(祭文), 찬(贊), 기(記) 등에 이르는 모든 문학형식을 망라했다. 백거이가 지은 작품 수는 「白氏長慶集後序」에 의하면, 3,840편이다. 다만 백거이가 회창 6년(846)에 세상을 떠났으니 회창 5년(845) 5월 이후의 작품이 편입되지 않았다. 그는 여덟 차례 시를 편집하여 모두 75권의 시문집을 남겼는데, 이 가운데 71권이 남아 있다. 『향산삼체법』의 오언율시는 72수인데 제1수~제38수까지는 단일 제목이고, 제39수~제58수, 제59수~제65수, 제66수~제72수는 연작시이다. 시의 운자(韻字)는 모두 평성(平聲)의 운자를 사용하였는데, 이들 운자 중 자주 사용된 것은 '眞' 6회, '歌' 5회, '東' 5회, '尤' 4회, '庚' 4회, '支' 4회, '侵' 4회, '先' 3회 등이다. 5율은 2·4·6·8구의 끝 글자에서 압운하는 것이 정격이고 5율의 1구에서 압운하는 것이 변격이다. 이러한 변격의 예를 보면, 제14수, 제24수, 제27수, 제32수, 제35수 등이다. 『향산삼체법』에 수록된 백거이의 오언율시는 모두 『백거이문집』에서 선집되었는데, 주금성(朱金城)의 『백거이집전교(白居易集箋校)』를 참고하면, 권13/7수, 권

14/4수, 권15/1수, 권16/4수, 권17/1수, 권19/3수, 권20/1수, 권23/1수, 권24/1수, 권25/6수, 권26/21수, 권27/16수, 권28/2수, 권34/3수, 권37/1수로 도합 72수이다.

둘째, 『향산삼체법』에 수록된 백거이의 칠언율시는 62수인데 제73수~제134수까지 모두 단일 제목이다. 시의 운자는 모두 평성의 운자를 사용하였는데, 이들 운자 중 자주 사용된 것은 '東' 8회, '眞' 7회, '支' 7회, '先' 7회, '陽' 6회이다. 칠언율시의 경우에는 1·2·4·6·8구의 끝 글자에서 압운하는 것이 정격이고 제1구에서 압운하지 않는 경우는 변격이다. 이러한 변격의 예를 보면, 제75수, 제77수, 제78수, 제82수, 제84수, 제86수, 제87수, 제88수, 제93수, 제95수, 제96수, 제97수, 제98수, 제106수, 제107수, 제108수, 제109수, 제112수, 제113수, 제114수, 제116수, 제118수, 제119수, 제121수, 제122수, 제123수, 제125수, 제134수 등이다. 이들 칠언율시는 61수는 『백거이문집』에서 선집되었는데, 주금성의 『백거이집전교』를 참고하면, 권13/3수, 권14/3수, 권15/5수, 권16/6수, 권17/3수, 권19/3수, 권20/4수, 권23/1수, 권24/7수, 권25/3수, 권26/3수, 권28/4수, 권34/9수, 권35/4수, 권36/1수, 권37/1수이다. 1수는 『백거이문집』에 실리지 않았다. 도합 62수이다.

셋째, 『향산삼체법』에 수록된 백거이의 칠언절구는 51수인데 제135수~제152수, 제155수~제157수, 제160수~제178수, 제182수~제185수까지 모두 단일 제목이고, 제153수~제154수, 제158수~제159수, 제179수~제181수는 연작시이다. 시의 운자는 모두 평성의 운자를 사용하였는데, 이들 운자 중 자주 사용된 것은 陽 6회, 支 5회, 東 5회, 尤 4회, 先 4회 등이다. 칠언절구의 경우에는 1, 2, 4구 끝자에 운자를 붙이는 것이 정격이고, 제1구 끝자에 붙이지 않은 경우가 변격이다. 정격의 압운을 한 경우는 제143수, 제144수, 제145수, 제150수, 제152수, 제153수, 제156수, 제158수, 제164수, 제165수, 제167수, 제168수, 제171수, 제172수, 제173수, 제174수, 제175수, 제177수, 제178수, 제181수, 제183수, 제184수, 제185수로 51수 중 23수에 불과하다. 변격의 경우가 28수로 더 많은 것을 볼 수 있다. 이들 칠언절구는 51수는 『백거이문집』에서 선집되었는데, 주금성의 『백거이집전교』를 참고하면, 권13/15수, 권14/10수, 권15/5수, 권16/2수, 권18/3수, 권19/4수, 권23/1수, 권27/1수, 권34/1수, 권35/5수, 권37/1수이다. 3수는 『백거이문집』에 실리지 않았다.

3
『향산삼체법』 간행 판본

　　『향산삼체법』의 간행년도를 추정할 수 있는 판본은 세 종류가 남아 있다. 안평대군 이용이 선집하여 세종 27년(1445)에 간행한 호림박물관 소장의 초주갑인자본, 중종 10년(1515)경에 간행된 개인 소장의 초주갑인자혼입보자본, 명종 20년(1565)경에 중종 10년경 간행본을 저본(底本)으로 하여 번각된 판본이 봉좌문고(104. 1. 23)에 남아 있다. 이들 판본 이외에도 연세대와 일본 동양문고에도 판본이 소장되어 있는데 간행 기록이 없어 여기서는 제외하고자 한다. 이들 세 종류의 판본을 중심으로 살펴보면 다음과 같다.

3.1. 세종 27년(1445) 간행의 초주갑인자본

3.1.1. 서론

　　호림박물관이 소장하고 있는 세종 27년(1445) 간행의 초주갑인자본『향산삼체법』은 낙장(앞부분 1~5장, 뒷부분 35장, 38장, 41장~42장)이 있지만 유일본이다.[16] 이 판본은 완전하지는 않지만 몇 가지 기준점을 제시할 수 있는 정보가 담겨있다. 먼저 발굴된

---

16) 이 글에서 데이터로 사용하는 세종 27년(1445) 간행의 초주갑인자본『향산삼체법』의 사진 35장은 호림박물관에서 제공 받은 것이다. 다만 여기서는 활자 샘플 비교만을 위해 사용하도록 한다. 이를 허락해주신 호림박물관 담당자에게 진심으로 감사드린다.

초주갑인자혼입보자본과 판본 간의 비교를 통하여 세종 27년(1445)경의 초주갑인자와 중종 10년(1515)경의 초주갑인자혼입보자본의 서지적 특징을 비교하여 파악할 수 있다. 초주갑인자와 초주갑인자혼입보자본의 마멸된 활자 사이에는 어떤 차이가 있는지, 초주갑인자 활자와 초주갑인자 보주 활자는 어떻게 다른지, 초주갑인자와 목활자 보자 사이에는 어떤 특징이 있는지를 알 수 있다.

그동안 안평대군이 발문을 쓰고 간행한 초주갑인자본이 발견되지 않아 그동안 이에 대한 여러 가지 추론들이 있었는데 그에 대해 살펴보면 다음과 같다.

일본 봉좌문고 소장본에는 명종 20년(1565)경에 김덕룡(金德龍)이 간행하면서 쓴 발문(跋文)이 실려 있는데,『향산삼체법』한 편을 구하여 집에 오랫동안 가지고 있었는데 서관(西關) 절도사로 부임하여 통판(通判) 조호문(趙好問)과 상의하고 간행하여 널리 보급한다는 내용이다.[17] 이에 대해 일본 학자는 김덕룡의 간기(刊記) 중 "家藏久矣"의 구절을 인용해서 간행 연대를 명종 20년(1565)까지로 내려 잡고 있으며,[18] 심우준 교수는 일본 학자의 설을 비판하고 세종 27년(1445)에 고본(稿本)이 확정되었고 명종 20년(1565)에는 단순히 간행 작업만 수행했다고 보았다.[19] 천혜봉 교수는 일본 봉좌문고에 소장된 한국 전적을 조사하면서 김덕룡의 번각본이 초주갑인자로 인출(印出)했던 책을 번각(翻刻)한 것으로 판단하였다.[20] 황위주 교수는 아직 원본이 발견되지 않아 그 구체적 규모와 내용을 파악할 수 없다[21]고 하였다. 허경진 교수는 세종 27년(1445)에 붙인 발문에 나오는 "出之"는 "내어놓다"는 말로 번역되는데, 이를 "출판한다"는 뜻으로 보았다. 안평대군이 분명히 "출판한다"고 기록했는데도 120년 뒤에야 처음 출판한 것처럼 알려진 이유는 봉좌문고 소장본에 명종 20년(1565)에 김덕룡이 간행하면서 쓴 발문이 실려 있기 때문이라고 하였다.[22]

---

17) 白居易 著, 李瑢 編,『香山三體法』明宗 20年(1565) 跋文.
   "右香山三體法一編 得以家藏久矣 今玆來鎭西關也 謀諸趙通判好問鋟梓廣傳 … 峕嘉靖乙丑秋 節度使金德龍書于香雪軒"
18) 花房英樹,「白氏文集の批判的研究」(中村印刷出版部, 1960), 190~191쪽.
19) 심우준(1997), 22~23쪽.
20) 千惠鳳,『日本 蓬左文庫 韓國典籍』(지식산업사, 2003), 312쪽.
21) 황위주,「韓國本中國試選集의 編纂에 대한 硏究」,『東亞人文學』제3집(2003), 327쪽.

여러 가지 추론 중에서 가장 정확한 것은 천혜봉 교수가 명종 20년(1565)의 번각본으로 본 것인데 이는 원본이 초주갑인자본에 근거한 것이므로 초주갑인자본이 발굴될 수 있는 여지를 남겨놓고 있는 것이다. 허경진 교수도 발문 중의 "出之"를 간행의 뜻으로 보아 원본이 간행본이라는 여지를 둔 것이다.

호림박물관 소장의 『향산삼체법』 초주갑인자본은 천혜봉 교수와 허경진 교수의 추론대로 안평대군 이용이 선집했던 바로 세종 27년(1445)경에 간행된 것임을 알려주는 원본에 해당된다고 할 수 있다. 이 판본은 이후 중종 10년(1515)경에 간행된 초주갑인자혼입보자본의 저본이 되고, 봉좌문고(104. 1.23)에 소장된 명종 20년(1565)경본은 중종 10년(1515)경 간행본을 저본으로 하여 번각된 판본이다. 결국 각 판본들은 서로 연계되고 간행되며 유통되었음을 알 수 있다.

3.1.2. 초주갑인자본 『향산삼체법』의 서지적 특징

초주갑인자본 『향산삼체법』의 서지적인 특징은 다음과 같다. 이 책은 세종 27년(1445)경에 간행되었다. 보존 상태는 좋지 않고 각 장의 가장자리 부분이 많이 훼손되었다. 판식은 '四周單邊 22.6× 15.9cm, 有界, 9行15字, 黑口, 上下內向黑魚尾'이며, 총 42장 중 앞부분 1장~5장, 뒷부분 35장, 38장, 41장~42장에 결장이 있다. 표제는 첨제로 「香山詩」이고(〈그림 1〉 참조), 책의 권수제 부분과 끝부분에 있는 안평대군 이용의 발문은 떨어져 나갔다.

이 판본의 활자의 특징을 살펴보기 위해 중종 10년(1515)경 초주갑인자혼입보자본의 활자본과 비교하여 몇 가지 특징을 찾아내었다.

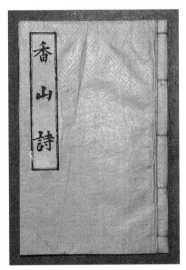

〈그림 1〉 세종 27년(1445) 간행의 초주갑인자본 『향산삼체법』의 표지 부분

---

22) 허경진, 「백낙천 문집의 수입과 한국판본」, 『한문학보』 19(2008), 103쪽.

첫째, 초주갑인지본에서 선정된 활자들은 세종 27년(1445)경의 활자 특징을 그대로 지니고 있는 데 비하여 중종 10년(1515)경에 인출된 활자들 중 글자 획이 닳아 가늘어지고, 심한 것은 글자 획이 일그러진 것이 있는데 이들을 추출하여 비교해 보면 70년이 지난 후 초주갑인자의 마멸된 활자 모습들을 볼 수 있다. 이들 활자 중 심하게 마멸되고 일그러진 10종을 선정하여 보면, 6장 전면 6행의 '長', 7장 전면 4행의 '士', 9장 후면 2행의 '何', 10장 전면 5행의 '史', 13장 전면 6행의 '門', 16장 전면 5행의 '風', 16장 후면 7행의 '太', 17장 전면 3행의 '故', 17장 전면 7행의 '夫', 22장 전면 3행의 '得' 등이다. 이들 활자들을 비교하기 위해 위에서 선정된 각 활자들을 10종씩 추출하고 비교하여 본 결과는 다음의 〈표 1〉과 같다.

〈표 1〉 세종 27년(1445)경 초주갑인자 활자와 중종 10년(1515)경 마멸된 활자의 비교

구분	세종 27년(1445)경 초주갑인자		중종 10년(1515)경 마멸된 활자	
1	長	6장 전면 6행 長	長	6장 전면 6행 長
2	士	7장 전면 4행 士	士	7장 전면 4행 士
3	何	9장 후면 2행 何	何	9장 후면 2행 何
4	史	10장 전면 5행 史	史	10장 전면 5행 史
5	門	13장 전면 6행 門	門	13장 전면 6행 門

구분	세종 27년(1445)경 초주갑인자		중종 10년(1515)경 마멸된 활자	
6	風	16장 전면 5행 風	風	16장 전면 5행 風
7	太	16장 후면 7행 太	太	16장 후면 7행 太
8	故	17장 전면 3행 故	故	17장 전면 3행 故
9	夫	17장 전면 7행 夫	夫	17장 전면 7행 夫
10	得	22장 전면 3행 得	得	22장 전면 3행 得

위의 〈표 1〉을 통해 몇 가지 사실을 종합할 수 있다.

1) 세종 27년(1445)경에 인출된 초주갑인자 활자는 갑인자 주조에 있어서 글자본은 경연에 소장된『효순사실(孝順事實)』,『위선음즐(爲善陰騭)』,『논어(論語)』등에서 가려 냈고, 부족한 글자는 진양대군(晉陽大君) 유(瑈)가 닮게 써서 보충하였다. 이 글자체는 왕희지(王羲之)의 스승인 위부인자(衛夫人字)체를 닮았다. 글자 획에 필력의 약동을 잘 나타내며, 글자 사이에 여유도 있고 판면이 자못 크고 늠름하다.[23]

이에 비해 세종 27년(1445)경의 초주갑인자 활자는 70년이 지난 중종 10년(1515)경에는 활자가 마멸되어 가늘어지거나, 획이 심하게 마멸된 것은 이지러져서 글자체의

23) 千惠鳳,『한국금속활자본』(범우사, 1998), 48~49쪽.

중심이 뒤틀어지고 균정미가 없는 것을 알 수 있다. 이들 활자를 구체적으로 비교하여 살펴보면 다음과 같다.

첫째, '長'이 '長'으로 변화되었다. 초주갑인자의 '長'은 왕희지 『황정경(黃庭經)』의 '長'의 글씨체와 매우 비슷하다. 왼쪽으로 약간 기운듯하면서도 자태가 매우 부드럽고 해정한 필법의 글씨체이다. 초주갑인자혼입보자본의 '長'은 횡획(橫劃)은 모두 마무리 획이 닳아서 진체의 부드러움이 사라졌고, 삐침 획과 파임 획도 가늘게 마멸되어 있다.

둘째, '士'는 '士'로 변화되었다. 초주갑인자본의 '士'는 왕희지 『황정경』의 '士'와 비슷하다. 횡획이 왼쪽에서 오른쪽으로 향해 있는데 종획이 중심을 잡고 있다. 다른 글씨에 비해 작다. 초주갑인자혼입보자본의 '士'는 횡획이 마멸되었고, 종획은 너무 가늘어서 휘었다.

셋째, '何'는 '何'로 변화되었다. 초주갑인자본의 '何'는 왕희지 『황정경』의 '何'와 매우 비슷하다. 글자체는 균정미가 있고 아름답다. 사람인의 'ㅓ'은 '可'와 잘 어우러져 있다. 초주갑인자혼입보자본의 '何'는 마멸되고 가늘어져서 마른 나뭇가지 같이 보인다.

넷째, '史'는 '史'로 변화되었다. 초주갑인자본의 '史'는 간략하면서도 글자의 균형미가 돋보인다. 초주갑인자혼입보자본의 '史'는 '口'의 횡획이 일그러져서 균형미가 없어 보인다.

다섯째, '門'은 '門'으로 변화되었다. 초주갑인자본의 '門'은 왕희지 『황정경』의 '門'과 매우 비슷하다. 두 문짝을 닫아 놓은 모양을 본뜬 형상인데 반듯하면서도 조화가 잘 되었다. 초주갑인자혼입보자본의 '門'은 종획이 많이 닳아서 조화로움이 상실되었다.

여섯째, '風'은 '風'으로 변화되었다. 초주갑인자본의 '風'은 글자의 획순이 'ノ 几 凡 凡 凨 凮 風 風 風'이다. 1번째 획은 짧게 하고 2번째 오른쪽 파임 획을 길게 하고 살짝 위로 끝맺음을 처리하여 멋스럽다. 초주갑인자혼입보자본의 '風'은 전체적으로 가늘어지고 2번째 오른쪽 파임 획의 끝맺음 처리가 거의 닳아서 멋스러움이 없어졌다.

일곱째, '太'는 '太'로 변화되었다. 초주갑인자본의 '太'는 大에 점을 찍었는데, 횡획을 중심으로 반분하여 좌측 삐침과 우측 삐침을 가로획의 폭이 삼각구도가 되게 하고 중심에 점을 찍었다. 초주갑인자혼입보자본의 '太'는 횡획과 좌측 삐침 및 우측 삐침이 만나는 중간 지점이 마멸되어 획의 중심이 왼쪽으로 치우쳐 있어 균형미가 깨졌다.

여덟째, '故'는 '故'로 변화되었다. 초주갑인자본의 '故'는 둥글월문 '攵' 부수에 옛 고인 '古'가 합성된 자이다. '古'와 '攵'의 서로 교차하는 획들이 공간 안에 잘 구성되어 균정미가 일품이다. 초주갑인자혼입보자본의 '故'는 글자가 많이 마멸되어 일그러졌다. '故'의 획순은 'ー ＋ ＋ 古 古 古 故 故 故'이다. 1번째와 2번째 획이 교차하는 지점이 마멸되어 중심이 어그러졌고, 6번째 왼쪽 삐침 끝이 거의 마멸되어 7번째 오른쪽 삐침의 획이 시작하는 부분이 서로 가는 선이 교차하듯 어우러지는 멋이 없어졌다.

아홉째, '夫'는 '夫'로 변화되었다. 초주갑인자본의 '夫'는 큰 대 '大' 부수에 한 일 'ー'을 얹은 형상이다. 이 글자는 위의 '夫'에 사용된 '大'보다 부드럽게 자형을 만들고 그 위에 살짝 'ー'을 얹어서 균정미를 더하였다. 초주갑인자혼입보자본의 '夫'는 마멸되어 일그러졌다. '夫'의 획순은 'ー ＝ ＃ 夫'인데, 3번째 왼쪽 삐침 획이 마멸되어 1번째와 2번째 획이 만나는 지점의 중심이 틀어졌다.

열 번째, '得'은 '得'으로 변화되었다. 초주갑인자본의 '得'은 왕희지『황정경』의 '得'과 매우 비슷하다. 조금 걸을 척 '彳'의 부수를 약간 짧게 하고 본체인 '𢒉'은 좀 더 크게 자리하도록 구성하여 균정미를 살렸다. 초주갑인자혼입보자본의 '得'은 마멸되어 가늘어졌다.

2) 세종 27년(1445)경에 인출된 초주갑인자 활자와 중종 10년(1515)경의 초주갑인자혼입보자 동활자들을 비교하여 갑인자보주설을 뒷받침할 수 있는 증거들을 살펴볼 수 있다. 이들 활자를 비교하기 위해 위에서 선정된 각 동활자들을 10종씩 추출하고 비교하여 본 결과는 다음의 〈표 2〉와 같다.

〈표 2〉세종 27년(1445)경 조수갑인자 활자와 중종 10년(1515)경 보주한 동활자의 비교

구분	세종 27년(1445)경 초주갑인자		중종 10년(1515)경 보주 동활자	
1	竹	7장 전면 3행 竹	竹	7장 전면 3행 竹
2	夢	8장 후면 7행 夢	夢	8장 후면 7행 夢
3	巳	11장 후면 8행 巳	巳	11장 후면 8행 巳
4	上	15장 전면 1행 上	上	15장 전면 1행 上
5	以	17장 전면 2행 以	以	17장 전면 2행 以
6	香	21장 전면 6행 香	香	21장 전면 6행 香
7	宅	23장 전면 2행 宅	宅	23장 전면 2행 宅
8	堂	24장 후면 6행 堂	堂	24장 후면 6행 堂
9	把	26장 전면 5행 把	把	26장 전면 5행 把

구분	세종 27년(1445)경 초주갑인자		중종 10년(1515)경 보주 동활자	
10	旬	33장 전면 2행 旬	旬	33장 전면 2행 旬

위의 〈표 2〉에서 살펴본 바를 종합하면 다음과 같다.

첫째, 7장 전면 3행의 '竹'과 '竹', 8장 후면 7행의 '夢'과 '夢', 15장 전면 1행의 '上'과 '上', 21장 전면 6행의 '香'과 '香', 23장 전면 2행의 '宅'과 '宅', 26장 전면 5행의 '把'와 '把', 33장 전면 2행의 '旬'과 '旬' 등을 비교해 보면, 세종 27년(1445)경에 주조된 활자들은 해정하고 균정미가 있는데, 중종 10년(1515)경의 보자는 해정하지만 기필되는 부분과 삐침 등이 매우 유려(流麗)하다.

둘째, 세종 27년(1445)경에 주조된 11장 후면 8행의 '巳'는 중종 10년(1515)경의 보자 '巳'로 바뀌었다. '巳'는 글자의 파임이 단순한데 비해서 '巳'는 글자의 파임이 훨씬 안쪽으로 깊고 유연성에서 붓글씨의 미학이 드러나 아름답다.

셋째, 세종 27년(1445)경에 주조된 활자 중 17장 전면 2행의 '以'와 24장 후면 6행의 '堂'은 중종 10년(1515)경에 주조된 보자는 '以'와 '堂'으로 바뀌었다. '以'와 '堂'은 필체의 연결이 없는 해정한 인서체인데 비해, '以'와 '堂'의 보자는 필체의 흐름이 다음 글자로 자연스럽게 연결되고 있어 매우 정교하게 주조되었음을 알 수 있다.

3) 세종 27년(1445)경에 인출된 초주갑인자 활자와 중종 10년(1515)경의 초주갑인자 혼입보자활자들을 비교하여 목활자를 혼용하여 사용한 것을 뒷받침할 수 있는 증거들을 비교할 수 있다. 이들 활자를 비교하기 위해 위에서 선정된 각 활자들을 10종씩 추출하고 비교하여 본 결과는 다음의 〈표 3〉과 같다.

〈표 3〉 세종 27년(1445)경 초주갑인자 활자와 중종 10년(1515)경 목활자 보자의 비교

구분	세종 27년(1445)경 초주갑인자		중종 10년(1515)경 목활자 보자	
1		6장 전면 6행 改		6장 전면 6행 改
2		6장 후면 9행 陰		6장 후면 9행 陰
3		8장 전면 9행 秋		8장 전면 9행 秋
4		8장 후면 9행 寒		8장 후면 9행 寒
5		10장 전면 5행 春		10장 전면 5행 春
6		13장 후면 3행 高		13장 후면 3행 高
7		20장 전면 8행 鼓		20장 전면 8행 鼓
8		24장 전면 5행 湖		24장 전면 5행 湖
9		28장 전면 3행 家		28장 전면 3행 家

구분	세종 27년(1445)경 초주갑인자	중종 10년(1515)경 목활자 보자
10	張 29장 후면 6행 張	張 29장 후면 6행 張

위 〈표 3〉의 내용을 종합하여 살펴보면 다음과 같다.

첫째, 세종 27년(1445)경의 초주갑인자 활자가 해정하고 정연한 데 비해 중종 10년(1515)경에 만들어진 목활자 보자들은 전체적으로 초주갑인자의 활자 자체를 잘 본뜬 것은 별로 없다. 글자 모양은 크기가 일정하지 않고 균정하지 않다. 목활자 보자는 매우 거칠고 확대하여 보면 칼자국이 선명하게 나타나는 것을 볼 수 있다.

둘째, 6장 전면 6행의 '改'와 '改' 중 '改', 6장 후면 9행의 '陰'과 '陰' 중의 '陰', 8장 전면 9행의 '秋'와 '秋' 중 '秋', 8장 후면 9행의 '寒'과 '寒' 중의 '寒', 10장 전면 5행의 '春'과 '春' 중의 '春'의 목활자 보자들은 글자체가 유난히 크고 뻣뻣하여 멋이 없다.

셋째, 13장 후면 3행의 '髙'와 '髙'의 '髙'는 목활자 보자 중 자체가 가장 균형이 잡혀 있다.

넷째, 20장 전면 8행의 '敲'와 '敲' 중의 '敲'는 글자체가 일그러져 있고, 28장 전면 3행의 '家'와 '家' 중의 '家'는 글자체가 매우 둔탁하다.

다섯째, 24장 전면 5행의 '湖'와 '湖'를 보면, 중종 10년(1515)경의 '湖'는 구성하고 있는 획 중 '古'획의 횡획 일부가 끊어져 있다. 이는 목활자나 목판에서 가끔씩 나타나는 현상이다.

여섯째, 29장 후면 6행의 '張'과 '張'을 비교하면, 부수인 활궁의 '弓'이 서로 다르게 보인다. 세종 27년(1445)경의 초주갑인자체의 부수는 필획의 흐름을 따라 필사하여 주조된 데 비해 중종 10년(1515)경의 목활자는 칼자국이 드러나면서도 글자체가 매우 어색하다.

3.1.3. 세종 27년(1445)경 초주갑인자본과 중종 10년(1515)경의 초주갑인자혼 입보자본과의 교감 비교

세종 27년(1445)경 초주갑인자본과 중종 10년(1515)경의 초주갑인자혼입보자본을 비교하는 것은 매우 중요하다. 활자본을 저본으로 하여 마멸된 활자들을 골라내어 쓸 만한 것은 그대로 사용하고 보주에 있어 활자와 목활자를 어느 정도 사용할 지 결정하는 일이니 교감이 많지 않을 것으로 여겨진다. 두 활자본의 판각상의 차이를 비교하기 위하여 편의상 세종 27년(1445)경 초주갑인자본을 A본, 중종 10년(1515)경의 초주갑인자혼입보자본을 B본으로 약칭하여 〈표 4〉로 비교하고자 한다.

〈표 4〉 세종 27년(1445)경 초주갑인자본과 중종 10년(1515)경 초주갑인자혼입보자본의 교감 비교

구분	세종 27년(1445)경 초주갑인자본(A본)	중종 10년(1515)경 초주갑인자혼입보자본(B본)	비고
1) 11장 후면 4행	江轉富陽斜	江轉富楊斜	A본: 陽, B본: 楊
2) 11장 후면 9행	曲洛岸邊花	曲落岸邊花	A본: 洛, B본: 落
3) 18장 후면 4행	誰料江邊懷我夜	誰科江邊懷我夜	A본: 料, B본: 科
4) 22장 전면 7행	茫茫萬事坐成空	芒芒萬事坐成空	A본: 茫茫, B본: 芒芒 茫茫과 芒芒은 通用字임.
5) 26장 후면 2행	深藏牢閉後房中	深藏牢閉後旁中	A본: 房, B본: 旁
6) 28장 후면 4행	予與微之老而無子發於 言歎蓍在詩篇今年冬各 有一子戲作二什一以相 賀一以自嘲	予與微之老而無子發於言 歎着在詩篇今年冬各有一 子戲作二什一以相賀一以 自嘲	A본: 蓍, B본: 着

위 〈표 4〉의 내용을 종합하면 다음과 같다.

첫째, 11장 후면 4행의 구절은 백거이가 봄을 노래한 「和春深二十首」 연작시(제39 수~제58수) 중의 제51수인 뱃사공의 집인 '潮戶家'를 노래한 것 중의 제8구이다. 시의 내용과 해석은 다음과 같다.

하처춘심호 何處春深好아　　춘심조호가 春深潮戶家라
도번삼월설 濤飜三月雪이오　　낭분사시화 浪噴四時花라

예련치천마 曳練馳千馬요   경뇌주만거 驚雷走萬車라
여파낙하처 餘波落何處오   강전부양사 江轉富陽斜라

어느 곳에 깊은 봄이 좋은가?
뱃사공 집에 봄이 깊어라.
파도가 번득이면 3월에도 눈이 오고
물결은 사시사철 물보라 품어내네.
비단자락을 끌고 천 리를 달리는 듯하며
우레 소리를 내고 만 대 수레가 달리는 듯하구나.
여파가 어느 곳에 지는지
강은 부양(富陽) 땅을 돌아 비껴 흐르네.

위의 시구 마지막 구절인 '江轉富陽(楊)斜'의 A본은 '陽'이고, B본은 '楊'이다. 이 한자는 지명을 가리키는 '富陽'의 '陽'이어서 A본이 옳다. 白居易 著, 朱金城 箋注, 『백거이집전교』三에도 '陽'이 맞는 것으로 교감하였다.[24]

둘째, 11장 후면 9행의 구절은 백거이가 봄을 노래한 「和春深二十首」 연작시(제39 수~제58수) 중 제53수인 삼짇날 계모임하는 집인 '上巳家'를 노래한 것 중의 제4구이 다. 시의 내용과 해석은 다음과 같다.

하처춘심호 何處春深好아   춘심상사가 春深上巳家라
난정석상주 蘭亭席上酒요   곡낙안변화 曲洛岸邊花라
농수유동도 弄水遊童棹하고 전거소부거 湔裾小婦車라
제요쟁도처 齊橈爭渡處엔   일필금표사 一匹錦標斜라

---

24) 白居易 著, 朱金城 箋注, 『白居易集箋校』三(上海古籍出版社, 2008), 1827~1838쪽. 주금성의 전교본에 는 '陽'으로 되어 있다. 부양(富陽)은 항주(杭州)에서 30km 떨어진 서쪽 교외에 있다. 부춘강(富春江)이 동서로 가로질러 지나고 자연산수의 신운과 역사문화의 침적은 부양에 독특한 경관을 주고 있다. 이태백, 백낙천, 육유, 황공망(黃公望), 서하객(徐霞客) 등 문인들이 부양산수를 찬미하였으며 삼국시기 동오(東吳) 황제 손권 등 역사명인도 배출되었다.

어느 곳에 깊은 봄이 좋은가?
삼진날의 각 집에 봄이 깊다네.
蘭亭에는 자리 위의 술이오,
曲落에는 언덕가에 꽃이로다.
遊童은 노를 저어 물을 건너고,
小婦는 수레 끄노라 옷을 적시네.
돛대를 나란히 달고 떠나가는 곳은
한 필 비단이 깔려있네.

위의 시 '上巳家'의 제4구인 '曲洛(落)岸邊花'는 A본은 '洛'이고, B본은 '落'이다. 이 글자는 '동계곡락(同禊曲洛)'이라고 굽은 물가에서 불계(祓禊)를 행한 기록이 있어 A본의 '洛'이 맞는 글자이다.[25] 불계는 음력으로 삼월 삼진날(3월 3일) 치르는 의식이며 동쪽으로 흐르는 물에 묵은 때를 씻어 몸과 마음을 정결히 하던 의식이다. 원래는 음력 3월 첫째 사일(巳日)인 상사일(上巳日)에 행하던 것이다.

셋째, 18장 후면 4행은 백거이의 칠언율시 중 제83수 「江樓月」의 구절이다. 시의 내용과 해석은 다음과 같다.

가릉강곡곡강지 嘉陵江曲曲江遲한대
명월수동인별리 明月雖同人別離라
일소광경잠상억 一宵光景潛相憶이나
양지음청원부지 兩地陰晴遠不知라
수료강변회아야 誰料江邊懷我夜리오
정당지반망군시 正當池畔望君時라
금조공어방동회 今朝共語方同悔하니
불해다정선기시 不解多情先寄詩라

---

25) 白居易 著, 朱金城 箋注, 『白居易集箋校』三(上海古籍出版社, 2008), 1827~1838쪽. 주금성의 전교본에는 '洛'으로 되어 있다. 주대(周代)에도 이미 '동계곡락(同禊曲洛)'이라고 해서 굽은 물가에서 불계(祓禊)를 행한 기록이 있다.

가릉강(嘉陵江) 굽이마다 잔잔히 흐르는데
명월은 옛날 같으나 사람은 이별하네.
하룻밤 광경을 가만히 생각해 봤지만
두 곳의 날씨는 아득하여 알 길이 없네.
강변에서 나를 생각하는 밤인 줄 누가 알랴.
연못가에서 그대를 그리워할 바로 그때
오늘 아침에 함께 이야기하고 또 후회도 같이하니
다정함을 풀지 못하여 먼저 글을 부치노라.

위의 시 「江樓月」의 제5구인 '誰料(科)江邊懷我夜'는 A본은 '料'이고, B본은 '科'이다. 이 시구의 해석은 '강변에서 나를 생각하는 밤인 줄 누가 알랴'이니 해석 상 A본의 '料'가 옳다. B본은 인쇄 시 착오로 들어간 글자로 여겨진다.

넷째, 22면 전면 7행은 백거이의 칠언율시 중 제96수 「風雨晚泊」의 구절이다. 시의 내용과 해석은 다음과 같다.

고죽림변노위총 苦竹林邊蘆葦叢에
정주일망사무궁 停舟一望思無窮이라
청태박지연춘우 靑笞撲地連春雨요
백랑흔천진일풍 白浪掀天盡日風이라
홀홀백년개욕반 忽忽百年皆欲半하고
망망만사좌성공 茫茫萬事坐成空이라
차생표탕하시정 此生飄蕩何時定가
일루홍모천지중 一縷鴻毛天地中을

앙상한 대숲 가에 갈대 떨기에
배를 멈추고 바라보니 생각이 끝이 없네.
푸른 이끼가 땅에 깔렸으니 봄비가 잦았었고
종일토록 바람 불어 흰 물결이 하늘을 뒤흔드네.
어느덧 일생의 반이 거의 가고자 하니
만사는 아득아득 이룩한 것 없어라.

표탕한 인생살이 어느 때나 안정될까.
천지간에 한 올의 깃털 같아라.

위의 시 「風雨晩泊」의 제6구인 '茫茫(芒芒)萬事坐成空'은 A본은 '茫茫'이고, B본은 '芒芒'이다. '茫茫'과 '芒芒'은 통용자(通用字)로 뜻이 같은 글자이다.[26]

다섯째, 26장 후면 2행은 백거이의 칠언율시 중 제110수 「鸚鵡」의 구절이다. 시의 내용과 해석은 다음과 같다.

농서앵무도강동 隴西鸚鵡到江東하야
양득경년자점홍 養得經年觜漸紅이라
상공사귀선전시 常恐思歸先剪翅하고
매인위식잠개롱 每因餧食暫開籠이라
인연교어정수중 人憐巧語情雖重이나
조억고비의부동 鳥憶高飛意不同을
응사주문가무기 應似朱門歌舞妓로
심장뢰폐후방중 深藏牢閉後房中이라

농서(隴西) 땅 앵무새 강동에 와서
한 해를 기르니 입부리가 점점 붉어지네.
돌아가고플까 싶어 날개 먼저 자르고
모이를 줄 때마다 잠시 열어 주네.
사람이야 말 잘하는 것 귀여워 정이 깊다지만
새야 높이 날기 생각하니 뜻이 같지 않네
아마도 주문(朱門)의 노래하고 춤추는 기녀로
골방 속에 깊이 숨겨둠과 비슷하리라.

위의 시 「鸚鵡」의 제8구 '深藏牢閉後房(旁)中'은 A본은 '房'이고 B본은 '旁'이다. 시

---

26) 白居易 著, 朱金城 箋注, 『白居易集箋校』二(上海古籍出版社, 2008), 1102~1103쪽. 주금성의 전교본에는 '茫茫'으로 되어 있는데, '芒'과 '茫'은 통용자(通用字)이다.

구의 해석이 '골방 속에 깊이 숨겨둠과 비슷하리라'이니, 해석상 A본의 '房'이 옳다.[27]

여섯째, 28장 후면 4행은 백거이의 칠언율시 중 제118수 「予與微之老而無子發於言歎著(着)在詩篇今年冬各有一子戲作二什一以相賀一以自嘲」의 제목이다. 시의 내용과 해석은 다음과 같다.

> 상우도노도무자 常憂到老都無子라가
> 하황신생우시아 何況新生又是兒아
> 음덕자연의유경 陰德自然宜有慶이니
> 황천가득무도지 皇天可得道無知아
> 일원수죽금위주 一園水竹今爲主나
> 백권문장갱부수 百卷文章更付誰아
> 막려원추무욕처 莫慮鵷雛無浴處하소
> 즉응중입봉황지 卽應重入鳳凰池라
>
> 늙도록 자식 없음을 늘 근심하다가
> 무슨 일로 새로 아이가 태어나고 게다가 아들이니
> 음덕은 자연히 경사가 있기 마련이니
> 황천에게 도를 앎이 없다고 할 수 있겠는가!
> 동산 가득 찬 물 대나무도 이제야 주인을 얻었지만
> 백 권의 문장 다시 누구에게 전할까
> 원추 새들 멱 감을 곳 없음을 염려하지 마라
> 아마도 머지않아 다시 봉황지에 들어가리라.

위의 시 「予與微之老而無子發於言歎著(着)在詩篇今年冬各有一子戲作二什一以相賀一以自嘲」의 제목은 A본은 '著'이고 B본은 '着'인데, '著'와 '着'은 비슷한 뜻의 글자이며, '着'은 '著'의 속자(俗字)이다.[28] 시구의 해석은 '나와 微之는 늙도록 자식이 없

---

27) 白居易 著, 朱金城 箋注, 『白居易集箋校』三(上海古籍出版社, 2008), 1692~1693쪽. 주금성의 전교본에는 '後房'으로 되어 있는데, 뜻으로 보아 '後房'이 옳다. 箋校에 의하면, '後房'의 '後'는 『文苑英華』에는 '在'로 되어 있다.

이서 탄식하는 말이 나와 시에 담았는데, 금년 겨울에 각기 아들 하나를 두세 되었나. 장난삼아 두 편의 시를 지어 한 편으로는 서로 축하하고 한 편으로는 자조하다'이다.

3.1.4. 결론

위에서 살펴본 바를 종합하면 다음과 같다.

1) 호림박물관이 소장하고 있는 『향산삼체법』은 초주갑인자본으로는 낙장(앞부분 1~5장, 뒷부분 41장~42장)이 있지만 세종 27년(1445)경에 간행된 것임을 알려주는 유일본이다. 이 판본은 이후 중종 10년(1515)경에 간행된 초주갑인자혼입보자본의 저본이 되었다. 이 판본의 발굴로 일본 봉좌문고에 소장된 명종 20년(1565)경 간행본은 중종 10년(1515)경 간행본을 저본으로 하여 번각되었음을 확인할 수 있게 되었다.

2) 호림박물관 소장의 초주갑인자본은 세종 27년(1445)경에 간행되었다. 보존 상태는 좋지 않고 각 장의 가장자리 부분이 많이 훼손되었다. 판식은 '四周單邊 22.6× 15.9cm, 有界, 9行15字, 黑口, 上下內向黑魚尾'이며, 총 42장 중 앞부분 1장~5장, 뒷부분 35장, 38장, 41장~42장에 결장이 있다. 표제는 첨제로 「香山詩」이고(〈그림 1〉 참조), 책의 권수제 부분과 끝부분의 안평대군 이용의 발문이 떨어져 나갔다. 이 책에서 활자 10종을 선정하여 살펴본 결과 세종 27년(1445)경에 인출된 초주갑인자와 중종 10년(1515)경에 사용된 마멸된 초주갑인자, 새로 인출된 초주갑인자 보주 활자 및 일부의 목활자 보자가 섞여 있었는데 이들 활자들의 비교를 통해 몇 가지 중요한 내용을 알 수 있었다.

첫째, 초주갑인자와 초주갑인자혼입보자본의 마멸된 활자 사이에는 어떤 차이가 있는지 비교하였다. 초주갑인자 활자 10종은 전체적으로 해정한 필법의 글씨가 부드럽고 균정미가 있다. 이에 비해 초주갑인자혼입보자 중 마멸된 활자 10종들은 전체

---

28) 白居易 著, 朱金城 箋注, 『白居易集箋校』四(上海古籍出版社, 2008), 1935~1936쪽에도 '著'으로 되어 있다. '著'와 '着'은 비슷한 뜻의 글자이며, '着'은 '著'의 속자(俗字)이다.

적으로 가늘어졌고, 종획과 횡획이 교차하는 부분은 심하게 마멸되거나 균형미를 잃었으며, 좌우의 삐침 획들도 교차하듯 어우러지는 미적 균형이 없다.

둘째, 초주갑인자 활자와 초주갑인자혼입보자본의 보주 동활자는 어떻게 다른지 비교하였다. 초주갑인자 활자는 해정하고 균정미가 있고, 파임이 단순하며, 필체의 연결은 보이지 않았다. 이에 비해 초주갑인자혼입보자본의 보주 동활자는 훨씬 더 해정하고, 기필과 삐침이 매우 유려(流麗)하고, 파임은 유연하고 부드러우며, 그리고 어떤 글자에서는 필체의 흐름이 다음 글자로 자연스럽게 연결되고 있다.

셋째, 초주갑인자와 초주갑인자혼입보자본의 목활자 보자 사이에는 어떤 특징이 있는지를 비교하였다. 초주갑인자 활자들은 활자가 해정하고 정연하다. 이에 비해 초주갑인자혼입보자본의 목활자 보자는 글자의 크기와 두께가 일정하지 않고, 새김이 거칠고 확대하여 보면 칼자국이 선명하게 드러난다. 글자체가 유난히 크고 뻣뻣하다. 그중에 간혹 자체가 균형이 잡혀 있는 것도 있지만, 글자체가 일그러져 있고, 횡획의 일부가 끊겨 있기도 하며, 대부분의 글자체가 매우 어색하다.

3) 세종 27년(1445)경의 초주갑인자본을 A본, 중종 10년(1515)경의 초주갑인자혼입보자본을 B본으로 약칭하여 교감한 결과 여섯 가지 사례가 추출되었다. 첫째, 11장 후면 4행은 백거이가 봄을 노래한 「和春深二十首」 연작시(제39수~제58수) 중의 제51수인 뱃사공의 집인 '潮戶家'를 노래한 것 중의 제8구인 '江轉富陽(楊)斜'이다. 이의 A본은 '陽'이고, B본은 '楊'이다. 이 한자는 지명을 가리키는 '富陽'의 '陽'이어서 A본이 옳다. 둘째, 11장 후면 9행은 「和春深二十首」 연작시(제39수~제58수) 중의 제53수인 삼진날 계모임하는 집인 '上巳家'의 제4구인 '曲洛(落)岸邊花'이다. 이의 A본은 '洛'이고, B본은 '落'이다. 이 글자는 '동계곡락(同禊曲洛)'이라고 굽은 물가에서 불계(祓禊)를 행한 기록이 있어 A본의 '洛'이 맞는 글자이다. 셋째, 18장 후면 4행은 백거이의 칠언율시 중 제83수 「江樓月」의 제5구인 '誰料(科)江邊懷我夜'이다. 이의 A본은 '料'이고, B본은 '科'이다. 이 시구의 해석은 '강변에서 나를 생각하는 밤인 줄 누가 알랴'이니 해석상 A본의 '料'가 옳다. B본은 인쇄 시 착오로 들어간 글자로 여겨진다. 넷째, 22면 전면 7행은 백거이의 칠언율시 중 제96수 「風雨晚泊」의 제6구

인 '茫茫(芒芒)萬事坐成空'이다. A본은 '茫茫'이고, B본은 '芒芒'이다. '茫茫'과 '芒芒'
은 통용자로 뜻이 같은 글자이다. 다섯째, 26장 후면 2행은 백거이의 칠언율시 중
제110수 「鸚鵡」의 제8구인 '深藏牢閉後房(旁)中'이다. A본은 '房'이고 B본은 '旁'이
다. 시구의 해석이 '골방 속에 깊이 숨겨둠과 비슷하리라'이니, 해석상 A본의 '房'이
옳다. 여섯째, 28장 후면 4행은 백거이의 칠언율시 중 제118수 「子與微之老而無子
發於言歎著(着)在詩篇今年冬各有一子戲作二什一以相賀一以自嘲」의 제목이다. A본
은 '著'이고 B본은 '着'이다. 두 글자는 비슷한 뜻의 글자이며, '着'은 '著'의 속자(俗
字)이다.

3.2. 중종 10년(1515)경 간행의 초주갑인자혼입보자본

3.2.1. 서론

개인이 소장하고 있는 중종 10년(1515)경에 간행된 초주갑인자혼입보자본 『향산삼
체법』은 세종 27년(1445) 간행의 초주갑인자본을 저본으로 인출된 판본이며 낙장이
없는 판본으로 유일본이다.

이 판본은 초주갑인자본보다 70년 후에 간행되었지만 자료의 가치로서는 매우 중
요하다. 이 활자본에는 세 종류의 활자가 섞여 있어서 서로 다른 특징을 지니고 있다.
이 세 그룹의 활자들은 초주갑인자본과의 비교에서도 사용된 활자들이다.

본 연구에서는 초주갑인자혼입보자본 『향산삼체법』의 서지적 특징을 고찰하여 앞
장에서 언급한 세 종류의 활자들의 특징을 면밀히 살펴보고, 중종 10년(1515)경의 초
주갑인자혼입보자본과 일본 봉좌문고 소장의 명종 20년(1565) 번각본을 비교하여 판
각 특징과 차이를 살펴보고자 한다.

3.2.2. 초주갑인자혼입보자본 『향산삼체법』의 서지적 특징

중종 10년(1515)경에 간행된 초주갑인자혼입보자본 『향산삼체법』의 서지적인 특징은 다음과 같다. 판식은 四周雙邊 半郭 22.0×16.2cm, 有界, 9行15字, 上下內向3葉花紋魚尾 ; 27.5×18.5cm이며 총 42장 중 38장 전·후면이 결장이다. 표제는 「白律精選」이고〈그림 1〉 참조), 책의 권수제는 「香山三體法」이며(〈그림 2〉 참조), 끝부분에는 안평대군 이용의 발문이 붙어 있다(〈그림 3〉 참조).

초주갑인자혼입보자본 『향산삼체법』에는 세 종류의 활자가 섞여 있다.

첫째, 글자 획이 닳아 가늘어지고, 심한 것은 글자 획이 일그러진 것이 있는데 이는 세종 27년(1445)경에 인출된 초주갑인자 활자들이다. 이들 활자 중 심하게 마멸되고 일그러진 10종을 선정하여 보면, 1장 후면 5행의 '上', 4장 전면 6행의 '時', 5장 후면 2행의 '人', 5장 후면 5행의 '下', 6장 전면 6행의 '長', 7장 전면 4행의 '士', 9장 후면 2행의 '何', 17장 전면 3행의 '故', 17장 전면 7행의 '夫', 22장 전면 3행의 '得' 등이다.

둘째, 원래의 활자가 반세기 정도 지나서 많이 닳고 이지러져 사용되지 못할 때 활자를 큰 규모로 주조하여 보주(補鑄)한 경우이다. 『향산삼체법』의 판식이 사주쌍변에 상하내향의 굵은 화문어미이고 원래의 활자가 심하게 닳은 것을 보면, 중종 10년

  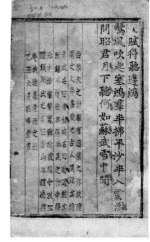

〈그림 1〉 중종 10년(1515)경 간행의 초주갑인자혼입보자본 『향산삼체법』의 표지

〈그림 2〉 중종 10년(1515)경 간행의 초주갑인자혼입보자본 『향산삼체법』의 권수 부분

〈그림 3〉 중종 10년(1515)경 간행의 초주갑인자혼입보자본 『향산삼체법』의 권말 부분

(1515)경에 인출된 갑인사 보주 활사이나.[29] 새로 조성된 보주 활자들은 글자 획이 좀 더 굵고 정교하다. 천혜봉 교수는 이 보주 활자에 대해서 중종조 후기 무렵부터 명종 연간 그리고 선조 초기에 찍힌 인본에서 다른 원활자가 마멸되고 이지러져 보자가 적지 않게 혼입되어 이들은 '甲寅字混入補字本' 또는 '甲寅字多混補字本'으로 판종을 칭해야 한다고 보았는데,[30] 상당히 설득력 있는 분석이다. 활자가 정교하고 해정하게 주성된 것은 모두 보주 활자이며 인쇄본 전체에 대부분 이 활자들이 사용되고 있다. 이 중 10종만 선정하여 보면, 4장 후면 5행의 '天', 5장 전면 5행의 '不', 5장 후면 8행의 '思', 7장 전면 3행의 '竹', 8장 후면 7행의 '夢', 11장 후면 8행의 '巳', 15장 전면 1행의 '上', 17장 전면 2행의 '以', 21장 후면 6행의 '香', 23장 전면 2행의 '宅' 등이다.

셋째, 일부의 목활자 보자가 섞여 있는데 새로 보주(補鑄)한 활자 이외에 초주 활자가 심하게 닳아 더 이상 쓸 수 없는 경우는 목활자 보자를 만들어 사용하기도 하였다. 이들 보자 10종을 선정해 보면, 2장 전면 4행의 '人', 2장 전면 7행의 '界', 6장 전면 6행의 '改', 6장 후면 9행의 '陰', 8장 전면 9행의 '秋', 8장 후면 9행의 '寒', 13장 후면 3행의 '高', 20장 전면 8행의 '敲', 24장 전면 5행의 '湖' 등이다.

『향산삼체법』에 사용된 세 종류의 활자들을 비교하기 위해 위에서 선정된 각 활자들을 10종씩 추출하여 비교한 결과는 다음의 〈표 5〉와 같다.

〈표 5〉 세종 27년(1445)경 초주갑인자, 중종 10년(1515)경 보주 동활자 및 목활자 보자의 비교

구분	세종 27년(1445)경 초주갑인자	중종 10년(1515)경 보주 동활자	중종 10년(1515)경 목활자 보자
1	1장 후 면5행 上	4장 후면 5행 天	2장 전면 4행 人

29) 中宗實錄 卷23, 10年 乙亥 11月 乙酉(3日)條의 '昨敎別設印書都監' 및 同月 丙戌(4日)條의 '開刊節目及都監名號 幷磨鍊 自治通鑑唐本 字樣細大適中 以此改鑄銅字 且甲辰·甲寅等字訛刓者 悉令改鑄' 참조.
30) 千惠鳳, 「甲寅字本 鑑識의 諸問題」, 『蒼史李春熙敎授定年紀念論叢』(1993), 22쪽.

구분	세종 27년(1445)경 초주갑인자		중종 10년(1515)경 보주 동활자		중종 10년(1515)경 목활자 보자	
2		4장 전면 6행 時		5장 전면 5행 不		2장 전면 7행 界
3		5장 후면 2행 人		5장 후면 8행 思		6장 전면 6행 改
4		5장 후면 5행 下		7장 전면 3행 竹		6장 후면 9행 陰
5		6장 전면 6행 長		8장 후면 7행 夢		8장 전면 9행 秋
6		7장 전면 4행 士		11장 후면 8행 巳		8장 후면 9행 寒
7		9장 후면 2행 何		15장 전면 1행 上		10장 전면 5행 春
8		17장 전면 3행 故		17장 전면 2행 以		13장 후면 3행 高
9		17장 전면 7행 夫		21장 후면 6행 香		20장 전면 8행 鼓
10		22장 전면 3행 得		23장 전면 2행 宅		24장 전면 5행 湖

위의 〈표 5〉를 동해 및 가시 사실을 종합할 수 있나.

첫째, 세종 27년(1445)경에 인출된 초주갑인자 활자는 전체적으로 보주 활자에 비해 획이 아주 가늘고 모양이 휘어 있으며, 특히 17장 전면 7행의 '夫'는 중심이 심하게 기울어져 있다.

둘째, 앞서 언급한 바와 같이 기존에 주장해왔던 중종 10년(1515)경의 갑인자보주설을 뒷받침할 수 있는 자료라는 점이다. 위의 예에서 보는 바와 같이, 중종 10년의 보자는 활자의 굵기와 크기가 일정하고 매우 정연하다. 기필되는 부분과 삐침 등이 매우 부드럽고 정연한 것을 볼 수 있으며, 특히 17장 전면 2행의 '以'는 필서자의 필체의 흐름을 그대로 보여주고 있어 인쇄한 자체가 아닌 듯 한 착각을 하게 한다.

셋째, 목활자 보자들은 활자의 굵기와 크기가 일정하지 않다. 활자 하나하나가 글자본을 뒤집어 붙이고 새겨내기 때문에 동일한 활자라 하더라도 같은 모양이 없고 조금씩 또는 각각 다르기 때문이다. 활자가 매우 거칠고 확대하여 보면 칼자국이 선명하게 나타나는 것을 볼 수 있다. 목활자 보자의 자체는 기존의 활자보다 크고 짜임새가 없다. 일본 봉좌문고에 소장된 명종 20년(1565)의 간행본을 보면 같은 글자의 형태가 그대로 번각되고 있어 중종 10년(1515)경 간행의 초주갑인자혼입보자본을 저

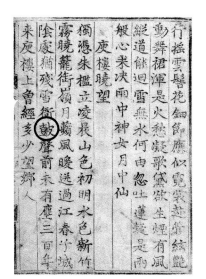

〈그림 4-1〉 중종 10년(1515)경 간행의 초주갑인자혼입보자본 『향산삼체법』의 20장 전면 8행 '鼓' 부분

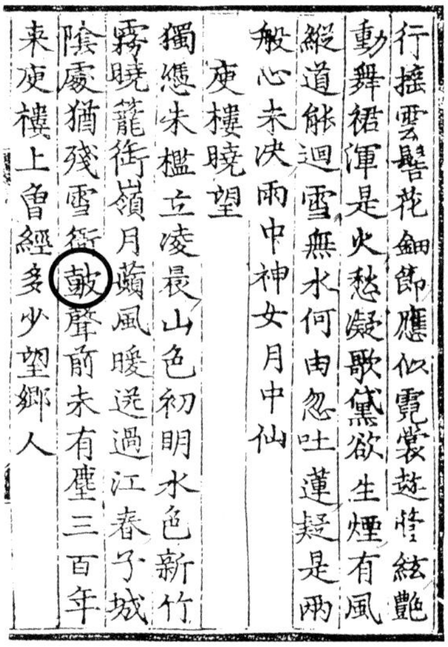

〈그림 4-2〉 명종 20년(1565)경 간행의 초주갑인자혼입보자번각본 『향산삼체법』의 20장 전면 8행 '鼓' 부분

본으로 하여 간행된 것임을 알 수 있다. 그 예로 20장 전면 8행 '鼓'의 목활자를 비교하여 보면 중종 10년(1515)경 간행의 초주갑인자혼입보자본의 '鼓'의 모양(〈그림 4-1〉 참조)과 명종 20년(1565)의 초주갑인자혼입보자번각본의 '鼓'의 모양(〈그림 4-2〉 참조)이 같은 것을 알 수 있다.

3.2.3. 중종 10년(1515)경의 초주갑인자혼입보자본과 일본 蓬左文庫 소장의 명종 20년(1565) 번각본과의 판각상의 비교

중종 10년(1515)경의 초주갑인자혼입보자본과 일본 봉좌문고(蓬左文庫) 소장의 명종 20년(1565) 번각본을 비교하는 것은 매우 의미 있는 일이다. 번각본은 원본을 해체하여 판목에 뒤집어 붙이고 판각한 것이지만 판각상의 차이가 있고, 이러한 미묘한 차이 때문에 글자가 다른 것이 있게 되고 심한 경우는 해석상의 변화까지 있게 된다. 두 판본간의 판각상의 차이를 비교하기 위하여 편의상 중종 10년(1515)경의 초주갑인자혼입보자본을 A본, 봉좌문고 소장의 명종 20년(1565) 번각본을 B본으로 약칭하여 〈표 6〉으로 비교하고자 한다.

〈표 6〉 중종 10년(1515)경 간행의 초주갑인자혼입보자본과
일본 봉좌문고 소장의 명종 20년(1565) 번각본의 비교

구분	중종 10년 초주갑인자 혼입보자본(A본)	봉좌문고 명종 20년 번각본(B본)	비고
1) 1장 전면 3행	松窓未旽時	松窓未旽時	B본: 획의 탈락
2) 1장 후면 5행	送文暢上人東遊	送文暢上人東遊	A본: '上'의 획이 가늘고 휘어 있음
3) 3장 전면 1행	高閑眞是貴	髙閑眞是貴	B본: 획의 탈락
4) 5장 후면 6행	貌將松共瘦	貌將松共瘦	B본: 瘦를 瘦로 표기 (B본의 瘦는 A본 瘦의 속자임)
5) 6장 전면 3행	蹉跎春氣味	蹉跎春氣味	B본은 氣의 시작 부분이 'ㅡ'로 되어 있음(획을 쓰는 습관의 차이)

구분	중종 10년 초주갑인자 혼입보자본(A본)	봉좌문고 명종 20년 번각본(B본)	비고
6) 6장 후면 1행	七絃爲益友	七絃爲益友	A본: '七'의 획이 가늘고 휘어 있음
7) 6장 후면 6행	浩氣在心胸	洪氣在心胸	B본: 획의 탈락
8) 7장 전면 3행	靜空一爐香	靜室一爐香	A본과 B본: 뜻이 다른 글자 空과 室
9) 7장 전면 9행	乃置酒初醒	乃値酒初醒	A본과 B본: 뜻이 다른 글자 置와 値
10) 7장 후면 7행	連行排絳帳	連行排絳帳	B본: 획의 탈락
11) 8장 전면 2행	僧因飯暫留	僧囚飯暫留	B본: 획의 탈락
12) 8장 후면 2행	貧閑老瘦人	貧閑老瘦人	B본: 瘦를 瘦로 표기 (B본의 瘦는 A본 瘦의 속자임)
13) 8장 후면 5행	臥疾瘦居士	臥疾瘦居士	B본: 瘦를 瘦로 표기 (B본의 瘦는 A본 瘦의 속자임)
14) 10장 전면 7행	葉葉集旗斜	葉葉隼旗斜	A본: '旗'의 부수인 '方'을 '扌'로 쓴 경우(획을 쓰는 습관의 차이)
15) 10장 후면 3행	香賤把下車	香賤把下車	A본과 B본: 뜻이 다른 글자 賤과 賤
19) 15장 후면 5행	濤聲夜入伍貞廟	濤聲夜入伍貞廟	B본: 획의 탈락
20) 20장 전면 6행	獨憑朱檻立凌晨	獨憑未檻立凌晨	B본: 획의 탈락
21) 23장 후면 7행	醉來無計但悲歌	醉來無計但悲歌	B본: '但'을 '佢'으로 쓴 경우(획을 쓰는 습관의 차이)
22) 29장 전면 7행	甘從妻喚作劉靈	甘從妻喚作劉伶	A본과 B본: 뜻이 다른 글자 靈과 伶
23) 33장 후면 2행	數杯溫酎雪中春	數杯溫酎雪中春	A본: '酎'의 '寸'을 '十'으로 표기(획 을 쓰는 습관의 차이)
24) 33장 후면 9행	莫非金谷園中月	莫非金谷園中月	B본: 획의 탈락
25) 35장 전면 8행	明月春風三五更	明月春風三五夜	A본과 B본: 뜻이 다른 글자 更과 夜

〈표 6〉의 내용을 종합하면 다음과 같다.

첫째, B본이 번각본임을 나타내는 특징의 하나로 글자 획의 일부가 떨어져 나간 경우를 볼 수 있는데, 1)의 **眄**와 **眉**, 3)의 **髙**와 **髙**, 7)의 **浩**와 **浩**, 10)의 **連**과 **連**, 11)의 **因**과 **因**, 16)의 **第**와 **第**, 19)의 **貟**과 **貟**, 20)의 **朱**와 **朱**, 24)의 **金**과 **金** 등 아홉 가지의 사례가 나타나고 있다.

둘째, A본의 경우 세종 27년(1445)경에 인출된 초주갑인자 활자가 유난히 획이 가늘고 휘어 있는 경우로 2)의 **上**과 **上**, 6)의 **七**과 **七**의 사례에 해당한다.

셋째, 획을 쓰는 습관에 따라 나타나는 차이가 있는데, 5)는 A본의 '氣'는 정자인데 비해 B본은 **氣**로 되어 있어 '氣'의 시작 부분이 'ㅗ'로 되어 있다. 14)의 경우는 A본이 **撗**로 되어 있는데 '撗'의 부수인 '方'을 'ㅊ'로 쓰는 경우이다. 21)은 B본이 '但'을 '但'으로 쓴 경우이다. 23)은 A본이 '酎'의 '寸'을 '十'으로 표기한 예이다.

넷째, 정자가 아니고 속자(俗字)를 사용하고 있는 것은 두 가지 사례가 보인다. 하나는 4), 12), 13)의 경우인데, B본이 A본에 사용된 '瘦'를 '瘦'로 표기하였는데 B본의 '瘦'는 A본 '瘦'의 속자이다. 다른 하나는 17)의 경우, 『향산삼체법』의 제49수로 연작시인 「和春深二十首」 중 11번째 시이며 그중 제5구이다. A본에는 '蘭索紉幽 **珮**'이고, B본에는 '蘭索紉幽 **沠**'이다. B본의 **沠**는 '佩'의 속자이며 '佩'와 A본의 '珮'는 동자(同字)이다.

다섯째, 뜻이 다른 글자가 사용된 경우가 보이는데, 8), 9), 15), 18), 22), 25)의 경우이다. 8)의 예는 오언율시 중 제28수인 「北窓閑座」의 제2구로 A본은 '靜空一爐香'이고, B본은 '靜室一爐香'인데, '空'이 '室'로 바뀌어 있다. '고요한 공간에 향로 하나'가 '고요한 방에 향로 하나'라는 뜻으로 바뀐 것으로 내용상의 차이가 별로 없다. 9)의 경우는 제29수인 「池上」의 제8구로 A본은 '乃置酒初醒'이고, B본은 '乃値酒初醒'로 바뀌어 있다. A본의 '置酒'는 '술자리를 벌이거나 주연을 베푼다'는 뜻으로 일반적으로 많이 사용되고 용어이고 여러 사람의 시에도 나타나고 있어 B본의 '値酒'보다 더 적합한 용어로 여겨진다. 15)의 경우는 제45수로 연작시인 「和春深二十首」 중 9번째 시이며 그중 제6구이다. A본에는 '香**膁**把下車'이고, B본에는 '香**膁**把下車'

이다. '향선을 가지고 수레에서 내린다'는 뜻이며 B본의 글자가 맞는 것으로 여겨진
다. 18)의 경우는 제53수로 연작시인 「和春深二十首」 중 15번째 시이며 그중 제4구
이다. A본에는 '曲落岸邊花'이고, B본에는 '曲洛岸邊花'이다. '곡락에는 언덕가에 꽃
이로다'라는 뜻으로 보아 B본의 '曲洛'이 '구불구불 흐르는 낙수'라는 뜻이어서 시 전
체의 의미에 맞는다. 22)는 제119수인 「橋亭卯飮」의 제8구이다. A본에는 '甘從妻喚
作劉靈'이 B본에는 '甘從妻喚作劉伶'이다. 유령(劉伶)은 진(晉)나라 죽림칠현(竹林七
賢)의 한 명이며 술을 좋아했던 인물로 B본의 글자가 정확하다. 25)는 제144수인 「長
安正月十五日」 중 제3구이다. A본에는 '明月春風三五更'이고, B본에는 '明月春風三
五夜'이다. 백거이가 장안에서 정월 15일을 보내면서 지은 시인데, A본의 '三五更'은
밤 11시부터 새벽 5시까지를 뜻하고, '三五夜'는 보름날 밤 '十五夜'를 의미하는 것이
니 B본의 뜻이 시 전체의 의미에 맞는다.

3.2.4. 결론

1) 『향산삼체법』은 현존하는 판본들이 있지만, 본 연구의 대상은 국내외에서 중종
10년(1515)경에 간행된 초주갑인자혼입보자본으로는 유일한 책이다. 판식은 四周雙
邊 半郭 22.0×16.2cm, 有界, 9行15字, 上下內向3葉花紋魚尾 ; 27.5×18.5cm이며
총 42장 중 38장 전·후면이 결장이다. 표제는 「白律精選」이고, 책의 권수제는 「香山
三體法」이며, 끝부분에는 안평대군 이용의 발문이 있다. 이 책에서 활자를 10종씩
선정하여 살펴본 결과 세종 27년(1445)경에 인출된 초주갑인자와 중종 10년(1515)경에
인출된 초갑인자 보주 활자 및 일부의 목활자 보자(補字)가 섞여 있었는데 이들 활자
를 통해 몇 가지 중요한 내용을 알 수 있었다.

첫째, 세종 27년(1445)경에 인출된 초주갑인자 활자가 사용되고 있는데, 오래 사용
해서 획이 아주 가늘고 모양이 휘어 있으며, 중심이 기울어진 것들이 있다.

둘째, 기존에 주장해왔던 중종 10년(1515)경의 갑인자보주설을 뒷받침할 수 있는
자료라는 점이다. 이 책은 중종 10년경의 초주갑인자 보자는 활자의 굵기와 크기가
일정하고 매우 정연하다. 기필되는 부분과 삐침 등이 매우 부드럽고 정연한 것을 볼

수 있다.

셋째, 목활자 보자들은 활자의 굵기와 크기가 일정하지 않다. 동일한 활자라 하더라도 같은 모양이 없고 새김이 매우 거칠어서 확대하여 보면 칼자국이 선명하게 나타나고 있다. 목활자 보자의 자체는 기존의 활자보다 크고 짜임새가 없다. 일본 봉좌문고에 소장된 명종 20년(1565)의 간행본을 보면 같은 글자의 형태가 그대로 번각되고 있어 중종 10년(1515)경 간행의 초주갑인자혼입보자본을 저본으로 하여 간행된 것임을 알 수 있다.

2) 중종 10년(1515)경의 초주갑인자혼입보자본과 일본 봉좌문고 소장의 명종 20년(1565) 번각본을 비교한 결과 첫째, 명종 20년본이 번각본임을 나타내주는 특징의 하나로 글자 획의 일부가 떨어져 나간 경우를 확인할 수 있는 사례들이 있다. 둘째, 세종 27년(1445)경에 인출된 초주갑인자 활자가 유난히 획이 가늘고 휘어 있는 예들이 있다. 셋째, 획을 쓰는 습관에 따라 나타나는 차이가 있다. 넷째, 속자를 사용하고 있는 경우는 두 가지 사례가 있다. 다섯째, 뜻이 서로 다른 글자가 사용된 경우는 여섯 가지 사례가 있었는데, 이는 원본의 내용을 교감하되 일부 글자는 정정하여 번각한 것임을 알 수 있다.

3.3. 명종 20년(1565)경 간행의 초주갑인자혼입보자본 번각본

3.3.1. 서론

일본 봉좌문고에 소장하고 있는 명종 20년(1565)경 간행의 초주갑인자혼입보자본 번각본[31]은 중종 10년(1515)경에 간행된 초주갑인자혼입보자본 『향산삼체법』을 저본으로 인출된 번각본으로 간기가 있는 판본이다.

---

31) 이 글의 명종 20년(1565) 간행의 초주갑인자혼입보자본 번각본 『향산삼체법』의 사진 35장은 심우준, 『香山三體法 硏究』(一志社, 1997), 164~248쪽의 도판을 사용하였다. 다만 여기서는 활자 샘플 비교만을 위해 사용하도록 한다.

이 판본은 초주갑인자혼입보자본보다 50년 후에 번각되었지만 번각 간기를 가지고 있어 자료의 가치로서는 매우 중요한 판본이다. 이 번각본은 초주갑인자혼입보자본을 기본으로 하고 있으면서도 각 글자체는 서로 다른 특징을 지니고 있다.

본 연구에서는 초주갑인자혼입보자본 번각본 『향산삼체법』의 서지적 특징을 고찰하기 위해 중종 10년(1515)경의 초주갑인자혼입보자본에 나타나는 세종 27년(1445)경에 조성된 초주갑인자의 마멸된 활자, 중종 10년(1515)경의 초주갑인자혼입보자본에 나타나는 새로 조성된 갑인자 및 목활자 보자들이 번각된 경우 어떻게 달라지는 가를 비교하여 몇 가지 특징을 찾아내고자 한다.

3.3.2. 일본 봉좌문고 소장의 초주갑인자혼입보자본 번각본 『향산삼체법』

일본 봉좌문고에 소장된 초주갑인자혼입보자본 번각본 『향산삼체법』의 권말 발문에 의하면, "향산삼체시 한 편을 얻어 집에 간직한 지가 오래 되었는데 지금 내가 서관(西關) 서도(西道: 황해도와 평안도) 절도사로 부임하여 통판 조호문(趙好問)과 상의하여 간행함으로써 널리 펴서 재관(材官)들과 함께 송독할 것을 생각하였으니 권질이 간편하면서도 사의가 평범하고도 담담한 것을 취했을 뿐이다. 가정 을축(명종 20, 1565년) 가을, 절도사 김덕룡(金德龍)이 향설헌에서 쓰다"[32]라는 간행기록이 남아 있다.

이 기록을 참조하면, 김덕룡(金德龍, 중종 13년(1518~?))[33]은 명종 20년(1565)에 평안

---

32) 白居易 著, 李瑢 編, 『香山三體法』, 초주갑인자혼입보자번각본, 명종 20년(1565).
   "右香山三體法詩日編 得以家藏久矣 今玆來鎮西關也 謀諸趙通判好問錄梓廣傳 思與材官輩誦之 所以取夫卷帙簡便 而詞義平淡云爾 皆嘉靖乙丑秋 節度使 金德龍 書于香雪軒"

33) 〈http://100.daum.net/encyclopedia/view/14XXE0008934〉. 한국민족문화대백과사전 김덕룡. [cited 2015. 6. 27.]
   김덕룡(金德龍, 중종 13년(1518~?))은 조선조 명종 때 문신으로 본관은 안동(安東)이고 자는 운보(雲甫)이며 호는 낙곡재(駱谷齋)이다. 명종 1년(1546) 증광문과에 갑과로 급제, 봉상시주부·경성판관(鏡城判官)을 거쳐 1557년 암행어사로 평안도에 파견되었다. 외직과 부호군·장례원판결사·동부승지·전라도관찰사·동지중추부사·도승지 등을 거쳐 명종 19년(1564)에 평안도병마수군절도사가 되었다. 그때 그의 예하 군인 300여 인이 월경하여 야인을 토벌하다 크게 패배하였는데 이로 인해 추고(推考), 파직당하였다. 그 뒤 곧 복직되어 평안도관찰사·개성유수 등을 거쳐 선조 4년(1571) 대사헌이 되었다. 평소 효우(孝友)하고 문무를 겸비하였다.

도의 병마수군절도사로 있으면서 조호문(趙好問)과 상의하여 집안에 내려오던 중종 10년(1515)경에 간행된 초주갑인자혼입보자본 『향산삼체법』을 저본으로 간행하여 재관(材官)들과 함께 송독하려고 했던 것임을 알 수 있다.

이 판본의 원본은 나고야의 봉좌문고에 있고, 국내에서는 국립중앙도서관이 1999년 봉좌문고에서 마이크로필름으로 영인한 자료(國立中央圖書館(M古3-1999-12))를 이용할 수 있고, 심우준의 『香山三體法 研究』(一志社, 1997), 164~248쪽 도판을 참고할 수 있다.

이 판본의 서지사항은 '四周雙邊 半郭 22.0×16.2cm, 有界, 9行15字, 上下內向3葉花紋魚尾 ; 27.5×18.5cm'이다. 표제는 「香山三體 全部」라고 필사되어 있으며, 끝부분에는 안평대군 이용의 발문과 김덕룡의 번각 발문이 붙어 있다.

3.3.3. 일본 봉좌문고 소장의 초주갑인자혼입보자본 번각본 『향산삼체법』의 판각 특징

명종 20년(1565)경에 간행된 초주갑인자혼입보자본 번각본 『향산삼체법』 판본의 특징을 살펴보기 위해, 중종 10년(1515)경의 초주갑인자혼입보자본에 나타나는 세종 27년(1445)경에 조성된 초주갑인자 중 마멸된 활자, 중종 10년(1515)경 새로 조성된 갑인자와 목활자 보자들이 명종 20년(1565)에 번각된 경우 어떻게 달라지는 가를 비교하여 몇 가지 특징을 찾아내고자 한다.

1) 중종 10년(1515)경의 초주갑인자혼입보자본에 나타나던 초주갑인자 활자들 중 마멸된 활자 10종을 골라 세종 27년(1445)경 초주갑인자, 중종 10년(1515)경 마멸된 동활자, 명종 20년(1565)경 번각본과 비교하면 다음과 같다.

〈표 1〉 세종 27년(1445)경 초주갑인지 찰자와 중종 10년(1515)경 마멸된 동활자 및
명종 20년(1565)경에 간행된 초주갑인자혼입보자본 번각본의 비교

구분	세종 27년(1445)경 초주갑인자		중종 10년(1515)경 마멸된 동활자		명종 20년(1565)경 번각본	
1	長	6장 전면 6행 長	長	6장 전면 6행 長	長	6장 전면 6행 長
2	士	7장 전면 4행 士	士	7장 전면 4행 士	士	7장 전면 4행 士
3	何	9장 후면 2행 何	何	9장 후면 2행 何	何	9장 후면 2행 何
4	史	10장 전면5행 史	史	10장 전면 5행 史	史	10장 전면5행 史
5	門	13장 전면6행 門	門	13장 전면 6행 門	門	13장 전면 6행 門
6	風	16장 전면5행 風	風	16장 전면 5행 風	風	16장 전면 5행 風
7	太	16장 후면7행 太	太	16장 후면 7행 太	太	16장 후면 7행 太
8	故	17장 전면 3행 故	故	17장 전면 3행 故	故	17장 전면 3행 故
9	夫	17장 전면 7행 夫	夫	17장 전면 7행 夫	夫	17장 전면 7행 夫

구분	세종 27년(1445)경 초주갑인자	중종 10년(1515)경 마멸된 동활자	명종 20년(1565)경 번각본
10	22장 전면 3행 得	22장 전면 3행 得	22장 전면 3행 得

위 〈표 1〉에서와 같이, 명종 20년(1565)경 번각본은 중종 10년(1515)경 마멸된 활자들을 저본으로 하여 간행했음을 알 수 있다. 활자들의 전체적인 느낌은 마멸되고 이지러진 활자의 이미지를 그대로 담고 있으며 좀 더 굵고 투박하게 번각되었는데 각 특징을 살펴보면 다음과 같다.

첫째, '長'이 '長'으로 변화되어 '長'으로 번각되었다. '長'은 '長'의 모양을 기본으로 하여 약간 왼쪽으로 기울어지고 전체적으로 뻣뻣하고 둔탁하다.

둘째, '士'가 '士'로 변화되어 '士'로 번각되었다. '士'는 '士'의 마멸된 활자 모양을 닮아 횡획과 종획은 더 길게 번각되어 밋밋하다.

셋째, '何'가 '何'로 변화되어 '何'로 번각되었다. '何'는 '何'의 마멸된 활자 모양을 닮아 '可'의 기울어진 모양이 그대로 재현되고 획은 좀 더 굵게 나타나고 있다.

넷째, '史'가 '史'로 변화되어 '史'로 번각되었다. '史'는 '史'의 마멸된 활자 모양을 닮아 '口'의 횡획이 심하게 일그러졌는데, 그대로 번각되어 부자연스럽다.

다섯째, '門'이 '門'으로 변화되어 '門'으로 번각되었다. '門'은 좌문의 종획 위쪽이 '門'의 좌문의 종획 위쪽의 모양보다 더 심하게 휘었다.

여섯째, '風'이 '風'으로 변화되어 '風'으로 번각되었다. '風'은 '風'을 닮았는데 '几'의 오른쪽 파임획이 가늘고 길어졌던 것을 그대로 번각하여 글자의 모양이 균형미를 잃었다.

일곱째, '太'가 '太'로 변화되어 '太'로 번각되었다. '太'는 '太'를 번각하여 '大'의 좌측 삐침과 우측 삐침이 균형을 잃어 글자의 균정미가 없다.

여덟째, '故'가 '故'로 변화되어 '故'로 번각되었다. '故'는 '故'를 번각했는데, '古'의 첫 번째 횡획이 길어 균형이 왼쪽으로 기울었고, '古'와 '攵'의 서로 교차하는 획들이 공간 안에 잘 구성되지 못하고 서로 붙어 있어 균정미가 없다.

아홉째, '夫'가 '大'로 변화되어 '夫'로 번각되었다. '夫'는 '大'의 3번째 마멸된 왼쪽 삐침 획이 그대로 번각되어 '大'에 '一'을 얹은 형상이 아니고, 균형미를 잃어 중심이 틀어졌다.

열 번째, '得'은 '得'으로 변화되어 '得'으로 번각되었다. '得'은 '得'의 마멸되고 가늘어진 글자가 번각되어 '彳'은 짧고 본체인 '导'은 지나치게 길어 균정미가 없다.

2) 중종 10년(1515)경의 초주갑인자혼입보자본에 보이는 새로 조성된 갑인자 활자 10종을 골라 세종 27년(1445)경 초주갑인자, 중종 10년(1515)경 보주 갑인자, 명종 20년(1565)경 번각본과 비교하면 다음과 같다.

〈표 2〉 세종 27년(1445)경 초주갑인자 활자와 중종 10년(1515)경 새로 조성된
갑인자 활자 및 명종 20년(1565)경에 간행된 초주갑인자혼입보자본 번각본의 비교

구분	세종 27년(1445)경 초주갑인자		중종 10년(1515)경 보주 동활자		명종 20년(1565)경 번각본	
1	竹	7장 전면 3행 竹	竹	7장 전면 3행 竹	竹	7장 전면 3행 竹
2	夢	8장 후면 7행 夢	夢	8장 후면 7행 夢	夢	8장 후면 7행 夢
3	巳	11장 후면 8행 巳	巳	11장 후면 8행 巳	巳	11장 후면 8행 巳
4	上	15장 전면 1행 上	上	15장 전면 1행 上	上	15장 전면 1행 上

구분	세종 27년(1445)경 초주갑인자		중종 10년(1515)경 보주 동활자		명종 20년(1565)경 번각본	
5		17장 전면 2행 以		17장 전면 2행 以		17장 전면 2행 以
6		21장 전면 6행 香		21장 전면 6행 香		21장 전면 6행 香
7		23장 전면 2행 宅		23장 전면 2행 宅		23장 전면 2행 宅
8		24장 후면 6행 堂		24장 후면 6행 堂		24장 후면 6행 堂
9		26장 전면 5행 把		26장 전면 5행 把		26장 전면 5행 把
10		33장 전면 2행 旬		33장 전면 2행 旬		33장 전면 2행 旬

위 〈표 2〉에서 살펴본 바와 같이, 명종 20년(1565)경 번각자들의 특징은 중종 10년 (1515)경 다시 조성된 보자로 해정하고 유려한 갑인자들을 저본으로 하여 간행했음을 알 수 있다. 번각자들은 해정하고 유려한 자태는 별로 보이지 않지만 간혹 한두 자는 활자의 이미지를 약간 담고 있고, 파임의 아름다운 선은 살려내지 못하였으며, 필체 의 흐름까지 정교하게 번각된 자체들도 있다. 몇 가지 특징들을 비교하여 살펴보면 다음과 같다.

첫째, 7장 전면 3행의 '竹'과 '竹' 및 '竹', 8장 후면 7행의 '夢'과 '夢' 및 '夢', 15장 전면 1행의 '上'과 '上' 및 '上', 21장 전면 6행의 '香'과 '香' 및

'香', 23장 전면 2행의 '宅'과 '宅' 및 '宅', 26장 전면 5행의 '把'와 '把' 및 '把', 33장 전면 2행의 '旬'과 '旬' 및 '旬' 등을 비교해 보면, 세종 27년(1445)경에 주조된 '竹', '夢', '上', '香', '宅', '把', '旬' 등의 활자들은 해정하고 균정미가 있는데, 중종 10년(1515)경의 보자 갑인자인 '竹', '夢', '上', '香', '宅', '把', '旬' 등은 해정하지만 기필되는 부분과 삐침 등이 매우 유려(流麗)하다. 이에 비해 명종 20년(1565)경의 '竹', '夢', '上', '香', '宅', '把', '旬' 등은 중종 10년(1515)경의 보자 갑인자를 번각하였지만 해정하고 유려한 자태는 별로 보이지 않는다. 그중 '香'과 '旬'은 활자가 지니는 기품을 약간 살려낸 판각자라고 할 수 있다.

둘째, '巴'는 '巴'로 변화되어 '巴'로 번각되었다. 세종 27년(1445)경에 주조된 '巴'는 글자의 파임의 선이 단순하고 부드럽다. 중종 10년(1515)경의 보자 갑인자인 '巴'는 글자의 파임이 훨씬 안쪽으로 깊고 유연하여 붓글씨의 미학이 드러나 아름답다. 명종 20년(1565)경의 '巴'는 '巴'를 번각했음에도 파임은 그저 길쭉할 뿐 밋밋하여 아름다운 선을 잃었다.

셋째, '以'는 '以'로 변화되어 '以'로 번각되었고, '堂'은 '堂'으로 변화되어 '堂'으로 번각되었다. 세종 27년(1445)경에 주조된 '以'와 '堂'은 필체의 연결이 없는 해정한 인서체인데 비해, 중종 10년(1515)경의 보자 갑인자인 '以'와 '堂'은 필체의 흐름이 다음 글자로 자연스럽게 연결되고 있어 매우 정교하게 주조되었음을 알 수 있다. 명종 20년(1565)경의 '以'와 '堂'은 중종 10년(1515)경의 '以'와 '堂'을 번각하여 필체의 흐름까지 정교하게 번각해내고 있다.

3) 중종 10년(1515)경의 초주갑인자혼입보자본에 나타나는 목활자 보자 10종을 골라 세종 27년(1445)경 초주갑인자, 중종 10년(1515)경 목활자 보자, 명종 20년(1565)경 번각본과 비교하면 다음과 같다.

〈표 3〉 세종 27년(1445)경 초주갑인자 활자와 중종 10년(1515)경 목활자 보자 및
명종 20년(1565)경에 간행된 초주갑인자혼입보자본 번각본의 비교

구분	세종 27년(1445)경 초주갑인자		중종 10년(1515)경 목활자 보자		명종 20년(1565)경 번각본	
1	改	6장 전면 6행 改	改	6장 전면 6행 改	改	6장 전면 6행 改
2	陰	6장 후면 9행 陰	陰	6장 후면 9행 陰	陰	6장 후면 9행 陰
3	秋	8장 전면 9행 秋	秋	8장 전면 9행 秋	秋	8장 전면 9행 秋
4	寒	8장 후면 9행 寒	寒	8장 후면 9행 寒	寒	8장 후면 9행 寒
5	春	10장 전면 5행 春	春	10장 전면 5행 春	春	10장 전면 5행 春
6	高	13장 후면 3행 高	高	13장 후면 3행 高	高	13장 후면 3행 高
7	鼓	20장 전면 8행 鼓	鼓	20장 전면 8행 鼓	鼓	20장 전면 8행 鼓
8	湖	24장 전면 5행 湖	湖	24장 전면 5행 湖	湖	24장 전면 5행 湖
9	家	28장 전면 3행 家	家	28장 전면 3행 家	家	28장 전면 3행 家

구분	세종 27년(1445)경 초주갑인자	중종 10년(1515)경 목활자 보자	명종 20년(1565)경 번각본
10	29장 후면 6행 張	29장 후면 6행 張	29장 후장 6행 張

위 〈표 3〉에서 보이는 바와 같이, 명종 20년(1565)경에 번각된 판각자들도 중종 10년(1515)경에 만들어진 목활자 보자들을 저본으로 하여 간행하였다. 번각자들은 중종 10년경의 글자체가 유난히 크고 뻣뻣하여 멋이 없던 자체들을 기본으로 하여 더 둔탁해지고 어색해졌다. 그중 몇 자는 공간구성이 없이 엉겨 있거나 글자의 자획이 벌어지기도 하였다. 자체가 균형이 잡힌 것도 있지만 일그러진 것도 있으며, 끊어진 횡획의 일부를 살려내기도 하고 글자체의 흐름이 달라진 것도 있다. 몇 가지 특징들을 비교하여 살펴보면 다음과 같다.

첫째, 6장 전면 6행의 '改'와 '改' 및 '改', 6장 후면 9행의 '陰'과 '陰' 및 '陰', 8장 전면 9행의 '秋'와 '秋' 및 '秋', 8장 후면 9행의 '寒'과 '寒' 및 '寒', 10장 전면 5행의 '春'과 '春' 및 '春', 28장 전면 3행의 '家'와 '家' 및 '家'이다. 세종 27년(1445)경 주조된 초주갑인자 '改', '陰', '秋', '寒', '春', '家'의 해정한 활자들은 이때 이미 심하게 마멸되어 목활자 보자로 대체된 것이다. 중종 10년(1515)경의 '改', '陰', '秋', '寒', '春', '家'의 목활자 보자들은 글자체가 유난히 크고 뻣뻣하여 멋이 없다. 명종 20년(1565)경에 중종 10년(1515)경의 보자를 기반으로 번각된 '改', '陰', '秋', '寒', '春', '家'의 판각자들은 글자체가 더 둔탁해지고 어색해졌다. 그중 '秋'는 '禾'와 '火'가 공간구성이 없이 엉겨 붙은 듯한 모양을 하고 있고, '寒'은 '宀' 아래의 글자는 횡획이 모두 엉겨 있으며, '家'는 '宀' 아래 글자 중앙의 사이가 벌어져 있다.

둘째, 13장 후면 3행의 '高'의 목활자 보자는 '高'이고 '高'의 번각자는 '高'이다. 명종 20년(1565)경에 번각된 '高'는 중종 10년(1515)경의 목활자인 '高'를 번각하였지만 자체가 가장 균형이 잡혀 있다.

셋째, 20장 전면 8행의 '敏'의 목활자 보자는 '敏'이고 '敏'의 번각자는 '敏'이다. 명종 20년(1565)경에 번각된 '敏'는 중종 10년(1515)경의 목활자인 '敏'를 번각하여 여전히 일그러져 있다.

넷째, 24장 전면 5행의 '湖'의 목활자 보자는 '湖'이고 '湖'의 번각자는 '湖'이다. 중종 10년(1515)경의 '湖'는 구성하고 있는 획 중 '古'획의 횡획 일부가 끊어져 있는데, '湖'의 번각자인 '湖'는 글자체는 비슷하지만 끊어진 횡획의 일부를 살려내고 있다.

다섯째, 29장 후면 6행의 '張'의 목활자 보자는 '張'이고, '張'의 번각자는 '張'이다. 이들 활자를 비교하면 부수인 활궁의 '弓'이 서로 다르게 보인다. 세종 27년(1445)경의 초주갑인자체의 부수는 필획의 흐름을 따라 필사하여 주조된 데 비해 중종 10년(1515)경의 목활자는 칼자국이 드러나면서도 글자체가 매우 어색하다. 명종 20년(1565)경의 번각자는 '弓'을 작게 하고 '長'을 길게 하여 더 어색하고 멋이 없다.

3.3.2. 결론

위에서 살펴본 바를 종합하면 다음과 같다.

1) 일본 봉좌문고에 소장된 초주갑인자혼입보자본 번각본 『향산삼체법』은 권말에 발문과 간기가 있는 중요한 판본이다. 발문에 의하면 김덕룡(金德龍, 중종 13년 (1518~?))이 명종 20년(1565)에 평안도의 병마수군절도사로 있으면서 조호문(趙好問)과 상의하여 집안에 내려오던 중종 10년(1515)경에 간행된 초주갑인자혼입보자본 『향산삼체법』을 저본으로 간행하여 재관(材官)들과 함께 송독하려고 했던 것임을 알 수 있다. 이 판본은 원본은 나고야의 봉좌문고에 있고, 국립중앙도서관에 마이크로필름 영인본이 있으며, 심우준의 『香山三體法 硏究』(一志社, 1997), 164~248쪽 도판을 참고할 수 있다.

이 판본의 서지사항은 '四周雙邊 半郭 22.0×16.2cm, 有界, 9行15字, 上下內向3葉花紋魚尾 ; 27.5×18.5cm'이다. 표제는 「香山三體 全部」라고 필사되어 있으며,

끝부분에는 안평대군 이용의 발문과 김덕룡의 번각 발문이 붙어 있다.

2) 중종 10년(1515)경의 초주갑인자혼입보자본에 나타나는 초주갑인자 활자들 중 마멸된 활자 10종을 골라 세종 27년(1445)경 초주갑인자, 중종 10년(1515)경 마멸된 활자, 명종 20년(1565)경 번각본과 비교하면 다음과 같다.

첫째, 명종 20년(1565)경 번각자들의 특징을 살펴보면 중종 10년(1515)경 마멸된 활자들을 저본으로 하여 간행했음을 알 수 있다. 활자들의 전체적인 느낌은 마멸되고 이지러진 활자의 이미지를 그대로 담고 있으며 좀 더 굵고 투박하게 번각되었는데 각각의 특징을 살펴보면 다음과 같다. '長'은 '長'의 모양을 기본으로 하여 약간 왼쪽으로 기울어지고 전체적으로 뻣뻣하고 둔탁하다. '士'는 '士'의 마멸된 활자 모양을 닮아 횡획과 종획은 더 길게 번각되어 밋밋하다. '何'는 '何'의 마멸된 활자 모양을 닮아 '可'의 기울어진 모양이 그대로 재현되고 획은 좀 굵게 나타나고 있다. '史'는 '史'의 마멸된 활자 모양을 닮아 '口'의 횡획이 심하게 일그러졌는데, 그대로 번각되어 부자연스럽다. '門'은 좌문의 종획 위쪽이 '門'의 좌문의 종획 위쪽의 모양보다 더 심하게 휘었다. '風'은 '風'을 닮았는데 '几'의 오른쪽 파임획이 가늘고 길어졌던 것을 그대로 번각하여 글자의 모양이 균형미를 잃었다. '太'는 '太'를 번각하여 '大'의 좌측 삐침과 우측 삐침이 균형을 잃어 글자의 균정미가 없다. '故'는 '故'를 번각했는데, '古'의 첫 번째 횡획이 길어 균형이 왼쪽으로 기울었고, '古'와 '攵'의 서로 교차하는 획들이 공간 안에 잘 구성되지 못하고 서로 붙어 있어 균정미가 없다. '夫'는 '夫'의 세 번째 마멸된 왼쪽 삐침 획이 그대로 번각되어 '大'에 '一'을 얹은 형상이 아니고, 균형미를 잃어 중심이 틀어졌다. '得'은 '得'의 마멸되고 가늘어진 글자가 번각되어 '彳'은 짧고 본체인 '㝵'은 지나치게 길어 균정미가 없다.

둘째, 명종 20년(1565)경에 번각된 판각자들의 특징은 중종 10년(1515)경 다시 조성된 보자로 해정하고 유려한 갑인자를 저본으로 하여 간행했음을 알 수 있다. 번각자들은 해정하고 유려한 자태는 별로 보이지 않지만 간혹 한두 자는 활자의 이미지를 약간 담고 있고, 파임의 아름다운 선은 살려내지 못하였으며, 필체의 흐름까지 정교하게 번각된 자체들도 있다. 몇 가지 특징들을 비교하여 살펴보면 다음과 같다.

① 중종 10년(1515)경의 보자 갑인자인 '竹', '夢', '上', '香', '宅', '把', '旬' 등은 해정하지만 기필되는 부분과 삐침 등이 매우 유려(流麗)하다. 이에 비해 명종 20년(1565)경의 '竹', '夢', '上', '香', '宅', '把', '旬' 등은 중종 10년(1515)경의 보자 갑인자를 번각하였지만 해정하고 유려한 자태는 별로 보이지 않는다. 그중 '香'과 '旬'은 활자가 지니는 기품을 약간 살려낸 판각자라고 할 수 있다.

② 중종 10년(1515)경의 보자 갑인자인 '巴'는 글자의 파임이 훨씬 안쪽으로 깊고 유연하여 붓글씨의 미학이 드러나 아름답다. 명종 20년(1565)경의 '巴'는 '巴'를 번각했음에도 파임은 그저 길쭉할 뿐 밋밋하여 아름다운 선을 잃었다.

③ 중종 10년(1515)경의 보자 갑인자인 '以'와 '堂'은 필체의 흐름이 다음 글자로 자연스럽게 연결되고 있어 매우 정교하게 주조되었음을 알 수 있다. 명종 20년(1565)경의 '以'와 '堂'은 중종 10년(1515)경의 '以'와 '堂'을 번각하여 필체의 흐름까지 정교하게 번각해내고 있다.

셋째, 명종 20년(1565)경 번각된 판각자들도 중종 10년(1515)경에 만들어진 목활자 보자들을 저본으로 하였다. 번각자들은 중종 10년경의 글자체가 유난히 크고 뻣뻣하여 멋이 없던 자체들을 기본으로 하여 더 둔탁해지고 어색해졌다. 그중 몇 자는 공간구성이 없이 엉겨 있거나 글자의 자획이 벌어지기도 하였다. 자체가 균형이 잡힌 것도 있지만 일그러진 것도 있으며, 끊어진 횡획의 일부를 살려내기도 하고 글자체의 흐름이 달라진 것도 있다. 몇 가지 특징들을 비교하여 살펴보면 다음과 같다.

① 중종 10년(1515)경의 '改', '陰', '秋', '寒', '春', '家'의 목활자 보자들은 글자체가 유난히 크고 뻣뻣하여 멋이 없다. 명종 20년(1565)경에 중종 10년(1515)경의 보자를 기반으로 번각된 '改', '陰', '秋', '寒', '春', '家'의 글자들은 글자체가 더 둔탁해지고 어색해졌다. 그중 '秋'는 '禾'와 '火'가 공간구성이 없이 엉겨 붙은 듯한 모양을 하고 있고, '寒'은 '宀' 아래의 글자는 횡획이 모두 엉겨 있으며, '家'는 '宀' 아래 글자 중앙의 사이가 벌어져 있다.

② 명종 20년(1565)경에 번각된 '高'는 중종 10년(1515)경의 목활자인 '高'를 번각

하였지만 자체가 가장 균형이 잡혀 있다. 이에 비해 명종 20년(1565)경에 번각된 '敏'는 중종 10년(1515)경의 목활자인 '敏'를 번각하여 여전히 일그러져 있다.

③ 중종 10년(1515)경의 '湖'는 구성하고 있는 획 중 '古'획의 횡획 일부가 끊어져 있는데, '湖'의 명종 20년(1565)경 번각자인 '湖'는 글자체는 비슷하지만 끊어진 횡획의 일부를 살려내고 있다. 중종 10년(1515)경의 목활자 보자인 '張'은 칼자국이 드러나면서도 글자체가 매우 어색하다. 명종 20년(1565)경의 번각자인 '張'은 '弓'을 작게 하고 '長'을 길게 하여 더 어색하고 멋이 없다.

『향산삼체법』의 구성, 내용 및 텍스트 비교

『향산삼체법』의 삼체(三體)는 오언사율(五言四律), 칠언사율(七言四律), 칠언절구(七言絶句)를 말한다. 이 시 중 제1수부터 제72수(제1제~제41제)까지는 오언율시, 제73수부터 제134수(제42제~제103제)까지는 칠언율시, 제135수부터 제185수(제104제~제146제)까지는 칠언절구로 되어 있다. 『향산삼체법』의 구성, 내용 및 텍스트 비교를 위해 오언율시, 칠언율시 및 칠언절구로 나누어 살펴보면 다음과 같다.

4.1. 『향산삼체법』 오언율시의 구성, 내용 및 텍스트 비교

4.1.1. 서론

『향산삼체법』의 판본은 위에서 제시한 대로 세종 27년(1445)에 간행한 호림박물관 소장의 초주갑인자본, 중종 10년(1515)경에 간행된 개인 소장의 초주갑인자혼입보자본, 명종 20년(1565)경에 중종 10년(1515)경 간행본을 저본으로 하여 번각된 봉좌문고 소장본이다. 이 중 세종 27년 초주갑인자본은 결장이 많고, 초주갑인자혼입보자본은 초주와 비교하여 교감자가 많지 않고 텍스트가 완벽한 유일본이며, 초주갑인자혼입보자번각본은 교감본으로 삼기에는 여러 가지 문제점이 있다.

이 중 초주갑인자혼입보자본은 국내에서 『향산삼체법』을 연구하고 해석하는 데 가장 기본이 되는 저본(底本)이다. 하지만, 시의 내용을 제대로 이해하기 위해서는 중국에서 유동된 여러 판본과 내용의 비교가 필요하고, 그 결과의 바탕 위에서만 텍스트의 이해가 가능하다. 중국에서 유통된 판본으로는 주금성(朱金城)이 명(明) 만력(萬曆) 34년(1606)에 마원조(馬元調) 간행의『백거이장경집(白居易長慶集)』을 저본으로 하고 여러 간본으로 전주(箋注)한『백거이집전교(白居易集箋校)』를 출간하였다. 백거이 시 원문을 제대로 해석하기 위해서는 중종 10년(1515)경의 초주갑인자혼입보자본『향산삼체법』과『백거이집전교』를 비교하는 작업이 반드시 필요하다.

　　본 연구는 초주갑인자혼입보자본『향산삼체법』중 오언율시 72수를 대상으로 하여, 문헌 조사 및 내용 분석을 통해 오언율시의 구성 및 저작 관련 사항을 밝히고,『향산삼체법』에 실린 오언율시의 내용을 구체적으로 분석하며, 초주갑인자혼입보자본『향산삼체법』과『백거이집전교』의 텍스트 및 교감 내용을 비교 분석하여 텍스트의 올바른 이해를 위한 여러 요소들을 추출하고자 한다.

　　이 연구의 결과는 서지학 분야, 한문학 분야, 백거이 시를 연구하는 한시 분야에 가장 기본적인 연구 성과로 활용될 것이다.

4.1.2.『향산삼체법』오언율시의 구성과 저작 관련 사항

『향산삼체법』오언율시 제1수부터 제72수(제1제~제41제)까지 이들의 구성 체계에 대해 〈표 1〉로 작성하고 이에 대한 분석을 시도하고자 한다.

〈표 1〉『향산삼체법』오언율시 제1수~제72수(제1제~제41제)

구분	시작(詩作)의 시기, 장소, 벼슬	비고
제1수(1장 전면)	太和 2(828), 長安, 刑部侍郎	백거이 57세
제2수(1장 전면)	貞元 3(787), 長安	16세
제3수(1장 후면)	元和 2(807), 長安, 盩厔尉	36세
제4수(1장 후면)	元和 2(807), 長安, 盩厔尉	36세
제5수(1장 후면~2장 전면)	貞元 16(800)~貞元 17(801)	29~30세
제6수(2장 전면)	貞元 16(800), 襄州	29세, 進仕試 합격
제7수(2장 전면~2장 후면)	貞元 3(787), 江南	16세

구분	시작(詩作)의 시기, 장소, 벼슬	비고
제8수(2장 후면)	貞元 16(800) 以前	29세 이전
제9수(2장 후면~3장 전면)	貞元 16(800)~貞元 17(1801)	29~30세
제10수(3장 전면)	長慶 원년(821), 長安. 知制誥	50세
제11수(3장 전면)	長慶 2(822), 長安. 中書舍人	51세
제12수(3장 후면)	元和 5(807), 長安, 翰林學士	39세
제13수(3장 후면)	元和 3(808)~元和 6(811), 長安, 翰林學士	37~40세
제14수(3장 후면~4장 전면)	元和 9(814)	43세
제15수(4장 전면)	元和 10(815), 長安에서 江州로 가는 도중	44세
제16수(4장 전면~4장 후면)	元和 11(816), 江州, 江州司馬	45세
제17수(4장 후면)	元和 11(816), 江州, 江州司馬	45세
제18수(4장 후면~5장 전면)	元和 12(817), 江州, 江州司馬	46세
제19수(5장 전면)	太和 원년(827), 長安, 秘書監	56세
제20수(5장 전면)	元和 11(816), 江州, 江州司馬	45세
제21수(5장 후면)	元和 13(818), 江州, 江州司馬	47세
제22수(5장 후면)	長慶 2(822), 長安, 中書舍人	51세
제23수(5장 후면~6장 전면)	長慶 3(823), 杭州, 杭州刺史	52세
제24수(6장 전면)	長慶 4(824), 洛陽, 太子左庶子分司	53세
제25수(6장 전면~6장 후면)	寶曆元年(825), 洛陽에서 蘇州로 가는 도중, 蘇州刺史	54세
제26수(6장 후면)	太和 원년(827), 長安, 秘書監	56세
제27수(6장 후면~7장 전면)	太和 2(828), 洛陽, 秘書監	57세
제28수(7장 전면)	太和 2(828), 長安, 刑部侍郎	57세
제29수(7장 전면)	太和 5(831), 洛陽, 河南尹	60세
제30수(7장 후면)	太和 6(832), 洛陽, 河南尹	61세
제31수(7장 후면)	太和 6(832), 洛陽, 河南尹	61세
제32수(7장 후면~8장 전면)	太和 4(830), 洛陽, 太子賓客分司	59세
제33수(8장 전면)	太和 4(830), 洛陽, 太子賓客分司	59세
제34수(8장 전면~8장 후면)	開成 3(839), 洛陽, 太子少傅分司	67세
제35수(8장 후면)	開成 3(839), 洛陽, 太子少傅分司	67세
제36수(8장 후면~9장 전면)	開成 3(839), 洛陽, 太子少傅分司	67세
제37수(9장 전면)	開成 5(841)~會昌 5(845), 洛陽	69~74세
제38수(9장 전면)	太和 4(830), 洛陽, 太子賓客分司	59세
제39수(9장 후면)	太和 3(829), 長安, 刑部侍郎	58세

구분	시작(詩作)의 시기, 장소, 벼슬	비고
제40수(9장 후면)	太和 3(829), 長安, 刑部侍郞	58세
제41수(9장 후면~10장 전면)	〃	〃
제42수(10장 전면)	〃	〃
제43수(10장 전면)	〃	〃
제44수(10장 전면~10장 후면)	〃	〃
제45수(10장 후면)	〃	〃
제46수(10장 후면)	〃	〃
제47수(10장 후면~11장 전면)	〃	〃
제48수(11장 전면)	〃	〃
제49수(11장 전면)	〃	〃
제50수(11장 전면~11장 후면)	〃	〃
제51수(11장 후면)	〃	〃
제52수(11장 후면)	〃	〃
제53수(11장 후면~12장 전면)	〃	〃
제54수(12장 전면)	〃	〃
제55수(12장 전면)	〃	〃
제56수(12장 전면~12장 후면)	〃	〃
제57수(12장 후면)	〃	〃
제58수(12장 후면)	〃	〃
제59수(12장 후면~13장 전면)	太和 4(830), 洛陽, 太子賓客分司	59세
제60수(13장 전면)	〃	〃
제61수(13장 전면)	〃	〃
제62수(13장 전면~13장 후면)	〃	〃
제63수(13장 전면~13장 후면)	〃	〃
제64수(13장 후면)	〃	〃
제65수(13장 후면~14장 전면)	〃	〃
제66수(14장 전면)	太和 4(830), 洛陽, 太子賓客分司	59세
제67수(14장 전면)	〃	〃
제68수(14장 후면)	〃	〃
제69수(14장 후면)	〃	〃
제70수(14장 후면)	〃	〃
제71수(15장 전면)	〃	〃
제72수(15장 전면)	〃	〃

　위의 〈표 1〉은 『향산삼체법』의 오언율시 72수의 저작 관련 사항인 저작 시기, 저작 장소, 저작 당시의 백거이의 벼슬 등을 살펴볼 수 있다. 이에 대해 종합하면 다음과 같다.

　① 저작 시기는 30세 이전에 6수, 30대에 4수, 40대에 7수, 50대에 48수, 60대~70대 사이에 7수이다. 50대의 저작이 48수로 가장 많이 선집되었고, 40대, 60대, 30세 이전은 6~8수 사이이며, 30대가 3수로 가장 적었다.

　30세 이전에는 6수가 선집되었는데, 16세인 정원(貞元) 3년(787)에 제2수와 제7수, 29세 이전인 정원 16년(800) 이전에 제6수와 제8수, 29세와 30세 사이인 정원 16년(800)~정원 17년(801)에 제5수와 제9수이다. 30대에는 4수가 선집되었는데, 36세인 원화(元和) 2년(807)에 제3수와 제4수, 39세인 원화 5년(810)에 제12수, 원화 3년~6년(808~811)에 제13수이다. 40대에는 7수가 선집되었는데, 43세인 원화 9년(814)에 제14수, 44세인 원화 10년(815)에 제15수, 45세인 원화 11년(816)에 제16수, 제17수, 제20수, 46세이던 원화 12년(817)에 제18수, 47세이던 원화 13년(818)에 제21수이다. 50대에는 48수가 선집되었는데, 50세인 장경(長慶) 원년(821)에 제10수, 51세이던 장경 2년(822)에 제11수, 제22수, 52세인 장경 3년(823)에 제24수, 53세인 장경 4년(824)에 제24수, 54세인 보력(寶曆) 원년(825)에 제25수, 56세인 태화(太和) 원년(827)에 제20수, 제26수, 57세인 태화 2년(828)에 제1수, 제27수, 제28수, 58세인 태화 3년(829)에 제39수~제58수의 20수, 59세인 태화 4년(830)에 제32수, 제33수, 제38수, 제59수~제65수의 7수, 제66수~제72수의 7수이다. 60대~70대 사이에는 7수가 선집되었는데, 60세인 태화 5년(830)에 제29수, 61세인 태화 6년(831)에 제30수, 제31수, 67세인 개성(開成) 3년(839)에 제34수, 제35수, 제36수, 69세~74세 사이인 개성 5년(840)~회창(會昌) 5년(845)에 제37수가 선집되었다.

　② 저작 장소는 장안(長安) 32수, 낙양(洛陽) 26수, 강주(江州) 5수, 강남(江南) 1수, 항주(杭州) 1수, 양주(襄州) 1수, 장안~강주 1수, 낙양~소주(蘇州) 1수, 장소 미상 4수였다. 저작 장소는 주로 장안과 낙양이었음을 알 수 있다. 30대 이전의 저작 장소는 장안 1수, 강남 1수, 양주 1수, 장소 미상이 3수이다. 30대는 장안이 4수이다. 40대는 강주 5수, 장안에서 강주 사이가 1수, 장소 미상이 1수이다. 50대는 장안이 27수,

항주 1수, 낙양 19수, 낙양에서 소주 사이가 1수이다. 60대~70대 사이에는 낙양이 7수이다.

③ 백거이는 29세에 진사시(進士試)에 합격한 이후, 다양한 벼슬을 거쳤는데, 이러한 벼슬살이는 그의 저작 시기 및 저작 장소와 밀접한 관련이 되면서 시의 저술에 많은 영향을 미쳤다.

30대 이전을 보면, 29세인 정원 16년(800) 진사시에 합격하기 전 백거이는 과거를 향한 열망과 장안에서의 생활 등을 시를 통해 나타내고 있다. 30대에는 36세인 원화 2년(807)에 원진(元稹)과 함께 제거(制擧: 중국 당나라 때 황제의 명령에 따라 관리를 등용하던 제도)에 합격하여 주질위(盩厔尉)에 제수되었다. 39세인 원화 2년(807) 11월에 조서(詔書)를 담당하는 한림학사(翰林學士)에 제수되었다. 이 시기는 직무수행에서 말로 하기 어려운 것들은 시가의 형식을 빌려 표현하면서 풍유시(諷諭詩)를 많이 지은 시기로 간주된다. 40대에는 강주사마(江州司馬) 벼슬을 하였는데 이 시기는 중앙정치에서 밀려난 시기로 풍유시와 한적시(閑適詩)를 많이 지었다. 50대는 지제고(知制誥), 중서사인(中書舍人), 항주자사(杭州刺史), 소주자사(蘇州刺史), 비서감(秘書監), 형부시랑(刑部侍郎), 태자빈객분사(太子賓客分司)의 벼슬을 지내면서 비풍유시(非諷諭詩)를 많이 지었다. 60대와 70대 사이는 하남윤(河南尹), 태자소부분사(太子少傅分司)를 지내면서 역시 비풍유시(非諷諭詩)를 많이 지었다.

4.1.3. 『향산삼체법』 오언율시의 내용

『향산삼체법』 오언율시의 내용에는 대부분 백거이의 일상이 담겨 있다. 그의 일상 안에 담겨진 것을 몇 가지 키워드로 도출하면 '봄' 25수, '술' 16수, '가을' 13수, '감회' 12수, '이별' 3수, '겨울' 3수로 6개 분야의 72수이다. 이를 세분하여 살펴보면 다음과 같다.

1) 봄을 노래한 시

'봄'을 노래한 시는 제9수, 제13수, 제16수, 제27수, 제38수, 제39수~제58수의 25수이다.

백거이가 '봄'을 노래한 시의 내용들은 따사롭고 정겨우며 행복하다. 제9수「題施山人野居」는 백거이가 29세와 30세 사이인 정원 16년(800)~정원 17년(801) 사이에 지은 작품이다. 시산인(施山人)이 교야(郊野)에서 거처함을 봄 논의 볏모와 밤불에 달이는 차의 향기에 비유하고 있다.

제13수「上巳日恩賜曲江宴會卽事」는 36세~40세 사이인 원화 3년(808)~원화 6년(811)에 장안에서 한림학사로 있을 때의 작품이다. 상사일에 임금님이 곡강에서 베풀어주신 잔치에 펼쳐진 봄날의 광경을 당나라 순종의 태평성대에 비유하여 노래하였다. 제16수「遊寶稱寺」는 원화 11년(816) 강주사마로 있을 때 지은 시이다. 강주 여산(盧山)의 보칭사에서 노닐면서 사찰 주변의 봄 경치를 즐기고 노래하였다.

제27수의「履道春居」는 57세이던 태화 2년(828) 낙양에서 비서감(秘書監)으로 있을 때 지은 시이다. 그는 낙양 이도리(履道里)에서 살면서 직접 피부로 느끼던 봄의 자연을 노래하였다. 제38수「何處春先到」는 태화 4년(830) 낙양에서 태자빈객분사(太子賓客分司)로 있을 때 지은 시이다. '낙양의 봄은 어느 곳에 봄이 먼저 오는 가'를 제1구로 시작하여 교량 동쪽과 물 북쪽에 있는 정자에 봄이 먼저 오는 것을 알리고 있다. 얼어붙은 꽃나무가 아직 피지 않았지만 꾀꼬리 소리가 점점 또렷하게 들리니 봄은 분명 오고 있다고 읊었다.

제39수~제58수의「和春深二十首」는 태화 3년(829) 장안에서 형부시랑으로 재직 당시에 지은 연작시이다. 시의 2·4·6·8구 끝 글자에 '麻'자 운자인 '家·花·車·斜'를 20수에 똑같이 반복 사용하여 당대 중기 당의 수도인 장안의 풍속도를 살펴볼 수 있도록 하였다. 이 시는 첫 구가 '何處春深好'로 시작하여, 제2구 앞부분에서 다시 '春深'으로 받는다. 봄이 정말 좋은데 좋은 곳은 어디인가라고 하며 자문하듯 상대방에게 대화를 건네듯 하면서 다음에 오는 여러 내용에 시선을 돌리게 하고 있다. 즉 '富貴家'(제39수), '貧賤家'(제40수), '執政家'(제41수), '方鎭家'(제42수), '刺史家'(제43

수), '學士家'(제44수), '女學家'(제45수), '御史家'(제46수), '遷客家'(제47수), '經業家'(제48수), '隱士家'(제49수), '漁父家'(제50수), '潮戶家'(제51수), '痛飮家'(제52수), '上巳家'(제53수), '寒食家'(제54수), '博奕家'(제55수), '嫁女家'(제56수), '娶女家'(제57수), '妓女家'(제58수)의 봄을 노래하였는데, 내용은 매우 비평적이다. 제39수와 제40수는 부귀가와 빈천가를 대비하여 봄을 노래하고 있다. 제39수 부귀가(富貴家)에는 새처럼 빠르게 달리는 말이 있고, 후원의 꽃 노릇하는 기생들이 예쁘며, 비단으로 옷을 해 입은 무리들이 돌아다니고, 금은으로 수레를 장식할 정도로 사치를 누리니 오직 지는 해가 괴로울 정도라고 조소하고 있다. 제40수 빈천가(貧賤家)는 제39수와 대조적으로 가난한 집의 정황이 자세하게 묘사되어 있다. 도연명의 정원에는 풀만 무성하고, 맹씨의 사린(四隣)에는 꽃이 쓸쓸하게 지며, 노비는 빈곤으로 인해 품팔이 나가고, 아내는 시름에 겨워 짐품 팔러 나갔네. 곤궁하니 평탄한 길도 험난하여 험준한 길 오르기보다 힘들다고 토로하고 있다. 제41수부터 제46수까지는 재상가, 절도사, 주의 장관, 한림학사, 여학사(女學士),[34] 어사 등 벼슬하는 사람들 집의 봄 풍경을 노래하였고, 제47수에는 귀양 간 사람의 쓸쓸한 봄을 노래하고 있다. 제48수부터 제58수까지는 경제가, 은사의 집, 어부의 집, 뱃사공의 집, 취객의 집, 삼짇날 계모임하는 집, 한식 맞이하는 집, 바둑놀이 하는 집, 딸 시집보내는 집, 장가드는 집, 기생의 집에서 일어나는 일상의 봄날 풍광들을 노래하고 있다.

2) 술을 노래한 것

'술'을 노래한 시는 제18수, 제23수, 제59수~제65수, 제66수~제72수의 16수이다.
제18수 「西河雨夜送客」은 46세이던 원화 12년(817) 강주사마로 있을 때 서하에서 비 내리는 밤에 객을 전송하며 지은 시이다. 비가 쏟아지는데 어둑한 강물이 어둠 속을 흐르고, 벗 삼아 누(樓)에 오를 달도 없다. 술자리가 끝나니 흥은 없고, 돛을

34) 여학사(女學士): 『신당서(新唐書)』 권77에 의하면, 당 덕종(德宗) 때 송정분(宋廷芬)의 딸 5명이 총명하고 글을 잘 지어 덕종의 부름을 받아 궁중에 머물면서 여학사로 불렸고, 그중 둘째인 송약소(宋若昭)는 상궁에 임명되었다.

올리고 떠난 손님의 배가 가는 모습을 바라보고 있는 자신의 처지를 노래하였다. 제23수「小歲日對酒吟錢湖州所寄詩」는 52세이던 장경 3년(823)에 항주자사(杭州刺史)로 있을 때, 친분이 두터운 호주자사(湖州刺史) 전휘(錢徽)로부터 시 한 수를 받고 혼자 술을 마시며 그리운 이에게 답하듯 읊은 글이다.

제59수~제65수의「何處難忘酒」7수와 제66수~제72수의「不如來飮酒」7수는 59세이던 태화 4년(830)에 낙양에 좌천되어 태자빈객분사(太子賓客分司)로 있을 때 한가하게 생활하면서 술을 마시고 느낀 것들을 읊은「勸酒十四首」의 연작시이다.[35]「何處難忘酒」7수는 각각의 시구에 서로 다른 '眞·靑·先·東·豪·歌·元'의 운자를 사용하고 '어느 때 술을 잊기 어려운가'라는 질문을 7수 첫머리에 똑같이 사용해 자신의 생각을 드러내어 읊조리고 있다. 제59수는 장안에 아름다운 기운이 새로워질 때 성적 좋게 과거시험에 합격한 것을 확인하고 조복이 편안히 몸에 맞을 때가 술을 잊기 어렵다. 제60수는 먼 이십년 전에 이별하였다가 객지에서 그 친구를 만나 정담을 나눌 때 한 잔 술이 없이 친구 간의 소회를 풀기 어렵다. 제61수는 부유한 집 미소년들이 봄날에 비단옷 입고 소원(小院)을 거닐면서 거문고를 뜯을 때 한 잔 술이 없이 봄을 보내기 어렵다. 제62수는 가을의 물색(物色)인 귀뚜라미가 울고 오동나무 잎은 말라 떨어지는데 늙고 병든 늙은이인 백거이 자신의 모습을 한탄한다. 한 잔 술이 없으면 자신의 서글픈 노년을 위로받기 어렵다. 제63수는 군공을 세우고 돌아와서 환영 받을 때 한 잔 술이 없으면 이 기분을 대신하기 어렵다. 제64수는 장안성 남문에서 많은 사람들과 송별할 때 한 잔 술이 없으면 떠나고 보내는 마음을 달랠 수가 없다. 제65수는 조정에서 쫓겨나 고향으로 돌아가는 시기에 역말에서 사면하는 조서를 받고 축하객들이 성문으로 나올 때 한 잔 술이 없이 괴로운 넋을 달래기 어렵다.「不如來飮酒」7수는 '鹽·尤·覃·元·文·蒸·豪'의 운자를 사용하여 와서 술 마시는 것만 못하다고 노래하였다. 시의 첫 구는 '莫…去'로 시작하고 제7구는「不如來飮酒」로 반복하고 있다. '깊은 산에 가서 숨지 마라', '농부가 되려 가지 마라', '장사꾼 되러 가지

---

35) 白居易 著, 朱金城 箋注, 『白居易集箋校』三(上海古籍出版社, 2008), 1897쪽.
　　"予分秩東都, 居多暇日, 間來輒飲, 醉後輒吟. 若無詞章, 不成謠詠, 每發一意, 則成一篇. 凡十四篇, 皆主於酒, 聊以自勸. 故以何處難忘酒, 不如來飲酒命篇"

마라', '군사 되이 멀리 가지 마라', '징생법 배우러 가지 마라', '벼슬길에 오르지 마라', '어지러운 속세에 들어가지 마라'로 시작하여 각각의 문제점들을 지적하고 나서 술 마시느니만 못하니 술에 흠뻑 취해 보자는 취지를 실어 노래하였다.

3) 가을을 노래한 시

'가을'을 노래한 시는 제1수, 제5수, 제6수, 제12수, 제14수, 제15수, 제19수, 제24수, 제26수, 제31수, 제33수, 제34수, 제37수의 13수이다.

제1수 「對琴待月」은 백거이가 57세이던 태화 2년(828) 장안에서 형부시랑 때 지은 시인데, 선집자인 안평대군이 오언율시 중 가장 앞에 두었다. 시의 핵심어는 '거문고'와 '달'과 '가을'이다. 맑게 갠 밤에 눕기 전 창가에서 거문고를 반려하여 달과 가을을 약속하고 있다. 달빛이 안개 속에서 나오길 기다리며 그윽한 소리와 맑은 경치를 기다리는 것은 오직 백거이 자신만이 알리라고 노래하였다. 5수 「社日關路作」은 29세와 30세 사이인 정원 16년(800)~정원 17년(801) 사이에 지은 작품이다. 사일(社日: 입춘과 입추 후 다섯 번째 戊日)에 함곡관(函谷關) 길은 바람이 불고 매미 소리도 없어지려 한다. 역루 위에 서있으려니 관부 앞을 지나가길 꺼려하고 쓸쓸한 가운데 가을 정취가 괴롭다고 읊조렸다. 제6수 「旅次景空寺宿幽上人院」은 29세이던 정원 16년(800) 2월 14일 중서시랑(中書侍郎) 고영(高郢)의 문하에서 진사시에 합격한 후 양주(襄州) 경공사를 유람하고 절에서 느끼는 가을 정취를 읊은 시이다. 제12수 「新磨鏡」은 39세이던 원화 5년(810) 장안에서 한림학사(翰林學士) 때 지은 시이다. 가을이 오자 거울을 새로 닦는다. 그 속에 비친 자신의 얼굴을 보니 백발이 성성하고 마음은 불교에 귀의하려 한다. 마지막 구는 인생이 꿈과 같다고 노래하였다.

제14수 「夜座」는 43세이던 원화 9년(814)에 지은 시이다. 백거이는 이 해 겨울 태자좌찬선대부(太子左贊善大夫)에 임명되기 전에는 하규(下邽)에 있었다. 하규에서 가을 밤 정취를 노래한 것으로 여겨진다. 제15수 「途中感秋」는 백거이가 원화 10년(814)에 장안에서 태자좌찬선대부(太子左贊善大夫)로 있다가 6월 3일 무원형(武元衡)의 피살 사건에 자객의 체포를 상소한 것이 문제가 되어 강주사마로 좌천되었다. 이 시는 강주로 좌천되어 가는 길에 가을을 감상하며 지은 시다. 가을철에 백발의 노쇠한 나그네가 고향과 벗을 뒤로 하고 귀양을 가면서 병고(病苦)와 노쇠(老衰)한 자신을 한탄하는 내용이다. 제19수「松下琴贈客」은 56세이던 태화 원년(827) 장안에서 비서감으로 있을 때 가을날 소나무 아래에서 객에게 거문고를 들려주며 지은 시이다.

제24수「秋晚」은 53세 되던 장경 4년(824)에 낙양(洛陽)에서 태자좌서자분사(太子左庶子分司)로 있으면서 지은 시이다. 낙양 늦가을의 정취를 노래하면서 늙어가는 자신의 처지와 비유하여 노래하였다. 제26수「秋齋」는 태화 원년(827) 장안에서 비서감(秘書監)으로 있으면서 썰렁한 가을 집에서 느끼는 자신의 병든 모습에 대한 심정을 묘사하였다. 제31수는「和杜錄事題紅葉」은 61세이던 태화 6년(832) 낙양에서 하남윤(河南尹)으로 있을 때 두녹사(杜錄事)의 홍엽시에 화답하여 10월 산의 서리 맞은 붉은 낙엽을 노래한 것이다. 제33수「西風」은 태화 4년(830)에 낙양에서 태자빈객분사(太子賓客分司)로 있으면서 가을바람이 부는 정경을 풍경화를 그리듯 묘사하였다. 제34수「雨後秋涼」은 67세이던 개성 3년(839)에 낙양에서 태자소부분사(太子少傅分司)로 있으면서 비 온 뒤의 가을날의 정취를 가난하고 병들고 한가한 자신의 모습에 견주어 노래하였다. 제37수「新秋夜雨」는 개성 5년(841)~회창 5년(845) 사이에 낙양에서 첫가을에 내리는 밤비의 정취를 그려내고 있다.

4) 감회를 노래한 시

'감회'를 노래한 시는 제10수, 제11수, 제20수, 제21수, 제22수, 제25수, 제28수, 제29수, 제30수, 제32수, 제35수, 제36수의 12수이다.

제10수「中書夜直夢忠州」는 장경 원년(821)에 50세 되던 해에 장안에서 지제고(知制誥)로 있을 때 중서성에서 숙직하다가 꿈에 충주(忠州)에 가서 놀던 감회를 적은 것이다. 제11수「夏夜宿直」은 51세이던 장경 2년(822)에 장안에서 중서사인(中書舍人)으로 있을 때 승명로(承明盧)[36]에서 여름 숙직을 하면서 느낀 감회를 적은 것이다. 제20

---

36) 승명로(承明盧): 한(漢)나라 승명전(承明殿) 곁의 건물로 시신(侍臣)이 숙직하던 곳이다.

수 「湖亭望水」는 45세이던 원화 11년(816) 강주(江州)에서 상주사마(江州司馬)로 있을 때 남호인 팽려호(彭蠡湖: 지금의 강서성 양호(陽湖))가 오랜 비로 불어나고 갠 날 북녘 손이 지나가는 것을 보고 그 풍광을 노래한 것이다. 제21수 「吳宮詞」는 47세이던 원화 13년(818) 강주사마로 있으면서 강남의 대표적인 오궁을 노래한 것이다. 제22수 「偶題閣下廳」은 51세이던 장경 2년(821) 장안에서 중서사인(中書舍人)으로 있으면서 각하청(閣下廳)의 풍광을 그린 시이다. 제25수 「船夜援琴」은 54세 되던 보력 원년 (825)에 소주자사(蘇州刺史)의 보임을 받고 낙양에서 소주(蘇州)로 가는 도중에 배 안 에서 거문고를 타면서 그 소회를 읊은 시이다. 제28수 「北窓閑坐」는 57세이던 태화 2년(828) 장안에서 형부시랑(刑部侍郎)으로 있으면서 북녘 창문에 한가로이 앉아서 창 문 밖과 안을 대비하여 묘사하고 한적함을 즐기는 감회를 그린 시이다. 제29수 「池 上」은 60세이던 태화 5년(831)에 낙양에서 하남윤(河南尹)으로 있을 때 연못가의 한가 로운 정경을 포착하여 노래한 것이다. 제30수 「惜洛花」는 61세이던 태화 6년(832)에 역시 낙양에서 하남윤으로 있을 때 간밤에 불었던 비바람으로 인해 꽃이 지는 것을 안타까워하며 시정(詩情)을 드러낸 것이다. 제32수 「池上贈韋山人」은 59세이던 태화 4년(830)에 낙양에서 태자빈객분사(太子賓客分司)로 있을 때 산뜻한 대나무 숲을 흐르 는 연못가의 풍광을 읊조리고 종일토록 함께해 준 위처사에게 준 글이다. 제35수 「自 詠」은 67세이던 개성 3년(839)에 낙양에서 태자소부분사(太子少傅分司)로 있으면서 자 신의 모습을 자화상을 그리듯 묘사한 것이다. 그의 모습은 수염이 희고 낯은 약간 붉은 삶을 따라 흘러온 병든 거사이자 다니며 흥얼대는 미친 영감으로 읊었다. 제36 수 「酬夢得暮秋晴夜對月相憶」은 제35수와 같은 해에 유몽득(劉夢得)의 시 '늦가을 개 인 밤 달을 대하고 서로 생각하다'라는 시에 화답하여 그리움의 감회를 읊었다.

5) 이별을 노래한 시

'이별'을 노래한 시는 제2수, 제3수, 제4수의 3수이다.

제2수 「賦得高原草送別」은 16세이던 정원 3년(787)에 고원의 풀밭에서 떠나는 친 구를 전송하며 그 이별의 심정을 노래한 글이다. 이 시는 백거이가 어린 나이에 지었지만 글의 평가와 관련한 몇 가지 일화가 남아 있는데 그중의 하나를 소개하고자 한다. 『당척언(唐撫言)』 권7에 의하면, "백거이가 과거를 응시하려 장안에 이르러 시를 가지고 저작랑 고황(顧況)을 찾아뵈었더니 고황이 훑어보고 '장안은 물건이 귀하니 살기가 매우 쉽지 않을 것이오' 하였는데, '野火燒不盡 春風吹又生'이란 구절을 보고 고황이 '글귀가 이와 같으니 천하에 살아가기가 무슨 어려움이 있겠는가. 늙은이의 앞서 말은 농담이었소' 하였다"라는 글이 실려 있다.[37] 고황이 백거이의 시를 보고 '들판의 더부룩한 풀은 한 해에 한 번 돋아나고 시드네'의 다음 구절인 '野火燒不盡 春風吹又生 [풀은 들불에 다 타지 않고, 봄바람에 다시 돋아나네]'를 보고 시의 재주를 알아 본 일화이다. 제3수 「春送盧秀才下第遊太原謁嚴尚書」는 36세이던 원화 2년(807)에 장안에서 주질위(盩厔尉)로 있을 때 노수재(盧秀才)가 과거에 낙방하고 태원윤(太元尹) 엄수(嚴綬)를 배알하러 떠나는 것을 가슴 아파하며 전송한 시이다. 제4수 「送文暢上人東遊」는 같은 해에 동쪽으로 유람하러 떠나는 문창(文暢) 상인을 전별하며 그 소회를 읊은 시이다.

6) 겨울을 노래한 시

'겨울'을 노래한 시는 제7수, 제8수, 제17수의 3수이다.

제7수 「除夜寄弟妹」는 16세이던 정원 3년(787)에 강남에서 섣달 그믐날 잠은 오지 않고 갖가지 근심만 솟아나는데 아우와 누이동생을 그리워하며 노래한 것이다. 제8수 「客中守歲」는 29세 이전인 정원 16년(800) 이전에 객지에서 섣달 그믐날을 보내면서 고향 생각에 눈물 흘리면서 쓴 것이다. 제17수 「除夜」는 45세이던 원화 11년(816) 강주의 강주사마로 있은 지 3년이 되는 섣달 그믐날에 고향을 가지 못하고 그리워하는 마음을 담아 노래한 시이다.

37) 『唐撫言』 卷七.
 "白樂天初擧 名未振 以歌詩謁顧況 況謔之曰 '長安百物貴 居大不易' 及至賦得原上草送友人詩曰 '野火燒不盡 春風吹又生' 況歎之曰 '有句如此 居天下甚難' 老夫前言戲之耳"

4.1.4. 『향산삼체법』과 『백거이집전교』의 텍스트 비교

중종 10년(1515)경의 초주갑인자혼입보자본인『향산삼체법』과 중국의 주금성(朱金城) 전주(箋注)의『백거이집전교』를 비교하는 것은 각 시의 원문 해석을 위해 매우 의미 있는 일이다. 초주갑인자혼입보자본인『향산삼체법』은 한국에서 간행된 것 중 현존하는 최초본이다. 주금성이 전주한『백거이집전교』는 명(明) 만력(萬曆) 34년(1606) 마원조(馬元調) 간행의『백거이장경집(白居易長慶集)』을 저본으로 하고 여러 간본을 대비하여 교정한 것이다. 따라서 두 저서 간 내용의 차이를 비교하기 위하여 편의상 중종 10년(1515)경의 초주갑인자혼입보자본을 A본, 주금성 전주의『백거이집전교』를 B본으로 약칭하여 〈표 2〉로 비교하고자 한다.

〈표 2〉 중종 10년(1515)경 간행의 초주갑인자혼입보자본『향산삼체법』과
주금성 전주의『백거이집전교』의 비교

구분	종종 10년 초주갑인자 혼입보자본(A본)	주금성 전주의 『백거이집전교』 (B본)	전주(箋注)
1) 제1수 제4구 　　　　제8구	與月有<u>秋</u>期 唯是我<u>心</u>知	與月有<u>秋</u>期 唯是我<u>心</u>知	『文苑英華』에는 '秋期'의 '秋'는 '愁'이고, '我心'의 '我'는 '好'임.
2) 제2수 제1구	<u>離離</u>原上草	<u>離離</u>原上草	<u>汪本</u>에는 '離離'가 '咸陽'임.
3) 제4수 제1구 　　　　제6구	得道卽無<u>着</u> 江行<u>濾</u>水蟲	得道卽無<u>著</u> 江行<u>濾</u>水蟲	『文苑英華』에는 '濾'가 '慮'임.
4) 제5수 제3구	青巖新有<u>燕</u>	青巖新有<u>燕</u>	<u>盧校</u>에는 '燕'이 '雁'임.
5) 제6수 제목 　　　　제3구	<u>旅次</u>景空寺宿幽 上人院 暮鐘<u>鳴</u>鳥聚	<u>旅次</u>景空寺宿幽 上人院 暮鐘<u>鳴</u>鳥聚	『文苑英華』에는 '旅次'가 '旅泊'임. <u>全詩</u>에는 '鳴'이 '寒'임.
6) 제8수 제3구 　　　　제2구 　　　　제6구	始知爲客<u>樂</u> 思鄉淚滿<u>巾</u> <u>防</u>愁預惡春	始知爲客<u>苦</u> 思鄉淚滿<u>巾</u> <u>防</u>愁預惡春	『文苑英華』에는 '巾'은 '襟'이고, '防愁'의 '防'은 '懷'임.
7) 제9수 제1구	得道應無<u>着</u>	得道應無<u>著</u>	<u>着</u>과 <u>著</u>는 同字임.
8) 제10수 제2구	巴南城<u>底</u>遊	巴南城<u>裏</u>遊	<u>底</u>와 <u>裏</u>은 同字임.
9) 제11수 제목 　　　　제5구 　　　　제6구	<u>夏夜</u>宿直 寂<u>默</u>挑燈坐 沈吟<u>踏</u>月行	<u>夏夜</u>宿直 寂<u>寞</u>挑燈坐 沈吟<u>蹋</u>月行	<u>汪本</u>에는 '夏夜'가 '夏州'임. <u>宋本</u>, <u>那波本</u>, <u>盧校</u>에 모두 '寞'이 '默'임.

구분		종종 10년 초주갑인자 혼입보자본(A본)	주금성 전주의 『백거이집전교』 (B본)	전주(箋注)
10) 제12수	제1구	衰容常晚櫛	衰容當晚節	宋本, 那波本에는 '當晚節'이 '常晚櫛'임. 汪本에는 '當'이 '常'임. 全詩에는 '常晚櫛' 下注에 '常'은 '當'임, '櫛'은 '節'임. 城按에는 '節'과 '櫛'은 통한다고 하였음.
11) 제13수	제목 제7구	上巳日恩賜曲江 宴會卽事 共道昇平樂	上巳日恩賜曲江 宴會卽事 共道升平樂	馬本에 '上巳'를 '上元'으로 한 것은 잘못 임. 宋本, 那波本, 汪本, 全詩에 의거하여 개정함.
12) 제14수	제2구	迢迢夜坐情	迢迢夜坐情	馬本에 '迢迢'를 '迢遞'로 되어 있는데, 宋 本, 那波本, 汪本, 全詩에 의거하여 개정 함. 全詩의 한 주석에는 '迢遙'임.
13) 제15수	제7구	唯殘病與老	唯殘病與老	馬本과 汪本에 '殘'이 '憐'으로 되어 있는 데, 宋本, 那波本, 全詩, 盧校에 의거하여 교정함. 汪本에는 '殘'이라 한 주석도 있 고, 全詩에도 '憐'이라 한 주석도 있음.
14) 제16수	제2구 제5구	花塘欲曉春 酒嫩傾金液	花塘欲曉春 酒嫩傾金液	馬本과 汪本에 '曉'가 '晚'으로 되어 있는 데 잘못된 것임. 宋本, 那波本, 全詩, 盧 校에 의거하여 교정함. 汪本에는 '曉'라 한 주석도 있고, 全詩에 도 '曉'라 한 주석도 있음. 宋本, 那波本에 '嫩'이 '嬾'으로 되어 있는 데 잘못된 것임.
15) 제18수	제목	西河雨夜送客	西河雨夜送客	『文苑英華』에는 '西河'는 '江西'임.
16) 제19수	제5구 제7구	寡鶴當徵怨 慙君此傾聽	寡鶴當徵怨 慚君此傾聽	何校에는 '寡'는 '寡', 黃校에는 '寡'는 '寮'임.
17) 제20수	제4구	風定綠無波	風定綠無波	宋本에는 '綠'은 '淥'임.
18) 제22수	제2구 제7구	深宜白鬢翁 平生閑境思	深宜白髮翁 平生閑境界	宋本, 那波本, 全詩에는 '鬢'이 '髮'임. 宋本, 那波本, 汪本에는 '界'가 '思'임. 全 詩에는 '思'로 주석되었음.
19) 제24수	제3구	覺來蚕近壁	覺寒蚕近壁	馬本에는 '蚕'을 '螢'이라 한 것은 잘못이 다. 宋本, 汪本, 全詩, 盧校에 의거하여 개정함. 那波本에는 '蛋'으로 되어 있음.
20) 제25수	제4구	舟中秖有琴	舟中只有琴	秖와 只는 同字임.
21) 제30수	제4구	園中一寸深	園中一寸深	馬本, 全詩에는 '一'은 '二'라 주석하였는 데 잘못이다. 宋本, 那波本, 汪本, 盧校에 의거하여 개정함. 全詩의 주에 '一'은 '一'이라 주석하였는 데 잘못임.

구분		종종 10년 초주갑인자 혼입보자본(A본)	주금성 전주의 『백거이집전교』 (B본)	전주(箋注)
22) 제31수	제5구 제7구	連行排絳帳 解駐籃輿看	連行排絳帳 解駐籃輿輦看	汪本에 '絳帳'이 '絳葉'으로 주석한 것은 잘못임. 『文苑英華』에는 '籃輿'의 '輿'가 '昇'로 되어 있음.
23) 제32수	제목 제3구 제7구	池上贈韋山人 衆皆嫌好拙 獨憐韋處士	池上贈韋山人 衆皆嫌好拙 獨憐韋處士	『文苑英華』에는 제목은 「池上贈山人韋君」이고, 제3구의 '好拙'이 '拙好'이며, 제7구의 '獨憐'의 '獨'이 '猶'임.
24) 제32수	제5구	淺渠銷慢水	淺渠銷慢水	『文苑英華』에는 '銷慢水'의 '銷'가 '鋪'로 되어 있고, 全詩의 주에도 '銷'가 '鋪'로 되어 있음.
25) 제34수	제4구	生衣不着身	生衣不著身	着과 著은 同字임.
26) 제38수	제목 제2구 제4구 제7구	何處春先到 橋東水北亭 冷酒着難醒 不勞人勸醉	何處春先到 橋東水北亭 冷酒蓍難醒 不勞人勸醉	『文苑英華』에는 시의 제목이 「春日偶題」로 되어 있음. 馬本에는 '北亭'의 '亭'이 '頭'로 되어 있으나 잘못임. 宋本, 那波本, 汪本, 『文苑英華』, 全詩에 의해 교정되었음. 『文苑英華』, 全詩, 汪本에는 '蓍難醒'의 '蓍'가 '酌'으로 되어 있고, 汪本, 全詩의 주석에는 '蓍'으로 되어 있음. 『文苑英華』에는 '不勞人勸醉'가 '更無人勸飲'으로 되어 있음.
27) 제39수~제58수 제39수	제6구	金銀用斷車	金銀用斷車	馬本에는 '斷車'의 '斷'이 '短'로 되어 있으나 잘못임. 宋本, 那波本, 汪本, 全詩, 盧校에 의거하여 개정함. 全詩의 주에 '斷'은 '短'이라 한 주석도 있는데 잘못임.
	제42수	제4구 제7구	瑞鶡勘袍花 戎裝拜春設	瑞鶡勘袍花 戎裝拜春設	馬本, 汪本에는 '瑞鶡'의 '鶡'이 '鶴'로 되어 있으나 잘못임. 宋本, 那波本, 全詩에 의거하여 개정함. 汪本에는 '鶡'이라 한 주석도 있고, 全詩에도 '鶴'이라 한 주석도 있지만 모두 그르다. '鶡'이 옳음. 拜春設의 設은 수, 당시대에는 '伎藝'를 이름. 白居易詩에는 '看春設'인데 후대의 판본에서 '拜春設'이 됨.
	제43수	제4구 제5구 제6구 제8구	歧秀麥分花 五匹鳴珂馬 雙輪畫軌車 葉葉集換斜	歧秀麥分花 五疋鳴珂馬 雙輪畫軌車 葉葉隼旟斜	那波本, 汪本, 全詩에는 '歧秀'의 '歧'가 '岐'로 되어 있음. 城按에 의하면, 六朝 이래로 '路多從止'에 의해 『爾雅』에도 '歧'라 하였음. 那波本, 汪本에는 '畫軌'의 '軌'이 '軏'으로 되어 있음.
	제45수	제6구 제7구	香賤把下車 宋家宮樣髻	香賤把下車 宋家宮樣髻	B본의 '賤'이 해석상 옳음.

구분		종종 10년 초주갑인자 혼입보자본(A본)	주금성 전주의 『백거이집전교』 (B본)	전주(箋注)
제47수	제8구	秪恐日光斜	只恐日光斜	秪와 只는 同字임.
제50수	제5구	投餌移經檻	投餌移經楯	檻과 楯은 同字임.
제51수	제8구	江轉富楊斜	江轉富陽斜	富陽은 지명이며 B본의 '陽'이 옳음.
제52수	제3구 제7구	十分杯裏物 中山一沈醉	十分盃裏物 中山一沉醉	'杯'와 '盃'는 같은 뜻이며, '盃'가 '杯'의 俗字이고, '沈'와 '沉'은 같은 뜻이며, '沉' 이 '沈'의 俗字임.
제53수	제4구	曲落岸邊花	曲洛岸邊花	曲洛은 '同禊曲洛'에서 유래한 것으로 B 본의 '洛'이 맞는 글자임.
제55수	제5구 제7구	鼓應投壺馬 彈碁局上事	鼓應投棋馬 彈棋局上事	이 시는 탄기(彈棋)의 바둑놀이를 노래한 것이므로 A본 '投壺'의 '壺'보다 B본 '投 棋'의 '棋'가 맞는 글자이다. '碁'와 '棋'는 同字임.
제58수	제7구 제8구	楊州蘇小小 人道最夭(伊邪 反)斜	杭州蘇小小 人道最夭(伊耶 反)斜	宋本, 那波本에는 '揚州'이고, 馬本, 汪 本, 全詩에는 '杭州'이다. 송의 蘇小小는 그 墓가 楊州에 있고, 南齊의 蘇小小 묘 는 杭州에 있으니 어느 것이 옳은지 알 수 없음. 田子藝가 이르기를 '夭 少好貌 卽妖也 卽邪歪也'라 한 것이니, 夭의 발음은 '伊 耶反'이 맞음.
28) 제59수~제65수 제59수	제3구	初等高第客	初等高第後	那波本에는 '高第後'의 '後'가 '客'이고, 汪本에는 '日'임.
제60수	제3구	青雲俱不達	青雲俱未達	那波本에는 '不達'의 '不'이 '未'임.
제61수	제2구 제8구	朱門美少年 爭過艷陽天	朱門羨少年 爭過豔陽天	宋本, 那波本에는 '羨少年'이 '美少年'이 다. '艷'과 '豔'은 同字임.
29) 제66수~제72수 제67수	제8구	相伴醉悠悠	相伴醉悠悠	那波本에는 '相伴'이 '相對'임.
제68수	제6구	'沈舟十二三'	'沉舟十二三'	'沈'와 '沉'은 같은 뜻이며, '沉'이 '沈'의 俗字임.
제71수	제3구 제4구 제6구	自賢誇智慧 相軋鬪功能 蛾焦爲撲燈	自賢誇智慧 相糾鬪功能 蛾焦爲撲燈	馬本에는 '智慧'의 '慧'는 彗'로 되어 있 는데 잘못임. 宋本, 那波本, 汪本, 全詩, 盧校에 의거하여 개정함. 那波本, 汪本에는 相糾의 '糾'는 '軋'로 되어 있음.

전주(箋注)의 출처

『문원영화(文苑英華)』: 명(明) 융경 연간(隆慶, 1567~1572)의 간본임.

왕본(汪本): 청(淸) 강희(康熙) 43년(1704) 왕립명(汪立名) 일우초당(一隅草堂) 간본(刊本)『백향산시집(白香山詩集)』.

노교(盧校): 청 노문초(盧文弨) 군서습포교(群書拾捕校)의 『백씨문집(白氏文集)』.
전시(全詩): 청 강희 46년(1707) 양주시국(揚州詩局) 간본(刊本)의 『전당시(全唐詩)』.
송본(宋本): 문학고전간행사(文學古典刊行社) 영인의 송(宋) 소흥(紹興, 1131~1162) 본(本)인 『백씨문집(白氏文集)』.
나파본(那波本): 사부총간(四部叢刊) 영인의 일본 나파도원(那波道圓) 번각의 송본(宋本)인 『백씨장경집(白氏長慶集)』.
마본(馬本): 명(明) 만력(萬曆) 34년(1606) 마원조(馬元調) 간행의 『백거이장경집(白居易長慶集)』.
하교(何校): 북경도서관(北京圖書館) 소장의 하작(何焯)이 교정한 일우초당(一隅草堂) 간본인 『백향산시집(白香山詩集)』.
황교(黃校): 황의(黃儀) 교정본(校訂本).
성안(城按): 백거이 저(著), 주금성(朱金城) 전주(箋注), 『백거이집전교(白居易集箋校)』 1~5. 상해고적출판사(上海古籍出版社), 2008.

〈표 2〉의 내용을 종합하면 다음과 같다.

① A본과 B본의 원문에 글자의 차이가 있는 경우를 몇 가지 사례로 나누어 살펴볼 수 있다.

첫째, A본과 B본의 글자의 뜻이 유사하여 해석상의 차이가 별로 없는 사례들이 있다.

3)의 A본 제4수의 제1구 '得道卽無着'이 B본 제4수의 제1구에는 '得道卽無著'이다. 7)의 A본 제9수의 제1구 '得道應無着'이 B본 제9수의 제1구에는 '得道應無著'이다. 25)의 A본 제34수 제4구 '生衣不着身'이 B본 제34수 제4구에는 '生衣不著身'이다. 26)의 A본 제38수 제4구 '冷酒着難醒'이 B본 제38수 제4구에는 '冷酒著難醒'이다. 네 시의 '着'이 '著'으로 바뀌었는데, '着'과 '著'은 동자(同字)이다. 9)의 A본 제11수 제6구 '沈吟踏月行'이 B본 제11수 제6구에는 '沈吟蹋月行'으로 되어 있다. '踏'과 '蹋'은 뜻이 같다. 16)의 A본 제19수 제7구 '憨君此傾聽'이 B본 제19수 제7구 '慚君此傾聽'으로 되어 있다. '憨'과 '慚'은 같은 글자이다. 20)의 A본 제25수 제4구 '舟中祇有琴'이 B본 제25수 제4구에는 '舟中只有琴'이다. 27)의 A본 제47수 8구 '祇恐日光斜'가 B본 제47수 8구에는 '只恐日光斜'이다. 두 시구의 '祇' 또는 '秖'가 '只'로 바뀌었는데, '祇', '秖', '只'는 같은 글자이다. 27)의 A본 제43수 제5구 '五匹嗚珂馬'는 B본 제43수 제5구에는 '五疋嗚珂馬'로 되어 있다. '匹'과 '疋'은 같은 뜻의 글자이다. 27)의 A본 제45수 제7구의 '宋家宮撜髻'는 B본 제45수 제7구에서는 '宋家宮樣髻'이다. '撜'과 '樣'은 같은 뜻의 글자이다. 27)의 A본 제50수 제5구의 '投餌移經櫢'은 B본 제50수 제5구에서는 '投餌移經楫'이다. '櫢'과 '楫'은 같은 글자이다. 27)의 A본 제52수

제3구 '十分杯裏物'이 B본 제52수 제3구에는 '十分盃裏物'이다. '杯'와 '盃'는 같은 뜻이며, '盃'가 '杯'의 속자(俗字)이다. 27)의 A본 제52수 제7구 '中山一沈醉'가 B본 제52수 제7구에는 '中山一沉醉'이다. 28)의 A본 제68수 제6구 '沈舟十二三'은 B본제 68수 제6구에는 '沉舟十二三'이다. 두 본의 '沈'와 '沉'은 같은 뜻이며, '沉'이 '沈'의 속자이다. 27)의 A본 제55수 제7구의 '彈碁局上事'는 B본 제55수 제7구에는 '彈棋局上事'이다. 탄기(彈棋)란 바둑판에 마주 앉아서 바둑돌을 튀겨서 상대편 바둑돌을 떨어뜨리는 놀이이며, '碁'와 '棋'는 같은 글자이다. 28)의 A본 제60수 제3구는 '靑雲俱不達'이 B본 제60수 제3구에는 '靑雲俱未達'로 되어 있다. B본의 주석인 나파본(那波本)에는 '不達'의 '不'이 '未'이다. 두 글자의 뜻이 비슷하여 해석상의 차이가 없다. 28)의 A본 제61수 제8구 '爭過艷陽天'이 B본 제61수 제8구에는 '爭過艶陽天'인데, '艷'과 '艶'은 같은 글자이다.

둘째, A본과 B본의 글자의 뜻이 대조적이어서 해석상의 차이를 알기 어려운 경우가 있다.

6)의 A본 제8수 제3구의 '始知爲客樂'이 B본 제8수 제3구 '始知爲客苦'이다. '樂'이 '苦'로 바뀌었다. A본 3구와 4구와 해석은 '이제야 알겠구려. 객지에서의 즐거움이 가난한 내 집만 못하다는 걸'인데, B본 3구와 4구와 해석은 '이제야 알겠구려. 객지에서의 고통이 가난한 내 집만 못하다는 걸'이다. 너무 대조적인 글자여서 어느 해석이 옳은지 가늠하기 어렵다. 8)의 A본 제10수 제2구의 '巴南城底遊'가 B본 제10수 제2구는 '巴南城裏遊'이다. '底'가 '裏'로 바뀌었다. 해석은 '파남성 아래에서 놀았네'가 '파남성 안에서 놀았네'로 바뀌는데, 뜻의 차이를 분명하게 구분하기 어렵다. 27)의 A본 제58수 제7구 '楊州蘇小小'가 B본 제58수 제7구에는 '杭州蘇小小'로 되어 있다. 송본(宋本), 나파본에는 '揚州'이고, 마본(馬本), 왕본(汪本), 전시(全詩)에는 '杭州'이다. 송의 소소소(蘇小小)는 그 묘(墓)가 양주(揚州)에 있고, 남제(南齊)의 소소소(蘇小小)는 그 묘가 항주(杭州)에 있으니 어느 것이 옳은지 알 수 없다. '楊洲'는 '揚州'로도 쓴다. 28)의 A본 제59수 제3구의 '初等高第客'이 B본 제59수 제3구의 '初等高第後'이다. 즉 '高第客'이 '高第後'로 되어 있다. 나파본에는 '高第後'의 '後'가 '客'이고, 왕본에는 '日'이다. 어느 글자가 옳은지 알 수 없다. 29)의 A본 제71수 제4구 '相軋鬪功能'이

B본 제71수 제4구에는 '相糾鬪功能'이다. 나파본, 왕본에는 '相糾'의 '糾'는 '軋'로 되어 있어 어느 글자가 옳은지 알 수 없다.

셋째, A본과 B본의 글자의 뜻이 대조적이지만, 해석상의 차이가 분명한 경우가 있다. 19)의 A본 제24수 제3구 '覺來螢近壁'이 B본 제24수 제3구에는 '覺寒螢近壁'으로 '來'가 '寒'으로 바뀌었다. 해석상 B본의 제3구가 다음에 오는 제4구와 연결이 잘된다. '覺寒螢近壁 知暝鶴歸龍 [추워지니 귀뚜라미가 벽에 가까이 있음을 깨닫게 되고 어스름이라 학이 둥지로 돌아옴을 알겠네]'이니 B본의 '寒'이 맞는다.

넷째, A본과 B본의 글자 중 후대의 주석본을 참고하면 A본의 글자가 옳은 경우가 있다.

9)의 A본 제11수 제5구의 '寂默挑燈坐'가 B본 제11수 제5구에는 '寂寞挑燈坐'로 바뀌었다. B본을 대상으로 후대에 중국에서 교정한 송본, 나파본, 노교(盧校)에 모두 '寞'이 '默'이라고 하였으니, A본의 '默'이 옳은 것임을 알 수 있다. 10)의 A본 제12수 제1구 '衰容常晩櫛'이 B본 제12수 제1구에는 '衰容當晩節'로 바뀌어 있다. 송본, 나파본은 '當晩節'은 '常晩櫛'이 맞다고 하고, 왕본과 전시에는 통용자로 주석을 하고 있다. 원래는 '常晩櫛'이 맞는 것인데, 후대에 '當晩節'로 바뀌면서 여러 주석이 붙은 것으로 보아 뜻은 통용될지라도 초주갑인자본인 A본의 '常晩櫛'이 맞는 것이다. 18)의 A본 제22수 제7구 '平生閑境思'가 B본 제22수 제7구에는 '平生閑境界'로 서로 다르다. B본을 대상으로 후대에 중국에서 교정한 송본, 나파본, 왕본에는 '界'가 '思'이고, 전시에는 '思'로 주석되었으므로 A본의 '思'가 옳은 것임을 알 수 있다.

다섯째, A본과 B본의 글자 중 후대의 주석본을 참고하면 B본의 글자가 옳은 경우가 있다.

18)의 A본 제22수 제2구 '深宜白鬢翁'이 B본 제22수 제2구에는 '深宜白髮翁'으로 표기되었다. 송본, 나파본, 전시에는 '鬢'이 '髮'이라고 하였으니, B본 '髮'이 옳은 것임을 알 수 있다. 27)의 A본 제43수 제8구 '葉葉集撰斜'가 B본 제43수 제8구에는 '葉葉隼旟斜'로 되어 있다. B본의 '隼旟'가 해석상 뜻이 맞다. 일본 봉좌문고 소장의 명종 20년(1565) 초주갑인자번각본에도 '隼旟'로 고쳐 새기고 있다.[38] 27)의 A본 제45수 제6구의 '香賤把下車'가 B본에는 '香餞把下車'로 되어 있다. B본의 '餞'이 해석상

옳다. 봉좌문고 소장의 명종 20년(1565) 초주갑인자번각본에도 '賤'으로 고쳐 새기고 있다.[39] 27)의 A본 제51수 제8구의 '江轉富楊斜'가 B본 제51수 제8구에는 '江轉富陽斜'이다. 부양(富陽)은 중국 절강성 항주 서쪽 교외에 있는 지명으로 풍광이 아름다워 많은 문인들이 부양의 산수를 노래하였다. 따라서 B본의 '陽'이 맞는 글자이다. 27)의 A본 제53수 제4구의 '曲落岸邊花'가 B본 제53수 제4구에는 '曲洛岸邊花'이다. 중국은 주대(周代)에도 이미 '동계곡락(同禊曲洛)'이라고 해서 굽은 물가에서 불계(祓禊)를 행한 기록이 있으니 B본의 '洛'이 맞는 글자이다. 27)의 A본 제55수 제5구 '鼓應投壺馬'는 B본에는 제55수 제5구 '鼓應投棋馬'이다. '投壺'는 병이나 항아리 따위에 붉은 화살과 푸른 화살을 던져 넣어 화살의 숫자로 승부를 가리던 놀이이고, '投棋'는 탄기(彈棋)의 바둑놀이이다. 따라서 이 시는 탄기의 바둑놀이를 노래한 것이므로 A본 '投壺'의 '壺'보다 B본 '投棋'의 '棋'가 맞는 글자이다. 27)의 A본 제58수 제8구 '人道最夭(伊邪反)斜'는 27)의 B본 제58수 제8구에는 '人道最夭(伊耶反)斜'로 되어 있다. 전자예(田子藝)가 이르기를 '夭 少好貌 卽妖也 卽邪歪也'라 한 것이니, 夭의 발음은 B본의 '伊耶反'이 맞다. 29)의 A본 제71수 제6구 '蛾焦爲樸燈'이 B본의 제71수 제6구에는 '蛾焦爲撲燈'으로 되어 있다. 이 시구의 해석상 '뭇 나방이 불에 타 죽음은 등불에 부딪쳐서네'라는 의미에 비추어보면, B본의 '撲'이 맞는 글자이다.

② B본에 나타나는 전주의 주석이 본문의 해석을 원만하게 해주는 경우가 있다.

1)의 제1수 제4구인 '與月有秋期'와 제8구인 '唯是我心知'는 명(明) 융경(隆慶, 1567~1572) 간본인 『문원영화(文苑英華)』에는 '秋期'의 '秋'는 '愁'이고, '我心'의 '我'는 '好'이다. 시의 3구와 4구는 '共琴爲老伴 與月有秋期'로 '거문고와는 함께 늙어가고, 달과는 가을을 약속하였네'라고 해석이 되는데, 4구의 '秋'를 '愁'로 바꾸면 '달과 함께 시름에 젖는다'로 바뀌어 해석이 훨씬 부드럽다. 또 7구와 8구는 '幽音待淸景 唯是我心知'로 '그윽한 소리 맑은 경치를 기다리니, 오직 내 마음만이 알리라'라고 해석이

38) 姜順愛, 「초주갑인자혼입보자본 『香山三體法』에 관한 서지적 연구」, 『書誌學硏究』 第45輯(2010), 27쪽.
39) 姜順愛, 「초주갑인자혼입보자본 『香山三體法』에 관한 서지적 연구」, 『書誌學硏究』 第45輯(2010), 27쪽.

되는데, 8구의 '我'를 '好'로 바꾸면 '오직 좋은 마음만이 알리라'로 바뀌어 시의 의미에 더 합당하다. 4)의 제5수 제3구인 '青巖新有燕'은 '푸른 바위에 제비가 깃드네'로 되어 있는데, 노교(盧校)에서 '燕'을 '雁'으로 교정하였으니 '푸른 바위에 기러기가 깃드네'로 해석되어 훨씬 멋진 시가 된다. 27)의 제42수 제7구의 '戎裝拜春設'의 주석을 보면, '設'은 수, 당시대에는 '伎藝'를 뜻하고. 백거이 시에는 '看春設'인데 후대의 판본에서 '拜春設'이 되었다고 한다.[40] 이 주석에 의거하여 해석하면, '무장한 이들이 봄날 잔치의 기예(伎藝)를 구경할 새'로 되어 다음 구절과의 연결이 매우 자연스럽다.

③ A본과 B본의 시 제목이 같은데 B본의 주석에 시의 제목을 다르게 보는 경우가 있다.

9)의 A본과 B본 모두 제11수 제목은 「夏夜宿直」인데, 왕본에는 「夏州宿直」이다. 제11수 「夏夜宿直」은 51세이던 장경 2년(822)에 장안에서 중서사인(中書舍人)으로 있을 때 승명로(承明盧)에서 여름 숙직을 하면서 느낀 감회를 적은 것으로 원래 제목에 들어있는 '夏夜'가 교정된 '夏州'보다 더 합당한 것으로 여겨진다. 11)의 A본과 B본 모두 제13수 제목은 「上巳日恩賜曲江宴會卽事」인데, 馬本에 '上巳'를 '上元'으로 한 것은 잘못이라 하고, 송본, 나파본, 왕본, 전시에 의거하여 개정된 것이라 하므로 원래의 제목이 맞는 것이다. 15)의 A본과 B본 모두 제18수 제목은 「西河雨夜送客」인데, 『문원영화』에는 '西河'는 '江西'로 되어 있다. 다른 교정본의 예시가 없으므로 「西河雨夜送客」의 제목이 합당하게 여겨진다. 23)의 A본과 B본 모두 제32수 제목은 「池上贈韋山人」인데, 『문원영화』에는 제목이 「池上贈山人韋君」으로 되어 있다. 다른 교정본의 예시가 없으므로 「池上贈韋山人」의 제목이 합당하게 여겨진다. 26)의 A본과 B본 모두 제38수 제목은 「何處春先到」인데, 『문원영화』에는 제목이 「春日偶題」로 되어 있다. 다른 교정본의 예시가 없으므로 「何處春先到」가 시의 제목으로 옳은 듯하다.

---

40) 白居易 著, 朱金城 箋注, 『白居易集箋校』三(上海古籍出版社, 2008), 1827~1838쪽.

4.1.5. 결론

위에서 살펴본 바를 종합하면 다음과 같다.

1) 『향산삼체법』의 오언율시 72수에서 백거이 시에 대한 저작 관련 사항인 저작 시기, 저작 장소, 저작 당시의 벼슬 등을 살펴볼 수 있다. 저작 시기는 30세 이전에 6수, 30대에 4수, 40대에 7수, 50대에 48수, 60대~70대 사이에 7수이다. 50대의 저작이 48수로 가장 많이 선집되었고, 40대, 60대, 30세 이전은 6~8수 사이이며, 30대가 3수로 가장 적었다. 저작 장소는 장안(長安) 32수, 낙양(洛陽) 26수, 강주(江州) 5수, 강남(江南) 1수, 항주(杭州) 1수, 양주(襄州) 1수, 장안~강주 1수, 낙양~소주(蘇州) 1수, 장소 미상 4수였다. 저작 장소는 주로 장안과 낙양이었음을 알 수 있다. 백거이의 저작과 관련된 벼슬을 보면, 29세에 진사시(進士試)에 합격한 이후 다양한 벼슬을 거쳤는데, 이러한 벼슬살이는 그의 저작 시기 및 저작 장소와 밀접한 관련이 되면서 시의 저술에 많은 영향을 미쳤다.

2) 『향산삼체법』 오언율시의 내용에는 대부분 백거이의 일상이 담겨 있다. 그의 일상 안에 담겨진 것을 몇 가지 키워드로 도출하면 '봄' 25수, '술' 16수, '가을' 13수, '감회' 12수, '이별' 3수, '겨울' 3수로 6 분야의 72수이다. '봄'을 노래한 시의 내용들은 따사롭고 정겨우며 행복하다. 제9수, 제13수, 제16수, 제27수, 제38수, 제39수~제58수의 25수이다. '술'을 노래한 시는 제18수, 제23수, 제59수~제65수, 제66수~제72수의 16수이다. '가을'을 노래한 시는 제1수, 제5수, 제6수, 제12수, 제14수, 제15수, 제19수, 제24수, 제26수, 제31수, 제33수, 제34수, 제37수의 13수이다. '감회'를 노래한 시는 제10수, 제11수, 제20수, 제21수, 제22수, 제25수, 제28수, 제29수, 제30수, 제32수, 제35수, 제36수의 12수이다. '이별'을 노래한 시는 제2수, 제3수, 제4수의 3수이다. '겨울'을 노래한 시는 제7수, 제8수, 제17수의 3수이다.

3) 중종 10년(1515)경의 초주갑인자혼입보자본인 『향산삼체법』 A본과 중국의 주금성(朱金城) 전주(箋注)의 『백거이집전교』 B본을 비교한 결과는 다음과 같다.

첫째, A본과 B본의 원문에 글자의 차이가 있는 경우를 몇 가지 사례로 나누어 살펴볼 수 있다.

하나는 A본과 B본의 글자의 뜻이 유사하여 해석상의 차이가 별로 없는 사례들이 있는데, '着'과 '著', '踏'과 '蹋', '祇'와 '只', '匹'과 '疋', '㨾'과 '樣', '不達'과 '未達'의 '不'과 '未', '碁'와 '棋', '艶'과 '豔'은 뜻이 같은 글자이다. '憝'과 '慙', '櫼'과 '楫'은 동자(同字)이다. '杯'와 '盃'는 같은 뜻이며, '盃'가 '杯'의 속자(俗字)이다. '沈'와 '沉'은 같은 뜻이며, '沉'이 '沈'의 속자이다. 둘은 A본과 B본의 글자의 뜻이 대조적이어서 해석상의 차이를 알기 어려운 경우가 있는데, '始知爲客樂'의 '樂'과 '始知爲客苦'의 '苦', '巴南城底遊'의 '底'와 '巴南城裏遊'의 '裏', '初等高第客'의 '高第客'과 '初等高第後'의 '高第後', '相軋鬪功能'의 '相軋'과 '相糾鬪功能'의 '相糾'는 어느 해석이 옳은지 가늠하기 어렵다. '楊州蘇小小'의 '揚州'가 '杭州蘇小小'에는 '杭州'로 되어 있다. 송의 소소소(蘇小小)는 그 묘(墓)가 양주에 있고, 남제(南齊)의 소소소(蘇小小)는 그 묘가 항주에 있으니 어느 것이 옳은지 알 수 없다. '楊洲'는 '揚州'로도 쓴다. 셋은 A본과 B본의 글자 중 '覺來蝨近壁'의 '來'와 '覺寒蝨近壁'의 '寒'은 해석상의 B본의 '寒'이 맞다. 넷은 A본과 B본의 글자 중, '寂默挑燈坐'의 '默'과 '寂寞挑燈坐'의 '寞', '平生閑境思'의 '思'와 '平生閑境界'의 '界', '衰容常晚櫛'의 '常晚櫛'과 '衰容當晚節'의 '當晚節'는 후대의 주석을 참고하면 A본의 '默'과 '思', '常'이 옳은 글자이다. 다섯은 A본과 B본의 글자 중 후대의 주석본을 참고하면 B본의 글자가 옳은 경우가 있는데, '深宜白鬢翁'의 '鬢'과 '深宜白髮翁'의 '髮', '葉葉集撖斜'의 '集撖'와 '葉葉隼旐斜'의 '隼旐', '香賤把下車'의 '賤'과 '香餞把下車'의 '餞', '蛾焦爲樸燈'과 '蛾焦爲撲燈'은 후대의 주석을 참고하면, B본의 '髮', '隼旐', '餞', '撲'이 해석상 옳다. '江轉富楊斜'와 '江轉富陽斜'의 부양은 지명으로 B본의 '富陽'이 맞는 글자이다. '曲落岸邊花'와 '曲洛岸邊花'의 곡락은 '동계곡락(同禊曲洛)'에서 유래한 말로 B본의 '曲洛'이 맞는 글자이다. '鼓應投壺馬'와 '鼓應投棋馬'는 탄기(彈棋)의 바둑놀이를 노래한 것이므로 B본 '投棋'의 '棋'가 맞는 글자이다. '人道最夭(伊邪反)斜'와 '人道最夭(伊耶反)斜'는 전자예(田子藝)에 의하면 '夭'의 발음은 B본의 '伊耶反'이 맞다.

둘째, B본에 나타나는 전주의 주석이 본문의 해석을 원만하게 해주는 경우가 있다. '與月有秋期'와 '唯是我心知'는『문원영화(文苑英華)』에는 '秋期'의 '秋'는 '愁'이고, '我心'의 '我'는 '好'로 주석하였고, '靑巖新有燕'은 노교(盧校)에서 '燕'을 '雁'으로 교정하였으며, '戎裝拜春設'은 '看春設'로 주석하였다. 해석상 주석본의 글자인 '愁', '好', '雁', '看春設'이 시의 의미에 더 합당하다.

셋째, A본과 B본의 시 제목이 같은데 B본의 주석에 시의 제목을 다르게 보는 경우가 있었다.

「夏夜宿直」이 왕본(汪本)에는 「夏州宿直」으로 주석하였고, 「上巳日恩賜曲江宴會卽事」는 馬本에 '上巳'를 '上元'으로 한 것은 잘못이라 하고, 송본, 나파본, 왕본, 전시에 의거하여 개정된 것이라 하였으며, 「西河雨夜送客」은 『문원영화』에는 '西河'는 '江西'로 되어 있다. 「池上贈韋山人」은 『문원영화』에는 「池上贈山人韋君」으로 되어 있다. 「何處春先到」는 『문원영화』에는 제목이 「春日偶題」로 되어 있다. 각각의 주석에 시의 제목이 왜 변경되었는지 충분한 설명이 되어있지 않아 원래의 제목인 「夏夜宿直」, 「上巳日恩賜曲江宴會卽事」, 「西河雨夜送客」, 「池上贈韋山人」, 「何處春先到」가 옳은 듯하다.

4.2. 『향산삼체법』 칠언율시의 구성, 내용 및 텍스트 비교

4.2.1. 『향산삼체법』 칠언율시의 구성과 저작 관련 사항

『향산삼체법』 칠언율시의 시 구성은 제73수부터 제134수(제42제~제103제)까지 이들의 구성과 저작 관련 사항에 대해 〈표 1〉로 작성하고 이에 대한 분석을 시도하고자 한다.

〈표 1〉『향산삼체법』 칠언율시 제73수~제134수(제42제~제103제)

구분	시작(詩作)의 시기, 장소, 벼슬	비고
제73수(15장 전면~15장 후면)	長慶 3(823), 杭州, 杭州刺史.	백거이 52세
제74수(15장 후면)	長慶 3(823), 杭州, 杭州刺史.	52세
제75수(16장 전면)	貞元 20(804), 長安.	33세
제76수(16장 전면~16장 후면)	貞元 15(799), 洛陽.	28세
제77수(16장 후면~17장 전면)	元和 4(809), 長安, 左拾遺, 翰林學士.	38세
제78수(17장 전면)	元和 5(810), 長安, 京兆戶曹參軍, 翰林學士.	39세
제79수(17장 전면~17장 후면)	元和 3(808)~元和 6(811), 長安, 翰林學士.	37~40세
제80수(17장 후면)	會昌 3(843)~會昌 4(844), 洛陽, 刑部尙書 致仕.	72~73세
제81수(17장 후면~18장 전면)	元和 10(815), 長安~江州 途中.	44세
제82수(18장 전면~18장 후면)	開成 3(839), 洛陽, 太子少傅分司.	67세
제83수(18장 후면)	元和 4(809), 長安, 左拾遺, 翰林學士.	38세
제84수(18장 후면~19장 전면)	太和 5(831), 洛陽, 河南尹.	60세
제85수(19장 전면)	元和 10(815), 長安~江州 途中.	44세
제86수(19장 전면~19장 후면)	元和 10(815), 長安~江州 途中.	44세
제87수(19장 후면)	元和 10(815), 長安~江州 途中.	44세
제88수(19장 후면~20장 전면)	元和 10(815), 江州, 江州司馬.	44세
제89수(20장 전면)	元和 11(816), 江州, 江州司馬.	45세
제90수(20장 후면)	元和 11(816), 江州, 江州司馬.	45세
제91수(20장 후면~21장 전면)	元和 11(816), 江州, 江州司馬.	45세
제92수(21장 전면)	元和 11(816), 江州, 江州司馬.	45세
제93수(21장 전면~21장 후면)	元和 11(816), 江州, 江州司馬.	45세
제94수(21장 후면)	元和 12(817), 江州, 江州司馬.	46세
제95수(21장 후면~22장 전면)	元和 13(818), 江州, 江州司馬.	47세
제96수(22장 전면)	元和 13(818), 江州, 江州司馬.	47세
제97수(22장 전면~22장 후면)	元和 13(818), 江州, 江州司馬.	47세
제98수(22장 후면~23장 전면)	長慶 元年(821), 長安, 主客郎中, 知制誥.	50세
제99수(23장 전면)	長慶 2(822), 長安, 中書舍人.	51세
제100수(23장 전면~23장 후면)	長慶 2(822), 長安, 中書舍人.	51세
제101수(23장 후면)	長慶 3(823), 杭州, 杭州刺史.	52세
제102수(23장 후면~24장 전면)	長慶 4(824), 杭州, 杭州刺史.	53세

구분	시작(詩作)의 시기, 장소, 벼슬	비고
제103수(24장 전면~24장 후면)	長慶 3(823), 杭州, 杭州刺史.	52세
제104수(24장 후면)	寶曆 元年(825), 蘇州, 蘇州刺史.	54세
제105수(24장 후면~25장 전면)	寶曆 元年(825), 蘇州, 蘇州刺史.	54세
제106수(25장 전면)	寶曆 2(826), 蘇州, 蘇州刺史.	55세
제107수(25장 전면~25장 후면)	寶曆 2(826), 蘇州, 蘇州刺史.	55세
제108수(25장 후면~26장 전면)	寶曆 2(826), 蘇州, 蘇州刺史.	55세
제109수(26장 전면)	寶曆 2(826), 蘇州, 蘇州刺史.	55세
제110수(26장 전면~26장 후면)	寶曆 2(826), 蘇州, 蘇州刺史.	55세
제111수(26장 후면)		
제112수(26장 후면~27장 전면)	寶曆 2(826), 蘇州, 蘇州刺史.	55세
제113수(27장 전면~27장 후면)	太和 2(828), 洛陽, 秘書監.	57세
제114수(27장 후면)	太和 2(828), 長安, 刑部侍郎.	57세
제115수(27장 후면~28장 전면)	太和 3(829), 洛陽, 太子賓客分司.	58세
제116수(28장 전면)	太和 6(832), 洛陽, 河南尹.	61세
제117수(28장 전면~28장 후면)	太和 6(832), 濟源, 河南尹.	61세
제118수(28장 후면~29장 전면)	太和 3(829), 洛陽, 太子賓客分司.	58세
제119수(29장 전면)	太和 4(830), 洛陽, 太子賓客分司.	59세
제120수(29장 전면~29장 후면)	太和 4(830), 洛陽, 太子賓客分司.	59세
제121수(29장 후면)	太和 5(831), 洛陽, 河南尹.	60세
제122수(29장 후면~30장 전면)	開成 3(838), 洛陽, 太子少傅分司.	67세
제123수(30장 전면)	開成 3(838), 洛陽, 太子少傅分司.	67세
제124수(30장 후면)	開成 3(838), 洛陽, 太子少傅分司.	67세
제125수(30장 후면~31장 전면)	開成 3(838), 洛陽, 太子少傅分司.	67세
제126수(31장 전면)	開成 3(838), 洛陽, 太子少傅分司.	67세
제127수(31장 전면~31장 후면)	開成 3(838), 洛陽, 太子少傅分司.	67세
제128수(31장 후면)	開成 3(838), 洛陽, 太子少傅分司.	67세
제129수(31장 후면~32장 전면)	開成 3(838), 洛陽, 太子少傅分司.	67세
제130수(32장 전면)	開成 5(840), 洛陽, 太子少傅分司.	69세
제131수(32장 전면~32장 후면)	會昌 元年(841), 洛陽, 太子賓客分司.	70세
제132수(32장 후면)	開成 5(840), 洛陽, 太子少傅分司.	69세
제133수(33장 전면)	會昌 元年(841), 洛陽.	70세
제134수(33장 전면~33장 후면)	會昌 元年(841), 洛陽.	70세

　위의 〈표 1〉은 『향산삼체법』 칠언율시 62수에 수록된 백거이 시에 대한 저작 관련 사항은 저작 시기, 저작 장소, 저작 당시의 벼슬 등을 살펴볼 수 있다.

　① 저작 시기는 20대 1수, 30대에 5수, 40대에 14수, 50대에 22수, 60대 15수, 70대 4수, 기타 2수이다. 50대의 저작이 22수로 가장 많이 선집되었고, 다음은 60대 15수, 40대 14수, 30대와 70대가 4수, 20대가 1수, 기타 1수는 시기를 알 수 없었다.

　20대에는 1수가 선집되었는데, 28세인 정원 15년(799)에 읊은 제76수이다. 30대에는 5수가 선집되었는데, 33세인 정원 20년(804)에 제76수, 38세인 원화 4년(809)에 제77수와 제83수, 39세인 원화 5년(810)에 제78수, 37세~40세인 원화 3년(808)부터 원화 6년(811) 사이에 제79수를 지었다. 40대에는 14수가 선집되었는데, 44세인 원화 10년(815)에 제81수, 제85수, 제86수, 제87수, 제88수의 5수, 45세인 원화 11년(816)에 제89수~제95수의 5수, 46세인 원화 12년(817)에 제94수의 1수, 47세인 원화 13년(818)에 제95수, 제96수, 제97수의 3수이다. 50대에는 22수가 선집되었는데, 50세인 장경 원년(821)에 제98수의 1수, 51세인 장경 2년(822)에 제99수와 제100수의 2수, 52세인 장경 3년(823)에 제73수, 제74수, 제101수, 제103수의 4수, 53세인 장경 4년(824)에 제102수의 1수, 54세인 보력 원년(825)에 제104수와 제105수의 2수, 55세인 보력 2년(826)에 제106수~제110수와 제112수의 6수, 57세인 태화 2년(828)에 제113수와 제114수인 2수, 58세인 태화 3년(829)에 제115수와 제118수의 2수, 59세인 태화 4년(830)에 제119수와 제120수의 2수이다. 60대에는 15수가 선집되었는데, 60세인 태화 5년(830)에 제84수와 제121수의 2수, 61세인 태화 6년(831)에 제116수와 제117수의 2수, 67세인 개성 3년(839)에 제82수, 제122수~제129수의 9수, 69세인 개성 5년(840)에 제130수와 제132수의 2수를 저술하였다. 70대에는 4수가 선집되었는데, 70세인 회창 원년(841)에 제131수, 제133수, 제134수의 3수, 72세~73세인 회창 3년(843)에서 회창 4년(844)에 제80수의 1수를 읊었다. 기타 시기를 알 수 없는 것은 제111수의 1수이다.

　② 저작 장소는 낙양 24수, 강주 10수, 장안 8수, 소주 8수, 항주 5수, 장안~강주 도중 4수, 제원 1수, 장소 미상 2수였다. 칠언율시의 저작 장소는 주로 낙양이 중심이었고 다음은 강주, 장안, 소주, 항주이었음을 알 수 있다.

20대의 저작 장소는 낙양 1수였고, 30대의 저작 장소는 장안 5수였다. 40대는 강주 10수와 장안~강주 도중 4수의 14수이었다. 50대는 소주 8수, 항주 5수, 낙양 5수, 장안 4수의 22수였다. 60대는 낙양 14수, 제원 1수의 15수이었고, 70대는 낙양 4수였으며, 장소 미상이 1수였다. 20대와 30대의 저작 장소는 낙양과 장안이었고, 40대는 장안에서 강주로 옮겨졌다. 50대는 소주, 항주, 낙양, 장안을 중심으로 시작(詩作)이 이루어졌고, 60대와 70대는 낙양이 저작 공간의 중심이었다.

③ 백거이는 29세에 진사시(進士試)에 합격한 이후, 다양한 벼슬을 거쳤는데, 이러한 벼슬살이는 그의 저작 시기 및 저작 장소와 밀접한 관련이 되면서 시의 저술에 많은 영향을 미쳤다.

20대인 28세에는 과거에 합격하기 전으로 낙양에 있으면서 시를 한 수 지었는데, 당시 이희열(李希烈)의 반란으로 흩어진 형제가 고향인 하규(下邽)에서 함께 모였으면 하는 필자의 심정을 잘 묘사되어 있다. 30대에는 장안을 중심으로 생활하면서 36세인 원화 2년(807)에 원진(元稹)과 함께 제거(制擧: 중국 당나라 때 황제의 명령에 따라 관리를 등용하던 제도)에 합격하여 주질위(盩厔尉)에 제수되었고, 이후 좌습유(左拾遺), 경조호조참군(京兆戶曹參軍), 한림학사(翰林學士) 등에 제수되었다. 이 시기는 직무수행에서 말로 하기 어려운 것들은 시가의 형식을 빌려 표현하면서 풍유시(諷諭詩)를 많이 지은 시기로 간주된다. 40대에는 강주에서 강주사마(江州司馬) 벼슬을 하였는데 이 시기는 중앙정치에서 밀려난 시기로 풍유시와 한적시(閑適詩)를 많이 지었다. 50대는 장안에서 주객랑(主客郎), 중서사인(中書舍人), 형부시랑(刑部侍郎)을 지냈고, 항주의 항주자사(杭州刺史), 소주의 소주자사(蘇州刺史)를 거쳤으며, 낙양에서 비서감(秘書監), 태자빈객분사(太子賓客分司)의 벼슬을 지냈다. 각 지역별로 벼슬살이와 관련되어 장안, 항주, 소주, 낙양을 중심으로 비풍유시(非諷諭詩)를 많이 지었다. 60대는 낙양에서 하남윤(河南尹), 태자소부분사(太子少傅分司)를 지냈고, 70대도 낙양에서 태자빈객분사(太子賓客分司)를 지내고 형부상서(刑部尙書)로 치사(致仕)하였다. 60대와 70대는 낙양에서 여러 벼슬살이를 거치면서 비풍유시들을 많이 지었다.

4.2.2. 『향산삼체법』 칠언율시의 내용

『향산삼체법』 칠언율시의 내용에는 대부분 백거이의 일상이 담겨 있다. 그의 일상 안에 담겨진 것을 몇 가지 키워드로 도출하면 '인물교류' 28수, '감회' 19수, '풍광' 15수로 3개 분야의 62수이다. 이를 세분하여 살펴보면 다음과 같다.

1) 인물교류

백거이가 교유했던 인물들과 주고받은 시들이 있는데, 제75수, 제77수, 제78수, 제79수, 제80수, 제82수, 제83수, 제84수, 제85수, 제92수, 제93수, 제95수, 제99수, 제102수, 제103수, 제113수, 제116수, 제117수, 제118수, 제122수, 제123수, 제124수, 제125수, 제126수, 제127수, 제129수, 제133수, 제134수의 28수이다.

위의 시에서 백거이와 왕래가 있었던 사람들이며 27명이다. 백거시의 시에 관련된 사례별로 살펴보면, 원진이 제83수, 제103수, 제116수, 제118수의 4수, 유우석이 제82수, 제122수, 제126수, 제133수의 제4수, 우승유가 제122수, 제123수, 제127수의 3수이며, 이잉숙이 제82수, 제134수의 2수이다. 기타 23명은 모두 각 1수이다. 이에 대해 구체적으로 살펴보면 다음과 같다.

① 원진(元稹)

원진(元稹)[41]과 관련된 시는 제83수, 제103수, 제116수, 제118수의 4수이다. 제83

---

41) 원진(元稹, 779~831): 자는 미지(微之)이다. 9세에 시문에 능했고, 15세에 명경과(明經科)에 합격하였으며 25세 때 이부(吏部)에서 실시하는 서판발췌과(書判拔萃科)에 4등으로 합격하여 비서성교서랑(秘書省校書郞)에 제수되었다. 28세 때 특수인재 선발시험인 제거(制擧)에 응시하여 수석으로 합격해 좌습유(左拾遺)가 되었으며, 뒤에 감찰어사(監察御史)에도 제수되었다. 이후 환관에게 미움을 받아 10년간 폄적되었다. 나중에는 환관과 밀착하여 재상의 자리까지 올랐으며, 무창군절도사(武昌軍節度使)가 되었다가 임지에서 세상을 떠났다. 백거이(白居易)와 함께 신악부운동(新樂府運動)을 주도하였고, 고문(古文)의 회복에 영향을 끼쳤다. 당시 유행하던 전기소설(傳奇小說)의 영향을 받은 연애시를 지어 원화체(元和體: 당 헌종의 원화(元和) 연간(806~820)에 유행하던 시체(詩體))의 대표자가 되었다. 원진은 백거이와 더불어 사회적 저항과 관련된 옛 민가의 전통을 되살리려고 했다. 그의 반자전적인 소설 『앵앵전(鶯鶯傳)』을 비롯하여 장편서사시 「연창궁사(連昌宮詞)」가 유명하고, 문집은 현재 『원씨장경집(元氏長慶集)』이 전해

수인 「江樓月」은 백거이가 38세이던 원화 4년(809)에 장안에서 좌습유, 한림학사로 있을 때 지은 시이다. 그 해에 원진은 사천에 있고, 백거이가 장안에 있으면서 가릉강(嘉陵江) 강변의 누각에서 밝은 달을 바라보며 서로 그리워하면서 지은 시이다. 당시 감찰어사이던 원진이 사천성 지방으로 가던 도중에 시 32수를 지었다. 백거이가 그중의 12수에 화답하여 지은 「酬和元九東川路詩十二首」 중의 제5수이다.[42] 제103수인 「酬微之誇鏡湖」는 백거이가 52세이던 장경 3년(823)에 항주에서 항주자사 때 지은 시이다. 원진이 경호(鏡湖)를 자랑한 데 대해 친구의 벼슬이 점점 높아져 자주 만나지 못하는 것을 안타까워하는 시이다. 제116수인 「過元家履信宅」은 백거이가 61세이던 태화 6년(832)에 낙양에서 하남윤으로 있을 때 지은 시이다. 원진이 죽은 이후 장안 이신방(履信坊)에 있던 그의 옛집을 방문하여 지은 시인데, 시의 내용에는 원진이 죽은 후 그의 옛집은 점점 황폐화 되어 가는데 앞뜰과 후원에서 가슴 아픈 일은 오직 봄바람과 가을 달이나 알아주겠지 하는 시인의 애절한 그리움이 표현되었다. 제118수인 「予與微之老而無子發於言歎着(著)在詩篇今年冬各有一子戲作二什一以相賀一以自嘲」는 백거이가 58세이던 태화 3년(829)에 낙양에서 태자빈객분사 때 지은 시이다. 백거이와 원진은 늙도록 자식이 없어서 탄식하는 말이 나와 시에 담았는데, 금년 겨울에 각기 아들 하나를 두게 되었다. 장난삼아 두 편의 시를 지어 한 편으로는 서로 축하하고 한 편으로는 자조하는 뜻을 드러낸 시이다.

② 유우석(劉禹錫)

유우석(劉禹錫)[43]과 관련된 시는 제82수, 제122수, 제126수, 제133수의 제4수이다.

진다(신민아, 「元稹의 애정시 연구」, 『中國文化研究』 第20輯(2012), 47~49쪽 참조).

42) 김경동, 『白居易詩選』(문이재, 2002), 42~43쪽.

43) 유우석(劉禹錫): 당 대력(大曆) 7년(772)에 태어나 회창(會昌) 2년(842)에 사망하였다. 그는 대대로 벼슬을 해 온 사족(士族) 출신이었다. 그는 가문 배경보다는 재능과 학식을 통해 정원(貞元) 9년(793) 22세 나이로 진사와 박학굉사과(博學宏詞科)에 급제하여 태자교서(太子校書), 감찰어사(監察御使) 등을 역임하고, 영정(永貞) 원년(805)에 왕숙문(王叔文)이 추진하는 정치혁신에 참여하였다. 혁신에 실패하자 그는 반대파에게 소인배로 몰려 낭주사마(朗州司馬)로 폄적되었고, 그 후 20여 년간 연주(連州), 기주(夔州), 화주(和州) 등지의 자사로 유배생활을 하였다. 그가 산 시대는 중당대(中唐代)로서 정치·사회적으로 내우외환이 끊이지 않던 혼란기였다. 유우석은 이러한 전환기에 살면서 당시의 여러 중대한 문제와 사회모

제82수인「落卜雪中頻與劉李二賓客宴集因寄汴州李尙書」는 백거이가 67세이던 개
성 3년(838)에 낙양에서 태자소부분사 시절에 지었다. 낙하(洛下) 눈 속에서 자주 유
우석과 이잉숙 두 사람과 함께 잔치에 모였던 일을 변주(汴州) 이상서인 이신(李紳)에
게 부친 글이다. 제122수인「戲贈夢得兼呈思黯」은 백거이가 67세이던 개성 3년(838)
에 낙양에서 태자소부분사 때 지었다. 그는 늙어가는 자신을 돌아보며 장난삼아 몽
득(夢得) 유우석과 사암(思黯) 우승유(牛僧孺)에게 보낸 시편이다. 제126수인「早夏曉
興贈夢得」도 역시 백거이가 67세이던 개성 3년(838)에 낙양에서 태자소부분사 때 지
었다. 그는 하루하루 덧없는 삶을 돌아보며 유우석에게 난신당(暖新堂)에서 함께 놀
겠다는 다짐의 시를 보낸 것이다. 제133수인「偶吟自慰兼呈夢得」은 백거이가 70세
이던 회창 원년(841)에 낙양에서 지은 시이다. 그는 70세가 되면서 동갑내기인 유우
석에게 늙고 병든 것과 가난함을 혐의치 말고 옛날 교유하던 친구들이 모두 세상을
떠나갔으며 존영(尊榮)과 부귀 장수를 겸해 얻긴 어려우니 한가로이 앉아 몸에 가장
긴요한 것만을 생각하자는 자신의 뜻과 다짐을 드러내 보인 것이다.

③ 우승유(牛僧孺)

우승유(牛僧孺)[44]와 관련된 시는 제122수, 제123수, 제127수의 3수이다. 제122수인

순 등을 반영하였다.(兪聖濬,「劉禹錫의 屈原 계승」,『中國學硏究』第20輯(2001. 6), 186~188쪽 참조).
44) 우승유(牛僧儒): 우승유는 안정(安定) 출신이며 덕종(德宗) 건중(建中) 1년(780)에 태어났다. 자는 사암
(思黯)이다. 정원(貞元) 21년(805)에 이종민(李宗閔), 황보식(黃甫湜)과 함께 진사과에 급제하였다. 원화
(元和) 3년(808)에 이궐(伊闕)의 위(尉)에 직책으로 관직생활을 시작하여 하남위(河南尉), 감찰어사(監察
御使)를 지냈다. 원화 13년(818)에 도관원외랑(都官員外郞) 겸시어사지잡사(兼侍御使知雜事)에 임명되
었고, 장경(長慶) 1년(821)에는 고부랑중지제고(庫部郎中知制誥)와 어사중승(御使中丞)을 지냈다. 장경
2년(822)에 호부시랑(戶部侍郎), 장경 3년(823)에는 본관동평장사(本官同平章事)를 거쳐 재상에 올랐
다. 태화(太和) 3년(829)에 장안으로 돌아와 병부상서(兵部尚書)와 동평장사(本官同平章事)에 임명되었
다. 태화 6년(832)에는 양주(揚州)와 회남(淮南)에서 지방관을 지냈다. 개성(開成) 2년(837)에 검교사공
(檢校司空)으로 승진하였고, 낙양의 유수를 지내면서는 백거이, 유우석과 자주 시를 짓고 어울렸다. 개성
3년(838)에 좌복야에 임명되면서 다시 장안으로 돌아왔다. 대중(大中) 1년(847)에 형주(衡州)와 여주(汝
州)를 거쳐 태자소사(太子少師)에 재임용되었다. 이듬해인 대중 2년(848)에 운명하였다. 태위(太尉)에
추서되었고 시호는 문간(文簡)이라 하였다. 그의 저술은『우승유집(牛僧儒集)』5권과『우승유문(牛僧儒
文)』2권이 문헌상에 기록되어 있으나 현존하는 것이 없고 약간의 시와 산문만이 전한다(박민웅,「牛僧儒
傳考」,『중국어문학논집』제9호(1997. 8), 486~502쪽 참조).

「戱贈夢得兼呈思黯」은 위에서 살펴보았듯이 백거이가 유우석과 우승유에게 보낸 시로 낙양에서 서로 교분이 두텁던 시절에 보낸 것이다. 제123수인 「早春憶遊思黯南莊因寄長句」는 백거이가 67세이던 개성 3년(838)에 낙양에서 태자소부분사 때 지었다. 이른 봄에 우승유가 낙양성 남쪽에 있던 사암의 남장(南莊)에서 놀던 때를 생각하고 글을 지어 부친 것이다. 제127수 「誨思黯相公晚夏雨後感秋見贈」 역시 백거이가 67세이던 개성 3년(838)에 낙양에서 태자소부분사 때 지은 시로, 우승유가 늦은 여름비 개인 뒷날 보내준 감추시(感秋詩)에 화답한 것이다.

④ 이잉숙(李仍叔)

이잉숙(李仍叔)[45]과 관련된 시는 제82수, 제134수의 2수이다. 제82수 「落下雪中頻與劉李二賓客宴集因寄汴州李尙書」는 위에서 살펴본 바와 같이, 낙하(洛下) 눈 속에서 자주 유우석과 이잉숙 두 사람과 함께 잔치에 모였던 일을 변주 이상서인 이신에게 부친 글이다. 제134수인 「和李中丞與李給事山居雪夜同宿小酌」은 백거이가 70세이던 회창 원년(841)에 낙양에서 지은 시인데, 이중승과 이급사와 산중 거처에서 눈내리는 밤에 같이 자며 간편한 술자리에서 읊은 시에 화답한 것이다. 이중승은 이잉숙인데 이급사는 누구인지 알 수 없다.

⑤ 기타 인물

백거이와 교유하여 시에 등장하는 23명을 보면 다음과 같다. 이들 그룹은 30대 4명, 40대 5명, 50대 4명, 60대 8명, 70대 2명으로 나누어서 살펴볼 수 있다.

첫째, 30대에 시로 교류하던 인물은 가서대(哥舒大)(제75수), 왕십팔(王十八)(제77수), 유순지(庾順之)(제78수), 주호대부(周皓大夫)(제79수)의 4명이다.

---

45) 白居易 著, 朱金城 箋注, 『白居易集箋校』四(上海古籍出版社, 2008), 2049~2050쪽. 「洛陽春贈劉李二賓客」의 詩의 箋註에 의하면, 이잉숙(李仍叔): 태화(太和) 8년(834) 12월 기해에 종정경(宗正卿) 이잉숙(李仍叔)으로 호남관찰사(湖南觀察使)를 삼고 이호(李翶)를 대신하게 하였다. 태화 9년(835) 8월 임인에 소주자사(蘇州刺史) 노주인(盧周仁)으로 호남관찰사를 삼았다. 이 시기에 이잉숙은 호남관찰사를 그만두고 태자빈객(太子賓客)이 된 것으로 여겨진다.

　가서대(哥舒大)[46]와 관련이 있는 제75수 「酬哥舒大見贈」은 백거이가 33세이던 정원 20년(804)에 장안에서 지은 것이다. 가서대에게 선물 받은 것을 회답한 시이다. 이 시에는 「去年先生與哥舒等八人共登科第今敍會散之愁意」라는 부제가 붙어 있다. 이 부제의 내용을 부연하여 설명하면, 지난해 백거이가 가서대 등 8인[47]과 함께 과거에 합격하여 즐겁게 어울려 지냈다. 한데 이들은 각기 미관말직을 따라 살아가느라 이별 속에 모두 세월만 보내고 있던 차에 다행이 가서대를 만나 둘만이라도 같이 있게 되니 근심스럽고 기쁘다는 것이다.

　왕십팔(王十八)[48]과 연계된 제77수인 「送王十八歸山寄題仙遊寺」는 백거이가 38세이던 원화 4년(809) 장안에서 좌습유, 한림학사로 있을 때 지은 시이다. 왕십팔이 산으로 돌아갈 제 전송하며 선유사(仙遊寺) 시를 써서 부친 것이다. 이 시에 등장하는 선유사는 백거이와 왕질부(王質夫)의 문학적 교류가 이루어졌던 공간으로 여겨진다. 백거이는 원화 원년(806) 4월에 주질현(周至縣)의 현위(縣尉)가 된다. 그곳에서 백거이는 진홍(陳鴻) 및 왕질부와 만나게 된다. 그해 11월 어느 날 일행은 근처 선유사에 놀러 가게 되었는데 그곳에서 왕질부는 백거이와 진홍에게 양귀비(楊貴妃)의 죽음에 관한 전설을 들려주었다. 백거이는 원화 2년(807)에 「長恨歌」를 짓고, 진홍(陳鴻)은 「長恨歌傳」을 지었으니 이들이 교류한 선유사라는 공간이 얼마나 중요한 문학의 산실이었는지를 알 수 있다.

　유순지(庾順之)[49]와 연관이 있는 제78수인 「庾順之以紫霞綺贈以詩答之」는 백거이가 39세이던 원화 5년(810)에 장안에서 경조호조참군, 한림학사로 있을 때 지은 시이

---

46) 白居易 著, 朱金城 箋注, 『白居易集箋校』二(上海古籍出版社, 2008), 724쪽.「酬哥舒大見贈」詩의 箋註에 의하면, 가서대(哥舒大): 가서긍(哥舒恆) 또는 가서원(哥舒垣). 정원(貞元) 19년(803)에 백거이와 함께 이부(吏部)에서 주관하는 서판발췌과(書判拔萃科)에 합격하였다.

47) 白居易 著, 朱金城 箋注, 『白居易集箋校』二(上海古籍出版社, 2008), 724쪽.「酬哥舒大見贈」詩의 箋註에 의하면, 8인은 여경(呂炅), 왕기(王起), 백거이(白居易), 이부례(李復禮), 여영(呂穎), 가서긍(哥舒恆), 원진(元稹), 최현량(崔玄亮)이다.

48) 白居易 著, 朱金城 箋注, 『白居易集箋校』二(上海古籍出版社, 2008), 800쪽.「送王十八歸山寄題仙遊寺」詩의 箋註에 의하면, 왕십팔(王十八)은 왕질부(王質夫)이다.

49) 白居易 著, 朱金城 箋注, 『白居易集箋校』二(上海古籍出版社, 2008), 808쪽.「庾順之以紫霞綺贈以詩答之」詩의 箋註에 의하면, 유순지(庾順之)는 유경휴(庾敬休)이다. 유경휴의 자(字)가 순지(順之)이다.

다. 유순지가 멀리서 붉은 비단을 보내왔는데 시로 그 마음에 화답한 것이다. 백거이는 비단을 보내 준 친구의 마음이 정중하여 향기로운 한끝 비단에 붉은 기운이 감돌아 비단을 차마 자르지도 못한다. 그 비단으로 합환이불을 만든다 하여도 자나 깨나 그대를 생각하여 마주보듯 함만 못하리라는 친구에 대한 애틋한 그리움을 드러내고 있다.

주호대부(周皓大夫)와 관련이 있는 제79수인 「宴周皓大夫光福宅」은 백거이가 37~40세이던 원화 3년(808)~원화 6년(811)에 장안에서 한림학사로 있을 때 지은 시이다. 주호대부 광복댁에서 잔치한 풍광을 묘사한 시인데, 주호대부는 누구인지 정확히 알 수 없다.

둘째, 40대에 시로 교류하던 인물은 왕처사(王處士)(제85수), 이상공(李相公)·최시랑(崔侍郎)·전사인(錢舍人)(제92수), 왕십오(王十五)(제93수), 곽도사(郭道士)(제95수)의 4명이다.

왕처사(王處士)와 관련된 제85수 「題王處士郊居」는 백거이가 44세이던 원화 10년(815)에 장안에서 강주로 가는 도중 교외에 거주하는 왕처사에게 보낸 시이다. 왕처사는 누구인지 정확히 알 수 없다.

이상공(李相公)·최시랑(崔侍郎)·전사인(錢舍人)[50]과 관련된 제92수는 「寄李相公崔侍郎錢舍人」은 백거이가 45세이던 원화 11년(816) 강주(江州)에서 강주사마로 있으면서 이강(李絳), 최군(崔群), 전휘(錢徽)의 세 사람에게 보낸 시이다. 백거이는 이들 세 사람과 한림학사의 내직(內職)에 함께 있었던 친분이 있었다.

왕십오(王十五)와 관련된 제93수인 「南浦歲暮對酒送王十五歸京」은 백거이가 45세이던 원화 11년(816)에 강주에서 강주사마 때 지은 시이다. 세모에 남포에서 술을 대하고 서울로 가는 왕십오를 전송하는 시이다. 왕십오는 누구인지 알 수 없다.

---

50) 白居易 著, 朱金城 箋注, 『白居易集箋校』 二(上海古籍出版社, 2008), 1011~1012쪽. 「寄李相公崔侍郎錢舍人」 詩의 箋註에 의하면, 이상공(李相公)은 이강(李絳)이고 자는 심지(深之)이다. 조군(趙郡) 찬황인(贊皇人)이다. 원화(元和) 6년(811)에 중서시랑(中書侍郎), 동중서문하평장사(同中書門下平章事)가 되었다. ; 최시랑(崔侍郎)은 최군(崔群)이다. 원화 12년(817)에 호부시랑(戶部侍郎)에서 중서시랑, 동중서문하평장사가 되었다. ; 전사인(錢舍人)은 전휘(錢徽)이다. 원화 10년(815)에 중서사인(中書舍人)으로 옮겼다.

곽도사(郭道士)[51]와 관련된 제95수인 「尋郭道士不遇」는 백거이가 47세이던 원화 13년(818)에 강주에서 강주사마 때 지은 시이다. 곽도사를 찾아갔다가 만나지 못한 내용의 시인데, 곽도사인 곽허주(郭虛舟)는 당시 형판사(荊判司)로 있었고 백거이가 강주사마로 있었을 때 서로 알게 되어 친분을 맺은 사이였다.

셋째, 50대에 시로 교류하던 인물은 소상공(蕭相公)·자원선사(自遠禪師)(제99수), 장원외(張員外)(제102수), 은협률(殷協律)(제113수)의 4명이다.

소상공(蕭相公)[52]·자원선사(自遠禪師)와 관련된 제99수인 「蘇相公宅遇自遠禪師有感而贈」은 백거이가 51세이던 장경 2년(822)에 장안에서 중서사인 때 지은 시이다. 소상공 댁에서 자원선사를 만나 느낌이 있어 드린 시이다. 소상공은 소면(蕭俛)인데, 자원선사는 어느 승인지 정확하게 알 수 없다.

장원외(張員外)[53]와 관련된 제102수인 「江樓晚眺景物鮮奇吟翫成篇寄水部張員外」는 백거이가 53세이던 장경 4년(824)에 항주에서 항주자사 때 지은 시이다. 강루에서 저녁 조망의 아름답고 기이한 경치를 감상하고 시 한 편을 써서 수부 장원외에게 부친 것이다. 장원외는 장적(張籍)이다. 백거이는 원진과 함께 신악부운동(新樂府運動)을 전개하였는데, 장적, 왕건(王建), 이신 등이 같은 계열에 속한 사람들이다.

은협률(殷協律)[54]과 관련된 제113수는 「寄殷恊律」은 백거이가 57세이던 태화 2년(828)에 낙양에서 비서감으로 있으면서 은협률 즉 은요번(殷堯藩)을 생각하며 지은 시이다.

넷째, 60대에 시로 교류하던 인물은 모두 백거이가 낙양에서 활동하던 시절에 교류하던 이상서(李尙書)(제82수), 풍소윤(馮少尹)·이낭중(李郎中)·진주부(陳主簿)(제84수),

---

51) 白居易 著, 朱金城 箋注, 『白居易集箋校』二(上海古籍出版社, 2008), 1071쪽. 「尋郭道士不遇」詩의 箋註에 의하면, 곽도사(郭道士)는 곽허주(郭虛舟)이다.

52) 白居易 著, 朱金城 箋注, 『白居易集箋校』三(上海古籍出版社, 2008), 1285쪽. 「蘇相公宅遇自遠禪師有感而贈」詩의 箋註에 의하면, 소상공(蕭相公)은 소면(蕭俛)이다. 목종(穆宗)이 즉위하여 소면을 중서시랑(中書侍郎), 동중서문하평장사(同中書門下平章事)로 삼았다.

53) 白居易 著, 朱金城 箋注, 『白居易集箋校』三(上海古籍出版社, 2008), 1375쪽. 「江樓晚眺景物鮮奇吟翫成篇寄水部張員外」詩의 箋註에 의하면, 장원외(張員外)는 수부원외랑(水部員郎) 장적(張籍)이다.

54) 白居易 著, 朱金城 箋注, 『白居易集箋校』三(上海古籍出版社, 2008), 1746쪽. 「寄殷恊律」詩의 箋註에 의하면, 은협률(殷協律)은 은요번(殷堯藩)이다.

최상시(崔常侍)(제117수), 이십구사군(李十九使君)(제124수), 양동천(楊東川)(제125수), 황보십(皇甫十)(제129수)의 8명이다.

이상서(李尙書)[55]와 관련된 제82수인 「落下雪中頻與劉李二賓客宴集因寄汴州李尙書」는 위에서 살펴본 바와 같이, 낙하(洛下) 눈 속에서 자주 유우석과 이잉숙 두 사람과 함께 잔치에 모였던 일을 변주 이상서인 이신에게 부친 글이다.

풍소윤(馮少尹)·이낭중(李郎中)·진주부(陳主簿)[56]와 관련된 제84수인 「認春戲呈馮少尹李郎中陳主簿」는 백거이가 60세이던 태화 5년(831)에 낙양에서 하남윤 때 지은 시이다. 봄이 오자 장난삼아 풍소윤·이낭중·진주부에게 드린 글이다. 풍소윤은 하남소윤(河南少尹) 풍정(馮定)인데, 이낭중과 진주부는 누구인지 정확하게 알 수 없다.

최상시(崔常侍)[57]와 관련 있는 제117수인 「題崔常侍濟上別墅」는 백거이가 61세이던 태화 6년(832)에 제원에서 하남윤 때 지은 시이다. 주금성 전주인『백거이집전교』에 실려 있는 시의 소주(小注)를 참고하면,[58] 당시 최현량(崔玄亮)이 장안에서 산기상시(散騎常侍)의 벼슬을 그만두고 고향으로 돌아가기를 오랫동안 황제에게 아뢰었으니, 백거이가 먼저 제원에 있는 별장에 들려 샘과 돌들에게 그 내용을 알려준다는 시이다.

이십구사군(李十九使君)[59]과 관련 있는 제124수인 「送蘄春李十九使君赴郡」은 백거이가 67세이던 개성 3년(838)에 낙양에서 태자소부분사 때 지은 시이다. 기춘(蘄春)[60]

55) 白居易 著, 朱金城 箋注, 『白居易集箋校』四(上海古籍出版社, 2008), 2331~2332쪽. 「落下雪中頻與劉李二賓客宴集因寄汴州李尙書」의 詩의 箋註에 의하면, 변주이상서(汴州李尙書)는 이신(李紳)이다. 개성(開成) 원년(836) 6월 무술삭(戊戌朔), 계해(癸亥)에 하남윤(河南尹) 이신(李紳) 검교예부상서(檢校禮部尙書), 변주자사(汴州刺史)로 선무군절도사(宣武軍節度使)에 충당하였다.
56) 白居易 著, 朱金城 箋注, 『白居易集箋校』三(上海古籍出版社, 2008), 1746쪽. 「認春戲呈馮少尹李郎中陳主簿」詩의 箋註에 의하면, 풍소윤(馮少尹)은 하남소윤(河南少尹) 풍정(馮定)이다.
57) 白居易 著, 朱金城 箋注, 『白居易集箋校』三(上海古籍出版社, 2008), 1919~1920쪽. 「題崔常侍濟上別墅」詩의 箋註에 의하면, 최상시(崔常侍)는 최현량(崔玄亮)이다.
58) 白居易 著, 朱金城 箋注, 『白居易集箋校』三(上海古籍出版社, 2008), 1919~1920쪽. 「題崔常侍濟上別墅」詩의 부제: "時常侍以長告罷歸 今故先報泉石"
59) 白居易 著, 朱金城 箋注, 『白居易集箋校』四(上海古籍出版社, 2008), 2341~2342쪽. 「送蘄春李十九使君赴郡」詩의 箋註에 의하면, 이십구사군(李十九使君)은 기주자사(蘄州刺使) 이파(李播)이다.
60) 기춘(蘄春): 기주(蘄州)이며 옛날에는 기춘군(蘄春郡)이었다.

에 기주자사(蘄州刺使) 이파(李播)가 고을로 부임함을 전송한 글이다.

양동천(楊東川)[61]과 관련 있는 제125수「寒食日寄楊東川」은 백거이가 67세이던 개성 3년(838)에 낙양에서 태자소부분사 때 지은 시이다. 한식날에 동천 절도사 양여사(楊汝士)에게 부친 글이다.

황보십(皇甫十)[62]과 관련 있는 제129수「九月八日謔皇甫十見贈」은 백거이가 67세이던 개성 3년(838)에 낙양에서 태자소부분사 때 지은 시이다. 9월 8일 황보서(皇甫曙)가 보내준 글에 화답한 것이다.

다섯째, 70대에 시로 교류하던 인물은 양계지(楊繼之)(제80수), 이급사(李給事)(제134수)의 2명이다.

양계지(楊繼之)[63]와 관련된 제80수인「得潮州楊相公繼之書幷詩以此寄之」는 백거이가 72세~73세 사이인 회창 3년(843)~회창 4년(844)에 낙양에서 형부상서를 치사(致仕)하고 지은 시이다. 조주 상공 양계지의 편지와 시를 받고 이 시에 부친 글이다.

이급사(李給事)와 관련된 제134수인「和李中丞與李給事山居雪夜同宿小酌」은 위에서 살펴본 바와 같이, 백거이가 이중승과 이급사와 함께 산중 거처에서 눈 내리는 밤에 같이 자며 간편한 술자리에서 읊은 시에 화답한 것이다. 이중승은 이잉숙이지만, 이급사는 누구인지 알 수 없다.

2) 감회

백거이가 감회를 읊은 시는 19수이다. 낙양 9수, 소주 6수, 강주 2수, 항주 1수, 장안 1수이다. 이들을 자세히 살펴보면 다음과 같다.

---

61) 白居易 著, 朱金城 箋注,『白居易集箋校』四(上海古籍出版社, 2008), 2342~2343쪽.「寒食日寄楊東川」詩의 箋註에 의하면, 양동천(楊東川)은 양여사(楊汝士)이다.

62) 白居易 著, 朱金城 箋注,『白居易集箋校』四(上海古籍出版社, 2008), 2364쪽.「九月八日謔皇甫十見贈」詩의 箋註에 의하면, 황보십(皇甫十)은 황보서(皇甫曙)이다.

63) 白居易 著, 朱金城 箋注,『白居易集箋校』四(上海古籍出版社, 2008), 2557쪽.「得潮州楊相公繼之書幷詩以此寄之」詩의 箋註에 의하면, 양계지(楊繼之) 양사복(楊嗣復)이다.

① 낙양(洛陽)

낙양에서 감회를 읊은 것은 제76수, 제115수, 제119수, 제120수, 제121수, 제128수, 제130수, 제131수, 제132수의 9수이다.

제76수인 「自河南經亂關內阻飢兄弟離散各在一處因望月有感聊書所懷寄上浮梁大兄於潛七兄烏江十五兄兼示符離及下邽弟妹」는 백거이가 28세이던 정원 15년(799)에 낙양에서 지었는데 가족들을 걱정하는 그의 속내를 드러내 보인 것이다. 하남에서 난리를 겪은 후로 관내가 굶주려 형제들이 모두 흩어지고 각기 다른 곳에 있으면서 보름달을 바라보고 느낌이 있으므로 품었던 마음을 큰형과 오잠의 칠 형과 오강의 십오 형에게 써 보내고 또 부리(符離) 및 하규(下邽)의 자매들에게 보인 시이다. 제115수인 「不出門」은 백거이가 58세이던 태화 3년(829)에 낙양에서 태자빈객분사 때 지은 시이다. 문 밖에 안 나간 지 수십일 동안 마음을 맑게 하고 물욕을 버리면 진정한 도를 닦는 것임을 시를 통해 소회를 밝히고 있다. 제119수인 「橋亭卯飮」은 백거이가 59세이던 태화 4년(830)에 낙양에서 태자빈객분사 때 지은 시이다. 교정에서 이른 새벽에 술 마시는 취향을 묘사한 것이다. 제120수인 「夜宴惜別」도 백거이가 59세이던 태화 4년(830)에 낙양에서 태자빈객분사 때 지은 시이다. 밤 잔치에 악기를 연주하고 이별곡을 부르고 술을 마시면서 석별을 노래한 것이다. 제121수인 「座中戲呈諸少年」은 백거이가 60세이던 태화 5년(831)에 낙양에서 하남윤 때 지은 시이다. 자신의 늙음을 한탄하며 술자리의 좌중에서 여러 소년에게 희롱삼아 권하는 내용의 글이다. 제128수인 「久雨閑悶對酒偶吟」은 백거이가 67세이던 개성 3년(838)에 낙양에서 태자소부분사 때 지은 시이다. 오랜 비에 한가히 번민하다가 술을 대하여 읊은 시이다. 제130수인 「開成大行皇帝挽歌詞」는 백거이가 69세이던 개성 5년(840)에 낙양에서 태자소부분사 때 지은 시이다. 개성대행황제인 당나라 문종이 개성 5년 1월에 돌아가시자 황제를 위해 만가(輓歌)를 짓고 슬퍼한 노래이다. 제131수인 「感秋詠意」는 백거이가 70세이던 회창 원년(841)에 낙양에서 태자빈객분사 때 지은 시이다. 70세에 가을을 느끼며 노쇠한 자신의 마음을 읊어낸 시이다. 제132수인 「老病幽獨偶吟所懷」는 백거이가 69세이던 개성 5년(840)에 낙양에서 태자소부분사 때 지은 시이다. 늙고 병든 이가 그윽이 외로워서 생각한 바를 노래한 것이다.

② 소주(蘇州)

소주에서 감회를 읊은 것은 제105수, 제107수, 제108수, 제109수, 제110수, 제112수의 6수로, 모두 소주에서 소주자사로 있으면서 지은 시다. 제105수는 54세이던 보력 원년(825)에, 제107수~제112수는 보력 2년(826) 55세에 지었다. 제105수인 「偶飮」은 술 마시는 정취를 묘사한 것이다. 제107수인 「病中多雨逢寒食」은 병 중에 빗속에서 한식을 만나는 심정을 노래한 것이다. 제108수인 「眼病」는 눈병이 나서 잘 낫지 않는 상황을 그려낸 시이다. 제109수인 「詠懷」는 소주와 항주의 자사를 하는 5년 동안에 아름다운 강산을 돌아다니며 풍월을 읊고 백발이 성성하여 다른 곳으로 떠나게 된 심정을 노래한 시이다. 제110수인 「鸚鵡」는 인가(人家)에서 기르는 농서(隴西) 땅 앵무새를 보고 노래한 시이다. 제112수인 「琴茶」는 백거이가 좋아하는 거문고 곡조인 「녹수가(淥水歌)」와 친숙한 '몽산차(蒙山茶)'에 대해 읊은 것이다.

③ 강주(江州)

강주에서 감회를 읊은 것은 제88수와 제90수의 2수이다. 제88수인 「醉後題李馬李妓」는 백거이가 44세이던 원화 10년(815)에 강주에서 강주사마 때 지은 시이다. 술에 취한 뒤 이(李)·마(馬) 두 기생에게 써준 시이다. 제90수인 「北樓送客歸上都」는 백거이가 45세이던 원화 11년(816)에 강주에서 강주사마 때 지은 시이다. 북루에서 서울로 올라가는 손을 전송하며 강주에 남아있는 자신의 마음을 묘사한 것이다.

④ 항주(杭州)

항주에서 감회를 읊은 것은 제101수의 1수이다. 제101수인 「悲歌」는 백거이가 52세이던 장경 3년(823)에 항주에서 항주자사 때 지은 시이다. 늙어가는 자신과 귀로에서 친구들의 죽음을 들으면서 마음에 일어나는 슬픈 심사를 노래한 것이다.

⑤ 장안(長安)

장안에서 감회를 읊은 것은 제114수의 1수이다. 제114수인 「鏡換盃」는 백거이가

57세이던 태화 2년(828)에 장안에서 형부시랑 때 지은 시이다. 구슬로 꾸민 상자 속의 청동거울을 금주 백옥잔과 바꾸고 싶어 하는 시인의 속마음을 잘 노래한 것이다. 거울 속의 늙음은 피할 수 없고, 차는 번민을 잠시 흩어지게 하나 공이 적고 술 앞에서 시름이 가끔 사라짐을 은근히 내비친 것이다.

3) 풍광

백거이가 풍광을 읊은 시는 15수이다. 항주 2수, 장안 2수, 장안~강주 도상 3수, 강주 5수, 소주 2수, 장소 미상 1수이다. 이들을 자세히 살펴보면 다음과 같다.

① 항주(杭州)

항주의 풍광을 읊은 것은 제73수와 제74수의 2수이다. 제73수인 「江樓夕望招客」은 장경 3년(823) 7월에 중서사인의 벼슬에 있다가 항주에 출수(出守)하는 길에 지은 것이다. 이곳은 당시 경제가 발전하고 항주의 성외(城外)는 인구가 조밀하였다. 항주성 강루(江樓)의 생활상을 묘사한 것이다.[64] 제74수인 「杭州春望」은 백거이가 52세이던 장경 3년(823)에 항주에서 항주자사로 있으면서 지은 시이다. 항주자사의 치소(治所)에 있는 망해루(望海樓)에 날이 밝자 백거이는 자신이 만든 서호의 제방을 따라 모래를 밟으며 걸으면서 눈에 들어오는 오원묘(伍員廟), 소소소(蘇小小)의 집, 항주 비단, 이화춘(梨花春; 술을 빚어 배꽃 밑에 나가 마셨던 풍속), 고산사(孤山寺)에 녹아든 흐드러진 봄날의 아름다움을 묘사하였다.

② 장안(長安)

장안의 풍광을 읊은 것은 제98수와 제100수의 2수이다. 제98수인 「西省對花憶中州東坡新花樹因寄題東樓」는 백거이가 50세이던 장경 원년(821)에 장안에서 주객랑중, 지제고 때 지은 시이다. 궁궐 아래 있는 단청나무를 보면 금수림(錦繡林)이 생각

---

64) 沈㘵俊 著, 『香山三體法 研究』(서울: 一志社, 1997), 88쪽.

나고 시액원, 남빈루에 있던 꽃나무들도 생각나는데 가장 생각나는 깃은 동파(東坡)에 흐드러진 빨간 들복숭아, 산 살구, 물능금꽃이라고 노래한 것이다. 제100수인 「江亭翫春」은 백거이가 51세이던 장경 2년(822)에 장안에서 중서사인 때 지은 시이다. 장안의 강정(江亭)에 피어난 많은 화초들을 보면서 봄볕이 화려하고 초목들이 모두 빛나는데 시름겨운 사람의 귀밑머리만 희끗희끗한 자신의 모습을 비유하여 노래한 것이다.

③ 장안(長安) ~ 강주(江州) 도상(途上)

백거이가 44세이던 원화 10년(815)에 장안에서 강주로 가는 도상에서 읊은 것은 제81수, 제86수, 제87수의 3수이다. 제81수인 「臼口阻風十日」은 종상현(鍾祥縣) 남쪽 90리 한수(漢水) 동쪽에 있는 구구시(臼口市)에서 넓은 파도와 흰 물결로 인해 강나루가 막혀서 강주로 가지 못하고 열흘 동안 머물러 있으면서 자신의 기막힌 심사를 빗대어 노래한 것이다. 제86수인 「歲晚旅望」은 한 해가 저무는데 나그네가 높은 곳에 올라가서 초췌한 겨울 풍경을 바라보며 끝없는 시름에 잠긴 자신의 처지를 드러낸 것이다. 제87수인 「晏座閑吟」은 백거이가 강주사마로 좌천되어 장안에서 강주로 가는 도중에 험난한 정치 일선에 물러나 선문의 무념무상인 비상정(非想定)의 한적한 정취를 그리며 세상의 분망한 삶을 잊어버리려는 심정을 노래한 것이다.

④ 강주(江州)

강주의 풍광을 노래 한 것은 제89수, 제91수, 제94수, 제96수, 제97수의 5수이다. 이들 시는 모두 백거이가 강주사마로 부임했던 원화 11년(816)부터 원화 13년(818) 사이에 이루어진 것이다.

제89수인 「庾樓曉望」은 백거이가 45세이던 원화 11년(816)에 강주에서 강주사마 때 지은 시이다. 새벽녘 유루의 붉은 난간에 기대어 고향을 바라보는 자신의 쓸쓸한 심정을 300년 동안 그곳에 기대어 고향을 생각했던 사람들에 빗대어 노래한 것이다. 제91수인 「百花亭晚望夜歸」역시 45세에 지은 시이다. 백화정 위에서 늦게까지 배회

하며 주변의 쓸쓸한 풍광을 바라보며 마음을 다스려서 돌아가려하지만 근심이 그치지 않는 자신의 마음을 그려낸 것이다. 제94수인「石楠樹」는 46세이던 원화 12년(817)에 강주에서 강주사마 때 지은 시이다. 석남수를 그리워하면서 봄에 싹이 트면 일천등잔의 가는 심지와 같고 여름이면 무르익은 꽃술이 백화향을 태우는 것 같은 자태를 자세히 그려낸 시이다. 제96수인「風雨晩泊」은 백거이가 47세이던 원화 13년(818)에 강주에서 강주사마 때 지은 시이다. 이 시는 종일토록 바람 불어 흰 물결이 하늘을 뒤 흔드는 날 대숲 가에 배를 대고 일생의 반이 지난 자신의 표탕(飄蕩)한 인생살이의 덧없음을 노래한 것이다. 제97수인「八月十五日夜湓亭望月」은 백거이가 47세이던 원화 13년(818)에 강주에서 강주사마 때 지었다. 지난해 팔월 보름 중추절 밤에는 곡강(曲江)⁶⁵⁾ 못가 행원을 거닐었는데, 금년 팔월 보름 중추절 밤에는 강주의 수관(水館)⁶⁶⁾ 앞에 서 있으면서 강주의 아름다운 중추의 달빛을 노래한 시이다.

⑤ 소주(蘇州)

소주의 풍광을 노래한 것은 제104수와 제106수의 2수이다. 제104수인「紫薇花」는 백거이가 54세이던 보력 원년(825)에 소주에서 소주자사 때 지은 시이다. 자미화가 자미옹(紫薇翁)⁶⁷⁾을 마주하고 있으니 이름은 같으나 모습은 같지 않음을 노래한 시이다. 제106수인「正月三日閑行」은 백거이가 55세이던 보력 2년(826)에 소주에서 소주자사 때 지었다. 3월 3일 황리항(黃鸝港) 어구의 한가로운 걸음으로 봄이 오려는 모습을 노래한 것이다.

---

65) 곡강(曲江): 곡강지(曲江池)라고도 하는데 장안성 남쪽에 있었다. 진한시기부터 제왕들의 유락 장소였는데, 당의 현종이 연못 남쪽에 부용원(芙蓉苑), 행원(杏園), 자운루(紫雲樓), 낙유묘(樂游廟), 자은사(慈恩寺) 등의 명승지를 조성하였다. 장안 사람들이 이곳에 나와 경치를 즐겼고, 명절에는 일반백성을 포함한 수많은 사람들이 나와서 붐볐다고 한다.

66) 수관(水館): 물을 끼고 있는 객사나 역참이다.

67) 백거이가 일찍이 중서사인(中書舍人) 벼슬을 하였기 때문에 자칭 자미옹(紫薇翁)이라 하였다. 당(唐)나라 중서성에 자미화(紫薇花)를 많이 심었으므로 중서성을 자미성이라고 불렀다.

⑥ 장소 미상

장소 미상인 것은 제111수의 1수이다. 제111수인 「題天竺寺」는 『백거이집전교』에 수록되지 않았다. 이 시는 또한 일본 서능부(西陵部) 소장본(4918)인 갑진자(성종 15, 1484)로 인출한 『백씨문집(白氏文集)』에도 들어있지 않고, 연세대학교 소장본(귀 841.17)인 목판본 『백씨문집』에도 들어 있지 않다.[68] 시의 중심이 된 천축사(天竺寺)의 장소가 어디인지 언급되어 있지 않아 장소 미상으로 했는데, 아마도 제111수는 중국 항주에 있는 천축사의 풍광을 읊은 것으로 여겨진다.

4.2.3. 『향산삼체법』 칠언율시와 『백거이집전교』의 텍스트 비교

중종 10년(1515)경의 초주갑인자혼입보자본 『향산삼체법』 칠언율시와 주금성 전주의 『백거이집전교』의 텍스트를 비교하는 것은 각 시의 원문 해석을 위해 매우 의미 있는 일이다. 초주갑인자혼입보자본인 『향산삼체법』은 한국에서 간행된 것 중 현존하는 최초본이다. 주금성이 전주한 『백거이집전교』는 명 만력 34년(1606) 마원조 간행의 『백거이장경집』을 저본으로 하고 여러 간본을 대비하여 교정한 것이다. 따라서 두 저서에 실려 있는 칠언율시 텍스트 간의 내용의 차이를 비교하기 위하여 편의상 중종 10년(1515)경의 초주갑인자혼입보자본을 A본, 주금성 전주의 『백거이집전교』를 B본으로 약칭하여 〈표 2〉로 비교하고자 한다.

68) 沈嶇俊 著, 『香山三體法 硏究』(서울: 一志社, 1997), 18쪽.

〈표 2〉 중종 10년(1515)경 간행의 초주갑인자혼입보자본 『향산삼체법』과
주금성 전교의 『백거이집전교』의 텍스트 비교

구분		종종 10년 초주갑인자혼입보 자본(A본)	주금성 전교의 『백거이집전교』 (B본)	A본과 B본의 차이 및 B본의 전교(箋校)
1) 제73수	제목 제8구	江樓夕望招客 比君茅舍校淸凉	江樓夕望招客 比君茅舍校淸凉	B본의 箋校: 『咸淳臨按志』에는 '江樓夕望招客'의 제목이 '江樓夕望'임. 제8구의 '淸凉'의 '淸'이 那波本에는 '靑'임.
2) 제74수	제1구의 小注 제5구	望海樓明照曙霞 (城東樓名望海) 紅袖織綾誇柿蔕	望海樓明照曙霞(城東樓名望海樓) 紅袖織綾誇柿蔕	제1구 小注에는 B본에 '樓'가 추가되어 있음. '蔕'와 '蒂'는 同字임.
3) 제75수	제목의 小注 제1구	酬哥舒大見贈(去年先生與哥舒等八人共登科第 今敍會散之愁意) 去歲歡遊何處去	酬哥舒大見贈(去年先生與哥舒等八人共登科第 今敍會散之意) 去歲歡遊何處去	A본 제목의 小注에는 '愁'가 추가되어 있음. B본의 箋校: 宋本에는 小注가 '今敍會散之愁意'로 되어 있음. 馬本, 汪本, 全詩의 注에 제1구 '何處去'의 '去'가 '好'로도 씀. 宋本의 注에는 '何處去'가 '何處好'로도 씀.
4) 제76수	제목 제1구 제5구	'自河南經亂關內飢…' 時亂年飢世業空 吊影分爲千里鴈	'自河南經亂關內阻饑…' 時亂年荒世業空 弔影分爲千里雁	'飢'와 '饑'는 同字임. '年飢'가 '年荒'으로 되어 있음. B본의 箋校: '年荒'의 '荒'은 宋本, 那波本, 全詩, 盧校에는 모두 '饑'로 되어 있음. 全詩의 주에는 '荒'의 주석도 있음. '吊'는 '弔'의 俗字임. '鴈'과 '雁'은 同字임.
5) 제77수	제7구 제8구	惆悵舊遊無復到 菊花時節羨君廻	惆悵舊遊無復到 菊花時節羨君廻	B본의 箋校: '無復到'의 '無'는 『文苑英華』와 全詩에는 '那'로 쓴다. 汪本의 注에도 '那'임. '羨'은 汪本, 全詩에는 '待'로 씀.
6) 제78수	제4구	滿幅風生秋水文	滿幅風生秋水紋	'文'과 '紋'은 같은 뜻의 글자임. B본의 箋校: '水紋'의 '紋'이 宋本, 那波本에는 '文'임.
7) 제79수	제4구 제8구	絲管入門聲沸天 唯借泉聲伴醉眠	絲管入門聲沸天 唯借泉聲伴醉眠	B본의 箋校: '沸天'의 '沸'은 『文苑英華』에는 '徹'임. '泉聲'은 『文苑英華』와 全詩에는 '流泉'임.
8) 제80수	제1구 제8구	詩情書意兩慇懃 至今分照兩鄕人	詩情書意兩慇懃 至今分照兩鄕人(鳳池屬 楊相也 蝸舍 自謂也)	'慇懃'과 '殷勤'은 뜻이 같은 글자임. A본의 '兩鄕人' 아래는 주석이 없고, B본의 '兩鄕人' 아래는 주석이 있음. B본의 箋校: '兩鄕人' 아래 馬本에는 주석이 없음.

구분		종종 10년 초주갑인자혼입보 자본(A본)	주금성 전교의 『백거이집전교』 (B본)	A본과 B본의 차이 및 B본의 전교(箋校)
9) 제81수	제1구	洪濤白浪塞江津	洪濤白浪塞江津	B본의 箋校: '白浪'의 '白'이 『文苑英華』에는 '波'임. 汪本, 全詩에는 '波'의 주석이 있음.
10) 제82수	제1구 제2구 제3구 제6구	水南水北雪紛紛 雪裏歡游莫猒頻 日日暗來唯老病 紅繚爐香竹葉春	水南水北總紛紛 雪裏歡游莫厭頻 日日暗來唯老病 紅燎爐香竹葉春	'雪紛紛'이 '總紛紛'임. B본의 箋校: '總紛紛'의 '總'이 宋本, 那波本, 盧校에 모두 '雪'임. 汪本에는 '雪'의 주석이 있음. '猒'과 '厭'은 同字임. B본의 箋校: '暗來'의 '暗'이 汪本, 盧校에 모두 '多'임. 全詩에는 한 주석이 '多'임. '繚'가 '燎'임. B본의 뜻이 더 합당한 듯함.
11) 제83수	제목 제1구 제2구	江樓月 嘉陵江曲曲江遲 明月雖同人別離	江樓月 嘉陵江曲曲江池 明月雖同人別離	B본의 箋校: '江樓月'이 『文苑英華』에는 '江樓望月'임. '曲江遲'가 '曲江池'임. B본의 箋校: '曲江池'의 '池'는 宋本, 那波本에는 모두 '遲'임. 全詩에는 한 주석이 '遲'임. 何校에는 宋刻에 '遲'임. B본의 箋校: '雖同'의 '雖'는 『文苑英華』에는 '誰'로 되어 있는데 잘못된 것임.
12) 제84수	제4구	花朱開前枝已稠	花朱開前枝已稠	B본의 箋校: 馬本과 全詩에 '開前'의 '開'가 로 '時'로 되어 있음. 宋本, 那波本, 汪本에 의거하여 개정함.
13) 제85수	제8구	著書盈帙鬢毛班	著書盈帙鬢毛斑	'班'과 '斑'은 通用字임.
14) 제86수	제8구	窮陰旅思兩無邊	窮陰旅思兩無邊	'旅思'의 '旅'는 馬本에 '離'로 되어 있는데, 宋本, 那波本, 汪本, 全詩, 盧校에 의거하여 교정함. 全詩에도 '離'라 한 주석도 있음.
15) 제87수	제2구 제6구	今作江湖老倒翁 酒伴衰顏只蹔紅	今作江湖潦倒翁 酒伴衰顏只暫紅	'老倒'는 '潦倒'임. B본의 箋校: '潦倒'의 '潦'는 宋本, 那波本 모두 '老'임. 全詩에도 '老'라 한 주석도 있음. '蹔'은 '暫'임. '蹔'과 '暫'은 同字임.
16) 제88수	제2구 제3구	應似霓裳趂管紘 艶動舞裙渾是火	應似霓裳趨管紘 豓動舞裙渾是火	'趂'은 '趨'임. '趂'과 '趨'는 同字임. '艶'은 '豓'임. '豓'과 '艶'은 同字임.
17) 제89수	제4구 제6구	蘋風暖送過江春 衙皷聲前未有塵	蘋風暖送過江春 衙鼓聲前未有塵	B본의 箋校: '暖送'은 馬本에 '送暖'으로 도치되어 있는데, 宋本, 那波本, 汪本, 『文苑英華』, 全詩에 의거하여 바로잡음. '皷'는 '鼓'임. '皷'는 '鼓'의 俗字임.

구분		종종 10년 초주갑인자혼입보 자본(A본)	주금성 전교의 『백거이집전교』 (B본)	A본과 B본의 차이 및 B본의 전교(箋校)
18) 제90수	제1구 제2구 제3구 제6구	憑高送遠一悽悽 却下朱闌卽解攜 京路人歸天直北 殘酒重傾蔟馬蹄	憑高送遠一悽悽 却下朱闌卽解攜 京路人歸天直北 殘酒重傾簇馬蹄	B본의 箋校: '送遠'의 '送'은 馬本, 全詩에 모두 '眺'로 되어 있는데 모두 잘못이다. 宋本, 那波本, 汪本, 盧校에 의거하여 교정함. 全詩에도 '送'이라 한 주석도 있음. B본의 箋校: '卽解攜'의 '卽解'는 馬本, 汪本에 모두 '手共'로 되어 있는데 모두 잘못이다. 宋本, 那波本, 全詩에 의거하여 바로잡음. '解攜'의 뜻은 '離別' 또는 '分手'이다. B본의 箋校: '京路'는 盧校에 아마도 '京洛'인 듯하다고 하였음. '蔟'과 '簇'은 同字임.
19) 제91수	제1구 제2구 제3구	百花亭上晩徘徊 雲景陰晴掩復開 日色悠揚映山盡	百花亭上晩徘徊 雲影陰晴掩復開 日色悠揚映山盡	B본의 箋校: '徘徊'는 全詩에 '裴回'임. 城按에도 '徘徊'는 또한 '裴回'라고 함. '雲景'은 '雲影'임. B본의 箋校: '雲影'의 '影'은 宋本, 汪本에 모두 '景'임. 城按에 '景'은 '影'의 本字임. B본의 箋校: '映山'의 '映'은 宋本에 '暎'이며 同字임.
20) 제92수	제3구 제6구	天上歡華春有限 憂喜心忘便是禪	天上歡華春有限 憂喜心忘便是禪	B본의 箋校: '歡華'의 '華'는 盧校에 '娛'임. 全詩 注에 '娛'라 한 주석이 있음. 何校에 '華', 蘭雪에도 '華'임. B본의 箋校: '心忘'의 '心'은 汪本, 盧校에 모두 '情'임. 全詩에 '情'이라 한 주석도 있음. 何校에 '情', 蘭雪에도 '心'임.
21) 제94수	제목 제3구 제6구 제8구	石楠樹 繖蓋伍垂金翡翠 夏蘂濃焚百和香 只教桃栁占年芳	石楠樹 繖蓋低垂金翡翠 夏蕊濃焚百和香 只教桃栁占年芳	B본의 箋校: '石楠樹'의 제목이 馬本, 全詩에는 '石榴樹'로 되어 있음. 宋本, 那波本, 汪本에 의거하여 교정함. 全詩에는 '石楠樹'의 주석도 있음. '伍垂'는 '低垂'임. '伍'는 '低'의 俗字임. '夏蘂'는 '夏蕊'임. '蘂'와 '蕊'는 꽃술의 뜻인데 '蘂'는 '蕊'의 俗字임. B본의 箋校: '百和'의 '和'는 全詩에는 잘못하여 '合'으로 씀. '栁'는 '柳'임. '栁'와 '柳'는 同字임. B본의 箋校: '柳'는 馬本, 汪本의 注에는 모두 '李'임. 宋本에도 '李'의 주석이 있음. 宋本, 那波本에는 이런 주석이 없음.

구분	종종 10년 초주갑인자혼입 보자본(A본)	주금성 전교의 『백거이집전교』 (B본)	A본과 B본의 차이 및 B본의 전교(箋校)
22) 제95수 제3구 제5구 제6구 제8구	看院秪留雙白鶴 藥鑪有火丹應伏 雲碓無人水自舂 更期何日得從容	看院祇留雙白鶴 藥爐有火丹應伏 雲碓無人水自舂 (廬山中雲母多 故以水碓擣鍊 俗呼爲雲碓) 更期何日得從容	‘秪’와 ‘祇’는 同字임. ‘鑪’와 ‘爐’는 同字임. A본에는 ‘水自舂’ 아래 注가 없고, B본에는 注가 있음. B본의 箋校: 那波本에는 이 주석이 없음. 注 중에 ‘雲碓’는 馬本에 ‘水碓’라 함. 宋本, 汪本, 全詩에 의거하여 고침. B본의 箋校: ‘從容’은 全詩의 注에 의하면, ‘未知何日得相從’이라고 함.
23) 제96수 제목 제3구 제5구 제6구	風雨晚泊 靑苔撲地連春雨 忽忽百年皆欲半 芒芒萬事坐成空	風雨夜泊 靑苔撲地連春雨 忽忽百年行欲半 茫茫萬事坐成空	‘晚’은 ‘夜’임. B본의 箋校: 宋本, 那波本, 汪本, 全詩에는 모두 ‘晚’이다. 全詩의 注에 ‘夜’의 주석도 있음. B본의 箋校: ‘連春雨’의 ‘春’은 馬本에 ‘香’으로 되어 있는데 잘못된 것이다. 宋本, 那波本, 汪本, 全詩, 盧校에 의거하여 교정함. 全詩에는 ‘香’의 주석도 있지만 잘못된 것이다. 查校에 ‘宵’라 했지만 뜻에 의거해서 고친 것 뿐이다. ‘皆’는 ‘行’임. 해석상 어느 것이 옳은지 알 수 없음. ‘芒芒’은 ‘茫茫’임. ‘芒’과 ‘茫’은 通用字임.
24) 제97수 제2구	曲江池畔杏園邉	曲江池畔杏園邊	B본의 箋校: ‘杏園’의 ‘園’은 馬本에 ‘林’으로 되어 있는데 잘못된 것이다. 宋本, 那波本, 汪本, 盧校에 의거하여 교정함. 全詩에는 ‘林’의 주석도 있지만 잘못된 것임. ‘邉’은 ‘邊’임. ‘邉’은 ‘邊’의 俗字임.
25) 제99수 제1구 제5구	宦途堪笑不勝悲 半頭白髮慙蕭相	宦途堪笑不勝悲 半頭白髮慚蕭相	B본의 箋校: 『文苑英華』에는 ‘不勝’의 ‘勝’이 ‘勞’로 되어 있고, 全詩의 주에도 ‘勞’의 주석이 있음. ‘慙’은 ‘慚’임. ‘慚’은 ‘慙’과 同字임.
26) 제102수 제목 제6구 제7구	江樓晚眺景物鮮奇吟翫成篇寄水部張員外 鴈點靑天字一行 好着丹靑圖寫取	江樓晚眺景物鮮奇吟翫成篇寄水部張員外 雁點靑天字一行 好著丹靑圖寫取	B본의 箋校: 시의 제목 ‘張’ 아래에 『文苑英華』에는 ‘籍’의 글자가 있음. ‘鴈’과 ‘雁’은 同字임. B본의 箋校: 『文苑英華』에는 ‘靑天’의 ‘靑’이 ‘晴’으로 되어 있음. ‘好着’이 ‘好著’임. ‘着’은 ‘著’의 俗字임. B본의 箋校: ‘好著’은 ‘卽好以之意’임. B본의 箋校: ‘圖寫’의 ‘寫’는 『文苑英華』 및 全詩에는 ‘畫’임. 『文苑英華』에는 ‘寫’, 汪本에는 ‘畫’, 全詩에는 ‘寫’의 주석이 있음.

구분		종종 10년 초주갑인자혼입보자본(A본)	주금성 전교의 『백거이집전교』(B본)	A본과 B본의 차이 및 B본의 전교(箋校)
27) 제103수	제3구 제6구 제8구	軍門郡閣曾閑否 骰盆思共彩呼廬 自有胸中萬頃湖 (微之詩云 孫園 虎寺隨宜看 不必 遙遙羨鏡湖 故以 此戲言答之)	軍門郡閣曾閑否 骰盆思共彩呼廬 自有胸中萬頃湖 (微之詩云 孫園 虎寺隨宜看 不必 遙遙羨鏡湖 故以 此戲言答之)	'郡閣'과 '郡閣'임. 글자의 차이는 있지만 고을 관청이라는 뜻이 비슷함. B본의 箋校: '盆'이 馬本과 全詩에는 '盤'으로 주석되어 있음. 宋本, 那波本, 汪本, 全詩, 盧校에 의거하여 개정함. B본의 箋校: 那波本에는 '萬頃湖' 아래에 주석이 없음.
28) 제104수	제1구 제6구	紫薇花對紫薇翁 興善僧庭一大叢	紫薇花對紫微翁 興善僧庭一大叢	'紫薇翁'이 '紫微翁'임. B본의 '微'가 맞는 글자임. B본의 箋校: '紫微翁'의 '微'가 那波本, 汪本에는 '薇'로 되어 있으나 잘못임. 城按에는 '唐開元間改中書省爲紫微省 取象於紫微垣 居易曾官中書舍人 故自稱紫微翁'의 주석이 있음. B본의 箋校: '興善僧庭一大叢'의 주석은 '指長安興善寺之紫薇花'임.
29) 제105수	제1구 제2구 제4구	三醆醺醺四體融 妓亭簷下夕陽中 一曲雲和戞未終	三盞醺醺四體融 妓亭簷下夕陽中 一曲雲和戞未終	'醆'과 '盞'은 同字임. B본의 箋校: '妓亭'의 '亭'이 何校, 盧校에는 '停'으로 되어 있음. B본의 箋校: '雲和'의 '雲'이 馬本과 全詩에는 '繼'로 되어 있는데, 宋本, 那波本, 汪本, 盧校에 의거하여 개정함.
30) 제106수	제2구	烏鵲河頭氷欲銷 (黃鸝防名烏鵲河名)	烏鵲河頭氷欲銷 (黃鸝防名烏鵲河名)	B본의 箋校: 那波本에는 '氷欲銷' 아래에 주석이 없음. B본의 箋校: '九十橋' 아래 小注 '大數'가 馬本에는 '之數'로 되어 있는데 잘못이다. 宋本, 汪本, 全詩에에 의거하여 개정함. '秪從今日到明朝'은 '只從前日到今朝'임. 이 구절은 어느 것이 옳은지 알 수 없음.
	제4구	紅欄三百九十橋 (蘇之官橋大數)	紅欄三百九十橋 (蘇之官橋大數)	
	제8구	秪從今日到明朝	只從前日到今朝	
31) 제107수	제5구	薄暮何人吹觱栗	薄暮何人吹觱篥	'觱栗'은 '觱篥'임. 피리라는 뜻으로 B본의 '觱篥'이 맞는 글자임.
32) 제108수	제목 제4구	眼病 不是春天亦見花 (已上四句 皆病眼中所見者)	眼病二首 不是春天亦見花 (已上四句 皆病眼中所見者)	A본은 제목이 '眼病'인데, B본은 '二首'가 더 추가되어 있음. A본은 B본의 제1, 제2수 중 제1수만 선택해서 A본의 제목에 '二首'가 빠진 것임. B본의 箋校: 那波本에는 '見花' 아래에 주석이 없음.

구분		종종 10년 초주갑인자혼입보자본(A본)	주금성 전교의 『백거이집전교』(B본)	A본과 B본의 차이 및 B본의 전교(箋校)
33) 제109수	제2구 제4구 제5구 제8구	牧守當今當好官 五年風月詠將殘 幾時酒醆曾抛却 詩情酒興漸闌珊	牧守當今當好官 五年風月詠將殘 幾時酒盞曾抛却 詩情酒興漸闌珊(將殘一作來殘)	B본의 箋校: '當好官'의 '當'은 何校는 黃校에 근거하여 '是'라고 함. B본의 箋校: '將殘'의 '將'은 何校는 黃校에 근거하여 '來'라고 함. 汪本, 全詩에도 '來'라고 한 주석이 있음. '醆'은 '盞'임. '醆'과 '盞'은 同字임. A본 8구 '闌珊' 아래에 주석이 없고, B본 8구 '闌珊' 아래에 주석이 있음. B본의 箋校: 那波本에는 '闌珊' 아래에 주석이 없음. 宋本은 馬本과 같음.
34) 제110수	제2구 제4구 제8구	養得經年觜漸紅 每因餧食暫開籠 深藏牢閉後旁中	養得經年觜漸紅 每因餧食暫開籠 深藏牢閉後房中	B본의 箋校: '經年'의 '經'은 馬本에는 '今'으로 잘못 주석되어 있음. 宋本, 那波本, 汪本, 全詩에 의거하여 개정함. B본의 箋校: '暫開'의 '暫'은 馬本에는 '漸'으로 잘못 주석되어 있음. 宋本, 那波本, 汪本, 全詩, 盧校에 의거하여 교정함. '後旁'은 '後房'임. 뜻으로 보아 B본의 '後房'이 옳음. B본의 箋校: '後房'의 '後'는 『文苑英華』에는 '在'임.
35) 제113수	제6구 제7구 제8구	亦曾騎馬詠紅裙 (先生在杭州日有 歌云 聽唱黃雞與 白日 又有詩云 着 紅騎馬是何人) 吳娘暮雨蕭蕭曲 自別江南更不聞 (江南吳二娘曲詞 云 暮雨蕭蕭郎不 歸)	亦曾騎馬詠紅裙(予 在杭州日有歌云 聽 唱黃雞與白日 又有 詩云 著紅騎馬是何 人) 吳娘暮雨蕭蕭曲 自別江南更不聞(江 南吳二娘曲詞云 暮 雨蕭蕭郎不歸)	'紅裙' 아래의 小注에 '先生'은 '予'이고, '着'은 '著'임. '先生'과 '予'는 인칭의 문제이고 '着'은 '著'의 俗字임. B본의 箋校: '紅裙' 아래에 那波本에는 注가 없음. B본의 箋校: '吳娘'의 '娘'은 馬本에는 '姬'로 잘못 주석되어 있음. 宋本, 那波本, 汪本, 全詩, 盧校에 의거하여 교정함. B본의 箋校: '不聞' 아래에 那波本에는 注가 없음.
36) 제114수	제1구 제7구	欲將珠匣青銅鏡 不似杜康神用速	欲將珠匣青銅鏡 不似杜康神用速	B본의 箋校: '珠匣'의 '珠'는 汪本, 全詩에는 '朱'임. B본의 箋校: '不似'의 '似'는 馬本에는 '是'로 잘못 주석되어 있음. 宋本, 那波本, 汪本에 의거하여 개정함. 全詩의 注에는 '是'라고 한 주석이 있지만 잘못된 것임.
37) 제116수	제5구	風蕩醶船初破漏	風蕩醶船初破漏	B본의 箋校: '醶船'의 '醶'은 馬本의 注에 '伊甸切'이라 하였음.
38) 제117수	제목	題崔常侍濟上別墅	題崔常侍濟上別墅(時常侍以長告罷歸今故先報泉石)	A본의 제목에는 小注가 없고, B본에는 제목에 小注가 있음. B본의 箋校: 제목 아래에 那波本에는 注가 없음.

구분		종종 10년 초주갑인자혼입보 자본(A본)	주금성 전교의 『백거이집전교』 (B본)	A본과 B본의 차이 및 B본의 전교(箋校)
39) 제118수	제목	予與微之老而無 子發於言歎着在 詩篇今年冬各有 一子戲作二什一 以相賀一以自嘲 陰德自然宜有慶 (于公陰德其後 蕃)	予與微之老而無 子發於言歎蓍在 詩篇今年冬各有 一子戲作二什一 以相賀一以自嘲 陰德自然宜有慶 (于公陰德其後 蕃昌)	B본의 箋校: '於言'의 二字는 宋本에는 어그러졌고, '今年' 아래 馬本에는 '冬'字 가 탈락되었는데, 宋本, 那波本, 汪本, 全詩에 의거하여 보충하였음. '着'은 '著' 임. '着'은 '著'의 俗字임. A본은 칠언시 제1수, 제2수 중에 제1수만 선택하고, B 본은 제1수, 제2수가 모두 수록되었음. B본의 箋校: '自嘲'는 宋本, 那波本에는 제2수의 별도 제목으로 되어 있음. '有慶' 의 아래의 小注에 '蕃'이 '蕃昌'임. B본의 箋校 : '有慶' 아래 那波本에는 注가 없음. 宋本의 小注에는 '蕃' 아래에 '昌'이 빠져 있음. '鶵雛'의 '雛'가 '鶵'임. B본의 '鶵鶵' 의 글자가 옳음. '鶵鶵'는 봉황 종류임.
	제3구			
	제7구	莫慮鶵雛無浴處	莫慮鶵鶵無浴處	
40) 제119수	제1구 제8구	卯時偶飲齋時臥 甘從妻喚作劉靈	卯時偶飲齋時臥 甘從妻喚作劉伶	B본의 箋校: '齋時'의 '齋'는 那波本에는 잘못되어 '齊'로 되어 있음. '劉靈'의 '靈' 이 '伶'으로 되어 있음. B본의 箋校: '劉 伶'의 '伶'은 宋本과 何校에는 모두 '靈' 으로 되어 있음. 全詩의 注에도 '靈'의 주 석이 있음. 盧校에도 '伶'의 본래 이름은 '靈'임.
41) 제120수	제8구	門前風雨冷脩脩	門前風雨冷修修	'脩脩'는 '修修'임. '脩'와 '修'는 同字임.
42) 제122수	제1구	雙鬢莫期今老矣 裴使君前作少年 須記奇章置一筵	霜鬢莫期今老矣 (傳曰 今老矣 無 能爲也) 裴使君前作少年 (陳商郞中酒戶 涓滴 裴洽使君 年九十餘) 須記奇章置一筵	'雙鬢'의 '雙'이 '霜'임. B본의 箋校: '霜 鬢'의 '霜'은 宋本, 那波本, 汪本, 盧校에 는 '雙', 全詩에는 '雙'의 주석이 있음. A 본에는 '老矣' 아래 注가 없고, B본 '老矣' 아래 '傳曰 今老矣 無能爲也'라는 注가 있음. B본의 箋校: 那波本에는 注가 없 음. 注中 '傳曰'은 宋本, 汪本, 全詩, 盧校 에 의거하여 개정함. A본에는 '作少年' 아래 注가 없고, B본 아래 '陳商郞中酒戶 涓滴 裴洽使君年九十餘'의 注가 있음. '須記'가 '須記'로 되어 있음. '須記'가 맞 다. B본의 箋校: '須記'의 '記'는 馬本과 全詩에는 '擬'로 주석이 되었는데 잘못이 다. 宋本, 那波本, 汪本, 盧校에 의거하 여 개정함.
	제4구			
	제8구			
43) 제125수	제2구	作底歡娛過此辰	作(音佐)底歡娛 過此辰	A본에는 '作' 아래 注가 없고, B본 '作' 아래 '音佐'의 注가 있음. B본의 箋校: '作底'의 '作'은 馬本과 那波本의 '作'의 아래에는 注가 없음. 宋本, 汪本에 의거 하여 보탠 것임. 全詩 아래의 注에는 '古 做字'라 하였음.

구분	종종 10년 초주갑인자혼입 보자본(A본)	주금성 전교의 『백거이집전교』 (B본)	A본과 B본의 차이 및 B본의 전교(箋校)
44) 제126수 제1구 　　　　　제6구	窓明簾薄透朝光 不醉爭銷得日長	窗明簾薄透朝光 不醉爭銷得畫長	'窓明'의 '窓'이 '窗'임. '窗'이 '窓'의 本字임. '日長'의 '日'이 '畫'임. B본의 箋校: '畫長'의 '畫'는 宋本, 那波本, 汪本, 盧校에는 모두 '日'임.
45) 제127수 제1구	暮去朝來無歇期	暮去朝來無歇期	B본의 箋校: '暮去朝來'는 馬本에는 '暮來朝去'로 잘못 주석되어 있음. 宋本, 那波本, 汪本, 全詩, 盧校에 의거하여 교정함.
46) 제128수 제1구 　　　　　제2구 　　　　　제5구	凄凄苦雨暗銅馳 嫋嫋涼風起漕何 鷺臨池立窺魚笱	凄凄苦雨暗銅駝 嫋嫋涼風起漕河 鷺臨池立窺魚笱	'銅馳'가 '銅駝'임. '馳'와 '駝'는 同字임. '漕何'가 '漕河'로 되어 있음. '漕河'가 곡물을 수송하는 수레이므로 옳음. B본의 箋校: '漕河'의 '漕'는 馬本과 全詩에는 모두 '在到切'의 주석이 있음. B본의 箋校: '魚笱'의 '笱'는 馬本에는 '擧後切'의 주석이 있음.
47) 제129수 제목	九月八日誂黃甫 十見贈	九月八日酬黃甫 十見贈	'誂'와 '酬'는 同字임.
48) 제130수 제목 　　　　　제5구 　　　　　제6구	開成大行皇帝挽 歌詞 月伍儀仗辭蘭路 風引笳簫入栢城	開成大行皇帝挽 歌詞四首奉勅撰 進 月低儀仗辭蘭路 風引笳簫入栢城	A본은 제목이 '開成大行皇帝挽歌詞'인데, B본은 '四首奉勅撰進'이 더 추가되어 있음. A본은 B본의 제1, 제2, 제3, 제4수 중 제4수만 선택해서 A본의 제목에 '四首奉勅撰進'이 빠진 것임. '月伍'는 '月低'임. '伍'는 '低'의 俗字임. '笳簫'는 '笳簫'임. '피리'를 나타내는 것이므로 B본의 뜻이 옳음.
49) 제131수 제2구	又脫生衣着熟衣	又脫生衣著熟衣	'着'은 '著'의 俗字임.
50) 제132수 제3구 　　　　　제8구	已將心出浮雲外 別是人間夢淨翁	已將心出浮雲外 (維摩經云 是身如 浮雲也) 別是人間清淨翁	A본에는 '浮雲外' 아래 注가 없고, B본 아래 '維摩經云 是身如浮雲也'의 注가 있음. B본의 箋校: '浮雲外' 아래 那波本에는 注가 없음. '夢淨翁'의 '夢'이 '清'임. 어느 것이 옳은지 알 수 없음.
51) 제133수 제목 　　　　　제4구	偶吟自慰兼呈夢 得 又占世間長命人 (時先生與夢得 年皆七十)	偶吟自慰兼呈夢 得(予與夢得甲子 同 今俱七十) 又占世間長命人	A본에는 제목 아래 注가 없고, B본은 제목 아래 '予與夢得甲子同 今俱七十'의 注가 있음. B본의 箋校: 제목 아래 那波本에는 注가 없음. A본에는 '長命人' 아래 '時先生與夢得年皆七十'의 注가 있고, B본에는 '長命人' 아래 注가 없음.

구분	종종 10년 초주갑인자혼입 보자본(A본)	주금성 전교의 『백거이집전교』 (B본)	A본과 B본의 차이 및 B본의 전교(箋校)
52) 제134수 제목	和李中丞與李給事山居雪夜同宿 小酌	和李中丞與李給事山居雪夜同宿 小酌	B본의 箋校: '小酌' 아래 馬本에는 '小的'이라 잘못 주석되어 있음. 宋本, 那波本, 汪本, 全詩, 盧校에 의거하여 교정함. '瓛闑'는 '㺂闑'임. '瓛'와 '㺂'는 同字임. B본의 箋校: '龍鱗' 아래 那波本에는 注가 없음. '齊名'의 '名'은 '居'임. B본의 箋校: '齊居'는 宋本, 那波本, 何校에는 모두 '齊名'으로 주석되어 있음. 全詩에는 '名'으로 주석되어 있음. '酸'과 '盞'은 同字임.
제2구	瓛闑駮正犯龍鱗 (二人當官盛事 爲時人所稱也)	㺂闑駮正犯龍鱗 (二人當官盛事 爲時所稱也)	
제3구	那知近地齊名客	那知近地齊居客	
제5구	一酸寒燈雲外夜	一盞寒燈雲外夜	

전주(箋注)의 출처

『문원영화(文苑英華)』: 명(明) 융경 연간(隆慶, 1567~1572)의 간본임.
왕본(汪本): 청(淸) 강희(康熙) 43년(1704) 왕립명(汪立名) 일우초당(一隅草堂) 간본(刊本)『백향산시집(白香山詩集)』.
노교(盧校): 청 노문초(盧文弨) 군서습포교(群書拾捕校)의 『백씨문집(白氏文集)』.
전시(全詩): 청 강희 46년(1707) 양주시국(揚州詩局) 간본(刊本)의 『전당시(全唐詩)』.
송본(宋本): 문학고전간행사(文學古典刊行社) 영인의 송(宋) 소흥(紹興, 1131~1162) 본(本)인『백씨문집(白氏文集)』.
나파본(那波本): 사부총간(四部叢刊) 영인의 일본 나파도원(那波道圓) 번각의 송본(宋本)인『백씨장경집(白氏長慶集)』.
마본(馬本): 명(明) 만력(萬曆) 34년(1606) 마원조(馬元調) 간행의 『백거이장경집(白居易長慶集)』.
하교(何校): 북경도서관(北京圖書館) 소장의 하작(何焯)이 교정한 일우초당(一隅草堂) 간본인『백향산시집(白香山詩集)』.
황교(黃校): 황의(黃儀) 교정본(校訂本).
성안(城按): 백거이 저(著), 주금성(朱金城) 전주(箋注).『백거이집전교(白居易集箋校)』 1~5. 상해고적출판사(上海古籍出版社), 2008.

〈표 2〉의 내용을 종합하면 다음과 같다.

① A본과 B본의 원문에 글자의 차이가 있는 경우를 몇 가지 사례로 나누어 살펴볼 수 있다.

첫째, A본과 B본의 글자의 뜻이 유사하여 해석상의 차이가 별로 없는 사례들이 있다.

2)의 제74수 A본의 제5구 '紅袖職能誇柿蔕'가 B본에는 '紅袖職能誇柿蒂'이다. '蔕'와 '蒂'는 동자(同字)이다. 4)의 제76수 제1구는 A본의 '時亂年飢世業空'이 B본에는 '時亂年荒世業空'이고, 제5구는 A본의 '吊影分爲千里鴈'이 B본에는 '弔影分爲千里雁'이다. 제1구의 '年飢'가 '年荒'으로 되어 있는데, B본의 전교에 의하면, '年荒'의

'荒'은 宋本, 那波本, 全詩, 盧校에는 모두 '饑'로 되어 있고, 全詩의 주에는 '荒'의 주석도 있어 같은 뜻의 글자임을 알 수 있다. 제5구의 '吊'는 '弔'의 속자(俗字)이고, '鴈'과 '雁'은 같은 글자이다. 6)의 제78수 A본의 제4구 '滿幅風生秋水文'이 B본에는 '滿幅風生秋水紋'이다. '文'과 '紋'은 B본의 전교에 의하면 '水紋'의 '紋'이 宋本, 那波本에는 '文'인 것으로 보아 같은 뜻의 글자이다. 8)의 제80수 A본의 제1구 '詩情書意兩慇懃'이 B본에는 '詩情書意兩殷勤'이다. '慇懃'과 '殷勤'은 뜻이 같은 글자이다. 10)의 제82수 A본의 제2구 '雪裏歡游莫猒頻'이 B본에는 '雪裏歡游莫厭頻'이다. '猒'과 '厭'은 같은 글자이다. 13)의 제85수 A본의 제8구 '著書盈帙鬢毛班'이 B본에는 '著書盈帙鬢毛斑'이다. '班'과 '斑'은 통용자(通用字)이다. 15)의 제87수 제2구는 A본의 '今作江湖老倒翁'이 B본에는 '今作江湖潦倒翁'이고, 제6구는 A본의 '酒伴衰顔只蹔紅'이 B본에는 '酒伴衰顔只暫紅'이다. 제2구의 '老倒'가 '潦倒'로 되어 있는데, B본의 전교에 의하면, '潦倒'의 '潦'는 宋本, 那波本에 모두 '老'이고, 全詩에도 '老'라 한 주석도 있어 같은 의미로 쓰이는 글자임을 알 수 있다. 제6구는 '蹔'이 '暫'으로 되어 있는데 '蹔'과 '暫'은 같은 글자이다. 16)의 제88수 제2구는 A본의 '應似霓裳趍管絃'이 B본에는 '應似霓裳趨管絃'이고, 제3구는 A본의 '艷動舞裙渾是火'가 B본에는 '豔動舞裙渾是火'이다. 제2구는 '趍'이 '趨'으로 되어 있는데, '趍'과 '趨'는 같은 글자이고, 제3구는 '艷'은 '豔'으로 되어 있는데, '豔'과 '艷'은 같은 글자이다. 17)의 제89수 제6구 A본의 '街皷聲前未有塵'이 B본에는 '街鼓聲前未有塵'이다. '皷'가 '鼓'로 바뀌었다. '皷'는 '鼓'의 속자이다. 18)의 제90수 A본의 제6구 '殘酒重傾蔟馬蹄'가 B본에는 '殘酒重傾簇馬蹄'이다. '蔟'과 '簇'은 같은 글자이다. 19)의 제91수 A본의 제2구 '雲景陰晴掩復開'가 B본에는 '雲影陰晴掩復開'이다. '景'은 '影'으로 되어 있는데, B본의 전교에 의하면, '雲影'의 '影'은 宋本, 汪本에 모두 '景'이다. 주금성은 이에 대해 '景'은 '影'의 본자(本字)라 하였다. 21)의 제94수 제3구는 A본의 '繖蓋伍垂金翡翠'는 B본에는 '繖蓋低垂金翡翠'이고, 제6구는 A본의 '夏藥濃焚百和香'이 B본에는 '夏蕊濃焚百和香'이며, 제8구는 A본의 '只敎桃柳占年芳'이 B본에는 '只敎桃柳占年芳'이다. 제3구는 '伍垂'가 '低垂'인데, '伍'는 '低'의 속자이다. 제6구는 '夏藥'는 '夏蕊'로 되어 있는데, '藥'와 '蕊'는 꽃술의 뜻으로 '藥'는 '蕊'의 속자이다. 제8구는 '柳'는 '柳'으로 되어 있는데, '柳'와 '栁'는 같은 글자이다. 22)의 제95수 제3구는 A본의 '看院祗留雙白鶴'이 B본에는 '看院祇留雙白鶴'이고, 제5구는 A본의 '藥鑪有火丹應伏'이 B본에는 '藥爐有火丹應伏'이다. 제3구는 '祗'는 '祇'로 되어 있는데, 같은 글자이고, 제5구는 '鑪'는 '爐'로 되어 있는데, 같은 글자이다. 24)의 제97수 제2구는 A본의 '曲江池畔杏園遻'이 B본에는 '曲江池畔杏園邊'이다. '遻'은 '邊'으로 되어 있는데, '遻'은 '邊'의 속자이다. 23)의 제96수 제6구 A본의 '芒芒萬事坐成空'이 B본에는 '茫茫萬事坐成空'이다. '芒芒'이 '茫茫'으로 바뀌었다. '芒'과 '茫'은 통용자이다. 25)의 제99수 제5구는 A본의 '半頭白髮慼蕭相'이 B본에는 '半頭白髮慚蕭相'이다. '慼'은 '慚'으로 되어 있는데, '慚'은 '慼'과 같은 글자이다. 26)의 제102수 제6구는 A본의 '鴈點靑天字一行'이 B본에는 '雁點靑天字一行'이고, 제7구는 A본의 '好着丹靑圖寫取'가 B본에는 '好著丹靑圖寫取'이다. 제6구는 '鴈'이 '雁'으로 되어 있는데, 같은 글자이다. 제7구는 '好着'이 '好著'으로 되어 있는데, '着'은 '著'의 속자이다. B본의 전(箋)에 의하면, '好著'은 '卽好以之意'의 뜻이다. 이와 유사한 경우를 보면, 39)의 제118수 제목은 A본의 '予與微之老而無子發於言歎着在詩篇今年冬各有一子戲作二什一以相賀一以自嘲'가 B본에는 '予與微之老而無子發於言歎著在詩篇今年冬各有一子戲作二什一以相賀一以自嘲'이고, 49)의 제131수 제2구 A본의 '又脫生衣着熟衣'가 B본에는 '又脫生衣著熟衣'이다. A본은 모두 '着'이, B본은 '著'가 사용되고 있음을 알 수 있다. 27)의 제103수 제3구 A본의 '軍門郡閣曾閑否'가 B본에는 '軍門郡閤曾閑否'이다. '郡閣'이 '郡閤'으로 되어 있는데, 글자의 차이는 있지만 고을 관청이라는 뜻이 비슷하다. 29)의 제105수 제1구 A본의 '三醆醺醺四體融'가 B본에는 '三盞醺醺四體融'이고, 33)의 제109수 제5구 A본의 '幾時酒醆曾抛却'이 B본에는 '幾時酒盞曾抛却'이며, 52)의 제134수 제5구 A본의 '一醆寒燈雲外夜'이 B본에는 '一盞寒燈雲外夜'이다. 제105수와 제1구와 제109수 제5구 및 제134수 제5구에는 모두 '醆'은 '盞'으로 되어 있는데, 같은 글자이다. 41)의 제120수 제8구는 A본의 '門前風雨冷脩脩'가 B본에는 '門前風雨冷修修'이다. '脩脩'는 '修修'로 되어 있는데, 같은 글자이다. 44)의 제126수 제1구는 A본의 '窻明簾薄透朝光'가 B본에는 '窗明簾薄透朝光'이다. '窻明'의 '窻'이 '窗'으로 되어 있는데, '窗'이 '窻'의 본자이다. 46)의 제128수 제1구는 A본의 '凄凄苦雨暗銅馳'가 B본에는

'凄凄苦雨暗銅駝'이나. '駝'와 '駞'는 같은 글자이나. 48)의 제130수 제5구 A본의 '月伍儀仗辭蘭路'는 B본에는 '月低儀仗辭蘭路'이다. '伍'는 '低'의 속자이다. 52)의 제134수 제2구는 A본의 '璞闈駁正犯龍鱗'이 B본에는 '琑闈駁正犯龍鱗'이다. '璞闈'가 '琑闈'로 되어 있는데, '璞'와 '琑'는 같은 글자이다.

둘째, A본과 B본의 글자의 뜻이 대조적이어서 해석상의 차이를 알기 어려운 경우가 있다.

23)의 제96수 제5구 A본의 '忽忽百年皆欲半'이 B본은 '忽忽百年行欲半'이다. '皆'가 '行'으로 바뀌었다. A본 5구와 6구의 해석은 '어느 덧 백년의 인생이 거의 중반을 향하고 있으니 만사는 아득아득 이룩한 것 없어라'인데, B본 5구와 6구의 해석은 '어느 덧 일생의 반이 지나간 것이 중반에 이르려하니 만사는 아득아득 이룩한 것 없어라'이다. 대조적인 글자여서 어느 해석이 옳은지 가늠하기 어렵다. 50)의 제132수 제8구 A본의 '別是人間夢淨翁'이 B본은 '別是人間淸淨翁'이다. '夢'이 '淸'으로 바뀌었다. A본 7구와 8구의 해석은 '세상 인연과 세속 생각 모두 사라지니 별다른 세상의 맑은 세계를 꿈꾸는 늙은이일세'인데, B본 7구와 8구의 해석은 '세상 인연과 세속 생각 모두 사라지니 별다른 세상의 말고 맑고 맑은 세계의 늙은이일세'이다. 대조적인 글자여서 어느 해석이 옳은지 가늠하기 어렵다.

셋째, A본과 B본의 글자 중 문장의 전후 해석으로 보거나 후대의 주석본을 참고하면 A본의 글자가 옳은 경우가 있다.

10) 제82수 제1구는 A본의 '水南水北雪紛紛'이 B본에는 '水南水北總紛紛'이다. '雪紛紛'이 '總紛紛'으로 바뀌었다. B본을 대상으로 후대에 중국에서 교정한 宋本, 那波本, 盧校에 모두 '雪'이고, 汪本에도 '雪'로 주석된 것이 있으니, A본의 '雪'이 옳은 것임을 알 수 있다. 시구의 해석도 '강남과 강북에 눈이 분분한데'로 해야 맞다. 40)의 제119수 제8구 A본의 '甘從妻喚作劉靈'이 B본에는 '甘從妻喚作劉伶'이다. '劉靈'은 '劉伶'으로 바뀌었다. B본의 전교에 의하면, '劉伶'의 '伶'은 宋本과 何校에는 모두 '靈'으로 되어 있고, 全詩의 주에도 '靈'의 주석이 있으며, 盧校에도 '伶'의 본래 이름은 '靈'이라고 하였다. A본의 '靈'이 맞는 것임을 알 수 있다. 44)의 제126수 제6구 A본의 '不醉爭銷得日長'이 B본에는 '不醉爭銷得晝長'이다. '日長'은 '晝長'으로 바뀌

었다. B본의 전교에 의하면, '晝長'의 '晝'는 宋本, 那波本, 汪本, 盧校에는 모두 '日'
이다. 시구의 해석도 '긴 날을 취하지 않고서야 어찌 보내랴'이니 A본의 뜻이 더 적합
한 것으로 여겨진다. 52)의 제134수 제3구 A본의 '那知近地齊名客'이 B본에는 '那知
近地齊居客'이다. '齊名'은 '齊居'로 바뀌었다. B본의 전교에 의하면, '齊居'는 宋本,
那波本, 何校에는 모두 '齊名'으로 주석되어 있고, 全詩에도 '名'으로 주석되어 있다.
시구의 해석도 '어찌 알았으랴, 가까운 곳에서 명망이 같은 나그네가'이니, A본의 뜻
이 적합한 것으로 여겨진다.

넷째, A본과 B본의 글자 중 문장의 전후 해석으로 보거나 후대의 주석본을 참고하
면 B본의 글자가 옳은 경우가 있다.

10)의 제82수 제6구 A본의 '紅繚爐香竹葉春'이 B본에는 '紅燎爐香竹葉春'이다.
'繚'가 '燎'로 바뀌었다. A본의 '繚'는 '감길 료'이고, B본의 '燎'는 '피어날 료'이다.
시구의 해석은 '피어나는 향불은 대잎의 봄일세'이니, B본의 뜻이 합당한 것으로 여
겨진다. 28)의 제104수 제1구 A본의 '紫薇花對紫薇翁'이 B본에는 '紫薇花對紫微翁'
이다. B본의 전교에 의하면, '紫微翁'의 '微'가 那波本, 汪本에는 '薇'로 되어 있으나
잘못이라 하였으니, B본의 '紫微翁'이 맞는 글자이다. 31)의 제107수 제5구 A본의
'薄暮何人吹觱栗'이 B본에는 '薄暮何人吹觱篥'이다. '觱栗'은 '觱篥'로 바뀌었다. 시
구의 해석을 보면, '저물녘 그 누가 가로부는 피리를 불며'이다. '栗'은 '밤나무 률'이
고, '篥'은 '피리 률'이어서 B본의 뜻이 적합한 것으로 여겨진다. 34)의 제110수 제8구
A본의 '深藏牢閉後旁中'이 B본에는 '深藏牢閉後房中'이다. '後旁'은 '後房'으로 바뀌
었다. 시구의 해석을 보면, '골방 속에 깊이 숨겨둠과 비슷하리라'이니, B본의 뜻이
적합한 것으로 여겨진다. 39)의 제118수 제7구 A본의 '莫慮鵷雛無浴處'가 B본에는
'莫慮鵷鶵無浴處'이다. '鵷雛'는 '鵷鶵'로 바뀌었다. 시구의 해석을 보면, '원추새들
먹감을 곳 없음을 염려하지 마라'이다. '雛'는 '병아리 추'이고, '鶵'는 '원추새 추'이
니, B본의 뜻이 적합한 것으로 여겨진다. 42)의 제122수 제8구 A본의 '湏託奇章置一
筵'이 B본에는 '須託奇章置一筵'이다. '湏託'가 '須託'인데 '모름지기 부탁하다'라는
뜻으로 B본의 '須託'가 맞다. 46)의 제128수 제2구 A본의 '嫋嫋凉風起漕何'는 B본에
는 '嫋嫋凉風起漕河'이다. '漕何'가 '漕河'로 바뀌었다. B본의 '漕河'가 곡물을 운송하

는 수로이니 옳다. 48)의 제130수 제6구 A본의 '風引笳蕭入栢城'이 B본에는 '風引笳簫入栢城'이다. '笳蕭'는 '笳簫'로 바뀌었다. 시구의 해석을 보면, '바람이 피리소리를 이끌어 栢城(능)으로 들어가네'이다. '蕭'는 '맑은 대쑥 소'이고, '簫'는 '퉁수 소'이니, B본의 뜻이 적합한 것으로 여겨진다.

② B본에 나타나는 전주의 주석이 본문의 해석을 원만하게 해주는 경우가 있다.

3)의 제75수 제1구는 A본과 B본이 모두 '去歲歡遊何處去'이다. B본의 전교에 의하면, 馬本, 汪本, 全詩의 주에 제1구 '何處去'의 '去'가 '好'로도 썼고, 宋本의 주에도 '何處去'가 '何處好'로도 썼다. 제1구의 해석은 '何處去'로 하면 '지난해 즐겁게 놀았는데 지금은 어디로 갔나'이고, '何處好'로 하면 '지난해 즐겁게 놀았는데 어디에 머문 곳이 좋았는가'이다. '何處好'의 해석이 매우 부드럽고 뒤에 이어지는 제2구인 '곡강 서쪽 언덕이오 행원의 동쪽이라'와도 연결이 자연스럽다. 5)의 제77수 제7구는 A본과 B본이 모두 '惆悵舊遊無復到'이고, 제8구는 '菊花時節羨君廻'이다. B본의 전교에 의하면, '無復到'의 '無'는『문원영화(文苑英華)』와 全詩에는 '那'로 쓴다. 汪本의 주에도 '那'이다. '羨'은 汪本, 全詩에는 '待'로 쓴다. 제7구의 해석은 '無復到'로 하면 '옛날 노닐던 곳에 다시 오지 못함이 서글픈데'이고, '那復到'로 하면 '옛날 노닐던 곳에 언제 다시 돌아올까 서글픈데'이다. '那復到'의 해석이 매우 부드럽다. 제8구의 해석은 '羨'으로 하면 '국화시절에 그대 돌아가는 것 부럽기만 하구나'이고, '待'로 하면 '국화시절에 그대 돌아가는 것이 기다려지는 구나'이다. '待'의 해석이 시의 의미전달에 더 합당하다. 전교(箋校)를 참고하여 제7구와 8구를 연결하면 '옛날 노닐던 곳에 언제 다시 돌아올까 서글픈데, 국화시절에 그대 돌아가는 것이 기다려지는 구나'여서 해석이 매우 부드럽고 의미 전달이 분명해진다. 22)의 제95수 제8구는 A본과 B본이 모두 '更期何日得從容'이다. B본의 전교에 의하면, '從容'은 전시(全詩)의 주에 의하면, '未知何日得相從'이라고 하였다. 제8구의 해석은 '어느 날 본받게 될런지 다시 기약할 수 있을까?'인데, 전시의 주를 참고하면 '어느 날에 본받게 될지 알 수 없다'이다. 제7구와 해석을 연결하면, '참동계에 관한 일을 물으려면 어느 날에 본받게 될지 알 수 없다'여서 의미상의 연결이 명확해진다. 28)의 제104수 제6구는

A본과 B본이 모두 '興善僧庭一大叢'이다. B본의 전교에 의하면, 이 시구에 대한 주석이 '指長安興善寺之紫薇花'라고 하였다. 이 주석을 참고하면 '장안 흥선사(興善寺) 스님 계신 뜰에는 자미화가 무성하구나'라고 해석이 명확해진다.

③ A본과 B본의 시 제목이 다르기도 하고, 제목이 같더라도 B본의 주석에 시의 제목을 다르게 보는 경우가 있다.

1)의 제73수 A본과 B본의 제목은 「江樓夕望招客」이다. B본의 전교에 의하면, 『함순임안지(咸淳臨按志)』에는 「江樓夕望招客」의 제목이 「江樓夕望」이다. 이 시는 장경 3년(823) 7월에 중서사인(中書舍人)이었다가 항주에 출수(出守)하는 길에 강루의 생활상을 그린 것으로 '招客'이 없어도 시의 뜻을 충분히 전달할 수 있다. 4)의 제76수 제목은 A본의 「自河南經亂關內飢…」가 B본에는 「自河南經亂關內阻饑…」이다. '飢'와 '饑'는 동자(同字)여서 의미상의 변화는 없다. 11)의 제83수 A본과 B본의 제목은 「江樓月」이다. B본의 전교에 의하면, 『문원영화』에는 「江樓月」이 「江樓望月」이다. 이 시는 백거이가 38세이던 원화 4년(809)에 장안에 있으면서 가릉강(嘉陵江) 강변의 누각에서 밝은 달을 바라보며 사천에 있는 원진을 그리워하면서 지은 시이다. 따라서 제목은 「江樓望月」이 더 적합한 것으로 여겨진다. 23)의 제96수 A본의 제목은 「風雨晚泊」이고, B본의 제목은 「風雨夜泊」이다. B본의 전교에 의하면, 송본(宋本), 나파본(那波本), 왕본(汪本), 전시(全詩)에는 모두 '晚'이고, 全詩의 주에 '夜'의 주석도 있다. 이 시는 백거이가 47세이던 원화 13년(818)에 강주에서 강주사마 때 바람 불고 비 내리는 밤에 지었다. 시의 내용과 B본의 전교를 참고하면 A본의 제목인 「風雨晚泊」이 더 합당하다. 26)의 제102수 A본과 B본의 제목은 「江樓晚眺景物鮮奇吟翫成篇寄水部張員外」이다. B본의 전교에 의하면, 『문원영화』에는 '張' 아래에 '籍'의 글자가 있다. 제102수의 제목은 주석에 의해 백거이가 53세이던 장경 4년(824)에 항주에서 항주자사 때 강루에서 저녁 조망 아름다운 기이한 경치를 감상하고 시 한 편을 써서 수부 장적(張籍)에게 보낸 것임을 명확하게 알 수 있다. 32) A본의 제목은 「眼病」이고, B본의 제목은 「眼病二首」이다. B본에는 '二首'가 더 추가되어 있다. A본은 B본의 제1, 제2수 중 제1수만 선택해서 A본의 제목에 '二首'가 빠진 것이다. 47)의 A본의 제목은

「九月八日詶黃甫十見贈」이고, B본의 제목은 「九月八日酬黃甫十見贈」이다. '詶'와 '酬'는 동자(同字)여서 의미상의 변화는 없다. 48)의 A본의 제목은 「開成大行皇帝挽歌詞」이고, B본의 제목은 「開成大行皇帝挽歌詞四首奉勅撰進」이다. B본에는 '四首奉勅撰進'이 더 추가되어 있다. A본은 B본의 제1, 제2, 제3, 제4수 중 제4수만 선택해서 A본의 제목에 '四首奉勅撰進'이 빠진 것이다.

4.2.4. 결론

위에서 살펴본 바를 종합하면 다음과 같다.

1)『향산삼체법』칠언율시 62수에 수록된 백거이 시에 대한 저작 관련 사항은 저작 시기, 저작 장소, 저작 당시의 벼슬 등을 살펴볼 수 있다. 저작 시기는 20대 1수, 30대에 5수, 40대에 14수, 50대에 22수, 60대 15수, 70대 4수, 기타 2수이다. 50대의 저작이 22수로 가장 많이 선집되었고, 다음은 60대 15수, 40대 14수, 30대와 70대가 4수, 20대가 1수, 기타 1수는 시기를 알 수 없었다. 저작 장소는 낙양 24수, 강주 10수, 장안 8수, 소주 8수, 항주5수, 장안~강주 도중 4수, 제원 1수, 장소 미상 2수였다. 칠언율시의 저작 장소는 주로 낙양이 중심이었고 다음은 강주, 장안, 소주, 항주이었음을 알 수 있다. 백거이는 30대부터 70대까지 다양한 벼슬살이를 하면서 많은 작품을 남겼다. 그는 30대에 장안에서 풍유시를 지었고, 40대에 강주에서 풍유시와 한적시를 지었으며, 50대는 장안, 항주, 소주, 낙양에서 비풍유시를 지었고, 60대와 70대는 낙양에서 비풍유시들을 지었다.

2)『향산삼체법』칠언율시의 내용에는 대부분 백거이의 일상이 담겨 있다. 그의 일상 안에 담겨진 것을 몇 가지 키워드로 도출하면 '인물교류' 28수, '감회' 19수, '풍광' 15수로 3개 분야의 62수이다. 백거이가 교유했던 인물들과 주고받은 시들은 28수이다. 이들 시에서 백거이와 왕래가 있었던 사람들이며 27명이다. 원진이 제83수, 제103수, 제116수, 제118수의 4수, 유우석이 제82수, 제122수, 제126수, 제133수의 제4수, 우승유가 제122수, 제123수, 제127수의 3수이며, 이잉숙이 제82수, 제134수의 2수이다. 기타 23명은 모두 각 1수이다. 백거이가 감회를 읊은 시는 19수이다.

낙양 9수, 소주 6수, 강주 2수, 항주 1수, 장안 1수이다. 백거이가 풍광을 읊은 시는 15수이다. 항주 2수, 장안 2수, 장안~강주 도상 3수, 강주 5수, 소주 2수, 장소 미상 1수이다.

　3) 중종 10년(1515)경의 초주갑인자혼입보자본『향산삼체법』A본과 중국의 주금성(朱金城) 전주(箋注)의『백거이집전교』B본을 비교한 결과는 다음과 같다.

　첫째, A본과 B본의 원문에 글자의 차이가 있는 경우를 몇 가지 사례로 나누어 살펴볼 수 있다. 하나는 A본과 B본의 글자 뜻이 유사하여 해석상의 차이가 별로 없는 사례들이 있는데, '年飢'와 '年荒', '文'과 '紋', '慇懃'과 '殷勤', '老倒'와 '潦倒'는 같은 뜻의 글자이고, '趂'과 '趨', '郡閣'과 '郡閤'은 뜻이 비슷한 글자이다. '鴈'과 '雁', '猒' 과 '厭', '豔'과 '艶', '蹔'과 '暫', '簇'과 '簌', '栁'와 '柳', '秖'와 '祇', '鑪'와 '爐', '璞'와 '琄', '蔕'와 '蒂', '慚'은 '慙', '醆'과 '盞', '脩'와 '修', '馳'와 '駞'는 동자(同字)이다. '吊' 는 '弔'의, '皷'는 '鼓'의, '藥'는 '蕊'의, '遑'은 '邊'의, '着'은 '著', '伍'는 '低'의 속자(俗字)이고, '景'은 '影'의, '窻'은 '窓'의 본자(本字)이며, '班'과 '斑', '芒'과 '茫'은 통용자(通用字)이다. 둘은 A본과 B본의 글자 뜻이 대조적이어서 해석상의 차이를 알기 어려운 경우가 있는데, '忽忽百年皆欲半'과 '忽忽百年行欲半'의 '皆'와 '行', '別是人間夢淨翁'과 '別是人間淸淨翁'의 '夢'과 '淸'이다. 이들은 매우 대조적인 글자여서 어느 해석이 옳은지 가늠하기 어렵다. 셋은 A본과 B본의 글자 중 문장의 전후 해석으로 보거나 후대의 주석본을 참고하면 A본의 글자가 옳은 경우가 있는데, '雪紛紛'과 '總紛紛'의 '雪', '劉靈'과 '劉伶'의 '靈', '日長'과 '晝長'의 '日', '齊名'과 '齊居'의 '名'은 B본 전교의 주석과 시구의 해석상 A본의 글자 뜻이 더 적합한 것으로 여겨진다. 넷은 A본과 B본의 글자 중 문장의 전후 해석으로 보거나 후대의 주석본을 참고하면 B본의 글자가 옳은 경우가 있는데, '紅繚'와 '紅燎'의 '燎', '紫薇翁'과 '紫微翁'의 '微', '觷栗'과 '觷篥'의 '篥', '後旁'과 '後房'의 '房', '鷄雛'와 '鷄鶵'의 '鶵', '湏記'와 '須記'의 '須', '漕何'와 '漕河'의 '河', '笂蕭'와 '笂簫'의 '簫'는 B본 전교의 주석과 시구의 해석상 B본의 글자 뜻이 더 적합한 것으로 여겨진다.

　둘째, B본에 나타나는 전주의 주석이 본문의 해석을 원만하게 해주는 경우가 있는데, '何處去'의 '去'가 '好'로, '無復到'의 '無'가 '那'로, '羨'이 '待'로, '從容'이 '未知何

日得相從'으로, '興善僧庭一人叢'이 '指長安興善寺之紫薇花'로 주석이 된 깃을 참조하면 본문의 해석이 부드럽고 원만해진다.

셋째, A본과 B본의 시 제목이 다르기도 하고, 제목이 같더라도 B본의 주석에 시의 제목을 다르게 보는 경우가 있다. 「江樓夕望招客」은 B본의 전교에 「江樓夕望」인데, '招客'이 없어도 시의 뜻을 충분히 전달할 수 있다. 「江樓月」은 B본의 전교에 「江樓望月」인데, 「江樓望月」이 시의 내용을 충분이 전달할 수 있다. 「風雨晚泊」과 「風雨夜泊」은 시의 내용과 B본의 전교를 참고하면 A본의 제목인 「風雨晚泊」이 합당하다. 「江樓晩眺景物鮮奇吟翫成篇寄水部張員外」는 B본의 전교에 '張' 아래에 '籍'의 글자가 있어 장원외(張員外)가 장적(張籍)임을 분명히 알 수 있다. 「九月八日誦黃甫十見贈」과 「九月八日酬黃甫十見贈」의 '誦'는 '酬' 그리고 「自河南經亂關內飢…」와 「自河南經亂關內阻饑…」의 '飢'는 '饑'는 글자의 차이가 있지만, 동자(同字)여서 의미상의 변화는 없다. 「眼病」과 「眼病二首」는 B본에는 '二首'가 추가되어 있다. A본은 B본의 제1, 제2수 중 제1수만을 택해서 A본의 제목에 뒷부분인 '二首'가 빠진 것이다. 「開成大行皇帝挽歌詞」와 「開成大行皇帝挽歌詞四首奉勅撰進」은 B본에 '四首奉勅撰進'이 추가되어 있다. A본이 B본의 제1, 제2, 제3, 제4수 중 제4수만을 택해서 A본의 제목에 뒷부분인 '四首奉勅撰進'이 빠진 것이다.

4.3. 『향산삼체법』 칠언절구의 구성, 내용 및 텍스트 비교

4.3.1. 『향산삼체법』 칠언절구의 구성과 저작 관련 사항

『향산삼체법』 칠언절구의 시 구성은 제135수부터 제185수(제104제~제146제)까지 이들의 구성과 저작 관련 사항에 대해 〈표 1〉로 작성하고 이에 대한 분석을 시도하고자 한다.

〈표 1〉 『향산삼체법』 칠언절구 제135수~제185수(제104제~제146제)

구분	저작의 시기, 장소, 벼슬	비고
제135수(33장 후면)	貞元 18(802), 長安	백거이 31세
제136수(33장 후면~34장 전면)	永貞 元年(805), 長安, 校書郎	34세
제137수(34장 전면)	永貞 元年(805), 長安, 校書郎	34세
제138수(34장 전면)	貞元 20(804), 下邽, 校書郎	33세
제139수(34장 전면~34장 후면)	永貞 元年(805), 長安, 校書郎	34세
제140수(34장 후면)	元和 2(807), 盩厔, 盩厔尉	36세
제141수(34장 후면)	元和 2(807), 盩厔, 盩厔尉	36세
제142수(34장 후면~35장 전면)	元和 2(807), 盩厔, 盩厔尉	36세
제143수(35장 전면)	貞元 16(800), 洛陽	29세
제144수(35장 전면)	貞元 16(800), 長安	29세
제145수(35장 전면~35장 후면)	貞元 16(800) 以前	29세 이전
제146수(35장 후면)	貞元 16(800) 以前	29세 이전
제147수(35장 후면)	貞元 16(800) 以前	29세 이전
제148수(35장 후면~36장 전면)	貞元 17(801)	30세
제149수(36장 전면)	元和 3(808), 長安, 左拾遺, 翰林學士	37세
제150수(36장 전면)	元和 5(810), 長安, 左拾遺, 翰林學士	39세
제151수(36장 전면~36장 후면)	元和 5(810), 長安, 左拾遺, 翰林學士	39세
제152수(36장 후면)	元和 4(809)~元和 6(811), 長安, 翰林學士.	38~40세
제153수(36장 후면)		
제154수(36장 후면~37장 전면)		
제155수(37장 전면)		
제156수(37장 전면)	元和 9(814), 下邽.	43세
제157수(37장 전면~37장 후면)	元和 9(814), 下邽.	43세
제158수(37장 후면)	貞元 4(788)	17세
제159수(37장 후면)	貞元 4(788)	17세
제160수(37장 후면)	元和 10(815), 長安, 太子左贊善大夫	44세
제161수(38장 전면)	元和 10(815), 長安, 太子左贊善大夫	44세
제162수(38장 전면)	元和 10(815), 長安~江州途中	44세
제163수(38장 전면)	元和 10(815), 江州, 江州司馬	44세
제164수(38장 후면)		

구분	저작의 시기, 장소, 벼슬	비고
제165수(38장 후면)	元和 11(816), 江州, 江州司馬	45세
제166수(38장 후면)	元和 11(816), 江州, 江州司馬	45세
제167수(39장 전면)		
제168수(39장 전면)	元和 14(819), 忠州, 忠州刺史	48세
제169수(39장 전면)	元和 15(820), 忠州, 忠州刺史	49세
제170수(39장 후면)	長慶 元年(821), 長安, 主客郎中, 知制誥	50세
제171수(39장 후면)	長慶 元年(821), 長安, 主客郎中, 知制誥	50세
제172수(39장 후면)	元和 11(816)~元和 13(818), 江州, 江州司馬	45~47세
제173수(40장 전면)	元和 11(816)~長慶 2(822)	45~51세
제174수(40장 전면)	長慶 4(824), 杭州, 杭州刺史	53세
제175수(40장 전면)	太和 5(831), 洛陽, 河南尹	60세
제176수(40장 후면)		
제177수(40장 후면)	開成 3(838), 洛陽, 太子少傅分司	67세
제178수(40장 후면~41장 전면)	開成 5(840), 洛陽, 太子少傅分司	69세
제179수(41장 전면)	開成 5(840), 洛陽, 太子少傅分司	69세
제181수(41장 전면)	開成 5(840), 洛陽, 太子少傅分司.	69세
제182수(41장 전면)		
제183수(41장 후면)	會昌 5(845), 洛陽, 刑部尚書致仕.	74세
제184수(41장 후면)	長慶 3(823) 以前	52세 이전
제185수(42장 전면)	元和 10(815), 長安, 太子左贊善大夫	44세

위의 〈표 1〉에서 살펴본 바와 같이,『향산삼체법』칠언절구 51수의 저작 관련 사항인 저작 시기, 저작 장소, 저작 관련 벼슬에 대해 종합하면 다음과 같다.

① 저작 시기는 10대 2수, 20대 5수, 30대에 13수, 40대에 13수, 50대에 4수, 60대 6수, 70대 1수, 기타 7수이다. 30대와 40대의 저작이 각 13수로 가장 많이 선집되었고, 다음은 60대 6수, 20대 5수, 50대 4수, 10대 2수, 60대 1수이며, 기타 7수는 시기를 알 수 없었다.

10대에는 2수가 선집되었는데 17세인 정원 4년(788)에 읊은 제158수~제159수의 연작시이다. 20대에는 5수가 선집되었는데, 29세 이전인 정원 16년(800) 이전에 제

145수~제147수의 3수, 29세인 정원 16년(800)에 제143수와 제144수의 2수가 이루어졌다. 30대에는 13수가 선집되었는데, 30세인 정원 17년(801)에 제148수의 1수, 31세인 정원 18년(802)에 제135수의 1수, 33세인 정원 20년(804)에 제138수의 1수, 34세인 영정 원년(805)에 제136수, 제137수와 제139수의 3수, 36세인 원화 2년(807)에 제140수~제142수의 3수, 37세인 원화 3년(808)에 제149수의 1수, 39세인 원화 5년(810)에 제150수와 제151수의 2수, 38세~40세 사이 원화 4년(809)~원화 6년(811)의 제152수의 1수이다. 40대에는 13수가 선집되었는데, 43세인 원화 9년에는 제156수~제157수의 2수, 44세인 원화 10년에 제160수~제163수 및 제185수의 5수, 45세인 원화 11년(816)에 제165수와 제166수의 2수, 48세인 원화 14년(819)에 제168수의 1수, 49세인 원화 15년(820)에 제169수의 1수, 45세~51세 사이의 원화 11년(816)~장경 2년(822) 사이의 2수이다. 50대는 4수가 선집되었는데, 50세인 장경 원년(821)에 제170수와 제171수의 2수, 53세인 장경 4년(824)에 제174수의 1수, 52세 이전인 원화 10년(815) 이전에 제184수의 1수이다. 60대는 6수가 선집되었는데, 60세인 태화 5년(831)에 제175수의 1수, 67세인 개성 3년(638)에 제177수의 1수, 69세인 개성 5년(840)에 제179수~제181수의 4수이다. 70대는 74세인 회창 5년(845)에 제183수의 1수가 선집되었다. 시기를 알 수 없는 것은 제153수~제155수, 제164수, 제167수, 제176수, 제182수의 7수이다.

② 저작 장소는 장안 14수, 낙양 8수, 강주 4수, 하규 3수, 주질 3수, 충주 2수, 항주 1수, 장안~강주 도중 1수, 기타 15수였다. 칠언절구의 저작 장소는 주로 장안이 중심이었고 다음은 낙양, 강주, 하규, 주질, 충주, 항주, 장안~강주 도중이었음을 알 수 있다.

저작 시기와 저작 장소를 알 수 있는 것 중에서 20대의 저작 장소는 장안과 낙양이 각 1수였고, 30대의 저작 장소는 장안 8수, 주질 3수, 하규 1수의 12수였다. 40대는 강주 4수, 장안 3수, 충주 2수, 하규 2수, 장안~강주 도중 1수의 12수이었다. 50대는 장안 2수, 항주 1수의 3수였다. 60대는 낙양 6수였고, 70대는 낙양 1수였다.

20대와 30대의 저작 장소는 장안을 중심으로 주질, 낙양, 하규였다. 40대는 강주, 장안, 충주, 하규, 장안~강주 도상에서 시작(詩作)이 이루어졌고, 50대는 장안과 항주었다. 60대와 70대는 낙양이 저작 공산의 중심이었다.

③ 백거이의 저작과 관련된 벼슬을 보면, 10대와 20대는 벼슬이 없었고, 29세에 진사시에 합격한 이후 다양한 벼슬을 거쳤는데, 이러한 벼슬살이는 그의 저작 시기 및 저작 장소와 밀접한 관련이 되면서 시의 저술에 많은 영향을 미쳤다.

백거이는 30대에 장안, 주질, 하규를 중심으로 생활하였다. 33세인 정원 20년(804) 에는 하규에서 교서랑, 34세인 영정 원년(805)에는 장안에서 교서랑, 36세인 원화 2 년(807)에는 주질에서 주질위, 37세와 39세인 원화 3년(808) 및 원화 5년(810)에는 장 안에서 좌습유, 한림학사, 38세~40세인 원화 4년(809)~원화 6년(811)에는 장안에서 한림학사를 거쳤다.

백거이는 이 시기에 풍유시를 많이 지었는데 이를 통해 현실 문제를 풍자하여 사 람들의 마음을 감동시켜 잘못된 정치를 개혁하려는 뜻을 담았다. 이들 풍유시에서 다루어진 내용은 백성들의 질병과 고통, 세력자들의 권력 남용과 횡포, 권문세가와 귀족들의 사치와 낭비, 애국사상의 고취, 변방 이민족에 대한 전쟁 활동, 불합리한 사회제도, 부녀자들의 비참한 운명에 대한 동정 등을 다루었다.[69]

40대에는 장안, 강주, 충주를 중심으로 생활하였다. 44세인 원화 10년(815)에는 장 안에서 태자좌찬선대부, 44세~45세인 원화 10년(815)~원화 11년(816)에는 강주사마, 48세~49세인 원화 14년(819)~원화 15년(820)에 충주자사를 지냈다.

이 시기는 중앙정치에서 밀려난 시기로 풍유시가 일부 있지만 풍유시보다는 한적 시를 많이 지었다. 백거이의 한적시는 자기수양의 의지(獨善之義)를 담아 즉흥적인 감상과 여유자적이라는 사대부 문인의 전형적인 정서를 표출하는 데 집중되었다. 세 상을 구제하기 위해(兼濟之志) 일시적으로 '獨善'을 한다고 했지만, 한적시에 집중되 었고 풍유시 다운 풍유시로 복귀하지 못했다.[70]

50대는 장안과 항주를 중심으로, 60대와 70대는 낙양을 중심으로 생활하였다. 50 대에는 50세인 장경 원년(821)에 주객랑중, 지제고, 53세인 장경 4년(824)에 항주자사

---

69) 허권수, 「한국한문학(韓國漢文學)에서의 백거이문학(白居易文學)의 수용양상(受容樣相)」, 『한문학보』 26권(2012), 269쪽.

70) 이준식, 「백거이론(白居易論)」, 『중국문학연구』 14권(1996), 100쪽.

를 지냈고, 60세인 태화 5년(831)에 하남윤, 67세와 69세인 개성 3년(838)과 개성 5년 (840)에 태자소부분사를 지냈으며, 74세인 회창 5년(845)에 형부상서로 치사하였다. 각 지역별로 장안, 항주, 낙양을 중심으로 여러 벼슬살이를 거치면서 한적시와 감상시들을 많이 지었다.

감상시는 사물이 외부에서 끌어당기고, 정리(情理)가 내면에서 움직여서, 느낀 것을 따라서 탄식하고 읊조린 것으로 나타난 것들이다(又有事物牽於外 情理動於內 隨感遇而形於歎詠者 一百首 謂之感傷詩).[71]

4.3.2. 『향산삼체법』 칠언절구의 내용

『향산삼체법』 칠언절구의 내용에는 대부분 백거이의 일상이 담겨 있다. 그의 일상 안에 담겨진 것을 몇 가지 키워드로 도출하면 '인물교류' 22수, '감회' 19수, '풍광' 7수, '영사(詠史)' 3수로 4개 분야의 51수이다. 이를 세분하여 살펴보면 다음과 같다.

1) 인물교류

백거이가 교유했던 인물들과 주고받은 시들이 있는데, 제135수, 제136수, 제137수, 제140수, 제141수, 제142수, 제143수, 제147수, 제149수, 제150수, 제151수, 제152수, 제155수, 제160수, 제161수, 제176수, 제177수, 제178수, 제179수, 제180수, 제181수, 제182수의 22수이다.

위의 시에서 백거이와 왕래가 있었던 사람들을 백거시의 시에 관련된 사례별로 살펴보면, 원진은 제135수, 제137수, 제151수, 제155수, 제160수의 5수, 유우석은 제176수, 제178수, 제182수의 3수, 문창상인은 제179수, 제180수, 제181수의 3수, 전원외는 제150수와 제152수의 2수이다. 기타 인물을 보면, 유오는 제140수의 1수, 양육형제는 제141수의 1수, 왕십팔은 제142수의 제1수, 이십일은 제149수의 1수, 왕시어

71) 白居易, 顧學頡 校點, 『白居易集』「與元九書」(大北: 里仁書局, 1980).

는 제161수의 1수, 황보십은 제177수의 1수이고, 누구인지 알 수 없는 경우는 우인(友人)(?)은 제136수의 1수, 민소(?)는 제147수의 1수, 육재택(毓材宅)(?)은 재143수의 1수이다. 이에 대해 원진, 유우석, 문창상인, 전원외, 기타 인물로 나누어 구체적으로 살펴보면 다음과 같다.

① 원진(元稹)

원진(元稹)과 관련된 시는 제135수, 제137수, 제151수, 제155수, 제160수의 5수이다. 제135수인 「秋雨中贈元九」는 백거이가 31세이던 정원 18년(802)에 장안에서 가을비 속에 친구인 원진을 그리워하여 쓴 것이다. 제137수인 「華陽觀中八月十五日夜招友翫月」은 백거이가 34세이던 영정 원년(805) 교서랑으로 있으면서 지은 시이다. 백거이는 그해 8월 15일 장안의 화양관에 머물면서 원진을 불러 함께 달구경하면서 화양관에서 원진과 함께 보는 달이 가장 으뜸임을 노래한 것이다. 제151수인 「禁中夜作書與元九」는 백거이가 39세이던 원화 5년(810) 장안에서 좌습유, 한림학사로 있을 때, 대궐에서 숙직하는 밤에 써서 친구인 원진에게 준 시이다. 제155수인 「望驛臺」는 저작의 시기와 장소는 알 수 없는데, 백거이가 원진의 정안리집(靖安里第) 앞에 있는 버들과 망역대 앞에 떨어진 곳을 보면서 원진에 대한 그리움을 묘사한 것이다. 제160수인 「遊城南留元九李二十晚歸」는 백거이가 44세인 원화 10년(815)에 장안에서 태자좌찬선대부로 있을 때 성남에서 놀고 난 뒤 원진과 이신(李紳)을 두고 돌아간 내용을 다룬 것이다.

② 유우석(劉禹錫)

유우석(劉禹錫)과 관련된 시는 제176수, 제178수, 제182수의 3수이다. 제176수인 「戲答夢得」은 『백거이집전교』에 수록되어 있지 않았는데, 백거이가 유유석이 보내온 시구에 '그대 미치려 해도 미치지 못했다고 말할 뿐 아니라 그대 나를 만나 미치게 하지 못함이 한스럽구나'라는 글귀를 보고 답한 시이다. 제178수인 「前有別柳枝絕句夢得繼和云春盡絮飛留不得隨風好去落誰家又復戲答」은 백거이가 69세인 개성 5년(840) 낙양에서 태자소부분사 때 지은 것이다. 전에 '버들가지 꺾어 이별한다'는 절구가 있었는데 유우석이 화답하기를 '봄은 다하고 버들가지는 나는데 멈추지 못하니 바람을 따라 날아가서 누구 집에 떨어지는가'하였으므로 이에 대해 백거이가 다시 화답한 것이다. 제182수인 「勸夢得酒」는 언제 지은 시인지 알 수 없지만, 시의 내용에 '누구는 공이 있어 기린각에 화상이 되고, 어떤 이는 새로이 도깨비 고을에 귀양 보내지나. 두 곳의 영화와 쇠퇴를 그대는 묻지 말게, 남은 봄 다시 두세 잔 마시고 취해보세'라고 하여 백거이가 귀양 갔던 강주 시절의 글로 보인다.

③ 문창상인(文暢上人)

문창상인(文暢[72]上人)과 관련된 시는 제179수, 제180수, 제181수의 연작시 3수이다. 이 연작시인 「五年秋病後獨宿香山寺三絕句」는 백거이가 69세이던 개성 5년(840)에 낙양에서 태자소부분사로 있으면서 지은 것이다. 백거이는 이 해 가을에 앓고 난 뒤 향산사에서 묵었는데, 제1수(제179수)는 향산사 문창상인의 방을 찾아가 묵으면서 첫 가을 달빛의 예 여울소리를 듣는 것을 다루었고, 제2수(제180수)는 술 마시던 무리와 노래하던 짝들은 모두 흩어지고 돌아오지 못하는데 혼자만 빠른 걸음으로 향산사로 돌아오는 것을 노래하였으며, 제3수(제181수)는 석분천가의 석루 위에서 12년을 놀았는데 이제 한 해가 지나면 나이가 일흔이니 병이 없다 해도 쉬는 것이 마땅하다는 자신의 심경을 노래하였다.

④ 전원외(錢員外)

전원외(錢員外)[73]와 관련된 시는 제150수와 제152수의 2수이다. 제150수인 「杏園花落時招錢員外同醉」는 백거이가 39세이던 원화 5년(810)에 장안에서 좌습유, 한림

---

72) 檀國大學校 東洋學研究所 編, 『漢韓大辭典』6(檀國大學校出版部, 2003), 426쪽. 당(唐)의 정원(貞元) 연간의 중. 문장에 뛰어났다. 한유(韓愈)와 유종원(柳宗元)의 문집에 그와 관련된 서문과 시가 실려 있다. 『柳河東集』25, 『韓昌黎集』2, 20.

73) 檀國大學校 東洋學研究所 編, 『漢韓大辭典』14(檀國大學校出版部, 2003), 372쪽. 전원외(錢員外)의 원외(員外)는 관명이고 이름은 전휘(錢徽)이다. 당의 오흥(吳興) 사람. 자는 위장(蔚章). 기(起)의 아들. 정원(貞元) 연간의 진사(進士). 벼슬은 예부시랑(禮部侍郎), 이부상서(吏部尙書). 『舊唐書』168, 『新唐書』177, 『唐才子傳』4.

학사로 있을 내, 행원(杏園)에 핀 살구꽃이 지는 것을 보고 전원외를 불러 함께 취한 내용을 노래한 것이다. 제152수인「夜惜禁中桃花因懷錢員外」는 백거이가 39세이던 원화 4년(809)~원화 6년(811) 사이에 장안에서 한림학사로 있을 때 지었다. 한밤중 궁중에 휘영청 달빛이 내리비치는 뜨락에 복사꽃 잎이 어지럽게 흩어져 있는 것을 보고 함께 감상할 수 없는 애석함에 젖어 전원외를 생각하며 노래한 것이다.

⑤ 기타 인물

백거이와 교류하여 시에 등장하는 사람은 다음과 같다. 유오, 양육 형제, 왕십팔, 이십일, 왕시어, 황보서와 누구인지 알 수 없는 경우는 우인(友人)(?), 민소(敏巢)(?)와 육재택(毓材宅)(?)이다.

유오(劉五)[74]와 관련 있는 제140수인「縣南花下醉中留劉五」는 백거이가 36세인 원화 2년(807) 주질에서 주질위로 있을 때, 고을 남쪽 꽃 아래에서 취중에 유오를 만나 만류하던 내용을 읊은 것이다.

양육 형제(楊六兄弟)[75]와 관련 있는 제141수인「醉中留別楊六兄弟」는 백거이가 36세이던 원화 2년(807)에 주질에서 주질위로 있을 때, 장안에 있는 양육 형제의 집에서 머무르며 지냈던 이야기를 노래한 것이다. 이 무렵에 백거이가 양여사(楊女士)의 누이동생인 양씨 부인과 결혼하였으니 처가에서 지냈던 시절로 여겨진다.

왕십팔(王十八)[76]과 관련 있는 제142수인「和王十八薔薇澗花時有懷蕭侍御兼見贈」은 백거이가 36세인 원화 2년(807) 주질에서 주질위로 있을 때, 왕십팔과 함께 선유사의 장미간(薔薇澗)에 꽃필 때 소시어(蕭侍御)(?)를 그리워하며 또 자신에게 준 시에

---

74) 白居易 著, 朱金城 箋注,『白居易集箋校』二(上海古籍出版社, 2008), 636~638쪽. '醉後走筆酬劉五主簿長句之贈兼簡張大買二十四先輩昆季' 詩의 箋註에 의하면, 유오주부(劉五主簿)의 이름은 미상이다. 이 시에 의거하여 "십오 년 전(794)에 부리(符離)에서 서로 알던 옛 친구였다"는 것을 알 수 있다.

75) 白居易 著, 朱金城 箋注,『白居易集箋校』二(上海古籍出版社, 2008), 745~746쪽. '宿楊家' 및 '醉中留別楊六兄弟' 詩의 箋註에 의하면, 양육형제(楊六兄弟)는 양여사(楊女士), 양우경(楊虞卿) 형제 등이고, 주금성은 이들 형제가 진사에는 급제하지 못했지만, 삼월 사이에 백거이가 주질에서 장안에 이르러 양여사가(楊女士家)에 머물었던 것으로 보았다.

76) 白居易 著, 朱金城 箋注,『白居易集箋校』二(上海古籍出版社, 2008), 748쪽. '和王十八薔薇澗花時有懷蕭侍御兼見贈' 詩의 箋註에 의하면, 왕십팔(王十八)은 왕질부(王質夫)이다.

화답한 것이다.

이십일(李十一)[77]과 관련 있는 제149수인 「題李十一東亭」은 백거이가 원화 3년 (806)에 장안에서 좌습유, 한림학사로 있을 때 이십일은 떠나 있고, 그가 머무르던 동정(東亭)에 올라 가을을 느끼며 읊은 시이다.

왕시어(王侍御)[78]와 관련 있는 제161수인 「題王侍御池亭」은 백거이가 44세이던 원화 10년(815)에 장안에서 태자좌찬선대부로 있을 때 봄날 왕시어의 연못과 정자의 풍경을 바라보고 노래한 것이다.

황보십(皇甫十)[79]과 관련 있는 제177수인 「早春持齋答皇甫十見贈」은 백거이가 67세이던 개성 3년(838)에 낙양에서 태자소부분사로 있을 때, 이른 봄 재계(齋戒) 중에 황보십의 시에 답한 것이다.

우인(友人)(?)과 관련 있는 제136수인 「和友人洛中春感」은 백거이가 34세인 영정 원년(805)에 장안에서 교서랑으로 있을 때, 친구에게 낙양 봄의 감회를 시로 노래한 것이다.

민소(敏巢)(?)와 관련 있는 제147수인 「冬夜示敏巢」는 백거이가 29세 이전인 영정 16년(800) 이전에 지은 것인데, 겨울 밤 화롯불은 사위어가고 등잔 심지도 다하려 하고 간밤에 마주 앉으니 온갖 시름이 일어났던 등잔 아래의 우정을 다짐하며 친구인 민소에게 준 시이다.

육재택(毓材宅)(?)과 관련 있는 제143수인 「重到毓材宅有感」은 백거이가 29세인 정원 16년(800)에 낙양에서 주인이 없는 육재택을 방문하고 그 감회를 적은 것이다.

---

77) 白居易 著, 朱金城 箋注, 『白居易集箋校』二(上海古籍出版社, 2008), 791쪽. '題李十一東亭' 詩의 箋註에 의하면, 이십일(李十一)은 이건(李建)이다.

78) 白居易 著, 朱金城 箋注, 『白居易集箋校』二(上海古籍出版社, 2008), 911쪽. '題王侍御池亭' 詩의 箋註에 의하면, 왕시어(王侍御)는 왕기(王起)이며 元和年間(806~820)에 전중시어사(殿中侍御史)로 있었다. 이 내용은 『구서(舊書)』 권164 본전(本傳)에 보인다.

79) 白居易 著, 朱金城 箋注, 『白居易集箋校』四(上海古籍出版社, 2008), 2230쪽, 2336~2337쪽, '酒熱憶皇甫十' 및 '早春持齋答皇甫十見贈'의 詩의 箋註에 의하면, 황보십(皇甫十)은 황보서(黃甫署)이다. 황보서는 태화 9년(835) 가을에 택주(澤州)로 부임하였고, 낙양에 이르러서는 하남소윤(河南少尹)에 임명되었다.

2) 감회

백거이가 감회를 읊은 시가 있는데, 제138수, 제144수, 제145수, 제146수, 제148
수, 제153수~제154수의 연작시, 제156수, 제157수, 제162수, 제163수, 제164수, 제
170수, 제171수, 제173수, 제174수, 제175수, 제183수, 제184수의 19수이다.

장안 3수, 하규 3수, 낙양 2수, 장안~강주 도중 1수, 강주 1수, 항주 1수 등 장소를
알 수 있는 곳이 12수이고, 장소 미상이 8수이다. 이에 대해 구체적으로 살펴보면
다음과 같다.

① 장안

장안에서 감회를 읊은 것은 제144수, 제170수, 제171수의 3수이다. 제144수인 「長
安正月十五日」은 백거이가 29세인 정원 16년(800)에 장안에서 과거시험 응시 준비를
하던 중 정월 15일을 보내며 많은 사람들은 즐기지만 자신은 혼자 수심에 잠겨있는
감회를 노래한 것이다. 제170수인 「紫薇花」는 백거이가 50세인 장경 원년(821) 10월
에 장안에서 지은 시이다. 백거이는 당시 주객랑중에서 중서사인(中書舍人)으로 재천
(再遷)되었다. 중서성은 자미성(紫薇省)이라고도 하며 정사의 최고 기관이었다. 백거
이는 사인의 직무를 맡았으나 그 업무를 즐기지 않아 황혼에 홀로 앉아 있는데 벗은
없고 백일홍만이 자신을 마주한다는 감회를 읊은 것이다. 제171수인 「舊房」은 백거
이가 50세인 장경 원년(821)에 장안에서 주객랑중, 지제고로 있을 때 지은 시이다.
옛날 방의 모습을 보면서 가슴 속에 일어나는 늦가을의 감회를 노래하였다.

② 하규

하규(下邽)[80]에서 감회를 읊은 것은 제138수, 제156수, 제157수의 3수이다. 제138
수인 「下邽莊南桃花」는 백거이가 33세인 정원 20년(804)에 장안에서 교서랑으로 있
으면서 잠시 고향인 하규를 방문하여 하규 마을 남쪽의 복사꽃을 보고 석춘지정(惜春

---

80) 하규(下邽): 백거이의 고향으로 섬서성(陝西省) 위남현(渭南縣) 북쪽에 있는 마을 이름이다.

之情)을 노래한 것이다.[81] 제156수인 「暮立」은 백거이는 43세이던 원화 9년(814)에 어머니가 돌아가시자 가족들을 데리고 하규에 내려와서 3년 간 복상(服喪)하였다. 하규에서 생활하던 가을 어느 날 해질 무렵 가을에 대한 깊은 서글픔에 대한 감회를 노래한 것이다.[82] 제157수인 「寒食夜有懷」는 백거이가 43세이던 원화 9년(814)에 하규에서 한식날에 여러 가지 마음에 일어나는 감회를 노래한 것이다.

③ 낙양(洛陽)

낙양에서 감회를 읊은 것은 제175수와 제183수의 2수이다. 제175수인 「春風」은 백거이가 60세이던 태화 5년(831)에 낙양에서 하남윤으로 있을 때 지은 것이다. '낙양의 봄바람에 매화가 피고 이어 앵두, 살구, 복숭아, 배꽃이 차례로 피며, 냉이 꽃이며 누릅나무 싹이 돋는 마을 깊숙한 곳에도 봄바람이 나를 위하여 와주었다고 속삭인다'고 자신이 낙양의 봄바람을 따라다니듯 봄의 모습을 상세하게 묘사하고 있다.

제183수인 「宿府池西亭」은 백거이가 74세이던 회창 5년(845)에 낙양에서 형부상서로 치사하고 부지서정에 머무르며 감회를 노래한 것이다.

④ 장안~강주 도중

장안~강주 도중에서 감회를 읊은 것은 제162수의 1수이다. 제162수인 「浦中夜泊」은 백거이가 44세이던 원화 10년(815)에 장안에서 강주로 부임하러 가는 도중에 포구에서 야박하는데 강안(江岸)을 배회하면서 배 대인 깊은 포구를 돌아다보니 갈대꽃 속의 외로운 등불 같은 처지인 자신의 감회를 드러낸 것이다.

⑤ 강주

강주에서 감회를 읊은 것은 제163수의 1수이다. 제163수인 「望江州」는 백거이가 44세이던 원화 10년(815)에 강주에서 강주사마로 있을 때 강가를 바라보며 강주에

---

81) 김경동 편저, 『白居易詩選』(서울: 문이재, 2002), 22~23쪽.
82) 김경동 편저, 『白居易詩選』(서울: 문이재, 2002), 56~57쪽.

유배당한 지신의 외로운 심시를 노래한 것이다.

⑥ 항주

항주에서 감회를 읊은 것은 제174수의 1수이다. 제174수인「潮」는 백거이가 53세인 장경 4년(824)에 항주에서 항주자사로 있을 때 저녁 밀물의 조수를 바라보고 항주에서 늙어가는 자신의 감회를 적은 것이다.

⑦ 장소 미상

장소를 알 수 없는 시는 제145수, 제146수, 제148수, 제153수~제154수의 연작시, 제164수, 제173수, 제184수의 8수이다.

제145수와 제146수는 백거이가 29세 이전인 정원 16년(800) 이전에 지은 것으로 과거시험에 합격하기 이전의 자신의 모습이 담겨 있다. 제145수인 '晚秋閑居'는 늦은 가을에 땅은 외지고 손님의 왕래도 없이 가을 뜰을 쓸지 않은 채 등나무 지팡이를 끌고 오동나무 누런 잎을 밟고 다니면서 한가로이 지내는 자신의 감회를 읊은 것이다. 제146수인「途中寒食」은 길을 가는 도중에 쓸쓸한 한식을 만나서 느끼는 자신의 감회를 노래한 것이다.

제148수인「花下自勸酒」는 백거이가 30세인 정원 17년(801)에 꽃잎이 분분하게 흩날리는 봄날에 꽃 아래에서 술을 따라 자신에게 권유하며 지은 시이다. 제153수와 제154수인「嘉陵夜有懷二首」의 연작시는 저작 시기와 장소는 알 수 없지만, 당대(唐代)의 이주(利州)[83]의 가릉(嘉陵) 봄날 밤에 서쪽 복도에 달이 떠 침상이 반은 그늘진 곳에 홀로 누워 느끼는 것과 날이 새면서 한가한 일들이 떠오르는 마음의 감회를 노래하였다.

제164수인「夜泊」은 저작 시기와 장소는 알 수 없고『백거이집전교』에도 수록되지 않았다. 백거이가 심양(潯陽)을 다시 방문하여 주루(酒樓)에 묵으면서 비파정가 물 억

---

83) 이주(利州): 현재 중국 사천성(四川省)의 광원시(廣元市)이다.

새에 스며든 가을을 바라보며 모두 지난 일이 되어버린 강주의 생활을 회상하며 그의 마음속에 일어나는 감회를 적은 것이다. 백거이에게 심양은 강주사마로 좌천되어 좌절과 울분을 달랠 길 없던 자신의 모습을 비파를 타는 여인의 비참한 신세에 비유해서 노래한 「琵琶行」을 탄생시킨 문학의 산실이다. 그래서 심양은 과거의 그에게 가장 슬프고 비참한 현실이었지만 다시 돌아온 그곳은 추억의 한 장소에 불과한 것을 무심하게 흘러가는 강물에서 깨닫는 것임을 은은하게 암시하고 있다. 173수인 「秋房夜」는 백거이가 45세~51세인 원화 11년(816)~장경 2년(822)에 가을밤에 달빛 아래 서성이다가 결국 잠을 이루지 못하는 감회를 묘사한 것이다. 제184수인 「傷春詞」는 백거이가 52세 이전인 장경 3년(823) 이전에 지은 것이다. 꽃 피고 새 우는 화창한 봄날에 한 여인이 텅 빈 규방에 홀로 앉아 봄날로 인한 애상감에 젖어있는 애달픈 모습을 노래하고 있다.[84]

3) 풍광

백거이가 풍광을 읊은 시는 7수이다. 제139수, 제165수, 제166수, 제167수, 제168수, 제169수, 제172수의 7수이다.

제139수인 「三月三十日題慈恩寺」는 백거이가 34세인 영정 원년(805)에 장안에서 교서랑으로 있을 때, 장안의 자은사를 유람하며 곧 사라지게 될 봄 경치를 유람하기 위해 온종일 서성이며 절 문에 기대서기도 하고, 붉은 등나무 꽃 아래 서 있기도 하면서 그 풍광을 노래한 것이다.

제165수와 제166수는 백거이가 45세인 원화 11년(816)에 강주에서 강주사마로 있을 때 지은 시이다. 제165수인 「笞春」은 강주의 봄 풍광을 노래한 것이고, 제166수인 「階下蓮」은 달빛 아래 섬돌 아래 핀 연꽃을 보고 그 풍광을 묘사한 것이다. 제167수인 「望郡南山」은 저작 시기와 장소도 알 수 없고 『백거이집전교』에도 수록되지 않았다.

---

84) 김경동 편저, 『白居易詩選』(서울: 문이재, 2002), 80~81쪽.

제168수와 제169수는 백기이기 48세인 원화 14년(8190)에 충주에서 충주자사로 있을 때 지은 시이다. 제168수인「竹枝詞」는『백거이집전교』에 실린「竹枝詞四首」중의 한 수이다. 죽지사는 본디 사천(四川)의 중경(重慶) 일대에 유행하던 노래가 있었는데, 백거이의 죽지사는 창작이어서[85] 더 의미가 있다. '구당협구(瞿唐峽口)와 백제성(白帝城)에 달이 기울어질 때 죽지의 소리가 목메는데 겨울의 원숭이와 둥지로 돌아간 새들이 한꺼번에 운다'고 시를 지었는데 풍광의 묘사가 곧 애완(哀婉)의 노래가 되어 슬프고도 아름답다.

제169수인「三月三日」은 3월 3일의 강가의 봄 풍광과 자신을 바라보며 한가로이 놀려 해도 짝이 없어 강 복판에서 배를 돌리는 모습을 그리고 있다.

제172수인「暮江吟」은 백거이가 45세~47세인 원화 11년(816)~원화 13년(818) 사이에 강주의 강주사마로 있으면서 지은 시이다. 장강(長江)의 저문 강가를 거닐면서 전반에서는 석양의 노을을, 후반에서는 초승달을 그려 강가의 풍광을 감각적으로 묘사하였다.

4) 영사(詠史)

역사상의 인물이나 사실을 읊은 시는 제158수~제159수의 연작시, 제185수의 3수이다. 제158수와 제159수의「王昭君二首」는 백거이가 17세인 정원 4년(788)에 왕소군(王昭君)[86] 궁녀의 애절한 연정을 담은 영사시이다. 제158수는 왕소군이 호한사선우에게 시집간 후 여위고 초췌한 모습을 그린 것이고, 제159수는 효원제가 자신의

---

85) 심우준,『香山三體法 研究』(서울: 一志社, 1997), 151~152쪽.

86) 白居易 著, 朱金城 箋注,『白居易集箋校』二(上海古籍出版社, 2008), 745~746쪽.「王昭君二首」詩의 箋註 부분 및 Daum 백과사전 〈http://100.daum.net/encyclopedia/view.do?docid=b16a2365a〉. 왕소군(王昭君)은 전한(前漢) 효원제(孝元帝)의 궁녀로 형주 남군(南郡) 출신으로 이름은 장(嬙)이며 자는 소군(昭君)이다. 소군은 자(字)라기보다 후궁들에게 수여하던 내명부 관작 칭호 중 하나이다. 그녀는 왕장(王嬙)이라는 이름보다 왕소군으로 널리 알려졌으며, 진대(晉代)에는 왕명군(王明君) 또는 명비(明妃)라고도 하였다. 진(晉)의 문제(文帝) 사마소(司馬昭)의 이름과 글자가 같았기 때문이다. 칙명으로 흉노의 호한사선우(摩韓邪單于)에게 시집을 갔다. 서시(西施), 초선(貂蟬), 양귀비(楊貴妃)와 함께 중국의 4대 미인으로 일컬어진다.

모습을 묻거들랑 모습 그대로 전하지 말라고 부탁하는 내용이다. 제185수인 「賦得聽邊鴻」은 백거이가 44세인 원화 10년(815)에 장안에서 태좌찬선대부로 있을 때, 북방의 기러기 소리를 들으면서 흉노족에게 시집간 왕소군과 사신으로 갔다가 억류된 소무(蘇武)[87]의 심정을 담은 영사시이다.

4.3.3. 『향산삼체법』 칠언절구와 『백거이집전교』의 텍스트 비교

중종 10년(1515)경의 초주갑인자혼입보자본인 『향산삼체법』 칠언절구와 주금성 전주의 『백거이집전교』의 텍스트를 비교하는 것은 각 시의 원문 해석을 위해 매우 의미 있는 일이다. 초주갑인자혼입보자본인 『향산삼체법』은 한국에서 간행된 것 중 현존하는 최초본이다. 주금성이 전주한 『백거이집전교』는 명 만력 34년(1606) 마원조 간행의 『백거이장경집』을 저본으로 하고 여러 간본을 대비하여 교정한 것이다. 따라서 두 저서에 실려 있는 칠언절구 텍스트 간 내용의 차이를 비교하기 위하여 편의 상 중종 10년(1515)경의 초주갑인자혼입보자본을 A본, 주금성 전주의 『백거이집전교』를 B본으로 약칭하여 〈표 2〉로 비교하고자 한다.

---

87) Daum 백과사전 〈http://100.daum.net/encyclopedia/view.do?docid=b12s2153a〉
소무(蘇武)의 자는 자경(子卿). 두릉(杜陵 : 지금의 산시 성[陝西省] 시안 시[西安市] 동남쪽) 사람이다. 아버지 소건(蘇建)은 대장군(大將軍) 위청(衛靑) 휘하에서 공신이 되었고, 소무는 어려서 낭(郎)이 되었다. 무제(武帝) 때인 BC 100년에 중랑장(中郎將)으로서 흉노(匈奴)에 사신으로 갔다가 체포되어 항복을 강요받았다. 그러나 절의를 굽히지 않고 이를 거부하자 바이칼 호 주변의 황야로 보내져 19년에 걸친 억류생활을 했다. 소제(昭帝)가 즉위한 후 흉노와의 화해가 성립되어 BC 81년 장안(長安)으로 돌아왔다. 소제는 그의 충절을 높이 사 전속국(典屬國)에 봉했고, 소제의 뒤를 이은 선제(宣帝)도 그의 노고를 중시하여 관내후(關內侯)에 봉했다.

〈표 2〉 중종 10년(1515)경 간행의 초주갑인자혼입보자본 『향산삼체법』과
주금성 전교의 『백거이집전교』의 텍스트 비교

구분	종종 10년 초주갑인자혼입보자본(A본)	주금성 전교의 『백거이집전교』(B본)	A본과 B본의 차이 및 B본의 전교(箋校)
1) 제135수 제목	秋雨中贈元九	秋雨中贈元九	B본의 箋校: '秋雨'는 馬本에 '大雨'로 잘못되어 있음. 宋本, 那波本, 汪本, 萬首, 全詩에 의거하여 바로잡음.
2) 제136수 제목 제4구	和雨人落中春感 人間何處不傷人	和雨人落中春感 人間何處不傷神	B본의 箋校: 萬首에는 '落中春感'이고, 全詩주에는 '感春'임. '傷人'이 '傷神'으로 되어 있음. B본의 箋校: 宋本, 那波本에는 '傷人'이고, 何校에는 '宋刻, 蘭雪皆作人'이라 하였음. A본이 옳음.
3) 제137수 제목 제1구	華陽觀中八月十五日夜招友翫月 人道秋中明月好	華陽觀中八月十五日夜招友玩月 人道秋中明月好	'翫'와 '玩'은 뜻이 같은 글자임. B본의 箋校: 萬首에는 '中秋'이고, 全詩주에는 '中秋'의 주석이 있음. 何校에는 '宋刻, 蘭雪皆作秋中'이라 하였음.
4) 제139수 제2구	盡日徘徊倚寺門	盡日徘徊倚寺門	B본의 箋校: 全詩에는 '裵回'인데, 朱金城은 '徘徊'와 '裵回'는 같다고 함.
5) 제141수 제목	醉中留別楊六兄弟	醉中留別楊六兄弟 三月二十日別	B본의 箋校: 제목 아래에 那波本에는 주석이 없음.
6) 제142수 제1구	宵漢風塵俱是繫	霄漢風塵俱是繫	'宵漢'이 '霄漢'으로 되어 있음. '宵漢'과 '霄漢'은 뜻이 비슷함.
7) 제143수 제목 제4구	重到毓材宅有感 秖是堂前欠一人	重到毓材宅有感 只是堂前欠一人	B본의 箋校: '毓材'의 '材'는 那波本, 馬本, 全詩의 주에는 '村'으로 잘못되어 있음. 宋本, 萬首, 汪本, 盧校에 의하여 개정함. 全詩의 주에도 '村'이라 한 것은 잘못임. '秖'와 '只'는 同字임.
8) 제144수 제1구 제3구	諠諠車騎帝王州 明月春風三五更	諠諠車騎帝王州 明月春風三五夜	B본의 箋校: 萬首에는 '諠諠'은 '喧喧'임. '三五更'이 '三五夜'임. 어느 해석이 옳은지 가늠하기 어려움.
9) 제145수 제4구	閑踏梧桐黃葉行	閑踏梧桐黃葉行	B본의 箋校: '閑踏'이 汪本, 全詩에는 '閑蹋'임. 朱金城은 '蹋'은 '踏'의 本字임.
10) 제146수 제1구 제2구	路旁寒食行人絶 獨立春愁在路旁	路旁寒食行人盡 獨占春愁在路旁	'人絶'이 '人盡'임. B본의 箋校: 馬本, 汪本, 全詩에는 '絶'의 주석이 있음. 宋本의 詩後註에 '盡', 一本에는 '絶'임. 那波本에는 '盡'은 '絶'임. A본인 '人絶'의 뜻이 적합한 것으로 여겨짐. '獨立'이 '獨占'임. 의미상 B본의 '獨占'이 옳은 듯함.
11) 제147수 제목	冬夜示敏巢	冬夜示敏巢 時在東都宅	B본의 箋校: 제목 아래에 那波本에는 주석이 없음.

구분	종종 10년 초주갑인자혼입 보자본(A본)	주금성 전교의 『백거이집전교』 (B본)	A본과 B본의 차이 및 B본의 전교(箋校)
12) 제148수 제1구	酒醆酌來須滿滿	酒盞酌來須滿滿	‘酒醆’이 ‘酒盞’임. ‘醆’과 ‘盞’은 同字임.
13) 제149수 제2구	蚕思蟬聲滿耳秋	蚕思蟬聲滿耳秋	B본의 箋校: ‘蚕思’의 ‘蚕’은 馬本, 那波本, 汪本, 全詩에는 ‘蛋’으로 되어 있는데, 宋本, 盧校에 의하여 개정함. 朱金城은 ‘蛋’은 ‘蟋蟀’이라 함.
14) 제151수 제3구	五聲宮漏初明後	五聲宮漏初明後	B본의 箋校: ‘初明後’는 馬本, 汪本에는 ‘初鳴後’로 되어 있는데, 宋本, 那波本에 의거하여 개정함. 全詩에는 ‘初鳴夜’의 ‘鳴’의 下注에는 ‘明’이라는 주석이 있음.
15) 제153수 제1구	露濕牆花春意深	露濕墙花春意深	‘牆花’는 ‘墙花’임. ‘牆’과 ‘墙’은 同字임.
16) 제154수 제1구	不明不闇朧朧月	不明不闇朧朧月	B본의 箋校: ‘朧朧’은 馬本, 汪本에는 ‘朦朧’으로 되어 있고, 汪本에는 ‘朧朧’의 주석도 있음. ‘朦’은 全詩에 ‘朧’의 주석이 있음. 朱金城은 「文選」의 ‘潘岳悼亡詩’ 三首 중 2수 ‘歲寒無與同朗 月何朧朧’에 의거하여 백거이의 시가 바탕한 본이므로 ‘朧朧’이 옳다 하였다. 宋本, 那波本, 盧校에 의거하여 개정함.
17) 제155수 제목	望驛臺	望驛臺 三月三十日	B본의 箋校: 제목 아래에 那波本에는 주석이 없음. B본의 箋校: ‘春光’은 馬本에는 ‘風’으로 되어 있음. 宋本, 那波本, 汪本, 全詩, 盧校에 의거하여 개정함. 全詩의 주에 ‘風’의 주석이 있음.
제3구	兩處春光同日盡	兩處春光同日盡	
18) 제156수 제3구	大抵四時心捴苦	大抵四時心總苦	‘心捴苦’는 ‘心總苦’임. ‘捴’과 ‘總’은 同字임.
19) 제158수 제목	王昭君二首	王昭君二首 時年十七	B본의 箋校: 제목 아래에 那波本에는 주석이 없음. B본의 箋校: ‘滿鬢’의 ‘鬢’은 榮華에는 ‘面’임. 全詩의 주에 ‘面’의 주석이 있음. ‘却似’의 ‘似’는 馬本에는 ‘是’로 잘못 주석되어 있음. 宋本, 那波本, 汪本, 萬首, 盧校에 의거하여 개정함. 全詩의 주에 ‘是’의 주석이 있지만 역시 잘못임.
제1구 제4구	滿面胡沙滿鬢風 如今却似畫圖中	滿面胡沙滿鬢風 如今却似畫圖中	
20) 제160수 제3구	猶應趂得鼓聲歸	猶應趁得鼓聲歸	‘趂得’은 ‘趁得’임. ‘趂’과 ‘趁’은 同字임.
21) 제161수 제목	題王侍御池亭	題王侍御池亭	B본의 箋校: 萬首에는 ‘題王侍御池’임.
22) 제163수 제3구	猶去孤舟三四里	猶去孤舟三四里	B본의 箋校: ‘孤舟’의 ‘舟’는 萬首에 ‘城’으로 되어 있음. 全詩, 汪本에도 ‘城’의 주석이 있음.

구분	종종 10년 초주갑인자혼입 보자본(A본)	주금성 전교의 『백거이집전교』(B본)	A본과 B본의 차이 및 B본의 전교(箋校)
23) 제168수 제목 제1구 제4구	竹枝詞 瞿唐峽口水煙伍 寒猿闇鳥一時啼	竹枝詞四首 瞿唐峽口水煙低 寒猿闇鳥一時啼	A본의 '竹枝詞'는 B본에는 '竹枝詞四首'임. A본의 '竹枝詞'는 B본의 四首 중의 一首임. B본의 箋校: '水煙'의 '水'는 榮華에는 '冷'임. 全詩의 주에 '冷'의 주석이 있음. '伍'은 '低'임. '伍'는 '低'의 俗字임. B본의 箋校: '闇鳥'는 樂府에 '晴鳥'임.
24) 제170수 제1구 제4구	絲綸閣下文書靜 紫薇花對紫薇郎	絲綸閣下文書靜 紫薇花對紫微郎	B본의 箋校: '文書'의 '書'는 萬首에 '章'으로 되어 있음. '紫薇郎'이 '紫微郎'임. B본의 箋校: '紫微郎'의 '微'는 馬本, 汪本, 韻語陽秋에 모두 '薇'로 잘못되어 있음. 盧校에 '凡官名宋具作紫微'라 되어 있어 宋本, 那波本, 全詩에 의거하여 개정함. B본의 '紫微郎'이 옳음.
25) 제171수 제2구 제4구	入簷新影月伍眉 仍寔初寒欲夜時	入簷新影月低眉 仍是初寒欲夜時	'伍'은 '低'임. '伍'는 '低'의 俗字임. '寔'는 '是'임. '寔'와 '是'는 通用字임.
26) 제173수 제3구	水窓席冷未能臥	水窗席冷未能臥	'窓'은 '窗'임. '窗'은 '窓'의 本字임.
27) 제177수 제목 제1구 제4구	早春持齋答皇甫 十見贈 正月晴和風景新 二十年來負早春	早春持齋答皇甫 十見贈 正月晴和風景新 二十年來負早春	B본의 箋校: 萬首에는 '早春持齋'임. B본의 箋校: '風景'의 '景'은 馬本, 全詩에는 모두 '氣'로 되어 있음. 宋本, 那波本, 汪本, 盧校에 의거하여 개정함. 全詩의 주에 '景'의 주석이 있음. B본의 箋校: '二十'의 '二'는 汪本, 全詩에는 모두 '三'으로 되어 있음. 全詩의 주에 '二'의 주석이 있음.
28) 제178수 제목 제2구	前有別柳枝絶句 夢得繼和云春盡 絮飛留不得隨風 好去落誰家又復 戲答 任地他飛向別人	前有別楊柳枝絶句夢得繼和云春盡絮飛留不得隨風好去落誰家又復戲答 任地他飛向別人	A본의 제목에는 '前有別' 다음에 '楊'의 글자가 없고, B본에는 '楊'의 글자가 있음. B본의 箋校: 宋本, 那波本, 汪本, 盧校에는 모두 '楊'의 글자가 없음. '前有'가 萬首에는 '前日'임. B본의 箋校: '飛向'의 '飛'는 萬首에는 '吹'임.
29) 제181수 제2구	十二年來晝夜遊	十二年來晝夜遊	B본의 箋校: '晝夜遊'의 '晝'는 萬首에는 '盡'임.
30) 제183수 제목	宿府池西亭	宿府池西亭	B본의 箋校: 萬首에는 '宿府西亭'임.
31) 제184수 제1구 제2구	深淺簷花千萬枝 碧紗窓外囀黃鸝	深淺簷花千萬枝 碧紗窗外囀黃鸝	B본의 箋校: '千萬'의 '千'은 馬本에는 '十'으로 잘못되어 있음. 宋本, 那波本, 汪本, 萬首, 全詩에 의거하여 개정함. '窓'은 '窗'임. '窗'은 '窓'의 本字임.

전주(箋注)의 출처

『문원영화(文苑英華)』: 명(明) 융경 연간(隆慶, 1567~1572)의 간본임.

왕본(汪本): 청(淸) 강희(康熙) 43년(1704) 왕립명(汪立名) 일우초당(一隅草堂) 간본(刊本)『백향산시집(白香山詩集)』.

노교(盧校): 청 노문초(盧文弨) 군서습포교(群書拾捕校)의 『백씨문집(白氏文集)』.
전시(全詩): 청 강희 46년(1707) 양주시국(揚州詩局) 간본(刊本)의 『전당시(全唐詩)』.
송본(宋本): 문학고전간행사(文學古典刊行社) 영인의 송(宋) 소흥(紹興, 1131~1162) 본(本)인 『백씨문집(白氏文集)』.
나파본(那波本): 사부총간(四部叢刊) 영인의 일본 나파도원(那波道圓) 번각의 송본(宋本)인 『백씨장경집(白氏長慶集)』.
마본(馬本): 명(明) 만력(萬曆) 34년(1606) 마원조(馬元調) 간행의 『백거이장경집(白居易長慶集)』.
하교(何校): 북경도서관(北京圖書館) 소장의 하작(何焯)이 교정한 일우초당(一隅草堂) 간본인 『백향산시집(白香山詩集)』.
황교(黃校): 황의(黃儀) 교정본(校訂本).
성안(城按): 백거이(白居易) 저(著), 주금성(朱金城) 전주(箋注), 『백거이집전교(白居易集箋校)』 1~5. 상해고적출판사(上海古籍出版社), 2008.
만수(萬首): 문학고적간행사(文學古籍刊行社) 영인의 명(明) 가정본(嘉靖本) 『만수당인절구(萬首唐人絶句)』.
악부(樂府): 문학고적간행사(文學古籍刊行社) 영인의 송본(宋本) 『악부시집(樂府詩集)』.
운어양추(韻語陽秋): 갈립방(葛立方) 저술. 명(明) 정덕(正德) 2년(1507)본의 간본임.

〈표 2〉의 내용을 종합하면 다음과 같다.

① A본과 B본의 원문에 글자의 차이가 있는 경우를 몇 가지 사례로 나누어 살펴볼 수 있다.

첫째, A본과 B본의 글자의 뜻이 유사하여 해석상의 차이가 별로 없는 사례들이 있다.

6)의 제142수 제1구 A본의 '宵漢風塵俱是繫'이 B본에는 '霄漢風塵俱是繫'이다. '宵漢'이 '霄漢'으로 되어 있다. '宵漢'과 '霄漢'은 하늘 또는 창천을 의미하여 뜻이 비슷하다. 7)의 제143수 A본의 제4구 '秖是堂前欠一人'가 B본에는 '只是堂前欠一人'이다. '秖'와 '只'는 동자(同字)이다. 12)의 제148수 A본의 제1구 '酒醆酌來須滿滿'이 B본에는 '酒盞酌來須滿滿'이다. '醆'과 '盞'은 같은 글자이다. 15)의 제153수 A본의 제1구 '露濕牆花春意深'이 B본에는 '露濕墻花春意深'이다. '牆'과 '墻'은 같은 글자이다. 18)의 제156수 A본의 제3구 '大抵四時心捴苦'가 B본에는 '大抵四時心總苦'이다. '捴'과 '總'은 같은 글자이다. 20)의 제160수 A본의 제3구 '猶應趍得鼓聲歸'가 B본에는 '猶應趁得鼓聲歸'이다. '趍'과 '趁'은 같은 글자이다. 23)의 제168수 A본의 제1구 '瞿唐峽口水煙伍'가 B본에는 '瞿唐峽口水煙低'이고, 25)의 제171수 A본의 제1구 '入簷新影月伍眉'가 B본에는 '入簷新影月低眉'이다. '伍'는 '低'의 속자(俗字)이다. 25)의 제171수 A본의 제4구 '仍寔初寒欲夜時'가 B본에는 '仍是初寒欲夜時'이다. '寔'와 '是'는 통용자(通用字)이다. 26)의 제173수 A본의 제3구 '水窓席冷未能臥'가 B본에는 '水窗席

冷未能臥'이고, 31)의 제184수 A본의 제2구 '碧紗窓外囀黃鸝'가 B본에는 '碧紗窻外囀黃鸝'이다. '窻'은 '窓'의 본자(本字)이다.

둘째, A본과 B본의 글자의 뜻이 대조적이어서 해석상의 차이를 알기 어려운 경우가 있다.

8)의 제144수 제3구 A본의 '明月春風三五更'이 B본은 '明月春風三五夜'이다. '三五更'이 '三五夜'로 바뀌었다. A본 3구와 4구의 해석은 '봄바람 부는 달 밝은 깊은 밤에는 많은 사람이 즐기지만 한 사람은 수심에 잠겨 있다'인데, B본 3구와 4구의 해석은 '봄바람 부는 달 밝은 보름밤에는 많은 사람이 즐기지만 한 사람은 수심에 잠겨 있다'이다. '三五更'과 '三五夜'는 어느 해석이 옳은지 가늠하기 어렵다.

셋째, A본과 B본의 글자 중 문장의 전후 해석으로 보거나 후대의 주석본을 참고하면 A본의 글자가 옳은 경우가 있다.

2) 제136수 제4구는 A본의 '人間何處不傷人'이 B본에는 '人間何處不傷神'이다. '不傷人'이 '不傷神'으로 바뀌었다. B본을 대상으로 후대에 중국에서 교정한 송본, 나파본에는 '傷人'이고, 何校에는 '宋刻, 蘭雪皆作人'이라 하였으며, 3구와 4구의 해석도 '다정함을 배워 지난 일을 더듬는다면 인간 세상 어는 곳인들 마음 상하지 않으리'로 해야 전후 해석이 맞다. 따라서 A본의 '不傷人'이 해석상 합당한 것임을 알 수 있다. 10)의 제146수 제1구 A본의 '路旁寒食行人絶'이 B본에는 '路旁寒食行人盡'이다. '人絶'이 '人盡'으로 바뀌었다. B본을 대상으로 후대에 중국에서 교정한 전교(箋校)에 의하면, 마본, 왕본, 전시에는 '絶'의 주석이 있다. 송본의 시후주(詩後註)에 '盡', 一本에는 '絶'이고, 나파본에는 '盡'은 '絶'이다" 시구의 해석을 보면, '한식이라 길가에 행인이 끊어지니'이다. A본인 '人絶'의 뜻이 적합한 것으로 여겨진다.

넷째, A본과 B본의 글자 중 문장의 전후 해석으로 보거나 후대의 주석본을 참고하면 B본의 글자가 옳은 경우가 있다.

10)의 제146수 제2구 A본의 '獨立春愁在路旁'이 B본에는 '獨占春愁在路旁'이다. '獨立'이 '獨占'으로 바뀌었다. 시구의 해석은 '홀로 봄시름에 젖어 길섶에 서 있네'이니 B본의 '獨占'이 옳은 듯하다. 24)의 제170수 제4구 A본의 '紫薇花對紫薇郎'이 B본에는 '紫薇花對紫微郎'이다. '紫薇郎'은 '紫微郎'으로 바뀌었다. 전교에 의하면, "'紫

微郎'의 '微'는 馬本, 汪本, 韻語陽秋에 모두 '薇'로 잘못되어 있고, 노교(盧校)에도 '凡 官名宋具作紫微'라 되어 있어 송본, 나파본, 전시에 의거하여 개정하였다"라고 하였 으니 B본의 '紫微郎'이 옳다.

② A본과 B본의 시 제목에 차이가 있거나, B본의 시 제목에 소주(小注)가 있거나, A본과 B본의 제목이 같더라도 B본의 전주가 있는 경우가 있다.

첫째, A본과 B본의 시 제목에 차이가 있는 경우가 있다.

3)의 제137수 A본의 제목은 「華陽觀中八月十五日夜招友翫月」이고, B본의 제목은 「華陽觀中八月十五日夜招友玩月」이다. '翫'와 '玩'은 뜻이 같은 글자여서 의미상의 변화는 없다. 23)의 제168수 A본의 제목은 「竹枝詞」이고, B본의 제목은 「竹枝詞四 首」이다. A본의 「竹枝詞」는 B본의 4수 중의 1수를 선집한 것으로 「竹枝詞一首」라 고 제목을 정했으면 의미 전달이 분명해졌을 것이다. 28)의 제178수 A본의 제목은 「前有別柳枝絕句夢得繼和云春盡絮飛留不得隨風好去落誰家又復戲答」이고, B본의 제목은 「前有別楊柳枝絕句夢得繼和云春盡絮飛留不得隨風好去落誰家又復戲答」이 다. A본의 제목에는 '前有別' 다음에 '楊'의 글자가 없고, B본에는 '楊'의 글자가 있다. B본의 전교에 의하면, 송본, 나파본, 왕본, 노교에는 모두 '楊'의 글자가 없다고 하였 으니, A본의 제목에 '前有別' 다음에 '楊'의 글자가 없어도 의미상에 문제는 없다.

둘째, B본의 시 제목에 소주(小注)가 있어서 시의 제목을 분명하게 해 주는 경우가 있다.

5)의 제141수 A본의 제목은 「醉中留別楊六兄弟」이고, B본의 제목은 「醉中留別楊 六兄弟 三月二十日別」이다. 시의 제목의 의미는 '취중에 나만 남고 楊六 형제를 작별하 다'라는 것인데, B본은 제목 옆에 소주로 '三月二十日別'을 주기하여 3월 20일에 작별하 였음을 분명히 하였다. 11)의 제147수 A본의 제목은 「冬夜示敏巢」이고, B본의 제목 은 「冬夜示敏巢 時在東都宅」이다. 시의 제목의 의미는 '겨울 밤 민소에게 보이다'라는 것인데, B본은 제목 옆에 소주로 '時在東都宅'을 주기하여 당시 동도댁에 있었음을 알 수 있다. 17)의 제155수 A본의 제목은 「望驛臺」이고, B본의 제목은 「望驛臺 三月三十 日」이다. 시의 제목의 의미는 '가릉현에 있는 망역대'인데, B본은 제목 옆에 소주로

'三月三十日'을 주기하여 백거이가 3월 30일에 그 곳에 있었음을 알 수 있다. 19)의 제158수 A본의 제목은「王昭君二首」이고, B본의 제목은「王昭君二首 時年十七」이다. 시의 제목의 의미는 '왕소군 2수'인데, B본은 제목 옆에 소주로 '時年十七'을 주기하여 백거이가 17세에 이 시를 지었음을 알 수 있다.

셋째, A본과 B본의 제목이 같더라도 B본의 전주가 있는 경우가 있다.

1)의 제135수의 A본과 B본의 제목은「秋雨中贈元九」이다. B본의 전교에 의하면, '秋雨'는 마본에 '大雨'로 잘못되어 있어서 송본, 나파본, 왕본, 만수(萬首), 전시에 의거하여 바로 잡았음을 알 수 있다. 2)의 제136수의 A본과 B본의 제목은「和雨人落中春感」이다. B본의 전교에 의하면, 萬首에는 '落中春感'이고, 전시의 주에는 '感春'이라 하였다. 7)의 제143수의 A본과 B본의 제목은「重到毓材宅有感」이다. B본의 전교에 의하면, '毓材'의 '材'는 那波本, 馬本, 全詩의 주에는 '村'으로 잘못되어 있어 송본, 만수, 왕본, 노교에 의하여 개정하였고, 전시의 주에도 '村'이라 한 것은 잘못이라고 지적하였다. 21)의 제161수 A본과 B본의 제목은「題王侍御池亭」이다. B본의 전교에 의하면, 만수에는 '題王侍御池'라 하였다. 27)의 제177수 A본과 B본의 제목은「早春持齋答皇甫十見贈」이다. B본의 전교에 의하면, 만수에는 '早春持齋'라 하였다. 30)의 제183수 A본과 B본의 제목은「宿府池西亭」이다. B본의 전교에 의하면, 만수에는 '宿府西亭'이라 하였다.

4.3.4. 결론

위에서 살펴본 바를 종합하면 다음과 같다.

1)『향산삼체법』칠언절구 51수에 수록된 백거이 시에 대한 저작 관련 사항은 저작 시기, 저작 장소, 저작 당시의 벼슬 등을 살펴볼 수 있다. 저작 시기는 10대 2수, 20대 5수, 30대에 13수, 40대에 13수, 50대에 4수, 60대 6수, 70대 1수, 기타 7수이다. 30대와 40대의 저작이 각 13수로 가장 많이 선집되었고, 다음은 60대 6수, 20대 5수, 50대 4수, 10대 2수, 60대 1수이며, 기타 7수는 시기를 알 수 없었다. 저작 장소는 장안 14수, 낙양 8수, 강주 4수, 하규 3수, 주질 3수, 충주 2수, 항주 1수, 장안~강

주 도중 1수, 기타 15수였다. 칠언절구의 저작 장소는 주로 장안이 중심이었고 다음
은 낙양, 강주, 하규, 주질, 충주, 항주, 장안~강주 도중이었음을 알 수 있다. 백거이
는 30대부터 70대까지 다양한 벼슬살이를 하면서 많은 작품을 남겼다. 그는 30대에
는 장안, 주질, 하규를 중심으로 생활하면서 풍유시를 지었고, 40대에 장안, 강주,
충주를 중심으로 생활하면서 일부의 풍유시와 대부분의 한적시를 지었으며, 50대는
장안과 항주에서, 60대와 70대는 낙양에서 생활하면서 한적시와 감상시들을 지었다.

 2) 『향산삼체법』 칠언율시의 내용에는 대부분 백거이의 일상이 담겨 있다. 그의
일상 안에 담겨진 것을 몇 가지 키워드로 도출하면 '인물교류' 22수, '감회' 19수, '풍
광' 7수, '영사' 3수로 4개 분야의 51수이다.

 백거이가 교유했던 인물들과 주고받은 시들은 22수이다. 이들 시에서 백거이와
왕래가 있었던 사람들이며 원진은 제135수, 제137수, 제151수, 제155수, 제160수의
5수, 유우석은 제176수, 제178수, 제182수의 3수, 문창상인은 제179수, 제180수, 제
181수의 3수, 전원외는 제150수와 제152수의 2수이다. 기타 인물을 보면, 유오는 제
140수의 1수, 양육 형제는 제141수의 1수, 왕십팔은 제142수의 제1수, 이십일은 제
149수의 1수, 왕시어는 제161수의 1수, 황보십은 제177수의 1수이고, 누구인지 알 수
없는 경우는 우인(友人)(?)은 제136수의 1수, 민소(?)는 제147수의 1수, 육재댁(?)은 재
143수의 1수이다.

 백거이가 감회를 읊은 시는 19수이다. 장안 3수, 하규 3수, 낙양 2수, 장안~강주
도중 1수, 강주 1수, 항주 1수 등 장소를 알 수 있는 곳이 12수이고, 장소 미상이 8수
이다.

 3) 중종 10년(1515)경의 초주갑인자혼입보자본인 『향산삼체법』 A본과 중국의 주금
성(朱金城) 전주(箋注)의 『백거이집전교』 B본을 비교한 결과는 다음과 같다.

 첫째, A본과 B본의 원문에 글자의 차이가 있는 경우를 몇 가지 사례로 나누어 살
펴볼 수 있다. 하나는 A본과 B본의 글자의 뜻이 유사하여 해석상의 차이가 별로 없
는 사례들이 있는데, '秖'와 '只', '牆'과 '墻', '牆'과 '墻', '捴'과 '總', '醆'과 '盞'은 동
자(同字)이고, '宵漢'과 '霄漢'은 뜻이 비슷한 글자이다. '伍'는 '低'의 속자(俗字)이고,
'窻'은 '窓'의 본자(本字)이며, '寔'와 '是'는 통용자(通用字)이다. 둘은 A본과 B본의 글

사가 대조적이어서 해석상의 차이를 알기 어려운 경우가 있는데, '明月春風三五更'과 '明月春風三五夜'의 '三五更'과 '三五夜'는 어느 해석이 옳은지 가늠하기 어렵다. 셋은 A본과 B본의 글자 중 문장의 전후 해석으로 보거나 후대의 주석본을 참고하면 A본의 글자가 옳은 경우가 있는데, '人間何處不傷人'과 '人間何處不傷神'이다. '不傷人', '路旁寒食行人絶'과 '路旁寒食行人盡'의 '行人絶'은 B본 전교의 주석과 시구의 해석상 A본의 글자 뜻이 적합한 것으로 여겨진다. 넷은 A본과 B본의 글자 중 문장의 전후 해석으로 보거나 후대의 주석본을 참고하면 B본의 글자가 옳은 경우가 있는데, '獨立春愁在路旁'과 '獨占春愁在路旁'의 '獨占', '紫薇花對紫薇郞'과 '紫薇花對紫微郞'의 '紫微郞'은 B본 전교의 주석과 시구의 해석상 B본의 글자 뜻이 적합한 것으로 여겨진다.

둘째, A본과 B본의 시 제목에 차이가 있거나, B본의 시 제목에 소주(小注)가 있거나, A본과 B본의 제목이 같더라도 B본의 전주가 있는 경우가 있다. 하나는 「華陽觀中八月十五日夜招友翫月」과 「華陽觀中八月十五日夜招友玩月」은 '翫'와 '玩'은 뜻이 같은 글자여서 의미상의 변화는 없다. 「竹枝詞」와 「竹枝詞四首」는 A본의 「竹枝詞」가 B본의 4수 중의 1수를 선집한 것으로 「竹枝詞一首」라고 제목을 정했으면 의미 전달이 분명해졌을 것이다. 「前有別柳枝絶句夢得繼和云春盡絮飛留不得隨風好去落誰家又復戲答」과 「前有別楊柳枝絶句夢得繼和云春盡絮飛留不得隨風好去落誰家又復戲答」의 경우는 A본의 제목에는 '柳枝'와 '楊柳枝'의 차이인데, A본의 제목에 '楊'의 글자가 없어도 의미상 문제는 없다. 둘은 B본의 시 제목에 소주(小注)가 있어서 시의 제목을 분명하게 해 주는 경우가 있다. 「醉中留別楊六兄弟」와 「醉中留別楊六兄弟 三月二十日別」, 「冬夜示敏巢」와 「冬夜示敏巢 時在東都宅」, 「望驛臺」와 「望驛臺 三月三十日」, 「王昭君二首」와 「王昭君二首 時年十七」을 비교하면, B본에 '三月二十日別', '時在東都宅', '三月三十日', '時年十七' 등의 소주가 있어서 시의 제목이 내포하고 있는 의미를 명확하게 파악할 수 있다. 셋은 「秋雨中贈元九」, 「和雨人落中春感」, 「題王侍御池亭」 및 「早春持齋答皇甫十見贈」은 B본 전교의 주석에 의해 글자의 잘못된 글자와 교정된 경위 등을 알 수 있다.

위에서 살펴본 2장, 3장, 4장의 내용을 종합하면 다음과 같다.

1. 백거이의 삶과 문학 및 안평대군 이용의 선집에 대한 연구를 종합하면 다음과 같다.

1) 백거이(白居易, 772~846)는 중당시대(中唐時代, 766~826) 대표적인 문학인이다. 그의 작품에는 고체시(古體詩), 금체시(今體詩), 악부(樂府), 가행(歌行), 부(賦) 등의 시가 및 지명(誌銘), 제문(祭文), 찬(贊), 기(記) 등에 이르는 모든 문학형식을 망라했다. 백거이가 지은 작품 수는 「白氏長慶集後序」에 의하면, 3,840편이다. 다만 백거이가 회창 6년(846)에 세상을 떠났으니 회창 5년(845) 5월 이후의 작품이 편입되지 않았다. 그는 여덟 차례 시를 편집하여 모두 75권의 시문집을 남겼는데, 이 가운데 71권이 남아 있다.

2) 안평대군 이용이 선집한 『향산삼체법』은 삼체시로 구성되었다. 첫째, 오언율시는 72수이다. 시의 운자(韻字)는 모두 평성(平聲)의 운자를 사용하였다. 이들 오언율시는 주금성(朱金城)의 『백거이집전교(白居易集箋校)』를 참고하면, 권13/7수, 권14/4수, 권15/1수, 권16/4수, 권17/1수, 권19/3수, 권20/1수, 권23/1수, 권24/1수, 권25/6수, 권26/21수, 권27/16수, 권28/2수, 권34/3수, 권37/1수로 도합 72수이다. 둘째, 칠언율시는 62수이다. 시의 운자는 모두 평성의 운자를 사용하였다. 이들 칠언율시는 61수는 주금성의 『백거이집전교』를 참고하면, 권13/3수, 권14/3수, 권15/5수, 권16/6수, 권17/3수, 권19/3수, 권20/4수, 권23/1수, 권24/7수, 권25/3수, 권26/3수, 권28/4수, 권34/9수, 권35/4수, 권36/1수, 권37/1수이다. 1수는 실리지 않았다. 셋째,

칠인절구는 51수이다. 시의 운자는 모두 평성의 운자를 사용하였다. 이들 칠인절구는 51수는 주금성의 『백거이집전교』를 참고하면, 권13/15수, 권14/10수, 권15/5수, 권16/2수, 권18/3수, 권19/4수, 권23/1수, 권27/1수, 권34/1수, 권35/5수, 권37/1수이다. 3수는 실리지 않았다.

2. 『향산삼체법』의 간행 판본인 호림박물관 소장의 세종 27년(1445)경 초주갑인자본, 개인 소장의 중종 10년(1515)경의 초주갑인자혼입보자본, 그리고 및 일본 봉좌문고 소장의 명종 20년(1565)본이 서로 관련 있는 판본이다. 이에 대해 살펴본 바를 종합하면 다음과 같다.

1) 호림박물관 소장의 초주갑인자본은 세종 27년(1445)경에 간행되었다. 보존 상태는 좋지 않고 각 장의 가장자리 부분이 많이 훼손되었다. 판식은 '四周單邊 22.6×15.9cm, 有界, 9行15字, 黑口, 上下內向黑魚尾'이며, 총 42장 중 앞부분 1장~5장, 뒷부분 35장, 38장, 41장~42장에 결장이 있다. 표제는 첨제로 「香山詩」이고 책의 권수제 부분과 끝부분의 안평대군 이용의 발문이 떨어져 나갔다.

첫째, 초주갑인자와 초주갑인자혼입보자본의 마멸된 활자 사이에는 어떤 차이가 있는지 비교하였다. 초주갑인자 활자 10종은 전체적으로 해정한 필법의 글씨가 부드럽고 균정미가 있다. 이에 비해 초주갑인자혼입보자 중 마멸된 활자 10종들은 전체적으로 가늘어졌고, 종획과 횡획이 교차하는 부분은 심하게 마멸되거나 균형미를 잃었으며, 좌우의 삐침 획들도 교차하듯 어우러지는 미적 균형이 없다.

둘째 초주갑인자 활자와 초주갑인자혼입보자본의 보주 활자는 어떻게 다른지 비교하였다. 초주갑인자 활자는 해정하고 균정미가 있고, 파임이 단순하며, 필체의 연결은 보이지 않았다. 이에 비해 초주갑인자혼입보자본의 보주 활자는 훨씬 더 해정하고, 기필과 삐침이 매우 유려하고, 파임은 유연하고 부드러우며, 그리고 어떤 글자에서는 필체의 흐름이 다음 글자로 자연스럽게 연결되고 있다.

셋째, 초주갑인자와 초주갑인자혼입보자본의 목활자 보자 사이에는 어떤 특징이 있는지를 비교하였다. 초주갑인자 활자들은 활자가 해정하고 정연하다. 이에 비해 초주갑인자혼입보자본의 목활자 보자는 글자의 크기와 두께가 일정하지 않고, 새김이 거칠고 확대하여 보면 칼자국이 선명하게 드러난다. 글자체가 유난히 크고 뻣뻣하다. 그중에 간혹 자체가 균형이 잡혀 있는 것도 있지만, 글자체가 일그러져 있고, 횡획의 일부가 끊겨 있기도 하며, 대부분의 글자체가 매우 어색하다.

넷째, 세종 27년(1445)경의 초주갑인자본을 A본, 중종 10년(1515)경의 초주갑인자 혼입보자본을 B본으로 약칭하여 교감한 결과 몇 가지 사례가 추출되었다. '陽'과 '楊'은 '富陽'의 '陽'이어서 A본이 옳다. '曲洛'의 '洛'과 '落'은 '동계곡락(同禊曲洛)'의 '洛'이어서 A본의 '洛'이 옳다. '料'와 '科'는 시구의 해석상 A본의 '料'가 옳고, B본은 인쇄 시 착오로 들어간 글자로 여겨진다. '茫茫'과 '芒芒'은 통용자이어서 뜻이 같은 글자이다. '房'과 '旁'은 시구의 해석상 A본의 '房'이 옳다. '著'와 '着'은 비슷한 뜻의 글자이며, '着'은 '著'의 속자(俗字)이다.

2) 개인 소장의 초주갑인자혼입보자본은 중종 10년(1515)경에 간행된 것으로 가장 상태가 양호하다. 판식은 '四周雙邊 半郭 22.0×16.2cm, 有界, 9行15字, 上下內向3葉花紋魚尾 ; 27.5×18.5cm'이며 총 42장 중 38장 전·후면이 결장이다. 표제는 「白律精選」이고, 책의 권수제는 「香山三體法」이며, 끝부분에는 안평대군 이용의 발문이 있다. 이 책에서 활자를 10종씩 선정하여 살펴본 결과 세종 27년(1445)경에 인출된 초주갑인자와 중종 10년(1515)경에 인출된 초갑인자 보주 활자 및 일부의 목활자 보자(補字)가 섞여 있었는데 이들 활자를 통해 몇 가지 중요한 내용을 알 수 있었다.

첫째, 세종 27년(1445)경에 인출된 초주갑인자 활자가 사용되고 있는데, 오래 사용해서 획이 아주 가늘고 모양이 휘어 있으며, 중심이 기울어 진 것들이 있다.

둘째, 기존에 주장해왔던 중종 10년(1515)경의 갑인자보주설을 뒷받침할 수 있는 자료라는 점이다. 중종 10년경의 초주갑인자 보자는 활자의 굵기와 크기가 일정하고 매우 정연하다. 기필되는 부분과 삐침 등이 매우 부드럽고 정연한 것을 볼 수 있다.

셋째, 목활자 보자들은 활자의 굵기와 크기가 일정하지 않다. 동일한 활자라 하더라도 같은 모양이 없고 새김이 매우 거칠어서 확대하여 보면 칼자국이 선명하게 나타나고 있다. 목활자 보자의 자체는 기존의 활자보다 크고 짜임새가 없다. 일본 봉좌문고에 소장된 명종 20년(1565)의 간행본을 보면 같은 글자의 형태가 그대로 번각되고 있어 중종 10년(1515)경 간행의 초주갑인자혼입보자본을 저본으로 하여 간행된 것임을 알 수 있다.

넷째, 중종 10년(1515)경의 초주갑인자혼입보자본과 봉좌문고 소장의 명종 20년 (1565) 번각본을 비교한 결과 다섯 가지 특징들이 있다. 하나는 명종 20년본이 번각본임을 나타내주는 특징의 하나로 글자 획의 일부가 떨어져 나간 경우를 확인할 수 있는 사례들이 있다. 둘은 세종 27년(1445)경에 인출된 초주갑인자 활자가 유난히 획이 가늘고 휘어 있는 예들이 있다. 셋은 획을 쓰는 습관에 따라 나타나는 차이가 있다. 넷은 속자를 사용하고 있는 경우는 두 가지 사례가 있다. 다섯은 뜻이 서로 다른 글자가 사용된 경우는 여섯 가지 사례가 있었는데, 이는 원본의 내용을 교감하되 일부 글자는 정정하여 번각한 것임을 알 수 있다.

3) 일본 봉좌문고에 소장된 초주갑인자혼입보자본 번각본은 명종 20년(1565)에 간행되었다. 원본은 나고야의 봉좌문고에 있고, 국립중앙도서관에 마이크로필름 영인본이 있으며, 심우준의 『香山三體法 硏究』(一志社, 1997), 164~248쪽 도판을 참고할 수 있다. 판식은 '四周雙邊 半郭 22.0×16.2cm, 有界, 9行15字, 上下內向3葉花紋魚尾 ; 27.5×18.5cm'이다. 표제는 「香山三體 全部」라고 필사되어 있으며, 끝부분에는 안평대군 이용의 발문과 김덕룡의 번각 발문이 붙어 있다.

첫째, 명종 20년(1565)경에 번각자들의 특징을 살펴보면 중종 10년(1515)경 마멸된 활자들을 저본으로 하여 간행했음을 알 수 있다. 하나는 '長'과, '長', '士'와 '士', '何'와 '何', '史'와 '史', '門'과 '門', '風'과 '風', '太'와 '太', '故'와 '故', '夫'와 '夫', '得'과 '得' 등을 비교하면, 번각자들의 전체적인 느낌은 마멸되고 이지러진 활자의 이미지를 그대로 담고 있으며 좀 더 굵고 투박하게 번각되었다.

둘째, 명종 20년(1565)경 번각자들의 특징은 중종 10년(1515)경 다시 조성된 보자로 해정하고 유려한 갑인자들을 저본으로 하여 간행했음을 알 수 있다. 하나는 '竹'과 '竹', '夢'과 '夢', '上'과 '上', '香'과 '香', '宅'과 '宅', '把'와 '把', '旬' 과 '旬' 등을 비교하면, 번각자들은 중종 10년(1515)경의 보자 갑인자를 번각하였지만 해정하고 유려한 자태는 별로 보이지 않는다. 그중 '香'과 '旬'은 활자가 지니는 기품이 약간 살아 있다. 둘은 '巴'와 '巴'를 비교하면, 번각자는 파임은 그저 길쭉할 뿐 밋밋하여 아름다운 선을 잃었다. 셋은 '以'와 '以', '堂'과 '堂'의 경우 번각자는 필체의 흐름까지 정교하게 번각해내고 있다.

셋째, 명종 20년(1565)경에 번각된 판각자들도 중종 10년(1515)경에 만들어진 목활자 보자들을 저본으로 하여 간행하였다. 하나는 '改'와 '改', '陰'과 '陰', '秋'와 '秋', '寒'과 '寒', '春'과 '春', '家'와 '家' 등을 비교하면, 번각자들은 중종 10년경의 글자체가 유난히 크고 뻣뻣하여 멋이 없던 자체들을 기본으로 하여 더 둔탁해지고 어색해졌다. 둘은 '高'와 '高', '敏'와 '敏'를 보면, '高'는 번각자이지만 균형이 잡혀 있고, '敏'는 저본의 활자와 똑같이 일그러져 있다. 셋은 '湖'와 '湖', '張'과 '張'의 경우, 번각자인 '湖'는 글자체는 비슷하지만 끊어진 횡획의 일부를 살려내고 있고, '張'은 '弓'을 작게 하고 '長'을 길게 하여 더 어색하고 멋이 없다.

3. 『향산삼체법』의 구성, 내용 및 텍스트 비교의 결과는 다음과 같다.

1) 『향산삼체법』 오언율시의 구성, 내용 및 텍스트 비교를 종합한 결과는 다음과 같다.

첫째, 오언율시 72수의 저작 시기는 50대의 저작이 가장 많이 선집되었고, 저작 장소는 주로 장안(長安)과 낙양(洛陽)이었다. 백거이는 29세에 진사시(進士試)에 합격한 이후 다양한 벼슬을 거쳤는데, 이러한 벼슬살이는 저작 시기 및 저작 장소와 밀접한 관련이 되면서 시의 저술에 많은 영향을 미쳤다.

둘째, 오언율시의 내용은 '봄' 25수, '술' 16수, '가을' 13수, '감회' 12수, '이별' 3수, '겨울' 3수로 6분야의 72수이다. '봄'을 노래한 시의 내용들은 따사롭고 정겨우며 행복하다. 제9수, 제13수, 제16수, 제27수, 제38수, 제39수~제58수의 25수이다. '술'을 노래한 시는 제18수, 제23수, 제59수~제65수, 제66수~제72수의 16수이다. '가을'을 노래한 시는 제1수, 제5수, 제6수, 제12수, 제14수, 제15수, 제19수, 제24수, 제26수, 제31수, 제33수, 제34수, 제37수의 13수이다. '감회'를 노래한 시는 제10수, 제11수, 제20수, 제21수, 제22수, 제25수, 제28수, 제29수, 제30수, 제32수, 제35수, 제36수의 12수이다. '이별'을 노래한 시는 제2수, 제3수, 제4수의 3수이다. '겨울'을 노래한 시는 제7수, 제8수, 제17수의 3수이다.

셋째, 중종 10년(1515)경의 초주갑인자혼입보자본인 『향산삼체법』 A본과 중국의 주금성 전주의『백거이집진교』B본을 비교한 결과는 다음과 같다. 하나는 A본과 B본의 원문에 글자의 차이가 있는 경우를 보면, A본과 B본의 글자가 유사한 한자여서 해석상의 차이가 별로 없는 사례들, A본과 B본의 글자가 대조적이어서 해석상의 차이를 알기 어려운 사례들, A본과 B본의 글자가 대조적이지만, 해석상의 차이가 분명한 사례들, A본과 B본의 글자 중 후대의 주석본을 참고하면 A본의 글자가 옳은 사례들, A본과 B본의 글자 중 후대의 주석본을 참고하면 B본의 글자가 옳은 사례들이 있었다. 둘은 B본에 나타나는 주석이 본문의 해석을 원만하게 해주는 경우가 있었다. 셋은 A본과 B본의 시 제목이 같은데 B본의 주석에 시의 제목이 다르게 제시되는 경우가 있었다.

　2)『향산삼체법』칠언율시의 저술, 내용 및 텍스트 비교에 관한 결과는 다음과 같다.

　첫째, 칠언율시 62수의 저작 시기는 20대 1수, 30대에 5수, 40대에 14수, 50대에 22수, 60대 15수, 70대 4수, 기타 2수이다. 50대의 저작이 22수로 가장 많이 선집되었고, 저작 장소는 주로 낙양이 중심이었고 다음은 강주, 장안, 소주, 항주이었음을 알 수 있다. 백거이는 30대부터 70대까지 다양한 벼슬살이를 하면서 많은 작품을 남겼다. 그는 30대에 장안에서 풍유시를 지었고, 40대에 강주에서 풍유시와 한적시를 지었으며, 50대는 장안, 항주, 소주, 낙양에서 비풍유시를 지었고, 60대와 70대는 낙양에서 비풍유시들을 지었다.

　둘째, 칠언율시의 내용은 '인물교류' 28수, '감회' 19수, '풍광' 15수로 3개 분야의 62수이다. 백거이가 교유했던 인물들과 주고받은 시들은 28수이다. 이들 시에서 백거이와 왕래가 있었던 사람들이며 27명이다. 원진이 제83수, 제103수, 제116수, 제118수의 4수, 유우석이 제82수, 제122수, 제126수, 제133수의 제4수, 우승유가 제122수, 제123수, 제127수의 3수이며, 이잉숙이 제82수, 제134수의 2수이다. 기타 23명은 모두 각 1수이다. 백거이가 감회를 읊은 시는 19수이다. 낙양 9수, 소주 6수, 강주 2수, 항주 1수, 장안 1수이다. 백거이가 풍광을 읊은 시는 15수이다. 항주 2수, 장안 2수, 장안~강주 도상 3수, 강주 5수, 소주 2수, 장소 미상 1수이다.

　셋째, 중종 10년(1515)경의 초주갑인자혼입보자본『향산삼체법』A본과 중국의 주금성 전주의 『백거이집전교』 B본을 비교한 결과는 다음과 같다. 하나는 A본과 B본의 원문에 글자의 차이가 있는 경우를 보면, A본과 B본의 글자가 유사한 글자여서 해석 상의 차이가 별로 없는 사례들이 있었고, A본과 B본의 글자가 대조적이어서 해석상의 차이를 알기 어려운 경우가 있었으며, B본 전교의 주석과 시구의 해석상 A본의 글자가 옳은 경우, 그리고 B본의 글자 뜻이 더 적합한 경우의 사례들이 있었다. 둘은 B본에 나타나는 전주의 주석이 본문의 해석을 원만하게 해주는 경우의 사례들이 있었다. 셋은 A본과 B본의 시 제목이 다르기도 하고, 제목이 같더라도 B본의 주석에 시의 제목을 다르게 보는 경우가 있었다.

　3) 『향산삼체법』 칠언절구의 저술, 내용 및 텍스트 비교에 관한 결과는 다음과 같다.

　첫째, 칠언절구 51수의 저작 시기는 30대와 40대의 저작이 각 13수로 가장 많이 선집되었다. 저작 장소는 주로 장안이 중심이었고 다음은 낙양, 강주, 하규, 주질, 충주, 항주, 장안~강주 도중이었음을 알 수 있다. 백거이는 30대부터 70대까지 다양한 벼슬살이를 하면서 많은 작품을 남겼다. 그는 30대에는 장안, 주질, 하규를 중심으로 생활하면서 풍유시를 지었고, 40대에 장안, 강주, 충주를 중심으로 생활하면서 일부의 풍유시와 대부분의 한적시를 지었으며, 50대는 장안과 항주에서, 60대와 70대는 낙양에서 생활하면서 한적시와 감상시들을 지었다.

　둘째, 칠언율시의 내용은 '인물교류' 22수, '감회' 19수, '풍광' 7수, '영사' 3수로 4개 분야 51수이다. 백거이가 교유했던 인물들과 주고받은 시들은 22수이다. 이들 시에서 백거이와 왕래가 있었던 사람들이며 원진은 제135수, 제137수, 제151수, 제155수, 제160수의 5수, 유우석은 제176수, 제178수, 제182수의 3수, 문창상인은 제179수, 제180수, 제181수의 3수, 전원외는 제150수와 제152수의 2수이다. 기타 인물을 보면, 유오는 제140수의 1수, 양육 형제는 제141수의 1수, 왕십팔은 제142수의 제1수, 이십일은 제149수의 1수, 왕시어는 제161수의 1수, 황보십은 제177수의 1수이고, 누구인지 알 수 없는 경우는 우인(友人)(?)은 제136수의 1수, 민소(?)는 제147수의 1수, 육재댁(?)은 재143수의 1수이다. 백거이가 감회를 읊은 시는 19수이다. 장안 3수, 하규 3수, 낙양 2수, 장안~강주 도중 1수, 강주 1수, 항주 1수 등 장소를 알 수 있는 곳이 12수이고, 장소 미상이 8수이다.

셋째, 중종 10년(1515)경의 초주갑인자혼입보자본인『향산삼체법』A본과 중국의 주금성 전주의『백거이집전교』B본을 비교한 결과는 다음과 같다. 하나는 A본과 B본의 원문에 글자의 차이가 있는 경우를 보면, A본과 B본의 글자가 유사한 글자여서 해석상의 차이가 별로 없는 사례들이 있었고, A본과 B본의 글자가 대조적이어서 해석상의 차이를 알기 어려운 경우가 있었으며, A본과 B본의 글자 중 문장의 전후 해석으로 보거나 후대의 주석본을 참고하면 A본의 글자가 옳은 경우, 그리고 B본의 글자 뜻이 더 적합한 경우의 사례들이 있었다. 둘은 A본과 B본의 시 제목에 차이가 있거나, B본의 시 제목에 소주(小注)가 있어서 시의 제목을 분명하게 해주는 경우가 있거나, A본과 B본의 시 제목이 같더라도 B본의 주석에 의해 잘못되거나 교정된 글자들을 알 수 있었다.

6
『향산삼체법』의 원문과 주석

『향산삼체법』 초주갑인자혼입보자본의 원본의 영인본을 뒤에 그대로 싣고, 수록 원문의 순서대로 한문 및 주석을 실어 참고할 수 있도록 하였다.

五言律詩

1 ── 對琴待月[88]

竹院新晴夜오	松窓未卧時라
共琴爲老伴이오	與月有秋期[89]라
玉軫[90]臨風久하고	金波出霧遲라
幽音待淸景하니	唯是我心[91]知라

---

88) 이 시는 백거이 57세이던 태화(太和) 2년(唐 文宗 3, 828) 장안(長安)에서 형부시랑(刑部侍郎) 때 지었다.

89) 白居易 著, 朱金城 箋注, 『白居易集箋校』三(上海古籍出版社, 2008), 1790쪽. 전주에 의하면, 『文苑英華』에는 '秋期'의 '秋'는 '愁'이다.

90) 옥진(玉軫)은 옥으로 된 거문고 줄받침(琴柱), 거문고 아래에 괴어 소리를 고르게 하는 장치로, 여기서는 거문고를 가리킨다.

91) 白居易 著, 朱金城 箋注, 『白居易集箋校』三(上海古籍出版社, 2008), 1790쪽. 전주에 의하면, 『文苑英華』에는 '我心'의 '我'는 '好'이다.

2 __ 賦得⁹²⁾古原草送別⁹³⁾

離離⁹⁴⁾原上草는　　一歲一枯榮이라

野火燒不盡이오　　春風吹又生이라

遠芳侵古道하고　　晴翠接荒城이라

又送王孫去하니　　萋萋滿別情이라

3 __ 春送盧秀才下第遊太原⁹⁵⁾謁嚴尚書^{96) 97)}

未將時會合이오　　且與俗浮沈이라

鴻養靑冥翮하고　　蛟潛雲雨心이라

煙郊春別遠할새　　風磧暮程深이라

墨客投何處오　　并州舊翰林이라

4 __ 送文暢上人東遊⁹⁸⁾

得道卽無着⁹⁹⁾하니　　隨緣西復東이라

---

92) 옛사람의 성구(成句)를 뽑아 시제(詩題)로 삼을 때 제목 앞에 쓰는 두 글자이다.

93) 이 시는 백거이가 16세이던 정원(貞元) 3년(唐 德宗, 787)에 지었다. 백거이가 관리에 응시하려고 처음
　　장안에 이르러 시를 가지고 저작랑 고황(顧況)을 찾아뵈었더니 고황이 훑어보고 "장안은 모든 물건이
　　귀하니 살기가 매우 쉽지 않을 것이오." 하였는데, "野火燒不盡 春風吹又生"이란 구절을 보고 고황이
　　"글귀가 이와 같으니 천하에 살아가기가 무슨 어려움이 있겠는가 늙은이의 앞서 말은 농담이었오." 하였
　　다고 한다. 『唐摭言』卷七.

94) 白居易 著, 朱金城 箋注, 『白居易集箋校』二(上海古籍出版社, 2008), 768쪽. 전주에 의하면, 汪本에는
　　'離離'가 '咸陽'이다.

95) 태원(太原): 태원부(太原府). 하동도(河東道)에 속한다. 원래는 태원군(太原郡)인데 당(唐)시대에 북부
　　(北都)에 배치되었다. 또 하동절도사(河東節度使)의 치소(治所)가 있었다.

96) 엄상서(嚴尚書): 엄수(嚴綬)이다. 정원(貞元, 785~804) 말기에 검교공부상서(檢校工部尚書)로서 태원윤
　　(太原尹), 북도유수(北都留守)를 겸직하여 하동절도사(河東節度使)에 중용되었다.

97) 이 시는 백거이가 36세이던 원화(元和: 당 헌종 연호) 2년(807) 장안에서 주질위(盩厔尉) 때 지었다.

98) 이 시는 백거이가 36세이던 원화 2년(807) 장안에서 주질위 때 지었다.

99) 白居易 著, 朱金城 箋注, 『白居易集箋校』二(上海古籍出版社, 2008), 754쪽. 본문의 '着'이 주금성의
　　전교본에는 '著'으로 되어 있다. '着'과 '著'은 동자(同字)이다.

貌依年臘老나　　　心到夜禪空이라

山宿馴溪虎하고　　江行濾¹⁰⁰⁾水蟲이라

悠悠塵客思는　　　春滿碧雲中이라

5 ＿ 社日關路作¹⁰¹⁾

晚景函關路요　　　凉風社日天이라

靑巖新有燕¹⁰²⁾하고　紅樹欲無蟬이라

愁立驛樓上하니　　厭行官堠前이라

蕭條秋興苦할새　　漸近二毛年이라

6 ＿ 旅次¹⁰³⁾景空寺¹⁰⁴⁾宿幽上人院¹⁰⁵⁾

不與人境接하야　　寺門開向山이라

暮鐘鳴¹⁰⁶⁾鳥聚하고　秋雨病僧閑이라

月隱雲樹外요　　　螢飛廊宇間이라

幸投花界宿하야　　暫得靜心顔이라

---

100) 白居易 著, 朱金城 箋注, 『白居易集箋校』二(上海古籍出版社, 2008), 754쪽. 『文苑英華』에는 '濾'가 '慮'이다.

101) 이 시는 백거이가 29세~30세 때인 정원 16년(800)~정원 17년(801)에 지었다.

102) 白居易 著, 朱金城 箋注, 『白居易集箋校』二(上海古籍出版社, 2008), 755쪽. 盧校에는 '燕'이 '雁'이다.

103) 白居易 著, 朱金城 箋注, 『白居易集箋校』二(上海古籍出版社, 2008), 772쪽. 『文苑英華』에 '旅次'는 '旅泊'이다.

104) 경공사(景空寺): 양주(襄州)에 있던 절이다.

105) 이 시는 백거이가 29세이던 정원 16년(800) 양주에서 지었다.

106) 白居易 著, 朱金城 箋注, 『白居易集箋校』二(上海古籍出版社, 2008), 772쪽. 全詩에는 '鳴'이 '寒'이다.

7 ── 除夜寄第妹[107)]

感時思第妹하야　　不寐百憂生이라

萬里經年別하니　　孤燈此夜情이라

病容非舊日이오　　歸思逼新正이라

早晚重歡會리니　　羈離各長成하라

8 ── 客中守歲[108)]

守歲樽無酒요　　思鄕淚滿巾[109)]이라

始知爲客樂[110)]이　　不及在家貧이라

畏老偏驚節이오　　防愁[111)]預惡春이라

故園今夜裏에　　應念未歸人이라

9 ── 題施山人野居[112)]

得道應無着[113)]이나　　謀生亦不妨이라

春泥秧稻暖이오　　夜火焙茶香이라

水巷風塵少하고　　松齊日月長이라

高閑眞是貴하니　　何處覓侯王가

---

107) 이 시는 백거이가 16세이던 정원 3년(787)에 강남(江南)에서 지었다.

108) 이 시는 백거이가 29세이던 정원 16년(800) 이전에 지었다.

109) 白居易 著, 朱金城 箋注, 『白居易集箋校』二(上海古籍出版社, 2008), 787쪽. 『文苑英華』에는 '巾'은 '襟'이다.

110) 白居易 著, 朱金城 箋注, 『白居易集箋校』二(上海古籍出版社, 2008), 787쪽. 본문의 '樂'은 주금성의 전교본에는 '苦'로 되어 있다.

111) 白居易 著, 朱金城 箋注, 『白居易集箋校』二(上海古籍出版社, 2008), 787쪽. 『文苑英華』에는 '防愁'의 '防'은 '懷'이다.

112) 이 시는 백거이가 29세~30세 때인 정원 16년(800)~정원 17년(801)에 지었다.

113) 白居易 著, 朱金城 箋注, 『白居易集箋校』二(上海古籍出版社, 2008), 792쪽. 본문의 '着'은 주금성의 전교본에는 '著'으로 되어 있다. '着'과 '著'은 동자(同字)이다.

10 ___ 中書夜直夢忠州[114]

閣下燈前夢에	巴南城底[115]遊라
覓花來渡口하고	尋寺到山頭라
江色分明綠이나	猿聲依舊愁라
禁鐘驚睡覺하야	唯不上東樓라

11 ___ 夏夜[116]宿直[117]

人少庭宇曠하고	夜涼風露淸이라
槐花滿院氣오	松子落階聲이라
寂默[118]挑燈坐하고	沈吟踏[119]月行이라
年衰自無趣하니	不是厭承明이라

12 ___ 新磨鏡[120]

衰容常晚櫛[121]이라가	秋鏡偶新磨라

---

114) 이 시는 백거이가 50세이던 장경 원년(821) 장안에서 지제고(知制誥) 때 지었다.

115) 白居易 著, 朱金城 箋注, 『白居易集箋校』三(上海古籍出版社, 2008), 1236쪽. 본문의 '底'가 주금성의 전교본에는 '裏'로 되어 있다.

116) 白居易 著, 朱金城 箋注, 『白居易集箋校』三(上海古籍出版社, 2008), 1292쪽. 汪本에는 '夏夜'가 '夏州'로 되어 있다.

117) 이 시는 백거이가 51세이던 장경 2년(822) 장안에서 중서사인(中書舍人) 때 지었다.

118) 白居易 著, 朱金城 箋注, 『白居易集箋校』三(上海古籍出版社, 2008), 1292쪽. 본문의 '默'이 주금성의 전교본에는 '寞'으로 되어 있다. 宋本, 那波本, 盧校에 모두 '寞'이 '默'이다.

119) 白居易 著, 朱金城 箋注, 『白居易集箋校』三(上海古籍出版社, 2008), 1292쪽. 본문의 '踏'이 주금성의 전교본에는 '蹋'으로 되어 있다. '踏'과 '蹋'은 뜻이 같다.

120) 이 시는 백거이가 39세이던 원화 5년(807) 장안에서 한림학사(翰林學士) 때 지었다.

121) 白居易 著, 朱金城 箋注, 『白居易集箋校』三(上海古籍出版社, 2008), 814~815쪽. 본문의 '常晚櫛'이 주금성의 전교본에는 '當晚節'로 되어 있다. 이에 대한 주석으로 宋本, 那波本은 '當晚節'이 '常晚櫛'임. 汪本은 '當'이 '常'이다. 全詩는 '常晚櫛' 下注에 '常'은 '當'이고 '櫛'은 '節'이다. 城按에는 '節'과 '櫛'은 통하는 것으로 본다. '常晚櫛'이 맞다.

一與淸光對하니   方知白髮多라

鬢毛從幻化하고   心地付頭陀[122]라

任意渾成雪하니   其如似夢何오

13 ___ 上巳[123]日[124]恩賜曲江宴會卽事[125]

賜歡仍許醉하니   此會興如何오

翰苑主恩重하고   曲江[126]春意多라

花伍羞豔妓오   鶯散讓淸歌라

共道昇[127]平樂하니   元和[128]勝永和[129]라

14 ___ 夜坐[130]

斜月入前楹할새   迢迢[131]夜坐情이라

梧桐上階影하고   蟋蟀近牀聲이라

曙傍窓間至오   秋從簟上生이라

感時因憶事하니   不寢到雞鳴이라

---

122) 두타(頭陀): 『심왕두타경(心王頭陀經)』을 말한다.

123) 白居易 著, 朱金城 箋注, 『白居易集箋校』二(上海古籍出版社, 2008), 824쪽. 馬本에 '上巳'를 '上元'으로 한 것은 잘못임. 宋本, 那波本, 汪本, 全詩에 의거하여 개정하였다.

124) 상사일(上巳日): 3월 첫 번째 사일(巳日)이다.

125) 이 시는 백거이가 37세~40세 사이인 원화 3년(808)~원화 6년(811) 장안에서 한림학사(翰林學士) 때 지었다.

126) 곡강(曲江): 장안성(長安城)의 남쪽 돈화방(敦化坊) 남쪽에 있는 연못이다.

127) 白居易 著, 朱金城 箋注, 『白居易集箋校』二(上海古籍出版社, 2008), 824쪽. 본문의 '昇'이 주금성의 전교본에는 '升'으로 되어 있다.

128) 원화(元和): 당나라 순종의 연호(806~820).

129) 영화(永和): 東晉의 목제 연간(345~356)의 연호.

130) 이 시는 백거이가 43세이던 원화 9년(814)에 지었다.

131) 白居易 著, 朱金城 箋注, 『白居易集箋校』二(上海古籍出版社, 2008), 862쪽. 馬本에 '迢迢'가 '迢遞'로 되어 있는데, 宋本, 那波本, 汪本, 全詩에 의거하여 개정함. 全詩의 한 주석에는 '迢遙'이다.

15 ___ 途中感秋[132]

節物行搖落하고	年顔坐變衰라
樹初黃葉日이오	人欲白頭時라
鄕國程程遠한테	親朋處處辭라
唯殘[133]病與老니	一步不相離라

16 ___ 遊寶稱寺[134] [135]

竹寺初晴日이오	花塘欲曉春[136]이라
野猿疑弄客하고	山鳥似呼人이라
酒嫩[137]傾金液이오	茶新碾玉塵이라
可憐幽靜地에	堪寄老慵身이라

17 ___ 除夜[138]

薄晚支頤坐라가	中宵枕臂眠이라
一從身去國이	再見日周天이라

---

132) 이 시는 백거이가 44세이던 원화 10년(815)에 장안(長安)에서 강주(江州)로 가는 도중에 지었다.

133) 白居易 著, 朱金城 箋注, 『白居易集箋校』二(上海古籍出版社, 2008), 940쪽. 馬本과 汪本에 '殘'이 '憐'으로 되어 있는데, 宋本, 那波本, 全詩, 盧校에 의거하여 교정함. 汪本에는 '殘'이라 한 주석도 있고, 全詩에도 '憐'이라 한 주석이 있다.

134) 보칭사(寶稱寺): 강주의 여산(廬山)에 있는 사찰이며 「당보칭대율사탑비(唐寶稱大律師塔碑)」가 유명하다.

135) 이 시는 백거이가 45세 되던 원화 11년(唐 憲宗 11, 816) 강주에서 강주사마(江州司馬)로 있을 때 지었다.

136) 白居易 著, 朱金城 箋注, 『白居易集箋校』二(上海古籍出版社, 2008), 990쪽. 馬本과 汪本에 '曉'가 '晚'으로 되어 있는데 잘못된 것임. 宋本, 那波本, 全詩, 盧校에 의거하여 교정함. 汪本에는 '曉'라 한 주석도 있고, 全詩에도 '曉'라 한 주석이 있다.

137) 白居易 著, 朱金城 箋注, 『白居易集箋校』二(上海古籍出版社, 2008), 990쪽. 宋本, 那波本에 '嫩'이 '孏'으로 되어 있는데 잘못된 것이다.

138) 이 시는 백거이가 45세 되던 원화 11년(816) 강주에서 강주사마로 있을 때 지었다.

老度江南歲오   春抛渭北田이라
潯陽來早晚도   明日是三年이라

18 ＿ 西河¹³⁹⁾雨夜送客¹⁴⁰⁾

雲黑雨翛翛하고   江昏水闇流라
有風催解纜이오   無月伴登樓라
酒罷無多興하고   帆開不少留라
唯看一點火하니   遙認是行舟라

19 ＿ 松下琴贈客¹⁴¹⁾

松寂風初定이오   琴淸夜欲闌이라
偶因群動息하야   試撥一聲看이라
寡鶴¹⁴²⁾當徽怨이오   秋泉應指寒이라
慙¹⁴³⁾君此傾聽이나   本不爲君彈이라

---

139) 白居易 著, 朱金城 箋注, 『白居易集箋校』二(上海古籍出版社, 2008), 1047~1048쪽. 『文苑英華』에는 '西下'는 '江西'이다.
140) 이 시는 백거이가 46세 되던 원화(元和) 12년(817)에 강주에서 강주사마로 있으면서 지었다.
141) 이 시는 백거이가 56세이던 태화(太和) 원년(827)에 장안에서 비서감(秘書監) 때 지었다.
142) 白居易 著, 朱金城 箋注, 『白居易集箋校』三(上海古籍出版社, 2008), 1716~1717쪽. '寡鶴'은 중국 何校의 교정에는 '寡', 黃校에는 '寮'이다.
143) 白居易 著, 朱金城 箋注, 『白居易集箋校』三(上海古籍出版社, 2008), 1716~1717쪽. 본문의 '慙'이 주금성의 전교본에는 '慚'으로 되어 있는데 '慙'과 '慚'은 동자(同字)이다.

20 ＿ 湖亭望水[144]

久雨南湖[145]漲이라가　　新晴北客過라

日沈紅有影이오　　　　　風定綠無波[146]라

岸沒閭閻少러니　　　　　灘平船舫多라

可憐心賞處를　　　　　　其奈獨遊何오.

21 ＿ 吳宮詞[147]

一入吳王殿으로　　　　　無人覩翠蛾라

樓高時見舞하고　　　　　宮靜夜聞歌라

半露髻如雪이오　　　　　斜廻臉似波라

妍媸各有分하니　　　　　誰敢妬恩多오

22 ＿ 偶題閣下廳[148]

靜愛靑笞院은　　　　　　深宜白鬢[149]翁이라

貌將松共瘦나　　　　　　心與竹俱空이라

暖有低簾日이오　　　　　春多颺幕風이라

平生閑境思[150]가　　　　盡在五言中이라

---

144) 이 시는 백거이가 45세 되던 원화 11년(唐 憲宗 11, 816)에 강주에서 강주사마로 있을 때 지었다.

145) 남호(南湖): 팽려호(彭蠡湖). 지금의 강서성 양호(陽湖)를 일컫는다.

146) 白居易 著, 朱金城 箋注,『白居易集箋校』二(上海古籍出版社, 2008), 993쪽. 宋本에는 '綠'은 '渌'이다.

147) 이 시는 백거이가 47세이던 원화 13년(818) 강주에서 강주사마 때 지었다.

148) 이 시는 백거이가 51세이던 장경 2년(822) 장안에서 중서사인(中書舍人) 때 지었다.

149) 白居易 著, 朱金城 箋注,『白居易集箋校』三(上海古籍出版社, 2008), 1277~1278쪽. 본문의 '鬢'이 주금성의 전교본에는 '髮'로 되어 있고, 宋本, 那波本, 全詩에는 '鬢'이 '髮'이다.

150) 白居易 著, 朱金城 箋注,『白居易集箋校』三(上海古籍出版社, 2008), 1277~1278쪽. 본문의 '思'가 주금성의 전교본에는 '界'로 되어 있음. 宋本, 那波本, 汪本에는 '界'가 '思'임. 全詩에는 '思'로 주석되었다. 초주갑인자혼입보자본의 '思'가 옳다.

23 ___ 小歲日[151]對酒吟錢湖州所寄詩[152]

獨酌無多興하야　　　閑吟有所思라

一杯新歲酒요　　　　兩句故人時라

楊柳初黃日이요　　　髭鬚半白時라

蹉跎春氣味하니　　　彼此老心知라

24 ___ 秋晩[153]

煙景澹濛濛할새　　　池邊微有風이라

覺來[154]蚤近壁[155]하고　知暝鶴歸籠이라

長貌隨年改나　　　　衰情與物同이라

夜來霜厚薄은　　　　梨葉半伍紅이라

25 ___ 船夜援琴[156]

鳥樓魚不動한데　　　月照夜紅深이라

身外都無事하고　　　舟中祇[157]有琴이라

---

151) 동지 후 첫째 무일(戊日)에 납제(臘祭)를 지내고 그 다음날을 '小歲日'이라 하였다. 이 시는 백거이가 52세에 항주자사(杭州刺史)로 있을 때, 친분이 두터운 호주자사(湖州刺史) 전휘(錢徽)로부터 시 한 수를 받고 혼자 술을 마시며 답하듯 읊은 시이다.

152) 이 시는 백거이가 52세이던 장경 3년(823) 항주에서 항주자사(杭州刺史) 때 지었다.

153) 이 시는 백거이가 53세이던 장경 4년(824) 낙양에서 태자좌서자분사(太子左庶子分司) 때 지었다.

154) 白居易 著, 朱金城 箋注, 『白居易集箋校』三(上海古籍出版社, 2008), 1388~1389쪽. 본문의 '來'가 주금성의 전교본에는 '寒'으로 되어 있다.

155) 白居易 著, 朱金城 箋注, 『白居易集箋校』三(上海古籍出版社, 2008), 1388~389쪽. 馬本에는 '蚤'을 '螢'이라 한 것은 잘못이다. 宋本, 汪本, 全詩, 盧校에 의거하여 개정함. 那波本에는 '蚤'으로 되어 있다.

156) 이 시는 백거이가 54세 되던 보력(寶歷) 원년(825)에 소주자사(蘇州刺史)의 보임을 받고 낙양에서 소주로 가는 도중에 지었다.

157) 白居易 著, 朱金城 箋注, 『白居易集箋校』三(上海古籍出版社, 2008), 1616쪽. 본문의 '祇'가 주금성의 전교본에는 '只'로 되어 있다. '祇'와 '只'는 동자(同字)이다.

七絃爲益友요　　兩耳是知音이라
心靜卽聲淡하니　其間無古今이라

26 ___ 秋齋[158]

晨起秋齋冷하야　蕭條稱病容이라
淸風兩窓竹이오　白露一庭松이라
阮籍謀身拙하고　嵇康向事慵이라
生涯別有處나　浩氣在心胷이라

27 ___ 履道[159]春居[160]

微雨灑園林할새　新晴好一尋이라
伍風洗池面하고　斜日拆花心이라
暝助嵐陰重이오　春添水色心이라
不如陶省事하야　猶抱有絃琴이라

28 ___ 北窓閑坐[161]

虛窓兩叢竹이오　靜空一爐香이라
門外紅塵合하고　城中白日忙이라
無煩尋道士하고　不要學仙方이라
自有延年術하니　心閑歲月長이라

---

158) 이 시는 백거이가 56세이던 태화 원년(827) 장안에서 비서감(秘書監) 때 지었다.

159) 이도(履道): 낙양(洛陽)의 이항(里巷) 이름. 백거이가 살았던 곳이다.

160) 이 시는 백거이가 57세이던 태화 2년(828) 낙양에서 비서감 때 지었다.

161) 이 시는 백거이 57세이던 태화 2년(828)에 장안에서 형부시랑(刑部侍郎) 때 지었다.

29 ＿ 池上[162)]

嫋嫋涼風動할새	凄凄寒露零이라
蘭衰花始白이오	荷破葉猶靑이라
獨立樓沙鶴이오	雙飛照水螢이라
若爲寥落境이면	仍値酒初醒이라

30 ＿ 惜落花[163)]

夜來風雨急이러니	無復舊花林이라
枝上三分落이오	園中一寸深[164)]이라
日斜啼鳥思요	春盡老人心이라
莫怪添杯飮하라	情多酒不禁이라

31 ＿ 和杜錄事[165)]題紅葉[166)]

寒山十月旦에	霜葉一時新이라
似燒非因火요	如花不待春이라
連行排絳帳[167)]이오	亂落剪紅巾이라
解駐籃轝[168)]看하니	風前唯兩人이라

---

162) 이 시는 백거이가 60세이던 태화 5년(831)에 낙양에서 하남윤(河南尹) 때 지었다.

163) 이 시는 백거이가 61세이던 태화 6년(832)에 낙양에서 하남윤 때 지었다.

164) 白居易 著, 朱金城 箋注, 『白居易集箋校』 三(上海古籍出版社, 2008), 1848쪽. 馬本, 全詩에는 '一'은 '二'라 주석하였는데 잘못이다. 宋本, 那波本, 汪本, 盧校에 의거하여 개정함. 全詩의 주에 '一'은 '一'이라 주석하였는데 잘못이다.

165) 두녹사(杜錄事): 이름은 미상이다. 당시 왕옥산(王屋山) 천단봉(天壇峯)에서 수도하였다.

166) 이 시는 백거이가 61세이던 태화 6년(832)에 낙양에서 하남윤 때 지었다.

167) 白居易 著, 朱金城 箋注, 『白居易集箋校』 三(上海古籍出版社, 2008), 1918~1919쪽. 汪本에 '絳帳'이 '絳葉'으로 주석한 것은 잘못이다.

168) 白居易 著, 朱金城 箋注, 『白居易集箋校』 三(上海古籍出版社, 2008), 1918~1919쪽. 『文苑英華』에는 '籃輿'의 '輿'가 '昇'로 되어 있다.

32 ___ 池上贈韋山人[169][170]

新竹夾平流할새　　　新荷拂小舟라
衆皆嫌好拙[171]하니　　誰肯伴閑遊아
客爲忙多去하고　　　僧因飯暫留라
獨憐[172]韋處士는　　　盡日共悠悠라

33 ___ 西風[173]

西風來幾日가　　　一葉已先飛라
新霽乘輕屐이오　　初涼換熟衣라
淺渠銷慢水[174]는　　疎竹漏斜暉라
薄暮靑苔巷엔　　　家僮引鶴歸라

34 ___ 雨後秋凉[175]

夜來秋雨後에　　　秋氣颯然新이라
團扇先辭手하고　　生衣不着[176]身이라

---

169) 위산인(韋山人)은 위초(韋楚)이다. 낙양(洛陽) 이궐산(伊闕山) 평천(平泉)에 은거하였다.

170) 이 시는 백거이가 59세이던 태화 4년(830)에 낙양에서 태자빈객분사(太子賓客分司) 때 지었다. 白居易 著, 朱金城 箋注, 『白居易集箋校』 四(上海古籍出版社, 2008), 1942쪽에 의하면, 『文苑英華』에는 제목은 「池上贈山人韋君」이다.

171) 白居易 著, 朱金城 箋注, 『白居易集箋校』 四(上海古籍出版社, 2008), 1942쪽. 『文苑英華』에는 제3구의 '好拙'이 '拙好'이다.

172) 白居易 著, 朱金城 箋注, 『白居易集箋校』 四(上海古籍出版社, 2008), 1942쪽. 『文苑英華』에는 제7구의 '獨憐'의 '獨'이 '猶'이다.

173) 이 시는 백거이가 59세이던 태화 4년(830)에 낙양에서 태자빈객분사 때 지었다.

174) 白居易 著, 朱金城 箋注, 『白居易集箋校』 四(上海古籍出版社, 2008), 1954쪽. 『文苑英華』에는 '銷慢水'의 '銷'가 '鋪'로 되어 있고, 全詩의 주에도 '銷'가 '鋪'로 되어 있다.

175) 이 시는 백거이가 67세이던 개성 3년(838)에 낙양에서 태자소부분사(太子少傅分司) 때 지었다.

176) 白居易 著, 朱金城 箋注, 『白居易集箋校』 四(上海古籍出版社, 2008), 2356쪽에 의하면, 본문의 '生衣不着身'의 '着'이 주금성의 전교본에는 '著'으로 되어 있다. '着'과 '著'은 동자(同字)이다.

更添砧引思요   難與簟相親이라
此境誰偏覺가   貧閑老瘦人이라

35 ___ 自詠[177]

鬢白面微紅할새   醺醺半醉中이라
百年隨手過하고   萬事轉頭空이라
卧疾瘦居士요   行歌狂老翁이라
仍聞好事者면   將我畫屏風이라

36 ___ 酬夢得暮秋晴夜對月相憶[178]

霽月光如練하야   盈庭復滿池라
秋深無熱後요   夜淺未寒時라
露葉團荒菊이오   風枝落病梨라
相思懶相訪하니   應是各年衰라

37 ___ 新秋夜雨[179]

蟋蟀暮啾啾할새   光陰不少留라
松簷半夜雨요   風幌滿牀秋라
曙早燈猶在하고   凉初簟未收라
新晴好天氣한데   誰伴老人遊아

---

177) 이 시는 백거이가 67세이던 개성 3년(838)에 낙양에서 태자소부분사 때 지었다.
178) 이 시는 백거이가 67세이던 개성 3년(838)에 낙양에서 태자소부분사 때 지었다. 劉夢得의 '늦가을 개
    인 밤 달을 대하고 서로 생각하다'라는 시에 화답한 것이다.
179) 이 시는 백거이가 69세~74세이던 개성 5년(841)에서 회창 5년(845) 사이에 낙양에서 지었다.

38 ── 何處春先到[180]

何處春先道아	橋東水北亭[181]이라
凍花開未得하고	冷酒着[182]難醒이라
就日移輕榻이오	遮風展小屛이라
不勞人勸醉[183]나	鶯語漸丁寧이라

39 ── 和春深二十首 39~58[184]

1) 何處春深好아	春深富貴家라
馬爲中路鳥하고	妓作後庭花라
羅綺驅論隊요	金銀用斷車[185]라
眼前何所苦아	唯苦日西斜라

40 ── 和春深二十首

2) 何處春深好아	春深貧賤家라
荒涼三逕草요	冷落四隣花라

---

180) 이 시는 백거이가 59세이던 태화 4년(830)에 낙양에서 태자빈객분사 때 지었다. 白居易 著, 朱金城 箋注, 『白居易集箋校』三(上海古籍出版社, 2008), 1905~1906쪽에 의하면, 『文苑英華』에는 시의 제목이 「春日偶題」로 되어 있다.

181) 白居易 著, 朱金城 箋注, 『白居易集箋校』三(上海古籍出版社, 2008), 1905~1906쪽. 馬本에는 '北亭'의 '亭'이 '頭'로 되어 있으나 잘못임. 宋本, 那波本, 汪本, 『文苑英華』, 全詩에 의해 교정되었다.

182) 白居易 著, 朱金城 箋注, 『白居易集箋校』三(上海古籍出版社, 2008), 1905~1906쪽. 『文苑英華』, 全詩, 汪本에는 '著難醒'의 '著'가 '酌'으로 되어 있고, 汪本, 全詩의 주석에는 '蒼'으로 되어 있다.

183) 白居易 著, 朱金城 箋注, 『白居易集箋校』三(上海古籍出版社, 2008), 1905~1906쪽. 『文苑英華』에는 '不勞人勸醉'가 '更無人勸歡'으로 되어 있다.

184) 이 시는 백거이가 58세이던 태화 3년(829)에 장안에서 형부시랑 때 지었다.

185) 白居易 著, 朱金城 箋注, 『白居易集箋校』三(上海古籍出版社, 2008), 1827~1838쪽. 馬本에는 '斷車'의 '斷'이 '短'으로 되어 있으나 잘못임. 宋本, 那波本, 汪本, 全詩, 盧校에 의거하여 개정함. 全詩의 주에 '斷'은 '短'이라 한 주석도 있는데 잘못이다.

奴困歸傭力하고　　妻愁出賃車라
途窮平路險하야　　舉足劇褒斜[186]라

41 ＿ 和春深二十首

3) 何處春深好아　　春深執政家라
　鳳池[187]深硯水요　　雞樹[188]落衣花라
　詔借當衢宅하고　　恩容上殿車라
　延英[189]開對久나　　門與日西斜라

42 ＿ 和春深二十首

4) 何處春深好아　　春深方鎮家라
　通犀排帶胯하고　　瑞鶻[190]勘袍花라
　飛絮衝毬馬[191]요　　垂楊拂妓車라
　戎裝拜春設[192]할새　　左握寶刀斜라

---

186) 포사(褒斜): 사천성과 섬서성을 있는 요도(要道)로 매우 험준하다. 남쪽을 포, 북쪽을 사라 하는데 보통 사곡(斜谷)이라 한다.

187) 봉지(鳳池): 재상가를 말한다.

188) 계수(雞樹): 중서성(中書省)을 가리킴. 전중(殿中)의 나무에 닭이 깃든 데서 유래한다.

189) 연영전(延英殿): 장안(長安) 대명궁(大明宮) 자신전(紫宸殿)의 서쪽에 있었다.

190) 白居易 著, 朱金城 箋注, 『白居易集箋校』三(上海古籍出版社, 2008), 1827~1838쪽. 馬本, 汪本에는 '瑞鶻'의 '鶻'이 '鶴'로 되어 있으나 잘못임. 宋本, 那波本, 全詩에 의거하여 개정함. 汪本에는 '鶻'이라 한 주석도 있고, 全詩에도 '鶴'이라 한 주석도 있지만 모두 그르다. '鶻'이 옳다.

191) 구마(毬馬): 격구(擊毬)할 때 타는 말이다.

192) 白居易 著, 朱金城 箋注, 『白居易集箋校』三(上海古籍出版社, 2008), 1827~1838쪽. 본문의 '拜春設'의 '設'은 수, 당시대에는 '伎藝'를 이름. 白居易詩에는 '看春設'인데 후대의 판본에서 '拜春設'이 되었다.

43 __ 和春深二十首

5) 何處春深好아　　　春深刺史家라

　陰繁棠布葉[193]이오　　歧秀[194]麥分花[195]라

　五匹[196]鳴珂馬요　　雙輪畫軹車[197]라

　和風引行樂하니　　葉葉集擻[198]斜라

44 __ 和春深二十首

6) 何處春深好아　　　春深學士家라

　鳳書[199]裁五色이오　　馬鬐剪三花[200]라

　蠟炬開明火하고　　銀臺[201]賜物車라

　相逢不敢揖하니　　彼此帽伍斜라

---

193) 주나라 召分이 남국 순행 때 아가위나무 아래에서 쉰 일을 말한다.

194) 白居易 著, 朱金城 箋注, 『白居易集箋校』三(上海古籍出版社, 2008), 1827~1838쪽. 那波本, 汪本, 全詩에는 '歧秀'의 '歧'가 '岐'로 되어 있음. 城按에 의하면, 六朝 이래로 '路多從止'에 의해 『爾雅』에도 '歧'라 하였다.

195) 한나라 장담(張湛)이 어양태수로 있을 때 보리 이삭이 한 줄기에 두 개씩 나온 것을 보고 백성들이 그의 선정을 노래한 말이다.

196) 白居易 著, 朱金城 箋注, 『白居易集箋校』三(上海古籍出版社, 2008), 1827~1838쪽. 본문의 '匹'이 주금성의 전교본에는 '疋'로 되어 있다. '匹'과 '疋'은 같은 뜻의 글자이다.

197) 白居易 著, 朱金城 箋注, 『白居易集箋校』三(上海古籍出版社, 2008), 1827~1838쪽. 那波本, 汪本에는 '畫軹'의 '軹'이 '軏'으로 되어 있다.

198) 白居易 著, 朱金城 箋注, 『白居易集箋校』三(上海古籍出版社, 2008), 1827~1838쪽. 본문의 '集擻'가 주금성의 전교본에는 '隼旗'로 되어 있다. '隼旗'의 뜻이 맞다. 일본 蓬左文庫 소장의 명종 20년(1565) 초주갑인자혼입보자번각본에도 '隼旗'로 고쳐 새기고 있다.

199) 봉서(鳳書): 조서를 말한다.

200) 삼화(三花): 말갈기를 세 가닥으로 땋아 꾸민 것이다.

201) 은대(銀臺): 궁궐문의 이름. 당나라 때 한림원과 학사원이 은대문 안에 있었다.

45 ＿ 和春深二十首

7) 何處春深好아 　　春深女學家²⁰²⁾라

慣看溫室樹하고 　　飽識浴堂花라

御印提隨仗이오 　　香賤²⁰³⁾把下車라

宋家²⁰⁴⁾宮撲²⁰⁵⁾鬂는 　　一片綠雲斜라

46 ＿ 和春深二十首

8) 何處春深好아 　　春深御史家라

絮縈驄馬尾요 　　蝶繞繡衣花라

破柱行持斧하고 　　埋輪立駐車라

入班遙認得하니 　　魚貫一行斜라

47 ＿ 和春深二十首

9) 何處春深好아 　　春深遷客家라

一杯寒食酒요 　　萬里故園花라

---

202) 여학가(女學家): 『신당서 新唐書』 권77에 의하면, 당 덕종(德宗) 때 송정분(宋廷芬)의 딸 5명이 총명하고 글을 잘 지어 덕종의 부름을 받아 궁중에 머물면서 여학사로 불렸고, 그중 둘째인 송약소(宋若昭)는 상궁에 임명되었다.

203) 白居易 著, 朱金城 箋注, 『白居易集箋校』三(上海古籍出版社, 2008), 1827~1838쪽. 본문의 '賤'이 주금성의 전교본에는 '賤'으로 되어 있다. 해석상 '賤'이 옳다.

204) 白居易 著, 朱金城 箋注, 『白居易集箋校』三(上海古籍出版社, 2008), 1827~1838쪽. 『新唐書』 권77 「附尙宮宋氏事跡」에 의하면, "정원(貞元) 7년(791)부터 비금도적(秘禁圖籍)을 송약신(宋若莘)에게 총괄하여 관리하게 하였는데, 목종(穆宗)은 송약소(宋若昭)가 일처리가 더욱 능숙하니 상궁을 삼고, 송약신에게 그 직분을 내린 것이다. 송약신이 보력(寶曆; 825~826) 초기에 죽자 송약헌(宋若憲)으로 그 일을 대신하게 하였고, 문종(文宗)은 학문을 숭상하여 송약헌을 더욱 예로 대하였다. … 후에 참소를 입어 가속이 영남(嶺南)으로 이사하였다."

205) 白居易 著, 朱金城 箋注, 『白居易集箋校』三(上海古籍出版社, 2008), 1827~1838쪽. 본문의 '撲'이 주금성의 전교본에는 '樣'으로 되어 있다. 같은 뜻의 글자이다.

炎瘴蒸如火하고　　光陰走似車라
爲憂鵩鳥²⁰⁶⁾至하여　　秖²⁰⁷⁾恐日光斜라

48 ＿ 和春深二十首

10) 何處春深好아　　春深經業家라
　　唯求太常第하야　　不管曲江花라
　　折桂名慙郄이오　　收螢志慕車라
　　官場泥鋪處에　　最怕寸陰斜라

49 ＿ 和春深二十首

11) 何處春深好아　　春深隱士家라
　　野衣裁薜葉이오　　山飯曬松花라
　　蘭索紉幽珮²⁰⁸⁾하고　　浦輪駐軟車라
　　林間箕踞坐하여　　白眼向人斜라

50 ＿ 和春深二十首

12) 何處春深好아　　春深漁父家라
　　松灣隨棹月이오　　桃浦落船花라
　　投餌移經檝²⁰⁹⁾하고　　牽輪轉小車라

---

206) 복조(鵩鳥): 상서롭지 못한 새. 이 새가 인가에 이르면 주인이 죽는다고 한다.
207) 白居易 著, 朱金城 箋注, 『白居易集箋校』三(上海古籍出版社, 2008), 1827~1838쪽. 본문의 '秖'가 주금 성의 전교본에는 '只'로 되어 있다. '秖'와 '只'는 동자(同字)이다.
208) 白居易 著, 朱金城 箋注, 『白居易集箋校』三(上海古籍出版社, 2008), 1827~1838쪽. 본문의 '珮'는 주금성의 전교본에는 '珮'로 되어 있다.
209) 白居易 著, 朱金城 箋注, 『白居易集箋校』三(上海古籍出版社, 2008), 1827~1838쪽. 본문의 '檝'이 주금 성의 전교본에는 '楫'으로 되어 있다. '檝'과 '楫'은 동자(同字)이다.

蕭蕭蘆葉裏에　　　風起釣絲斜라

51 ── 和春深二十首

13) 何處春深好아　　　春深潮戶家라

　　濤飜三月雪이오　　浪噴四時花라

　　曳練馳千馬요　　　驚雷走萬車라

　　餘波落何處오　　　江轉富楊[210]斜라

52 ── 和春深二十首

14) 何處春深好아　　　春深痛飮家라

　　十分杯[211]裏物이오　五色眼前花라

　　餔歠眠糟甕하고　　流涎見麴車라

　　中山一沈[212]醉가　　千度日西斜라

53 ── 和春深二十首

15) 何處春深好아　　　春深上巳[213]家라

───────────────

210) 白居易 著, 朱金城 箋注,『白居易集箋校』三(上海古籍出版社, 2008), 1827~1838쪽. 본문의 '楊'이 주금
　　성의 전교본에는 '陽'으로 되어 있다. '陽'이 맞다. 호림박물관 소장본인 초주갑인자본에도 '陽'으로 되어
　　있다. 부양(富陽)은 항주(杭州)에서 30km 떨어진 서쪽 교외에 있다. 부춘강(富春江)이 동서로 가로 질러
　　지나고 자연산수의 신운과 역사문화의 침적은 부양에 독특한 경관을 주고 있다. 이태백, 백락천, 육유,
　　황광망(黃公望), 서하객(徐霞客) 등 문인들이 부양산수를 찬미하였으며 삼국시기 동오(東吳)황제 손권
　　등 역사 명인도 배출되었다.

211) 白居易 著, 朱金城 箋注,『白居易集箋校』三(上海古籍出版社, 2008), 1827~1838쪽. 본문의 '杯'가 주금
　　성의 전교본에는 '盃'로 되어 있다. '杯'와 '盃'는 같은 뜻이며, '盃'가 '杯'의 속자(俗字)이다.

212) 白居易 著, 朱金城 箋注,『白居易集箋校』三(上海古籍出版社, 2008), 1827~1838쪽. 본문의 '沈'가 주금
　　성의 전교본에는 '沉'으로 되어 있다. '沈'과 '沉'은 같은 뜻이며, '沉'이 '沈'의 속자이다.

213) 상사(上巳): 음력으로 삼월 삼짇날(3월 3일)에 치르는 불계(祓禊)라는 의식이 있다. 동쪽으로 흐르는
　　물에 묵은 때를 씻어 몸과 마음을 정결히 하던 의식이다. 원래는 음력 3월 첫째 巳日인 上巳日에 행하던

蘭亭席上酒요　　　曲落[214]岸邊花라

弄水遊童棹하고　　湔裾小婦車라

齊橈爭渡處엔　　　一匹錦標斜라

54 ___ 和春深二十首

16) 何處春深好아　　春深寒食家라

　　玲瓏鏤雞子요　　宛轉綵毬花라

　　碧草追遊騎하고　紅塵拜掃車라

　　鞦韆細腰女가　　搖曳逐風斜라

55 ___ 和春深二十首

17) 何處春深好아　　春深博奕[215]家라

　　一先爭破顔이오　六聚鬪成花라

　　鼓應投壺[216]馬요　兵衝象戲車라

　　彈碁[217]局上事는　最妙是長斜[218]라

것이다. 『後漢書』 '禮儀志' 祓禊條에 "이달(3월) 상사일에 官民이 다 동쪽으로 흐르는 물에 묵은 때와
병을 씻어 크게 깨끗하게 해서 재앙을 물리친다."고 기록하고 있다. 그러다 차차 삼짇날에만 치르는
의식으로 굳어졌다.

214) 白居易 著, 朱金城 箋注, 『白居易集箋校』三. 上海古籍出版社, 2008, 1827~1838쪽. 본문의 '落'이 주금
성의 전교본에는 '洛'으로 되어 있다. 호림박물관 소장본인 초주갑인자본에는 '洛'으로 되어 있다. 주대
(周代)에도 이미 '동계곡락(同禊曲洛)'이라고 해서 굽은 물가에서 불계(祓禊)를 행한 기록이 있다. '洛'이
맞는 글자이다.

215) 박혁(博奕): 당대의 바둑놀이는 탄기(彈棋)로 24개의 바둑돌을 사용하는 것이다. 두 사람이 대국을 하고
흑백의 돌이 각각 여섯 개다.

216) 白居易 著, 朱金城 箋注, 『白居易集箋校』三(上海古籍出版社, 2008), 1827~1838쪽. 본문의 '壺'가 주금
성의 전교본에는 '棋'로 되어 있다. '投壺'는 병이나 항아리 따위에 붉은 화살과 푸른 화살을 던져 넣어
화살의 숫자로 승부를 가리던 놀이이고, '投棋'는 탄기(彈棋)의 바둑놀이이다. 따라서 이 시는 탄기(彈
棋)의 바둑놀이를 노래한 시이므로 '投壺'의 '壺'보다 '投棋'의 '棋'가 맞는 글자이다.

217) 白居易 著, 朱金城 箋注, 『白居易集箋校』三(上海古籍出版社, 2008), 1827~1838쪽. 본문의 '碁'가 주금

56 ＿ 和春深二十首

18) 何處春深好아　　春深嫁女家라
　　紫排襦上雉요　　黃帖鬢邊花라
　　轉燭初移障이오　　鳴環欲上車라
　　靑衣傳㡙褥하니　　錦繡一條斜라

57 ＿ 和春深二十首

19) 何處春深好아　　春深娶婦家라
　　兩行籠裏燭이오　　一樹扇間花라
　　賓拜登華席하고　　親迎障幰車라
　　催粧詩未了하야　　星斗漸傾斜라

58 ＿ 和春深二十首

20) 何處春深好아　　春深妓女家라
　　眉欺楊柳葉이오　　裙妬石榴花라
　　蘭麝熏行被요　　金銅釘坐車라
　　楊州[219]蘇小小가　　人道最夭(伊邪反)[220]斜라

성의 전교본에는 '棋'로 되어 있다. 탄기(彈棋)란 바둑판에 마주 앉아서 바둑돌을 튀겨서 상대편 바둑돌을 떨어뜨리는 놀이이며, '碁'와 '棋'는 동자(同字)이다.

218) 장사(長斜): 모서리에 아주 가깝게 붙여 기울여 튕기는 것을 말한다.

219) 白居易 著, 朱金城 箋注, 『白居易集箋校』 三(上海古籍出版社, 2008), 1827~1838쪽. 본문의 '楊州'가 주금성의 전교본에는 '杭州'로 되어 있다. 宋本, 那波本에는 '揚州'이고, 馬本, 汪本, 全詩에는 '杭州'이다. 송의 蘇小小는 그 墓가 楊州에 있고, 南齊의 蘇小小 묘는 杭州에 있으니 어느 것이 옳은지 알 수 없다. 楊洲는 揚州로도 쓴다.

220) 白居易 著, 朱金城 箋注, 『白居易集箋校』 三(上海古籍出版社, 2008), 1827~1838쪽. 본문의 '伊邪反'이 주금성의 전교본에는 '伊耶反'으로 되어 있다. 田子藝가 이르기를 '夭 少好貌 卽妖也 卽邪歪也'라 한 것이니, 夭의 발음은 '伊耶反'이 맞다.

59 ___ 何處難忘酒七首 59~65[221]

1) 何處難忘酒아　　長安嘉氣新이라
　　初等高第客[222]이오　　乍作好官人이라
　　省壁明張牓하고　　朝衣穩稱身이라
　　此時無一盞이면　　爭奈帝城春가

60 ___ 何處難忘酒七首

2) 何處難忘酒아　　天涯話舊情이라
　　靑雲俱未達[223]이오　　白髮帝相驚이라
　　二十年前別하여　　三千里外行이라
　　此時無一盞이면　　何以敍平生가

61 ___ 何處難忘酒七首

3) 何處難忘酒아　　朱門羨少年[224]이라
　　春分花發後요　　寒食月明前이라

---

221) 이 시는 백거이가 59세이던 태화 4년(830)에 낙양에서 태자빈객분사로 있으면서 지었다. 김경동 편저, 『백거이시선』(문이재, 2002), 59쪽을 참고하면, "백거이는 태화 4년(830) 59세 되던 해에 낙양에 있으면서 한적한 생활을 즐기고 있었다. 이때 '불여래음주(不如來飮酒)' 7수, '하처난망주(何處難忘酒)' 7수로 이루어진 권주십사수(勸酒十四首)를 지었다. 그중 '하처난망주(何處難忘酒)' 7수는 살아가면서 술을 마셔야 할 때를 일곱 가지로 나누어 노래한 것이다."라고 하였다.

222) 白居易 著, 朱金城 箋注, 『白居易集箋校』三(上海古籍出版社, 2008), 1898~1899쪽. 본문의 '高第客'이 주금성의 전교본에는 '高第後'로 되어 있다. 那波本에는 '高第後'의 '後'가 '客'이고, 汪本에는 '日'이다. 어느 글자가 옳은지 알 수 없다.

223) 白居易 著, 朱金城 箋注, 『白居易集箋校』三(上海古籍出版社, 2008), 1898~1899쪽. 본문의 '未達'이 주금성의 전교본에는 '不達'로 되어 있다. 那波本에는 '不達'의 '不'가 '未'이다. 두 글자의 뜻이 비슷하여 해석상의 차이가 없다.

224) 白居易 著, 朱金城 箋注, 『白居易集箋校』三(上海古籍出版社, 2008), 1898~1899쪽. 본문의 '美少年'이 주금성의 전교본에는 '羨少年'으로 되어 있다. 宋本, 那波本에는 '羨少年'이 '美少年'이다.

小院廻羅綺며 　　　深房理管絃이리

此時無一盞이면 　　爭過艶[225]陽天가

62 ＿ 何處難忘酒七首

4) 何處難忘酒아 　　　霜庭老病翁이라

暗聲啼蟋蟀이오 　　乾葉落梧桐이라

鬢爲愁先白이오 　　顏因醉暫紅이라

此時無一盞이면 　　何計奈秋風가

63 ＿ 何處難忘酒七首

5) 何處難忘酒아 　　　軍功第一高라

還鄕隨露布[226]하고 　半路授旌旄라

玉柱剝蔥手요 　　　金章[227]爛棋袍[228]라

此時無一盞이면 　　何以騁雄豪아

64 ＿ 何處難忘酒七首

6) 何處難忘酒아 　　　靑門[229]送別多라

---

225) 白居易 著, 朱金城 箋注, 『白居易集箋校』三(上海古籍出版社, 2008), 1898~1899쪽. 본문의 '艶'이 주금성의 전교본에는 '豔'으로 되어 있다. '艶'과 '豔'은 동자(同字)이다.

226) 노포(露布): 1) 포고문 2) 군대의 승리의 소식 3) 격문

227) 금장(金章): 금(金)으로 만든 인장(印章)을 말함. 대개 재상이 이를 패용하였으므로 고관 재상을 뜻하는 말로 쓰이기도 한다.

228) 심포(棋袍): 중국 전통의상(오디 모양의 단추를 오른 쪽 옷섶에 길게 내려 단 중국 전통 두루마기로 추정됨)

229) 청문(靑門): 한나라 시대 장안성의 동남문인 패성문(覇城門)을 말함. 이 문에서 이별이 많이 이루어져 이별의 장소로도 일컬어진다.

斂襟收涕淚요   簇馬聽笙歌라

煙樹灞陵[230]岸이오   風塵長樂[231]坡라

此時無一盞이면   爭奈去留何아

65 __ 何處難忘酒七首

7) 何處難忘酒아   逐臣歸故園이라

赦書逢驛騎하야   賀客出都門이라

半面瘴煙色이오   滿衫鄉淚痕이라

此時無一盞이면   何物可招魂가

66 __ 不如來飲酒七首[232] 66~72

1) 莫隱深山去하소   君應到自嫌이라

齒傷朝水冷이오   貌苦夜霜嚴이라

漁去風生浦요   樵歸雲滿巖이라

不如來飲酒하니   相對醉猒猒이라

67 __ 不如來飲酒七首

2) 莫作農夫去하소   君應見自愁라

迎春犁瘦地오   趁晚餧羸牛라

---

230) 파릉(灞陵): 한문제의 능묘(陵墓)이다.

231) 장락(長樂): 중국 한(漢)나라의 궁전 장락궁(長樂宮)이다. 진(秦)나라의 흥락궁(興樂宮)을 고쳐서 쌓은
    것으로, 그 안에 태후(太后)가 주거하였던 장신궁(長信宮)이 있었다.

232) 이 시는 백거이가 59세이던 태화 4년(830)에 낙양에서 태자빈객분사로 있으면서 지었다.

數被官加稅하고   稀逢歲有秋라

不如來飮酒하니   相伴[233]醉悠悠라

68 ___ 不如來飮酒七首

3) 莫作商人去하소   恓惶君未諳이라

雪霜行塞北이오   風水宿江南이라

蔵鏉百千萬이나   沈舟[234]十二三이라

不如來飮酒하니   仰面醉酣酣이라

69 ___ 不如來飮酒七首

4) 莫事長征去하소   辛勤難具論이라

何曾畫麟閣[235]가   祇是老轅門이라

蟣虱衣中物이오   刀槍面上痕이라

不如來飮酒하니   合眼醉昏昏이라

70 ___ 不如來飮酒七首

5) 莫學長生去하소   仙方悞[236]殺君이라

那將薤上露를   擬待鶴邊雲가

---

233) 白居易 著, 朱金城 箋注, 『白居易集箋校』三(上海古籍出版社, 2008), 1899~1901쪽. 那波本에는 '相伴' 이 '相對'이다.

234) 白居易 著, 朱金城 箋注, 『白居易集箋校』三(上海古籍出版社, 2008), 1899~1901쪽. 본문의 '沈舟'가 주금성의 주교본에는 '沉舟'이다. '沉'은 '沈'의 속자(俗字)이다.

235) 린각(麟閣): 기린각(麒麟閣)을 말함. 한(漢)나라 선제(宣帝)가 지은 누각(樓閣). 공신(功臣) 11명의 상 (像)을 그려 이 각상(閣上)에 걸었다.

236) 白居易 著, 朱金城 箋注, 『白居易集箋校』三(上海古籍出版社, 2008), 1899~1901쪽. 본문의 '悞'가 주금 성의 주교본에는 '誤'로 되어 있다. 뜻이 비슷한 글자이다.

砒砒皆燒藥이나　　　纍纍盡作墳이라

不如來飮酒하니　　　閑坐醉醺醺이라

71 ── 不如來飮酒七首

6) 莫上靑雲去하소　　　靑雲足愛憎이라

自賢誇智慧[237]하면　　相軋[238]鬪功能이라

魚爛緣呑餌요　　　　蛾燋爲撲[239]燈이라

不如來飮酒하니　　　任性醉騰騰이라

72 ── 不如來飮酒七首

7) 莫入紅塵去하소　　　令人心力勞라

相爭兩蝸角이라도　　所得一牛毛라

且滅嗔中火하고　　　休磨笑裏刀하소

不如來飮酒하니　　　臥穩醉陶陶라

---

237) 白居易 著, 朱金城 箋注, 『白居易集箋校』三(上海古籍出版社, 2008), 1899~1901쪽. 馬本에는 '智慧'의 '慧'는 '彗'로 되어 있는데 잘못임. 宋本, 那波本, 汪本, 全詩, 盧校에 의거하여 개정하였다.

238) 白居易 著, 朱金城 箋注, 『白居易集箋校』三(上海古籍出版社, 2008), 1899~1901쪽. 본문의 '相軋'이 주금성의 주교본에는 '相糾'로 되어 있다. 那波本, 汪本에는 '相糾'의 '糾'는 '軋'로 되어 있다. 어느 글자가 옳은지 알 수 없다.

239) 白居易 著, 朱金城 箋注, 『白居易集箋校』三(上海古籍出版社, 2008), 1899~1901쪽. 본문의 '樸'이 주금성의 주교본에는 '撲'으로 되어 있다. 이 시구의 해석상 '뭇 나방이 불에 타 죽음은 등불에 부딪쳐서네'라는 의미에 비추어보면, '撲'이 맞는 글자이다.

七言律詩

73 ___ 江樓石望招客[240) 241)]

海天東望夕茫茫할새　山勢川形闊復長이라

燈火萬家城四畔하고　星河一道水中央이라

風吹古木晴天雨요　月照平沙夏夜霜이라

能就江樓銷暑否아　比君茅舍校淸凉[242)]가

74 ___ 杭州春望[243)]

望海樓[244)]明照曙霞(城東樓名望海)[245)]하니

護江[246)]隄[247)]白蹋晴沙라

---

240) 白居易 著, 朱金城 箋注, 『白居易集箋校』三(上海古籍出版社, 2008), 1373쪽. 『咸淳臨按志』에는 「江樓夕望招客」의 제목이 「江樓夕望」이다."

241) 沈禺俊 著, 『香山三體法 硏究』(一志社, 1997), 88쪽. 백거이가 장경 3년(823) 7월에 중서사인(中書舍人)이었다가 항주에 출수(出守)하는 길에 지은 것이다. 이곳은 당시 경제가 발전하고 항주성외(杭州城外)는 인구가 조밀하였다. 항주성 강루(江樓)의 생활상을 묘사한 것이다.

242) 白居易 著, 朱金城 箋注, 『白居易集箋校』三(上海古籍出版社, 2008), 1373쪽. 본문의 '淸凉'의 '淸'이 那波本에는 '靑'이다.

243) 이 시는 백거이가 52세이던 장경 3년(823)에 항주에서 항주자사로 있으면서 지었다.

244) 망해루(望海樓): 봉황산(鳳凰山) 항주자사(杭州刺史) 치소(治所) 안에 있는 동루(東樓)이다.

245) 白居易 著, 朱金城 箋注, 『白居易集箋校』三(上海古籍出版社, 2008), 1364쪽. 본문의 제1구 小注에는 '樓'가 추가되어 있고, 주금성의 주교본에는 빠져 있다.

246) 호강(護江): 전당호(錢塘湖)이다. 당의 후기부터 서호(西湖)라 불렸으며 중국 절강성을 북동으로 흘러 항주만(杭州灣)으로 흘러드는 강이다.

247) 제(隄): 백거이는 전당문(錢塘門)에서 무림문(武林門)에 이르는 긴 제방을 건설하여 서호를 두 개로 나누고, 제방 안을 상호(上湖), 제방 밖을 하호(下湖)라 하였으며, 교외의 넓은 논밭에 이어지도록 하였다. 상호에 물을 가두기 위하여, 주위 30여 리를 호수의 범위로 설정하고, 북쪽에는 석함(石函)을 쌓고 남쪽으로 물길을 내어서, 평시에는 빗물이나 산천의 물을 모았다가 가뭄에는 농경지에 물을 댈 수 있도록 하여 농민들이 큰 도움을 받을 수 있게 되었다. 백거이가 쌓은 제방은 현재는 많이 없어졌으나, 아직도 "백제(白堤)"라는 자취로 남아 있다. 백제는 백거이가 항주에 오기 전에도 원래 백사제(白沙堤)라는 이름으로 있었다.

濤聲夜入伍員廟[248]]하고

柳色春藏蘇小[249]家라

紅袖織綾誇柿蔕[250](杭州出柿蔕花者尤佳也)요

靑旗沽酒趂梨花(其俗釀酒趂梨花 時熟號爲梨花春)라

誰開湖寺西南路아

草綠裙腰一道斜라(孤山寺路在湖州中 草綠時望如裙腰)라

75 ＿ 酬哥舒大見贈[251]
(去年先生與哥舒[252]等八人共登科第今敍會散之愁意[253])

去歲歡遊何處去[254]요　　曲江西岸杏園東이라

花下亡歸因美景이요　　樽前勸酒是春風이라

各從微宦風塵裏요　　共度流年離別中이라

---

248) 오원묘(伍員廟): 중국 춘추시대 오나라 사람 오자서(伍子胥 559(?)~484 B.C.)의 사당으로 항주(杭州)의
　　오산(吳山)에 있다. 이름이 원(員)이고, 자서(子胥)는 그의 자(字)이다. 춘추 말기 초(楚)나라 대부 오사
　　(伍奢)의 둘째 아들이다. 그의 선조는 원래 성이 건(乾)이고 이름이 황(荒)이었는데, 주(周)나라에 공을
　　세워 오철공(伍哲公)에 봉해졌기 때문에, 자손들은 오(伍)씨 성을 가지게 되었다. 아버지와 형이 나라
　　초의 평왕에게 피살되자 오나라를 도와 초나라를 쳐서 원수를 갚았다.

249) 소소소(蘇小小): 남제(南齊) 때의 전당(錢塘)의 명기(名妓)이다.

250) 白居易 著, 朱金城 箋注, 『白居易集箋校』三(上海古籍出版社, 2008), 1364쪽. 본문의 제5구의 '蔕'는
　　주금성의 주교본에는 '蒂'로 되어 있는데 '蔕'와 '蒂'는 동자(同字)이다."

251) 이 시는 백거이가 33세이던 정원 20년(804)에 장안에서 지었다.

252) 白居易 著, 朱金城 箋注, 『白居易集箋校』二(上海古籍出版社, 2008), 724쪽. 「酬哥舒大見贈」詩의 箋
　　註에 의하면, 가서대(哥舒大): 가서긍(哥舒恆) 또는 가서원(哥舒垣). 정원(貞元) 19년(803)에 백거이와
　　함께 이부(吏部)에서 주관하는 서판발췌과(書判拔萃科)에 합격하였다.

253) 白居易 著, 朱金城 箋注, 『白居易集箋校』二(上海古籍出版社, 2008), 723쪽. 『白居易集箋校』에는 제목
　　의 小注에 '今敍會散之意'로 되어 있는데, 宋本에는 小注가 '今敍會散之愁意'로 '愁'가 추가되어 있다.

254) 白居易 著, 朱金城 箋注, 『白居易集箋校』二(上海古籍出版社, 2008), 723쪽. 馬本, 汪本, 全詩의 注에
　　제1구 '何處去'의 '去'가 '好'로도 씀. 宋本의 注에는 '何處去'가 '何處好'로도 쓴다." 이를 참조하면, 제1구
　　의 해석은 '何處去'로 하면 '지난해 즐겁게 놀았는데 지금은 어디로 갔나'이고, '何處好'로 하면 '지난해
　　즐겁게 놀았는데 어디에 머문 곳이 좋았는가'이다. '何處好'의 해석이 매우 부드럽고 뒤에 이어지는 제2
　　구인 '곡강 서쪽 언덕이오 행원의 동쪽이라'와도 연결이 매우 자연스럽다.

今日相逢愁又喜하니　　八人分散兩人同이라

76 __ 自河南經亂關內阻飢[255]兄弟離散各在一處因望月有感聊書所懷寄上浮

梁大兄於潛七兄烏江十五兄兼示符離及下邽弟妹[256]

時難年飢[257]世業空일새　　弟兄羈旅各西東이라

田園廖落干戈後로　　骨肉流離道路中이라

吊影分爲千里鴈[258]이오　　辭根散作九秋逢이라

共看明月應垂淚하니　　一夜鄕心五處同이라

77 __ 送王十八[259]歸山寄題仙遊寺[260]

曾於太白峯前住할제　　數到仙遊寺裏來라

黑水澄時潭底出하고　　白雲破處洞門開라

林間煖酒燒紅葉이오　　石上題詩掃綠苔라

惆悵舊遊無復到[261]한대　　菊花時節羨[262]君廻라

---

255) 白居易 著, 朱金城 箋注, 『白居易集箋校』二(上海古籍出版社, 2008), 781쪽. 본문의 '飢'가 주금성의
　　주교본에는 '饑'로 되어 있는데 '飢'와 '饑'는 동자(同字)이다.

256) 沈晤俊 著, 『香山三體法 硏究』(一志社, 1997), 76~77쪽. 백거이가 28세이던 정원 15년(799)에 낙양에서
　　이 시를 지었다. 당시 이희열(李希烈)의 반란으로 흩어진 형제가 고향인 하규(下邽)에서 함께 모였으면
　　하는 필자의 심정을 잘 묘사하고 아울러 전란으로 인해 피폐된 민중의 모습도 애절하게 성찰하고 있다.

257) 白居易 著, 朱金城 箋注, 『白居易集箋校』二(上海古籍出版社, 2008), 781쪽. 본문의 '年飢'가 주금성의
　　주교본에는 '年荒'으로 되어 있음. 箋校에 의하면 '年荒'의 '荒'은 宋本, 那波本, 全詩, 盧校에는 모두
　　'饑'로 되어 있음. 全詩의 주에는 '荒'의 주석도 있다. '飢'와 '饑'는 同字이다.

258) 白居易 著, 朱金城 箋注, 『白居易集箋校』二(上海古籍出版社, 2008), 781쪽. 본문의 '吊'이 주금성의
　　주교본에는 '弔'로 되어 있는데 '吊'은 '弔'의 俗字임. '鴈'은 '雁'으로 되어 있는데 동자(同字)이다.

259) 白居易 著, 朱金城 箋注, 『白居易集箋校』二(上海古籍出版社, 2008), 800쪽. 「送王十八歸山寄題仙遊
　　寺」 詩의 箋註 부분에 왕십팔(王十八)은 왕질부(王質夫)이다.

260) 이 시는 백거이가 38세이던 원화 4년(809)에 장안에서 좌습유, 한림학사로 있을 때 지었다.

261) 白居易 著, 朱金城 箋注, 『白居易集箋校』二(上海古籍出版社, 2008), 800쪽. 본문의 '無復到'의 '無'는
　　『文苑英華』와 全詩에는 '那'로 쓴다. 汪本의 注에도 '那'이다. 따라서 제7구의 해석은 '無復到'로 하면
　　'옛날 노닐던 곳에 다시 오지 못함이 서글픈데'이고, '那復到'로 하면 '옛날 노닐던 곳에 언제 다시 돌아올

78 __ 庾順之[263]以紫霞綺遠贈以詩答之[264]

千里故人心鄭重하야　一端香綺紫氛氳이라
開緘日映晩霞色이오　滿幅風生秋水文[265]이라
爲褥欲裁憐葉破요　製裘將翦惜花分이라
不如縫作合歡被하야　寤寐相思如對君이라

79 __ 宴周皓大夫[266] 光復宅[267]

何處風光最可憐가　妓堂階下硯臺前이라
軒車擁路光照地요　絲管入門聲沸天[268]이라
綠蕙不香饒桂酒하고　紅櫻無色讓花鈿이라
野人不敢求他事하니　唯借泉聲[269]伴醉眠이라

까 서글픈데'이다. '那復到'의 해석이 매우 부드럽다.

262) 白居易 著, 朱金城 箋注, 『白居易集箋校』二(上海古籍出版社, 2008), 800쪽. 본문의 '羨'은 汪本, 全詩
에는 '待'로 쓴다. 따라서 제8구의 해석은 '羨'으로 하면 '국화시절에 그대 돌아가는 것 부럽기만 하구나'
이고, '待'로 하면 '국화시절에 그대 돌아가는 것이 기다려지는 구나'이다. '待'의 해석이 시의 의미에
더 합당하다.

263) 白居易 著, 朱金城 箋注, 『白居易集箋校』二(上海古籍出版社, 2008), 808쪽. '庾順之以紫霞綺贈以詩
答之' 詩의 箋註에 의하면, 유순지(庾順之)는 유경휴(庾敬休)이고 유경휴(庾敬休)의 자(字)가 순지(順
之)이다.

264) 이 시는 백거이가 39세이던 원화 5년(810)에 장안에서 경조호조참군(京兆戶曹參軍), 한림학사(翰林學
士)로 있을 때 지었다.

265) 白居易 著, 朱金城 箋注, 『白居易集箋校』二(上海古籍出版社, 2008), 808쪽. 본문의 '水文'의 '文'이
주금성의 주교본에는 '紋'으로 되어 있다. '水紋'의 '紋'이 宋本, 那波本에는 '文'이다. '紋'과 '文'은 같은
뜻의 글자이다.

266) 주호대부(周皓大夫)는 정확히 누구인지 알 수 없다.

267) 이 시는 백거이가 37세~40세이던 원화 3년(808)~원화 6년(811)에 장안에서 한림학사로 있을 때 지었다.

268) 白居易 著, 朱金城 箋注, 『白居易集箋校』二(上海古籍出版社, 2008), 819~820쪽. 본문의 '沸天'의 '沸'
은 『文苑英華』에는 '徹'이다.

269) 白居易 著, 朱金城 箋注, 『白居易集箋校』二(上海古籍出版社, 2008), 819~820쪽. 본문의 '泉聲'은 『文
苑英華』와 全詩에는 '流泉'이다.

80 ＿ 得潮州楊相公繼之[270]書幷詩以此之[271]

詩情書意兩慇懃[272]하니　　來自天南瘴海濱이라
初覩銀鉤還啓齒하고　　細吟瓊什欲沾巾이라
鳳池隔絶三千里요　　蝸舍沈冥十五春이라
唯有新昌故園月은　　至今分照兩鄉人[273]이라

81 ＿ 白口[274]阻風十日[275]

洪濤白浪[276]塞江津한대　　處處遭迴事事迍이라
世上方爲失途客이오　　江頭又作阻風人이라
魚鰕遇雨腥盈鼻오　　蚊蚋和煙癢滿身이라
老大光陰能幾日가　　等閑白口坐經旬이라

---

270) 白居易 著, 朱金城 箋注, 『白居易集箋校』四(上海古籍出版社, 2008), 2557쪽. 「得潮州楊相公繼之書幷詩以此寄之」詩의 箋註 부분에 양계지(楊繼之)는 양사복(楊嗣復)이다.

271) 이 시는 백거이가 72세~73세 사이인 회창 3년(843)~4년(844)에 낙양에서 형부상서를 치사(致仕)하고 지었다.

272) 白居易 著, 朱金城 箋注, 『白居易集箋校』四(上海古籍出版社, 2008), 2557쪽. 본문의 '慇懃'이 주금성의 주교본에는 '殷勤'으로 되어 있는데, '慇懃'과 '殷勤'은 뜻이 같은 글자이다.

273) 白居易 著, 朱金城 箋注, 『白居易集箋校』四(上海古籍出版社, 2008), 2557쪽. 전교에 의하면, 兩鄉人 아래에 '鳳池 屬 楊相也 蝸舍 自謂也'라는 주석이 있는데, '兩鄕人' 아래 馬本에는 주석이 없다.

274) 구구(臼口): 구구시(臼口市). 종상현(鍾祥縣) 남쪽 90리 한수(漢水) 동쪽에 있다.

275) 이 시는 백거이가 44세이던 원화 10년(815)에 장안에서 강주(江州)로 가는 도중에 지었다.

276) 白居易 著, 朱金城 箋注, 『白居易集箋校』二(上海古籍出版社, 2008), 943~944쪽. 본문의 '白浪', '白'이 『文苑英華』에는 '波'임. 汪本, 全詩에는 한 주석이 '波'이다.

82 ___ 洛下雪中頻與劉[277]李[278]二賓客宴集因寄汴州李尚書[279][280]

水南水北雪紛紛[281]할새   雪裏歡游莫猒[282]頻이라

日日暗來[283]唯老病이오   年年少去是交親이라

碧▨帳暖梅花濕하고   紅綵[284]爐香竹葉春이라

今日鄒枚俱在洛하니   梁園置酒召何人가

---

277) 유우석(劉禹錫): 당 대력(大曆) 7년(772)에 태어나 회창(會昌) 2년(842)에 사망하였다. 그는 대대로 벼슬을 해 온 사족(士族) 출신이었다. 그는 가문 배경보다는 재능과 학식을 통해 정원(貞元) 9년(793) 22세 나이로 진사와 박학굉사과(博學宏詞科)에 급제하여 태자교서(太子校書), 감찰어사(監察御史) 등을 역임하고, 영정(永貞) 원년(805)에 왕숙문(王叔文)이 추진하는 정치혁신에 참여하였다. 혁신에 실패하자 그는 반대파에게 소인배로 몰려 낭주사마(朗州司馬)로 폄적되었고, 그 후 20여 년간 연주(連州), 기주(蘷州), 화주(和州) 등지의 자사로 유배생활을 하였다. 그가 산 시대는 중당대(中唐代)로서 정치·사회적으로 내우외환이 끊이지 않던 혼란기였다. 유우석은 이러한 전환기에 살면서 당시의 여러 중대한 문제와 사회모순 등을 반영하였다.(兪聖濬, 「劉禹錫의 屈原 계승」, 『中國學研究』 第20輯(2001. 6), 186~188쪽 참조).

278) 白居易 著, 朱金城 箋注, 『白居易集箋校』四(上海古籍出版社, 2008), 2049~2050쪽. 「洛陽春贈劉李二賓客」 詩의 箋註 부분에 "이잉숙(李仍叔): 태화(太和) 8년(834) 12월 기해에 종정경(宗正卿) 이잉숙으로 호남관찰사(湖南觀察使)를 삼고 이호(李翶)를 대신하게 하였다. 태화 9년(835) 8월 임인에 소주자사(蘇州刺史) 노주인(盧周仁)으로 호남관찰사를 삼았다. 이 시기에 이잉숙은 호남관찰사를 그만 두고 태자빈객(太子賓客)이 된 것으로 여겨진다."

279) 白居易 著, 朱金城 箋注, 『白居易集箋校』四(上海古籍出版社, 2008), 2331~2332쪽. 「落下雪中頻與劉李二賓客宴集因寄汴州李尚書」 詩의 箋註에 의하면, 변주이상서(汴州李尚書)는 이신(李紳)이다. 개성(開成) 원년(836) 6월 무술삭(戊戌朔), 계해(癸亥)에 하남윤(河南尹) 이신(李紳) 검교예부상서(檢校禮部尚書), 변주자사(汴州刺史)로 선무군절도사(宣武軍節度使)에 충당하였다.

280) 이 시는 백거이가 67세이던 개성 3년(838)에 낙양에서 태자소부분사 때 지었다.

281) 白居易 著, 朱金城 箋注, 『白居易集箋校』四(上海古籍出版社, 2008), 2331~2332쪽. 본문의 '雪紛紛'이 주금성의 주교본에는 '總紛紛'으로 되어 있다. '總紛紛'의 '總'이 宋本, 那波本, 盧校에 모두 '雪'임. 汪本에는 '雪'의 주석도 있다.

282) 白居易 著, 朱金城 箋注, 『白居易集箋校』四(上海古籍出版社, 2008), 2331~2332쪽. 본문의 '猒'이 주금성의 주교본에는 '厭'이다. '猒'과 '厭'은 동자(同字)이다.

283) 白居易 著, 朱金城 箋注, 『白居易集箋校』四(上海古籍出版社, 2008), 2331~2332쪽. 본문의 '暗來'의 '暗'이 汪本, 盧校에 모두 '多'임. 全詩에는 '多'의 주석도 있다.

284) 白居易 著, 朱金城 箋注, 『白居易集箋校』四(上海古籍出版社, 2008), 2331~2332쪽. 본문의 '綵'가 주금성의 전교본에는 '燎'임. '燎'의 뜻이 더 합당한 듯하다.

83 ___ 江樓月[285)286)]

嘉陵江[287)] 曲曲江遲[288)]한대   明月雖同[289)]人別離라

一宵光景潛相憶이나   兩地陰晴遠不知라

誰科[290)]江邊懷我夜리오   正當池畔望君時라

今朝共語方同悔하니   不解多情先寄詩라

84 ___ 認春戲呈馮少尹[291)]李郎中陳主簿[292)293)]

認得春風先到處는   西園南面水東頭라

柳初變後條猶重하고   花朱開前[294)]枝已稠라

暗助醉歡尋綠酒요   潛添睡興著紅樓라

---

285) 白居易 著, 朱金城 箋注,『白居易集箋校』二(上海古籍出版社, 2008), 834~845쪽. 본문의 '江樓月'이 『文苑英華』에는 '江樓望月'이다.

286) 이 시는 백거이가 38세이던 원화 4년(809)에 장안에서 좌습유, 한림학사로 있을 때 지었다.

287) 가릉강(嘉陵江, 자링강): 중국 양쯔강(揚子江) 상류의 지류. 쓰촨성(四川省) 동부에 있다. 친링산맥(秦嶺山脈)에서 발원하는데, 산시성(陝西省) 펑현(鳳縣)을 지나 흘러나오는 동쪽 원류와 간쑤성(甘肅省) 톈수이 지구(天水地區)를 흐르는 시한강(西漢水)이 합류한 후, 남서쪽 뤄양(洛陽)을 지나 다바산맥(大巴山脈)을 가로질러 흐른다. 충칭시(重慶市)에 이르러 양쯔강으로 흘러들어 간다. 총길이 1,119㎞, 유역면적 16만㎢에 이른다.

288) 白居易 著, 朱金城 箋注,『白居易集箋校』二(上海古籍出版社, 2008), 834~845쪽. 본문의 '曲江遲'가 주금성의 전교본에는 '曲江池'임. 箋校에 의하면, '曲江池'의 '池'는 宋本, 那波本에는 모두 '遲'임. 全詩에는 한 주석이 '遲'임. 何校에는 宋刻에 '遲'라 하였다.

289) 白居易 著, 朱金城 箋注,『白居易集箋校』二(上海古籍出版社, 2008), 834~845쪽. 본문의 '雖同'의 '雖'는『文苑英華』에는 '誰'로 되어 있는데 잘못된 것이다.

290) 위의 시 '江樓月'의 제5구인 '誰科江邊懷我夜'의 '科'는 세종 27년(1445) 초주갑인자본에는 '料'이다. 이 시구의 해석은 '강변에서 나를 생각하는 밤인줄 누가 알랴'이니 해석 상 세종 27년(1445) 초주갑인자본 '料'가 옳다. 초주갑인자혼입보자본에서는 인쇄 시 착오로 들어간 글자로 여겨진다.

291) 白居易 著, 朱金城 箋注,『白居易集箋校』三(上海古籍出版社, 2008), 1746쪽.「認春戲呈馮少尹李郎中陳主簿」詩의 箋註에 의하면, 풍소윤(馮少尹)은 하남소윤(河南少尹) 풍정(馮定)이다.

292) 이낭중(李郎中)·진주부(陳主簿)는 누구인지 정확히 알 수 없다.

293) 이 시는 백거이가 60세이던 태화 5년(831)에 낙양에서 하남윤 때 지었다.

294) 白居易 著, 朱金城 箋注,『白居易集箋校』三(上海古籍出版社, 2008), 1778~1779쪽. 箋校에 의하면, 馬本과 全詩에 '開前'의 '開'가 '時'로 되어 있음. 宋本, 那波本, 汪本에 의거하여 개정하였다.

知君未別陽和意는　　直待春深始凝遊라

85 __ 題王處士[295]郊居[296]

半依雲渚半依山하니　　愛此令人不欲還이라
負郭田園八九頃이오　　向陽茅屋兩三間이라
寒松縱老風標在하고　　野鶴雖飢飮啄閑이라
一臥江村來早晩으로　　著書盈帙鬢毛班[297]이라

86 __ 歲晚旅望[298]

朝來暮去星霜換한대　　陰慘陽舒氣序牽이라
萬物秋霜能壞色하고　　四時冬日最凋年이라
煙波半露新沙地요　　鳥雀群飛欲雪天이라
向晩蒼蒼南北望하니　　窮陰旅思[299]兩無邊이라

87 __ 晏坐閑吟[300]

昔爲京洛聲華客이　　今作江湖老倒[301]翁이라

---

295) 왕처사(王處士)는 누구인지 정확히 알 수 없다.
296) 이 시는 백거이가 44세이던 원화 10년(815)에 장안에서 강주로 가는 도중에 지었다.
297) 白居易 著, 朱金城 箋注, 『白居易集箋校』二(上海古籍出版社, 2008), 949쪽. 본문의 '毛班'의 '班'이 주금성의 전교본에는 '斑'으로 되어 있음. '班'과 '斑'은 통용자(通用字)이다.
298) 이 시는 백거이가 44세이던 원화 10년(815)에 장안에서 강주로 가는 도중에 지었다.
299) 白居易 著, 朱金城 箋注, 『白居易集箋校』二(上海古籍出版社, 2008), 949~950쪽. 본문의 '旅思'의 '旅'는 馬本에 '離'로 되어 있는데, 宋本, 那波本, 汪本, 全詩, 盧校에 의거하여 교정함. 全詩에도 '離'라 한 주석도 있다.
300) 이 시는 백거이가 44세이던 원화 10년(815)에 장안에서 강주로 가는 도중에 지었다.
301) 白居易 著, 朱金城 箋注, 『白居易集箋校』二(上海古籍出版社, 2008), 950~951쪽. 본문의 '老倒'는 주금성의 전교본에는 '潦倒'로 되어 있다. 箋校에 '潦倒'의 '潦'는 宋本, 那波本 모두 '老'임. 全詩에도 '老'라

意氣銷磨群動裏요   形骸變化百年中이라

霜侵殘鬢無多黑이오   酒伴衰顔只蹔[302]紅이라

賴學禪門非想之하야   千愁萬念一時空이라

88 ___ 醉後題李馬二妓[303]

行搖雲髻花鈿節하니   應似霓裳趂[304]管絃이라

艶[305]動舞裙渾是火요   愁凝歌黛欲生煙이라

有風縱道能廻雪이나   無水何由忽吐蓮가

疑是兩般心未決하니   雨中神女月中仙을

89 ___ 庾樓曉望[306]

獨憑朱檻立淩晨하니   山色初明水色新이라

竹霧曉籠銜嶺月하고   蘋風暖送[307]過江春이라

子城陰處猶殘雪이오   衙皷[308]聲前未有塵이라

三百年來庾樓上엔   曾經多少望鄕人이라

한 주석도 있다.

302) 白居易 著, 朱金城 箋注, 『白居易集箋校』二(上海古籍出版社, 2008), 950~951쪽. 본문의 '蹔'은 주금성의 전교본에는 '暫'으로 되어 있다. '蹔'과 '暫'은 동자(同字)이다.

303) 이 시는 백거이가 44세이던 원화 10년(815)에 강주에서 강주사마 때 지었다.

304) 白居易 著, 朱金城 箋注, 『白居易集箋校』二(上海古籍出版社, 2008), 963쪽. 본문의 '趂'는 주금성의 전교본에는 '趁'로 되어 있는데 '趂'과 '趁'는 동자(同字)이다.

305) 白居易 著, 朱金城 箋注, 『白居易集箋校』二(上海古籍出版社, 2008), 963쪽. 본문의 '艶'은 '豔'로 되어 있는데 '豔'과 '艶'은 동자(同字)이다.

306) 이 시는 백거이가 45세이던 원화 11년(816)에 강주에서 강주사마 때 지었다.

307) 白居易 著, 朱金城 箋注, 『白居易集箋校』二(上海古籍出版社, 2008), 979쪽. 본문의 '暖送'은 馬本에 '送暖'으로 도치되어 있는데, 宋本, 那波本, 汪本, 『文苑英華』, 全詩에 의거하여 바로잡았다.

308) 白居易 著, 朱金城 箋注, 『白居易集箋校』二(上海古籍出版社, 2008), 979쪽. 본문의 '皷'는 주금성의 전교본에는 '鼓'로 되어 있는데, '皷'는 '鼓'의 속자(俗字)이다.

90 ____ 北樓送客歸上都³⁰⁹⁾

憑高送遠³¹⁰⁾一悽悽나   却下朱欄卽解攜³¹¹⁾라

京路³¹²⁾人歸天直北이오   江樓客散日平西라

長津欲度回船尾하고   殘酒重傾簇³¹³⁾馬蹄라

不獨別君須強飮이니   窮愁自要醉如泥라

91 ____ 百花亭晩望夜歸³¹⁴⁾

百花亭上晩徘徊³¹⁵⁾하니   雲景³¹⁶⁾陰晴掩復開라

日色悠揚映山³¹⁷⁾盡하고   雨聲蕭颯渡江來라

鬢毛遇病雙如雪이오   心緖逢秋一似灰라

向夜欲歸愁未了하야   滿湖明月小船廻라

---

309) 이 시는 백거이가 45세이던 원화 11년(816)에 강주에서 강주사마 때 지었다.

310) 白居易 著, 朱金城 箋注, 『白居易集箋校』二(上海古籍出版社, 2008), 987~988쪽. 箋校에 '送遠'의 '送'은 馬本, 全詩에 모두 '眺'로 되어 있는데 모두 잘못이다. 宋本, 那波本, 汪本, 盧校에 의거하여 교정함. 全詩에도 '送'이라 한 주석도 있다.

311) 白居易 著, 朱金城 箋注, 『白居易集箋校』二(上海古籍出版社, 2008), 987~988쪽. 箋校에 '卽解攜'의 '卽解'는 馬本, 汪本에 모두 '手共'로 되어 있는데 모두 잘못이다. 宋本, 那波本, 全詩에 의거하여 바로잡음. '解攜'의 뜻은 '離別' 또는 '分手'이다.

312) 白居易 著, 朱金城 箋注, 『白居易集箋校』二(上海古籍出版社, 2008), 987~988쪽. '京路'는 盧校에 아마도 '京洛'인 듯하다고 하였다.

313) 白居易 著, 朱金城 箋注, 『白居易集箋校』二(上海古籍出版社, 2008), 987~988쪽. 본문의 '簇'는 주금성의 전교본에는 '簸'이다. '簇'과 '簸'은 동자(同字)이다."

314) 이 시는 백거이가 45세이던 원화 11년(816)에 강주에서 강주사마 때 지었다.

315) 白居易 著, 朱金城 箋注, 『白居易集箋校』二(上海古籍出版社, 2008), 1008~1009쪽. 箋校에 '徘徊'는 全詩에 '裵回'임. 城按에도 '徘徊'는 또한 '裵回'라고 하였다.

316) 白居易 著, 朱金城 箋注, 『白居易集箋校』二(上海古籍出版社, 2008), 1008~1009쪽. 箋校에 '雲景'은 '雲影'으로 되어 있다. 箋校에 '雲影'의 '影'은 宋本, 汪本에 모두 '景'임. 城按에 '景'은 '影'의 本字이다.

317) 白居易 著, 朱金城 箋注, 『白居易集箋校』二(上海古籍出版社, 2008), 1008~1009쪽. '映山'의 '映'은 宋本에 '暎'이며 동자(同字)이다.

92 ___ 寄李相公崔侍郎錢舍人[318)319)]

曾陪鶴馭兩三仙할새	親侍龍興四五年이라
天上歡華[320)]春有限이라	世間標泊海無邊이라
榮枯事過都成夢이오	憂喜心忘[321)]便是禪을
官滿更歸何處去아	香爐峯在宅門前이라

93 ___ 南浦歲暮對酒送王十五[322)]歸京[323)]

臘後冰生覆溢水하고	夜來雲闇失廬山이라
風飄細雪落如米요	索索蕭蕭蘆葦間이라
此地二年留我住하니	今朝一酌送君還이라
相看漸老無過醉하라	聚散窮通揔[324)]是閑을

---

318) 白居易 著, 朱金城 箋注, 『白居易集箋校』二(上海古籍出版社, 2008), 1011~1012쪽. '寄李相公崔侍郎 錢舍人'詩의 箋註에 의하면, 이상공(李相公)은 이강(李絳)이고 자는 심지(深之)이다. 조군(趙郡) 찬황 인(贊皇人)이다. 원화 6년(811)에 중서시랑(中書侍郎), 동중서문하평장사(同中書門下平章事)가 되었 다. ; 최시랑(崔侍郎)은 최군(崔群)임. 원화 12년(817)에 호부시랑(戶部侍郎)에서 중서시랑(中書侍郎), 동중서문하평장사(同中書門下平章事)가 되었다. ; 전사인(錢舍人)은 전휘(錢徽)임. 원화 10년(815)에 중서사인(中書舍人)으로 옮겼다.

319) 이 시는 백거이가 45세이던 원화 11년(816)에 강주에서 강주사마 때 지었다.

320) 白居易 著, 朱金城 箋注, 『白居易集箋校』二(上海古籍出版社, 2008), 1011~1012쪽. 箋校에 '歡華'의 '華'는 盧校에 '娛'임. 全詩 注에 '娛'라 한 주석이 있음. 何校에 '華', 蘭雪에도 '華'이다.

321) 白居易 著, 朱金城 箋注, 『白居易集箋校』二(上海古籍出版社, 2008), 1011~1012쪽. 箋校에 '心忘'의 '心'은 汪本, 盧校에 모두 '情'임. 全詩에 '情'이라 한 주석도 있음. 何校에 '情', 蘭雪에도 '心'이다.

322) 왕십오(王十五)는 정확히 누구인지 알 수 없다.

323) 이 시는 백거이가 45세이던 원화 11년(816)에 강주에서 강주사마 때 지었다.

324) 白居易 著, 朱金城 箋注, 『白居易集箋校』二(上海古籍出版社, 2008), 1015쪽. 본문의 '揔'은 주금성의 전교본에는 '總'으로 되어 있다. '揔'과 '總'은 동자(同字)이다.

94 ── 石楠樹³²⁵⁾

可憐顏色好陰凉한대　　葉剪紅牋花撲霜이라

傘蓋伍垂³²⁶⁾金翡翠요　　薰籠亂搭繡衣裳이라

春芽細炷千燈熖³²⁷⁾요　　夏藥³²⁸⁾濃焚百和³²⁹⁾香이라

見說上林無此樹하야　　只敎桃栁³³⁰⁾占年芳이라

95 ── 尋郭道士³³¹⁾不遇³³²⁾

郡中乞假來相訪할새　　洞裏朝元去不逢이라

看院秖³³³⁾留雙白鶴하고　　入門唯見一靑松이라

藥鑪³³⁴⁾有火丹應伏이오　　雲碓無人水自舂³³⁵⁾을

---

325) 이 시는 백거이가 46세이던 원화 12년(817)에 강주에서 강주사마 때 지었다.
白居易 著, 朱金城 箋注, 『白居易集箋校』二(上海古籍出版社, 2008), 1022~1023쪽. 箋校에는 '石楠樹'의 제목이 馬本, 全詩에는 '石榴樹'로 되어 있음. 宋本, 那波本, 汪本에 의거하여 교정함. 全詩에는 '石楠樹'의 주석도 있다.

326) 白居易 著, 朱金城 箋注, 『白居易集箋校』二(上海古籍出版社, 2008), 1022~1023쪽. 본문의 '伍垂'는 주금성의 전교본에는 '低垂'로 되어 있다. '伍'는 '低'의 속자(俗字)이다.

327) 白居易 著, 朱金城 箋注, 『白居易集箋校』二(上海古籍出版社, 2008), 1022~1023쪽. 본문의 '熖'는 주금성의 전교본에는 '焰'으로 되어 있는데, 뜻이 비슷한 글자이다.

328) 白居易 著, 朱金城 箋注, 『白居易集箋校』二(上海古籍出版社, 2008), 1022~1023쪽. 본문의 '夏藥'는 '夏蕊'로 되어 있음. '藥'와 '蕊'는 꽃술의 뜻인데 '藥'는 '蕊'의 俗字이다.

329) 白居易 著, 朱金城 箋注, 『白居易集箋校』二(上海古籍出版社, 2008), 1022~1023쪽. 箋校에는 '百和'의 '和'는 全詩에는 잘못하여 '合'으로 썼다.

330) 白居易 著, 朱金城 箋注, 『白居易集箋校』二(上海古籍出版社, 2008), 1022~1023쪽. 본문의 '栁'는 주금성의 전교본에는 '柳'임. '柳'와 '栁'는 동자(同字)이다. 箋校에는 '柳'는 馬本, 汪本의 注에는 모두 '李'임. 宋本에도 '李'의 주석이 있음. 宋本, 那波本에는 이런 주석이 없다.

331) 白居易 著, 朱金城 箋注, 『白居易集箋校』二(上海古籍出版社, 2008), 1070~1071쪽. 「尋郭道士不遇」詩의 箋註에 의하면, 곽도사(郭道士)는 곽허주(郭盧舟)이다.

332) 이 시는 백거이가 47세이던 원화 13년(818)에 강주에서 강주사마 때 지었다.

333) 白居易 著, 朱金城 箋注, 『白居易集箋校』二(上海古籍出版社, 2008), 1070~1071쪽. 본문의 '秖'가 주금성의 전교본에는 '祇'로 되어 있음. '秖'는 '祇'는 동자(同字)이다.

334) 白居易 著, 朱金城 箋注, 『白居易集箋校』二(上海古籍出版社, 2008), 1070~1071쪽. 본문 '鑪'가 주금성의 전교본에는 '爐'로 되어 있음. '鑪'와 '爐'는 동자(同字)이다.

335) 白居易 著, 朱金城 箋注, 『白居易集箋校』二(上海古籍出版社, 2008), 1070~1071쪽. 주금성의 전교본

欲問參同契中事면 　　　 更期何口得從容[336]가

96 ___ 風雨晚[337]泊[338]

苦竹林邊蘆葦叢에　　　 停舟一望思無窮이라

靑笤撲地連春雨[339]요　 白浪掀天盡日風이라

忽忽百年皆[340]欲半하고　芒芒[341]萬事坐成空이라

此生飄蕩何時定가　　　 一縷鴻毛天地中을

97 ___ 八月十五日夜溢[342]亭望月[343]

昔年八月十五夜는　　　 曲江[344] 池畔杏園[345]邊[346]이러니

───────

　에는 '水自春' 아래에는 '廬山中雲母多 故以水碓擣鍊 俗呼爲雲碓' 注가 있음. 那波本에는 이 주석이 없음. 注 중에 '雲碓'는 馬本에 '水碓'라 함. 宋本, 汪本, 全詩에 의거하여 고쳤다.

336) 白居易 著, 朱金城 箋注, 『白居易集箋校』二(上海古籍出版社, 2008), 1070~1071쪽. 箋校에는 '從容'은 全詩의 注에 의하면, '未知何日得相從'이라고 하였다. 이를 참고하면, 제8구의 해석은 '어느 날 본받게 되는지 다시 기약할 수 있을까?'인데, 全詩의 주를 참고하면 '어느 날에 본받게 될지 알 수 없다'이다. 제7구와 해석을 연결하면, '참동계에 관한 일을 물으려면 어느 날에 본받게 될지 알 수 없다'여서 의미상의 연결이 명확해진다.

337) 白居易 著, 朱金城 箋注, 『白居易集箋校』二(上海古籍出版社, 2008), 1102~1103쪽. 본문의 '晚'이 주금성의 전교본에는 '夜'로 되어 있음. 箋校에 宋本, 那波本, 汪本, 全詩에는 모두 '晚'이다. 全詩의 注에 '夜'의 주석도 있다.

338) 이 시는 백거이가 47세이던 원화 13년(818)에 강주에서 강주사마 때 지었다.

339) 白居易 著, 朱金城 箋注, 『白居易集箋校』二(上海古籍出版社, 2008), 1102~1103쪽. 箋校에 '連春雨'의 '春'은 馬本에 '香'으로 되어 있는데 잘못된 것이다. 宋本, 那波本, 汪本, 全詩, 盧校에 의거하여 교정함. 全詩에는 '香'의 주석도 있지만 잘못된 것이다. 査校에 '宵'라 했지만 뜻에 의거해서 고친 것뿐이다.

340) 白居易 著, 朱金城 箋注, 『白居易集箋校』二(上海古籍出版社, 2008), 1102~1103쪽. 본문의 '皆'는 주금성의 전교본에는 '行'으로 되어 있는데, 해석상 어느 것이 옳은지 알 수 없다.

341) 白居易 著, 朱金城 箋注, 『白居易集箋校』二(上海古籍出版社, 2008), 1102~1103쪽. 본문의 '芒芒'은 주금성의 전교본에는 '茫茫'으로 되어 있는데, '芒'과 '茫'은 통용자(通用字)이다.

342) 분(溢): 분수(溢水). 쟝시성(江西省)에 있는 용개하(龍開河)의 옛 이름. 북쪽으로 흘러서 장강(長江)으로 흘러들어 가는데 그 입구를 분구(溢口)라고 한다.

343) 백거이가 47세이던 원화 13년(818)에 강주에서 강주사마 때 지은 시이다.

344) 곡강(曲江): 곡강지(曲江池)라고도 하는데 장안성 남쪽에 있었다. 진한시기부터 제왕들의 유락 장소였

今年八月十五夜는　　　溢浦³⁴⁷⁾沙頭³⁴⁸⁾水館³⁴⁹⁾前이라

西北望向何處是며　　　東南見月幾回圓가

臨風一歎無人會하니　　　今夜淸光似往年이라

98 ── 西省對花憶中州東坡新花樹因寄題東樓³⁵⁰⁾

每看闕下丹靑樹할제　　　不忘天邊錦繡林이라

西掖垣中今日眼이오　　　南賓樓上去年心이라

花含春意無分別이나　　　物感人情有淺深을

最憶東坡紅爛熳은　　　野桃山杏水林檎이라

99 ── 蕭相公³⁵¹⁾宅遇自遠禪師³⁵²⁾有感而贈³⁵³⁾

宦途堪笑不勝³⁵⁴⁾悲니　　　昨日榮華今日衰라

는데, 당의 현종이 연못 남쪽에 부용원(芙蓉苑), 행원(杏園), 자운루(紫雲樓), 낙유묘(樂游廟), 자은사
(慈恩寺) 등의 명승지를 조성하였다. 장안인들이 이곳에 나와 경치를 즐겼고, 명절에는 일반백성을 포함
한 수많은 사람들이 나와서 붐볐다고 한다.

345) 白居易 著, 朱金城 箋注, 『白居易集箋校』二(上海古籍出版社, 2008), 1110쪽. 箋校에 '杏園'의 '園'은
　　馬本에 '林'으로 되어 있는데 잘못된 것이다. 宋本, 那波本, 汪本, 盧校에 의거하여 교정함. 全詩에는
　　'林'의 주석도 있지만 잘못된 것이다.

346) 白居易 著, 朱金城 箋注, 『白居易集箋校』二(上海古籍出版社, 2008), 1110쪽. 본문의 '邉'은 주금성의
　　전교본에는 '邊'으로 되어 있는데, '邉'은 '邊'의 속자(俗字)이다.

347) 분포(溢浦): 분수(溢水)를 말한다.

348) 사두(沙頭): 모래사장. 모래섬이다.

349) 수관(水館): 물을 끼고 있는 객사나 역참이다.

350) 이 시는 백거이가 50세이던 장경 원년(821)에 장안에서 주객랑중(主客郎中), 지제고(知制誥) 때 지었다.

351) 白居易 著, 朱金城 箋注, 『白居易集箋校』三(上海古籍出版社, 2008), 1285쪽.「蘇相公宅遇自遠禪師有
　　感而贈」詩의 箋註 부분: "소상공(蕭相公)은 소면(蕭俛)임. 목종(穆宗)이 즉위하여 소면을 중서시랑(中
　　書侍郎), 동중서문하평장사(同中書門下平章事)로 삼았다."

352) 자원선사(自遠禪師)는 어느 승인지 알 수 없다.

353) 이 시는 백거이가 51세이던 장경 2년(822)에 장안에서 중서사인 때 지었다.

354) 白居易 著, 朱金城 箋注, 『白居易集箋校』三(上海古籍出版社, 2008), 1285쪽. 箋校에는 '不勝'의 '勝'이
　　『文苑英華』에 '勞'로 되어 있고, 全詩의 주에도 '勞'의 주석이 있다.

轉似秋蓬無定處요		長於春夢幾多時라
半頭白髮懃355)蕭相하고	滿面紅塵問遠師라
應是世間緣未盡하야		欲抛官去尙遲疑를

100 ___ 江亭翫春356)

江亭乘曉閱衆芳하니		春姸景麗草樹光이라
日消石柱綠嵐氣요		風墮木蘭紅露漿이라
水蒲漸展書帶葉이오		山榴半舍琴軫房이라
何物春風吹不變가마는	愁人依舊鬢蒼蒼을

101 ___ 悲歌357)

白頭新洗鏡新磨나		老逼新來不奈何오
耳裏頻聞故人死하고		眼前唯覺少年多라
塞鴻遇暖猶廻翅요		江水因潮亦反波라
獨有衰顔留不得하야		醉來無計但悲歌라

---

355) 白居易 著, 朱金城 箋注, 『白居易集箋校』三(上海古籍出版社, 2008), 1285쪽. 본문의 '懃'은 주금성의
　　전교본에는 '慚'으로 되어 있는데, '慚'은 '慙'과 동자(同字)이다.
356) 이 시는 백거이가 51세이던 장경 2년(822)에 장안에서 중서사인 때 지었다.
357) 이 시는 백거이가 52세이던 장경 3년(823)에 항주에서 항주자사 때 지었다.

102 ___ 江樓晚眺景物鮮奇吟翫成篇寄水部張員外[358][359]

澹煙疎雨間斜陽하니	江色鮮明海氣涼이라
蜃散雲收破樓閣하고	虹殘水照斷橋梁이라
風翻白浪花千片이오	鴈[360]點青天[361]字一行이라
好着[362]丹青圖寫[363]取하야	題詩寄與水曹郎이라

103 ___ 酬微之誇鏡湖[364][365]

我嗟身老歲方徂할새	君更官高興轉孤라
軍門郡閣[366]曾閑否며	禹穴耶溪[367]得到無아
酒酸[368]省陪波卷白이오	骰盆[369]思共彩呼廬라

---

358) 白居易 著, 朱金城 箋注, 『白居易集箋校』三(上海古籍出版社, 2008), 1375~1376쪽. 箋校에 보면, 장원외(張員外)는 수부원외랑(水部員郎) 장적(張籍)임. 『文苑英華』에는 시의 제목 '張' 아래에 '籍'의 글자가 있다.

359) 이 시는 백거이가 53세이던 장경 4년(824)에 항주에서 항주자사 때 지은 시이다.

360) 白居易 著, 朱金城 箋注, 『白居易集箋校』三(上海古籍出版社, 2008), 1375~1376쪽. 본문의 '鴈'은 주금성의 전교본에는 '雁'으로 되어 있는데, '鴈'과 '雁'은 동자(同字)이다.

361) 白居易 著, 朱金城 箋注, 『白居易集箋校』三(上海古籍出版社, 2008), 1375~1376쪽. 箋校에 보면, 『文苑英華』에는 '青天'의 '青'이 '晴'으로 되어 있다.

362) 白居易 著, 朱金城 箋注, 『白居易集箋校』三(上海古籍出版社, 2008), 1375~1376쪽. 본문의 '好着'이 주금성의 전교본에는 '好著'으로 되어 있는데, '着'은 '著'의 속자(俗字)임. 箋校에 '好著'은 '卽好以之意'이다.

363) 白居易 著, 朱金城 箋注, 『白居易集箋校』三(上海古籍出版社, 2008), 1375~1376쪽. 箋校에 보면, '圖寫'의 '寫'는 『文苑英華』 및 全詩에는 '畫'임. 『文苑英華』에는 '寫', 汪本에는 '畫', 全詩에는 '寫'의 주석이 있다.

364) 경호(鏡湖): 절강성(浙江省) 뇌주(雷州) 호광암풍경구(湖光巖風景區)안에 있는 호수. 연중 푸른 색을 띠며 거울처럼 맑고 깨끗하다 하여 경호라고 하였다.

365) 이 시는 백거이가 52세이던 장경 3년(823)에 항주에서 항주자사 때 지었다.

366) 白居易 著, 朱金城 箋注, 『白居易集箋校』三(上海古籍出版社, 2008), 1534~1535쪽. 본문의 '郡閣'이 주금성의 전교본에는 '郡閤'으로 되어 있는데, 글자의 차이는 있지만 고을 관청이라는 뜻이 비슷하다.

367) 白居易 著, 朱金城 箋注, 『白居易集箋校』三(上海古籍出版社, 2008), 1534~1535쪽. 箋注에 의하면, 야계(耶溪)는 약야계(若耶溪)이다. 전해지길 서시(西施)가 이곳에서 연꽃을 따고, 구야(歐冶)가 검을 만들던 곳이라 하였다. 『가태회계지(嘉泰會稽志)』권 10에 의하면, 약야계는 회계현(會稽縣) 남쪽 25리(里)이며 북쪽에서 흘러내려 경호(鏡湖)와 합한다.

一泓鏡水誰能羨가

自有胸中萬頃湖[370](微之詩云 孫園虎寺隨宜看 不必遙遙羨鏡湖 故以此戲言答[371]之)를

104 ___ 紫薇花[372]

紫薇花對紫薇翁[373]하니　　名目誰同貌不同이라

獨占芳菲當夏景하고　　不將顏色託春風이라

潯陽官舍雙高樹요　　興善僧庭一大叢[374]이라

何似蘇州安置處가　　花堂欄下月明中가

105 ___ 偶飮[375]

三酸[376]醺醺四體融하니　　妓亭[377]簷下夕陽中이라

---

368) 白居易 著, 朱金城 箋注, 『白居易集箋校』三(上海古籍出版社, 2008), 1534~1535쪽. 본문의 '酸'이 주금 성의 전교본에는 '盞'으로 되어 있다. '酸'과 '盞'은 동자(同字)이다.

369) 白居易 著, 朱金城 箋注, 『白居易集箋校』三(上海古籍出版社, 2008), 1534~1535쪽. 箋校에 보면, '盆' 이 馬本과 全詩에는 '盤'으로 주석되어 있음. 宋本, 那波本, 汪本, 全詩, 盧校에 의거하여 개정하였다.

370) 白居易 著, 朱金城 箋注, 『白居易集箋校』三(上海古籍出版社, 2008), 1534~1535쪽. 箋校에 보면, 那波 本에는 '萬頃湖' 아래에 주석이 없다.

371) 白居易 著, 朱金城 箋注, 『白居易集箋校』三(上海古籍出版社, 2008), 1534~1535쪽. 본문의 '答'이 주금 성의 전교본에는 '答'으로 되어 있다. '答'이 맞는 글자이다.

372) 이 시는 백거이가 54세이던 보력(寶歷) 원년(825)에 소주(蘇州)에서 소주자사 때 지었다.

373) 白居易 著, 朱金城 箋注, 『白居易集箋校』三(上海古籍出版社, 2008), 1623~1624쪽. 본문의 '紫薇翁'이 주금성의 전교본에는 '紫微翁'으로 되어 있다. '微'가 맞는 글자이다. 箋校에 보면, '紫微翁'의 '微'가 那波本, 汪本에는 '薇'로 되어 있으나 잘못임. 城按에는 '唐開元間改中書省爲紫微省 取象於紫微垣 居 易曾官中書舍人 故自稱紫微翁'의 주석이 있다. 그 내용은 당의 개원 연간(713~741)에 중서성을 자미성 으로 바꾸고 자미원에서 그 이름을 취한 것이다. 백거이가 일찍이 중서사인 벼슬을 하였기 때문에 자칭 자미옹이라 하였다.

374) 白居易 著, 朱金城 箋注, 『白居易集箋校』三(上海古籍出版社, 2008), 1623~1624쪽. 箋校에 보면, '興 善僧庭一大叢'의 주석은 '指長安興善寺之紫薇花'로 장안 흥선사의 자미화를 가리킨다. 이 주석을 참고 하면 '장안 흥선사(興善寺) 스님 계신 뜰에는 자미화가 무성하구나'라고 해석이 명확해진다.

375) 이 시는 백거이가 54세이던 보력 원년(825)에 소주에서 소주자사 때 지었다.

376) 白居易 著, 朱金城 箋注, 『白居易集箋校』三(上海古籍出版社, 2008), 1640쪽. 본문의 '酸'이 주금성의 전교본에는 '盞'으로 되어 있는데. '酸'과 '盞'은 同字이다.

千聲方響敲相續하고　　　一曲雲和[378]憂未終이라

今日心情如往日이오　　　秋風氣味似春風이라

唯憎小吏樽前報는　　　　道去衙[379]時水五筒이라

106 ___ 正月三日閑行[380]

黃鸝港口鶯欲語하고　　　烏鵲河頭氷欲銷(黃鸝防名烏鵲河名)[381]라

綠浪東西南北水요　　　　紅欄三百九十橋(蘇之官橋大數)[382]라

鴛鴦蕩漾雙雙翅하고　　　楊柳交加萬萬條라

借問春風來早晚가　　　　秖從今日到明朝[383]라

107 ___ 病中多雨逢寒食[384]

水國多陰常懶出할새　　　老夫饒病愛閑眠이라

三旬臥度鶯花月하고　　　一半春銷風雨天이라

薄暮何人吹觱栗[385]이며　　新晴幾處縛鞦韆가

---

377) 白居易 著, 朱金城 箋注, 『白居易集箋校』三(上海古籍出版社, 2008), 1640쪽. 箋校에는 '妓亭'의 '亭'이 何校, 盧校에는 '停'으로 되어 있다.

378) 白居易 著, 朱金城 箋注, 『白居易集箋校』三(上海古籍出版社, 2008), 1640쪽. 箋校에는 '雲和'의 '雲'이 馬本과 全詩에는 '繾'로 되어 있는데, 宋本, 那波本, 汪本, 盧校에 의거하여 개정하였다.

379) 아참(衙參): 1) 관리들이 아침저녁으로 조정에 모여 듦 2) '아침'의 방언

380) 이 시는 백거이가 55세이던 보력 2년(826)에 소주(蘇州)에서 소주자사 때 지었다.

381) 白居易 著, 朱金城 箋注, 『白居易集箋校』三(上海古籍出版社, 2008), 1653~1655쪽. 箋校에 보면, 那波本에는 '氷欲銷' 아래에 주석이 없다.

382) 白居易 著, 朱金城 箋注, 『白居易集箋校』三(上海古籍出版社, 2008), 1653~1655쪽. 箋校에 보면, '九十橋' 아래 小注 '大數'가 馬本에는 '之數'로 되어 있는데 잘못이다. 宋本, 汪本, 全詩에 의거하여 개정하였다.

383) 白居易 著, 朱金城 箋注, 『白居易集箋校』三(上海古籍出版社, 2008), 1653~1655쪽. 본문의 '秖從今日到明朝'는 주금성의 전교본에는 '只從前日到今朝'임. 이 구절은 어느 것이 옳은지 알 수 없다.

384) 이 시는 백거이가 55세이던 보력 2년(826)에 소주에서 소주자사 때 지었다.

385) 白居易 著, 朱金城 箋注, 『白居易集箋校』三(上海古籍出版社, 2008), 1661쪽. 본문의 '觱栗'은 주금성의 전교본에는 '觱篥'로 되어 있는데, '觱篥'이 피리라는 뜻으로 맞는 한자이다.

綵繩芳樹長如舊나　　　　唯是年年換少年이라

108 ── 眼病[386)]

散亂空中千片雪이오　　　　蒙籠物上一重紗라
縱逢晴景如看霧요　　　　不是春天亦見花(已上四句 皆病眼中所見者也)[387)]라
僧說客塵來眼界하고　　　　醫言風眩在肝家라
兩頭治療何曾差오　　　　藥力微茫佛力賖를

109 ── 詠懷[388)]

蘇杭自昔稱名郡하야　　　　牧守當今當好官[389)]이라
兩地江山蹋得遍하고　　　　五年風月詠將殘[390)]이라
幾時酒醆[391)]曾抛却이며　　　　何處花枝不把看가
白髮滿頭歸得也하니　　　　詩情酒興漸闌珊[392)]이라

386) 이 시는 백거이가 55세이던 보력 2년(826)에 소주에서 소주자사 때 지었다.
　　白居易 著, 朱金城 箋注, 『白居易集箋校』三(上海古籍出版社, 2008), 1671~1672쪽. 본문의 제목이 「眼病」인데, 주금성의 전교본에는 '二首'가 더 추가되어 있음. 초주갑인자혼입보자본은 제1,2수 중 1수만을 택해서 제목에 뒷부분인 '二首'가 빠진 것이다.
387) 白居易 著, 朱金城 箋注, 『白居易集箋校』三(上海古籍出版社, 2008), 1671~1672쪽. 箋校의 那波本에는 '見花' 아래에 주석이 없다.
388) 이 시는 백거이가 55세이던 보력 2년(826)에 소주에서 소주자사 때 지었다.
389) 白居易 著, 朱金城 箋注, 『白居易集箋校』三(上海古籍出版社, 2008), 1675~1676쪽. 箋校에는 '當好官'의 '當'은 何校는 黃校에 근거하여 '是'라고 한다.
390) 白居易 著, 朱金城 箋注, 『白居易集箋校』三(上海古籍出版社, 2008), 1675~1676쪽. 箋校에는 '將殘'의 '將'은 何校는 黃校에 근거하여 '來'라고 함. 汪本, 全詩에도 '來'라고 한 주석이 있다.
391) 白居易 著, 朱金城 箋注, 『白居易集箋校』三(上海古籍出版社, 2008), 1675~1676쪽. 본문의 '醆'은 주금성의 전교본에는 '盞'으로 되어 있는데, '醆'과 '盞'은 동자(同字)이다.
392) 白居易 著, 朱金城 箋注, 『白居易集箋校』三(上海古籍出版社, 2008), 1675~1676쪽. 전교에는 '闌珊' 아래에 '將殘一作來殘'이라는 주석이 있음. 那波本에는 '闌珊' 아래에 주석이 없음. 宋本은 馬本과 같다.

110 ＿ 鸚鵡[393]

隴西鸚鵡到江東하야　　養得經年[394]觜漸紅이라
常恐思歸先剪翅하고　　每因餧食暫開[395]籠이라
人憐巧語情雖重이나　　鳥憶高飛意不同을
應似朱門[396]歌舞妓로　　深藏牢閉後旁[397]中이라

111 ＿ 題天竺寺[398]

一山門作兩山門할새　　兩寺元從一寺分이라
東澗水流西澗水요　　南山雲起北山雲이라
前臺花發後臺見하고　　上界鐘淸下界聞이라
遙想吾師行道處에　　天香桂子落紛紛을

112 ＿ 琴茶[399]

兀兀寄形群動內한대　　陶陶任性一生間이라
自抛官後春多醉하고　　不讀書來老更閑을

---

393) 이 시는 백거이가 55세이던 보력 2년(826)에 소주에서 소주자사 때 지었다.

394) 白居易 著, 朱金城 箋注, 『白居易集箋校』三(上海古籍出版社, 2008), 1692~1693쪽. 箋校에는 '經年'의 '經'이 馬本에는 '今'으로 잘못 주석되어 있음. 宋本, 那波本, 汪本, 全詩에 의거하여 개정하였다.

395) 白居易 著, 朱金城 箋注, 『白居易集箋校』三(上海古籍出版社, 2008), 1692~1693쪽. 箋校에 보면, '暫開'의 '暫'은 馬本에는 '漸'으로 잘못 주석되어 있음. 宋本, 那波本, 汪本, 全詩, 盧校에 의거하여 교정하였다.

396) 주문(朱門): 붉은 칠을 한 대문. 귀족이나 부호 집안을 가리킨다.

397) 白居易 著, 朱金城 箋注, 『白居易集箋校』三(上海古籍出版社, 2008), 1692~1693쪽. 본문의 '後旁'은 주금성의 전교본에는 '後房'으로 되어 있는데 뜻으로 보아 '後房'이 옳다. 箋校에 의하면 '後房'의 '後'가 『文苑英華』에는 '在'로 되어 있다. 호림박물관 소장의 초주갑인자본에는 '後房'으로 되어 있다.

398) 제111수인 '題天竺寺'는 『白居易集箋校』에 수록되어 있지 않았다. 이 시는 또한 일본 서능부(西陵部) 소장본(4918)인 갑진자(성종 15, 1484)로 인출한 『백씨문집(白氏文集)』에 들어있지 않고, 연세대학교 소장본(귀 841.17)인 목판본 『백씨문집』에도 들어 있지 않다. 시기 및 장소가 정확하지 않다.

399) 이 시는 백거이가 55세이던 보력 2년(826)에 소주의 소주자사로 있을 때 지었다.

琴裏知聞唯淥水요　　茶中故舊是蒙山이라

窮通行止長相伴이어늘　誰道吾今無往還가

113 ___ 寄殷協律[400]（多敍江南舊遊）[401]

五歲優游同過日할새　　一朝消散似浮雲이라

琴詩酒伴皆抛我나　　雪月花時最憶君이라

幾度聽雞歌白日가

亦曾騎馬詠紅裙(先生在杭州日有歌云 聽唱黃雞與白日 又有詩云 着紅騎馬是何人)[402]이라

吳娘[403]暮雨蕭蕭曲을

自別江南更不聞(江南吳二娘曲詞云 暮雨蕭蕭郎不歸)[404]이라

114 ___ 鏡換盃[405]

欲將珠匣[406]靑銅鏡을　　換取金樽白玉巵라

鏡裏老來無避處나　　樽前愁至有消時를

茶能散悶爲功淺하고　　萱縱忘憂得力遲라

---

400) 白居易 著, 朱金城 箋注, 『白居易集箋校』三(上海古籍出版社, 2008), 1746쪽. '寄殷恊律' 詩의 箋註에 의하면, 은협률(殷協律)은 은요번(殷堯藩)이다.

401) 이 시는 백거이가 57세이던 태화 2년(828)에 낙양에서 비서감 때 지었다.

402) 白居易 著, 朱金城 箋注, 『白居易集箋校』三(上海古籍出版社, 2008), 1746쪽. '紅裙' 아래의 小注에 '先生'은 '子'이고, '着'은 '著'으로 되어 있다. '先生'과 '子'는 인칭의 문제이고 '着'은 '著'은 속자(俗字)임. 箋校에 의하면, 那波本에는 '紅裙' 아래에 注가 없다.

403) 白居易 著, 朱金城 箋注, 『白居易集箋校』三(上海古籍出版社, 2008), 1746쪽. 箋校에 의하면, '吳娘'의 '娘'은 馬本에는 '姬'로 잘못 주석되어 있음. 宋本, 那波本, 汪本, 全詩, 盧校에 의거하여 교정하였다. 오랑(吳娘)은 오이랑(吳二娘)으로 항주(杭州)의 명기(名妓)이다.

404) 白居易 著, 朱金城 箋注, 『白居易集箋校』三(上海古籍出版社, 2008), 1746쪽. 箋校에 의하면, '不聞' 아래에 那波本에는 注가 없다.

405) 이 시는 백거이가 57세이던 태화 2년(828)에 장안에서 형부시랑 때 지었다.

406) 白居易 著, 朱金城 箋注, 『白居易集箋校』三(上海古籍出版社, 2008), 1803~1804쪽. 箋校에 의하면, '珠匣'의 '珠'는 汪本, 全詩에는 '朱'이다.

不似[407]杜康[408]神用速이나   十分一盞便開眉라

115 ___ 不出門[409]

不出門來又數旬이니   將何銷日與誰親가
鶴籠開處見君子하고   書卷展時逢古人이라
自靜其心延壽命이오   無求於物長精神이라
能行便是眞修道니   何必降魔調伏身가

116 ___ 過元家履信宅[410][411]

鷄犬喪家分散後로   林園失主寂廖時라
落花不語空辭樹하고   流水無情自入池라
風蕩醨船[412]初破漏요   雨淋歌閣欲傾欹를
前庭後院傷心事는   唯是春風秋月知라

---

407) 白居易 著, 朱金城 箋注, 『白居易集箋校』三(上海古籍出版社, 2008), 1803~1804쪽. 箋校에 의하면, '不似'의 '似'는 馬本에는 '是'로 잘못 주석되어 있음. 宋本, 那波本, 汪本에 의거하여 개정함. 全詩의 주에는 '是'라고 한 주석이 있지만 잘못된 것이다.
408) 두강(杜康): 최초로 술을 빚었다는 전설상의 인물이다.
409) 이 시는 백거이가 58세이던 태화 3년(829)에 낙양에서 태자빈객분사 때 지었다.
410) 원가(元家) 이신댁(履信宅): 원진(元稹)의 이신방(履信坊) 집임. 낙양 장하문(長夏門) 동쪽 제4가(第四街)에 있음. 원진이 죽은 이후 백거이가 장안 이신방에 있던 그의 옛집을 방문하여 지은 시이다.
411) 이 시는 백거이가 61세이던 태화 6년(832)에 낙양에서 하남윤 때 지었다.
412) 白居易 著, 朱金城 箋注, 『白居易集箋校』三(上海古籍出版社, 2008), 1917~1918쪽. 箋校에 의하면, '醨船'의 '醨'은 馬本의 注에 '伊甸切'이라 하였다.

117 ___ 題崔常侍濟上別墅[413][414]

求榮爭寵任紛紛이라가　　脫棄金貂秖有君이라

散員疏去未爲貴요　　　　小邑道休何足云가

山色好當晴後見이요　　　泉聲宜向醉中聞이라

主人憶爾爾知否아　　　　抛却青雲歸白雲을

118 ___ 予與微之老而無子發於言歎着[415]在詩篇今年冬各有一子戲作二什一以相賀一以自嘲[416]

常憂到老都無子라가

何況新生又是兒아

陰德自然宜有慶于公陰德其後蕃[417]이니

皇天可得道無知皇天無知伯道無兒아

一園水竹今爲主微之新居多水竹나

百卷文章更付誰微之文集凡一百卷아

---

413) 白居易 著, 朱金城 箋注,『白居易集箋校』三(上海古籍出版社, 2008), 1919~1920쪽. 최상시(崔常侍)는 최현량(崔玄亮)이고, '濟上別墅'는 좌산기상시(左散騎常侍) 최현량(崔玄亮)의 제원장(濟源莊)을 가리킨다.

414) 이 시는 백거이가 61세이던 태화 6년(832)에 제원(濟源)에서 하남윤 때 지었다.
白居易 著, 朱金城 箋注,『白居易集箋校』三(上海古籍出版社, 2008), 1919~1920쪽. 제목에 小注인 '時常侍以長告罷歸 今故先報泉石'이 있음. 箋校에 의하면, 제목 아래에 那波本에는 注가 없다.

415) 白居易 著, 朱金城 箋注,『白居易集箋校』四(上海古籍出版社, 2008), 1935~1936쪽. 箋校에 의하면 '於言'의 二字는 宋本에는 어그러졌고, '今年' 아래 馬本에는 '冬' 字가 탈락되었는데, 宋本, 那波本, 汪本, 全詩에 의거하여 보충하였음. '着'은 '著'으로 되어 있다. 호림박물관 소장의 초주갑인자본에는 '著'으로 되어 있다. 두 글자는 비슷한 뜻의 글자이며, '着'은 '著'의 속자(俗字)이다. 초주갑인자혼입보자본은 칠언시 제1수, 제2수중에 제1수만 선택하고, 주금성의 전교본에는 제1수, 제2수가 모두 수록되었음. 箋校에 의하면, '自嘲'는 宋本, 那波本에는 제2구의 별도 제목으로 되어 있다.

416) 이 시는 백거이가 58세이던 태화 3년(829)에 낙양에서 태자빈객분사 때 지었다.

417) 白居易 著, 朱金城 箋注,『白居易集箋校』四(上海古籍出版社, 2008), 1935~1936쪽. '有慶'의 아래의 小注에 '蕃'이 '蕃昌'으로 되어 있음. 箋校에 의하면, '有慶' 아래 那波本에는 注가 없음. 宋本의 小注에는 '蕃' 아래에 '昌'이 빠져 있다.

莫慮鵷雛[418]無浴處하소

卽應重入鳳凰池라

119 ___ 橋亭卯飮[419]

卯時偶飮齋時[420]罷러니　　林下高橋橋上亭이라

松影過窓眠始覺하고　　竹風吹面醉初醒이라

就荷葉上苞魚鮓이오　　當石渠中浸酒缾이라

生計悠悠身兀兀하야　　甘從妻喚作劉靈[421]을

120 ___ 夜宴惜別[422]

笙歌旖旎曲終頭할새　　轉作離聲滿座愁라

箏怨朱絃[423]從此斷이오　　燭啼紅淚[424]爲誰流아

---

418) 白居易 著, 朱金城 箋注, 『白居易集箋校』四(上海古籍出版社, 2008), 1935~1936쪽. 본문의 '鵷雛'는 주금성의 전교본에는 '鸂鷘'로 되어 있는데, '鵷鷘'의 글자가 옳다. '鵷鷘'는 봉황 종류이다.

419) 이 시는 백거이가 59세이던 태화 4년(830)에 낙양에서 태자빈객분사 때 지었다.

420) 白居易 著, 朱金城 箋注, 『白居易集箋校』四(上海古籍出版社, 2008), 1935~1936쪽. 箋校에 의하면, '齋時'의 '齋'는 那波本에는 '齊'로 잘못되어 있다.

421) 白居易 著, 朱金城 箋注, 『白居易集箋校』四(上海古籍出版社, 2008), 1935~1936쪽. 본문의 '劉靈'의 '靈'이 주금성의 전교본에는 '伶'으로 되어 있음. 箋校에 의하면, '劉伶'의 '伶'은 宋本과 何校에는 모두 '靈'으로 되어 있음. 全詩의 주에도 '靈'의 주석이 있음. 盧校에도 '伶'의 본래 이름은 '靈'이다.
　　유영(劉靈): 晉나라 사람. 竹林七賢의 한 사람이며 술을 좋아했음. 유영이 생계는 돌보지 않고 술만 좋아하니 그의 아내가 울면서 "그대는 술이 지나쳐 섭생하는 방도가 아니니 반드시 술을 끊어야 하오." 하자, 유영이 "훌륭하오, 내가 스스로 금할 수 없으니 오직 귀신에게 끊도록 빌고 스스로 맹세할 뿐이오. 그렇게 하려면 술과 안주를 갖추어야 하오." 하였더니, 그의 아내가 그대로 따랐다. 유영이 〈귀신에게〉 빌기를 "하늘이 유영을 태어나게 하고 술로 이름을 삼게 하여 한 번에 1곡(斛)을 마셔야 하고, 5두(斗)를 마셔야 숙취가 풀리는데, 아녀자의 말을 삼가 들을 것이 못됩니다." 하고, 술과 안주를 끌어다 다시 흠뻑 취했다는 고사이다. ≪晉書 四十九 劉伶傳≫

422) 이 시는 백거이가 59세이던 태화 4년(830)에 낙양에서 태자빈객분사 때 지었다.

423) 주현(朱絃): 익힌 실(熟絲)로 만든 거문고 줄이다.

424) 홍루(紅淚): 혈루(血淚). 또는 미인의 눈물을 가리키기도 한다.

夜長似歲歡宜盡하고　　　醉未如泥飮莫休라
何況鷄鳴卽須別이니　　　門前風雨冷脩脩[425]]를

121 ___ 座中戲呈諸少年[426]
衰容禁得無多酒요　　　秋鬢新添幾許霜이라
縱有風情應淡薄이니　　　假如老健莫誇張하라
興來吟詠從成癖하고　　　飮後酣歌少放狂이라
不爲倚官兼挾勢하면　　　因何入得少年場가

122 ___ 戲贈夢得[427]兼呈思黯[428][429]
雙鬢莫欺今老矣[430]하야　　　一杯莫笑便陶然하라
陳郎中[431]處爲高戶하고　　　裴使君[432]前作少年[433]이라
顧我獨狂多自哂이오　　　與君同病最相憐을
月終齋滿誰開素아　　　湏記[434]奇章[435]置一筵이라

---

425) 白居易 著, 朱金城 箋注, 『白居易集箋校』四(上海古籍出版社, 2008), 1966~1967쪽. 본문의 '脩脩'는
　　주금성의 전교본에는 '修修'로 되어 있는데, '脩'와 '修'는 동자(同字)이다.
426) 이 시는 백거이가 60세이던 태화 5년(831)에 낙양에서 하남윤 때 지었다.
427) 몽득(夢得): 유우석(劉禹錫)의 자(字)이다.
428) 사암(思黯): 우승유(牛僧孺)의 자(字)이다.
429) 이 시는 백거이가 67세이던 개성 3년(838)에 낙양에서 태자소부분사 때 지었다.
430) 白居易 著, 朱金城 箋注, 『白居易集箋校』四(上海古籍出版社, 2008), 2337~2338쪽. 본문의 '雙鬢'의
　　'雙'이 주금성의 전교본에는 '霜'으로 되어 있음. 箋校에 의하면, '霜鬢'의 '霜'은 宋本, 那波本, 汪本,
　　盧校에는 '雙', 全詩에는 '雙'의 한 주석이 있음. '老矣' 아래 주가 없는데, 주금성의 전교본에는 '傳曰
　　今老矣 無能爲也'의 주가 있음. 箋校에 의하면, 那波本에는 注가 없음. 注中 '傳曰'은 宋本, 汪本, 全詩,
　　盧校에 의거하여 개정하였다.
431) 진랑중(陳郎中): 진상(陳商)이며 자는 술성(述聖)이다.
432) 배사군(裴使君): 배흡(裴洽)이며 당시 90세였다.
433) 白居易 著, 朱金城 箋注, 『白居易集箋校』四(上海古籍出版社, 2008), 2337~2338쪽. '作少年' 아래 注
　　가 없는데, 주금성의 전교본에는 '陳商郎中酒戶涓滴 裴洽使君年九十餘'의 주가 있다.
434) 白居易 著, 朱金城 箋注, 『白居易集箋校』四(上海古籍出版社, 2008), 2337~2338쪽. 본문의 '湏記'의

123 ＿＿ 早春憶遊思黯南莊[436]因寄長句[437]

南莊勝處心常憶하니　　借問軒車早晚遊아
美景難忘竹廊下요　　好風爭奈柳橋頭를
冰消見水多於地하고　　雪霽看山盡入樓이라
若待春深始同賞이면　　鶯殘花落却堪愁아

124 ＿＿ 送蘄春[438]李十九使君[439]赴郡[440]

可憐官職好文詞하니　　五十專城未是遲라
曉日鏡前無白髮이오　　春風門外有紅旗라
郡中何處堪携酒며　　席上誰人解和詩아
唯共交親開口笑는　　知君不及洛陽時를

125 ＿＿ 寒食日寄楊東川[441][442]

不知楊六[443]逢寒食하여　　作[444]底歡娛過此辰가

'湏'가 주금성의 전교본에는 '須'로 되어 있는데 '須'가 맞는 글자이다. 箋校에 의하면, '湏譺'의 '譺'는 馬本과 全詩에는 '擬'로 주석이 되었는데 잘못이다. 宋本, 那波本, 汪本, 盧校에 의거하여 개정하였다.

435) 기장(奇章): 기장후에 봉해진 우승유(牛僧孺)를 말한다.

436) 남장(南莊): 낙양성(落陽城) 남쪽에 있다.

437) 이 시는 백거이가 67세이던 개성 3년(838)에 낙양에서 태자소부분사 때 지었다.

438) 기춘(蘄春): 기주(蘄州)가 옛날에는 기춘군(蘄春郡)이었다.

439) 白居易 著, 朱金城 箋注, 『白居易集箋校』四(上海古籍出版社, 2008), 2341~2342쪽. '送蘄春李十九使君赴郡' 詩의 箋註 부분, 이십구사군(李十九使君)은 기주자사(蘄州刺使) 이파(李播)이다.

440) 이 시는 백거이가 67세이던 개성 3년(838)에 낙양에서 태자소부분사 때 지었다.

441) 白居易 著, 朱金城 箋注, 『白居易集箋校』四(上海古籍出版社, 2008), 2342~2343쪽. '寒食日寄楊東川' 詩의 箋註 부분에 양동천(楊東川)은 양여사(楊汝士)이다.

442) 이 시는 백거이가 67세이던 개성 3년(838)에 낙양에서 태자소부분사 때 지었다.

443) 양육(楊六): 양여사(楊汝士)를 가리킨다.

444) 白居易 著, 朱金城 箋注, 『白居易集箋校』四(上海古籍出版社, 2008), 2342~2343쪽. 본문의 '作' 아래 주가 없는데, 주금성의 전교본에는 '作' 아래 '音佐'라는 주석이 있음. 箋校에 의하면, '作底'의 '作'은

兜率寺高宜望月이오   嘉陵江近好遊春이라
蠻旗似火行隨馬하고   蜀妓如花坐繞身이라
不使黔婁⁴⁴⁵⁾夫婦看이면   誇張富貴向何人가

126 ── 早夏曉興贈夢得⁴⁴⁶⁾

窓明⁴⁴⁷⁾簾薄透朝光하니   臥整巾簪起下牀이라
背壁燈殘經宿焰이오   開箱衣帶隔年香이라
無情亦任他春去하니   不醉爭銷得日長⁴⁴⁸⁾가
一部淸商⁴⁴⁹⁾一壺酒로   與君明日暖新堂이라

127 ── 誚思黯相公晩夏雨後感秋見贈⁴⁵⁰⁾

暮去朝來⁴⁵¹⁾無歇期러니   炎凉暗向雨中移라
夜長秪合愁人覺이오   秋冷先應瘦客知라

馬本과 那波本의 '作'의 아래에는 주가 없음. 宋本, 汪本에 의거하여 보탠 것임. 全詩 아래의 주에는 '古做字'라 하였다.

445) 검루(黔婁): 제(齊)나라 은사(隱士). 몹시 가난하여 졸함에 염습할 이불이 짧거늘 증자가 "이불을 비스듬히 하면 염습할 수 있다." 하자, 그 처가 "비스듬히 하여 남음이 있는 것 보다는 바르게 하여 모자라는 것이 낫습니다. 선생이 살아서 비스듬히 살지 않았는데 죽어서 비스듬히 하는 것은 그의 뜻이 아닙니다." 하니, 증자가 대답을 못한 고사이다. ≪高士傳≫

446) 이 시는 백거이가 67세이던 개성 3년(838)에 낙양에서 태자소부분사 때 지었다.

447) 白居易 著, 朱金城 箋注, 『白居易集箋校』四(上海古籍出版社, 2008), 2347~2348쪽. 본문의 '窓明'의 '窓'이 주금성의 전교본에는 '窗'으로 되어 있는데, '窗'이 '窓'의 本字이다.

448) 白居易 著, 朱金城 箋注, 『白居易集箋校』四(上海古籍出版社, 2008), 2347~2348쪽. 본문의 '日長'의 '日'이 주금성의 전교본에는 '晝'로 되어 있음. 箋校에 의하면, '晝長'의 '晝'는 宋本, 那波本, 汪本, 盧校에는 모두 '日'이다.

449) 청상(淸商): 五音(宮·商·角·徵·羽) 중 하나로 맑은 소리이다.

450) 이 시는 백거이가 67세이던 개성 3년(838)에 낙양에서 태자소부분사 때 지었다.

451) 白居易 著, 朱金城 箋注, 『白居易集箋校』四(上海古籍出版社, 2008), 2354~2355쪽. 箋校에 의하면, '暮去朝來'는 馬本에는 '暮來朝去'로 잘못 주석되어 있음. 宋本, 那波本, 汪本, 全詩, 盧校에 의거하여 교정하였다.

兩幅彩牋揮逸翰하니　　一聲寒玉振淸辭라

無憂無病身榮貴언마는　何故沈吟亦感時아

128 ___ 久雨閑悶對酒偶吟⁴⁵²⁾

凄凄苦雨暗銅馳⁴⁵³⁾터니　嫋嫋凉風起漕何⁴⁵⁴⁾라

自夏及秋晴日少요　　從朝至暮悶時多라

鷺臨池立窺魚筍⁴⁵⁵⁾하고　隼傍林飛拂雀羅라

賴有盃中神聖物하야　百憂無奈十分何아

129 ___ 九月八日誂⁴⁵⁶⁾黃甫十⁴⁵⁷⁾見贈⁴⁵⁸⁾

君方對酒綴詩章할새　我正持齋坐道場이라

處處追遊雖不去나　　時時吟詠亦無妨이라

霜蓬舊鬢三分白이오　露菊新花一半黃이라

惆悵東籬不同醉하니　陶家明日是重陽을

---

452) 이 시는 백거이가 67세이던 개성 3년(838)에 낙양에서 태자소부분사 때 지었다.

453) 白居易 著, 朱金城 箋注, 『白居易集箋校』四(上海古籍出版社, 2008), 2355쪽. 본문의 '銅馳'의 '馳'는 주금성의 전교본에는 '駞'이다. '馳'와 '駞'는 동자(同字)이다. 동타(銅駝): 구리로 만든 낙타. 주로 궁궐 문이나 침전(寢前)에 설치하였다.

454) 白居易 著, 朱金城 箋注, 『白居易集箋校』四(上海古籍出版社, 2008), 2355쪽. 본문의 '漕何'의 '何'는 주금성의 전교본에는 '河'이다. '何'가 잘못된 글자이다. 箋校에 의하면, '漕河'의 '漕'는 馬本과 全詩에는 모두 '在到切'의 주석이 있다. 조하(漕河): 곡물을 운송하는 수로(水路)이다.

455) 白居易 著, 朱金城 箋注, 『白居易集箋校』四(上海古籍出版社, 2008), 2355쪽. 箋校에 의하면, '魚筍'의 '筍'는 馬本에는 '擧後切'의 주석이 있다.

456) 白居易 著, 朱金城 箋注, 『白居易集箋校』四(上海古籍出版社, 2008), 2364쪽. 본문의 '誂'는 주금성의 전교본에는 '酬'로 되어 있는데, '誂'와 '酬'는 동자(同字)이다.

457) 白居易 著, 朱金城 箋注, 『白居易集箋校』四(上海古籍出版社, 2008), 2364쪽. '九月八日誂皇甫十見贈' 詩의 箋註 부분에 의하면, 황보십(皇甫十)은 황보서(皇甫曙)이다.

458) 이 시는 백거이가 67세이던 개성 3년(838)에 낙양에서 태자소부분사 때 지었다.

130 ＿ 開成大行皇帝[459]挽歌詞[460]

化成同軌表淸平하니　　　恩結連枝感聖明이라

帝與九齡[461]雖吉夢이나　　山呼萬歲[462]是虛聲이라

月伍[463]儀仗辭蘭路[464]하고　風引笳簫[465]入柏城이라

老病龍髥攀不及할새　　　東周退傳最傷情이라

131 ＿ 感秋詠意[466]

炎凉遷次速如飛하야　　又脫生衣着[467]熟衣라

---

459) 白居易 著, 朱金城 箋注, 『白居易集箋校』四(上海古籍出版社, 2008), 2418~2420쪽. 본문의 제목이 「開成大行皇帝挽歌詞」인데, 주금성의 전교본에는 '四首奉勅撰進'이 더 추가되어 있음. 초주갑인자혼입 보자본에는 제1,2,3,4수 중 4수만을 택해서 제목에 뒷부분인 '四首奉撰進'이 빠진 것이다.
개성대행황제(開成大行皇帝): 중국 당나라(618~907)의 제14대 황제(826~840 재위) 이앙(李昂)임. 묘호는 문종(文宗). 당시 당은 환관의 전횡이 격화되었던 시기로 문종은 즉위 이래 환관 세력을 배제하려고 했으나, 오히려 환관들에 의해 좌절당하고 말았다. 그의 계획은 모두 수포로 돌아갔고, 그 결과 '감로(甘露)의 변'이 발생해 3명의 재상들과 몇몇 신하들이 살해되고, 국사는 모두 북사(北司)에서 처리하고 재상은 문서만을 취급하는 위치로 전락해 황권이 오히려 더욱 축소되었다. 이 사건을 계기로 환관들은 권력이 더욱 강화되어, 심지어 자신들이 지지하지 않던 태자 이성미(李成美)를 폐하고, 대신 문종의 동생(潁王 李瀍)을 옹립해 태제(太弟)로 삼았으며, 문종이 죽은 후 이성미를 살해하고 이진을 즉위시켰다. (Daum 백과사전〈http://100.daum.net /encyclopedia/view.do?docid=b08m0834a〉
460) 이 시는 백거이가 69세이던 개성 5년(840)에 낙양에서 태자소부분사 때 지었다.
461) 구령(九齡): 『예기(禮記)』 문왕세자편(文王世子篇)에 문왕이 무왕(武王)에게 이르시기를 '네가 무슨 꿈을 꾸었는가?' 하니, 무왕이 대답하기를 '천제께서 구령을 주셨습니다'라고 한 구절을 인용한 것으로, 구령은 90세를 가리키는 말이며, 90세를 산다는 뜻인데, 무왕은 93세까지 장수하였다.
462) 산호만세(山呼萬歲): 제왕(帝王)의 장수(長壽)를 기원하는 의식으로 머리를 조아리고 큰 소리로 만세를 세 번 부름. 한(漢)나라 무제(武帝)가 숭산(嵩山)에 올라 친히 제사를 지낼 때, 신민(臣民)이 만세를 세 번 부른 데서 나온 말이다.
463) 白居易 著, 朱金城 箋注, 『白居易集箋校』四(上海古籍出版社, 2008), 2418~2420쪽. 본문의 '月伍'의 '伍'는 주금성의 전교본에는 '低'로 되어 있는데, '伍'와 '低'의 속자(俗字)이다.
464) 난로(蘭路): 난향이 있는 길. 궁중의 길을 이른다.
465) 白居易 著, 朱金城 箋注, 『白居易集箋校』四(上海古籍出版社, 2008), 2418~2420쪽. 본문의 '笳簫'는 주금성의 전교본에는 '笳簫'임. '피리'를 나타내는 것이므로 '笳簫'의 뜻이 옳다.
466) 이 시는 백거이가 70세이던 회창(會昌) 원년(841)에 낙양에서 태자빈객분사 때 지었다.
467) 白居易 著, 朱金城 箋注, 『白居易集箋校』四(上海古籍出版社, 2008), 2424~2425쪽. 본문의 '着'은 주금성의 전교본에는 '著'으로 되어 있는데, '着'은 '著'의 俗字이다.

遠壁暗蛩無限思요   戀巢寒鷰未能歸라

須知流輩年年失할새   莫歎衰容日日非라

舊語相傳聊自慰하니   世間七十老人稀라

132 ___ 老病幽獨偶吟所懷[468]

眼漸昏昏耳漸聾일새   滿頭霜雪半身風이라

已將心出浮雲外[469]나   猶寄形於逆旅中이라

觴詠罷來賓閣閉하고   笙歌散後妓房空이라

世緣俗念消除盡하니   別是人間夢淨翁[470]을

133 ___ 偶吟自慰兼呈夢得[471]

且喜同年滿七旬이니   莫嫌衰病莫嫌貧하라

已爲海內有名客이오   又占世間長命人時先生與夢得年皆七十[472]이라

耳裏聲聞新將相하고   眼前失盡故交親이라

尊榮富壽難兼得하니   閑坐思量最要身이라

---

468) 이 시는 백거이가 69세이던 개성 5년(840)에 낙양에서 태자소부분사 때 지었다.

469) 白居易 著, 朱金城 箋注, 『白居易集箋校』四(上海古籍出版社, 2008), 2425쪽. 본문의 '浮雲外' 아래
注가 없고, 주금성의 전교본에는 '浮雲外' 아래 '維摩經云 是身如浮雲也'의 注가 있음. 箋校에 의하면,
'浮雲外' 아래 那波本에는 注가 없다.

470) 白居易 著, 朱金城 箋注, 『白居易集箋校』四(上海古籍出版社, 2008), 2425쪽. 본문의 '夢淨翁'의 '夢'이
주금성의 전교본에는 '淸'으로 되어 있는데, 어느 것이 옳은지 알 수 없다.

471) 이 시는 백거이가 70세이던 회창 원년(841)에 낙양에서 지었다.
白居易 著, 朱金城 箋注, 『白居易集箋校』四(上海古籍出版社, 2008), 2448쪽. 본문의 제목 아래 注가
없는데, 주금성의 전교본에는 제목 아래 '予與夢得甲子同 今俱七十'의 注가 있음. 箋校에 의하면, 那波
本에는 제목 아래 注가 없다.

472) 白居易 著, 朱金城 箋注, 『白居易集箋校』四(上海古籍出版社, 2008), 2448쪽. 본문의 '長命人' 아래
'時先生與夢得年皆七十'의 注가 있고, 주금성의 전교본에는 '長命人' 아래 注가 없다.

134 ___ 和李中丞⁴⁷³⁾與李給事⁴⁷⁴⁾山居雪夜同宿小酌⁴⁷⁵⁾

憲府⁴⁷⁶⁾觸邪峩豸角⁴⁷⁷⁾하고　　璅闈⁴⁷⁸⁾駁正犯龍鱗(二人當官盛事 爲時所稱也)⁴⁷⁹⁾이라

那知近地齊名⁴⁸⁰⁾客이　　忽作深山同宿人이라

一醆⁴⁸¹⁾寒燈雲外夜은　　數杯溫酎雪中春이라

林泉莫作多時計하라　　諫獵⁴⁸²⁾登封⁴⁸³⁾憶舊臣을

---

473) 이중승(李中丞)은 이잉숙(李仍叔)이다.

474) 정확히 누구인지 알 수 없다.

475) 白居易 著, 朱金城 箋注, 『白居易集箋校』四(上海古籍出版社, 2008), 2510쪽. 이 시는 백거이가 70세이던 회창 원년(841)에 낙양에서 지었다. 箋校에 의하면, '小酌' 아래 馬本에는 '小的'이라 잘못 주석되어 있음. 宋本, 那波本, 汪本, 全詩, 盧校에 의거하여 교정하였다.

476) 헌부(憲府): 어사대(御史臺) 또는 헌대(憲臺). 관리의 탄핵을 전담하였다.

477) 치각(豸角): 해치(獬豸)의 뿔. 해치는 고대 전설 중의 신수(神獸)로 뿔이 하나인데 곡직(曲直)을 분변하는 능력이 있어 사악(邪惡)한 자를 뿔로 받아버린다고 함. 그래서 어사(御使) 등 집법관(執法官)들은 반드시 해치 모양으로 장식한 관(冠)을 썼는데 이를 해치관(獬豸冠) 또는 치각(豸角)이라 하였다.

478) 白居易 著, 朱金城 箋注, 『白居易集箋校』四(上海古籍出版社, 2008), 2510쪽. 본문의 '璅闈'의 '璅'는 주금성의 전교본에는 '琐'로 되어 있는데, '璅'와 '琐'는 동자(同字)이다. 쇄위(璅闈): 궁중. 궁문(宮門) 상부에 연쇄문(連鎖文)을 조각하였으므로 이렇게 말한다.

479) 白居易 著, 朱金城 箋注, 『白居易集箋校』四(上海古籍出版社, 2008), 2510쪽. 箋校에 의하면, '龍鱗' 아래 那波本에는 注가 없다.

480) 白居易 著, 朱金城 箋注, 『白居易集箋校』四(上海古籍出版社, 2008), 2510쪽. 본문의 '齊名'의 '名'은 주금성의 전교본에는 '居'로 되어 있다. 箋校에 의하면, '齊居'는 宋本, 那波本, 何校에는 모두 '齊名'으로 주석되어 있음. 全詩에는 '名'으로 주석되어 있다.

481) 白居易 著, 朱金城 箋注, 『白居易集箋校』四(上海古籍出版社, 2008), 2510쪽. 본문의 '醆'은 주금성의 전교본에는 '盞'임. '醆'과 '盞'은 同字이다.

482) 간납(諫獵): 한의 사마상여(司馬相如)가 天子의 사냥을 간한 고사이다.

483) 등봉(登封): 한 무제가 元封 元年에 泰山에 올라 封禪했던 고사. 여기서는 天子가 이중승과 이급사를 기다린다는 뜻이다.

七言絕句

135 ＿ 秋雨中贈元九[484][485]

不堪紅葉靑苔地에　　又是凉風暮雨天가
莫怪獨吟秋思苦하라　比君校近二毛年을

136 ＿ 和雨人洛中春感[486]

莫悲金谷園[487]中月하고　莫歎天津校[488]上春하라
若學多情尋往事면　　人間何處不傷人[489]가

---

484) 원구(元九): 貞元 18년(802) 이래 白居易는 元稹(元九)을 알게 되었다. 그들은 校書郎 시절에 막역한 벗이 되어서 서로 시를 주고받았다. 이때에 백거이가 원구에게 준 시는 인생을 논한 것이다. 이 시가 바로 그 表現의 一斷이다.(『古風叢書』 7, 白居易, 83쪽)

485) 白居易 著, 朱金城 箋注, 『白居易集箋校』 二(上海古籍出版社, 2008), 727~728쪽. 이 시는 백거이가 31세이던 정원 18년(802)에 장안에서 지었다. 箋校에 의하면, '秋雨'는 馬本에 '大雨'로 잘못되어 있다. 宋本, 那波本, 汪本, 萬首, 全詩에 의거하여 바로 잡았다.

486) 白居易 著, 朱金城 箋注, 『白居易集箋校』 二(上海古籍出版社, 2008), 731~732쪽. 이 시는 백거이가 34세이던 영정(永貞) 원년(805) 장안에서 교서랑 때 지었다. 箋校에 의하면, 萬首에는 '洛中春感'이고, 全詩의 주에는 '感春'이라 하였다. 哥行曲의 雜體를 引出한 29구 속에서 拔萃한 것이다. 이 시는 事物의 밖으로부터 情理의 안에 움직여 感遇에 따라 歎詠을 나타내고 있다.(上揭書, 58쪽)

487) 금곡원(金谷園): 진(晉)나라 석숭(石崇)의 별관(別館). 하양(河陽)의 금곡(金谷)에 있었다.

488) 천진교(天津橋): 낙양(洛陽)의 서남(西南) 낙수(落水) 위에 있는 다리이다.

489) 白居易 著, 朱金城 箋注, 『白居易集箋校』 二(上海古籍出版社, 2008), 731~732쪽. 본문의 '傷人'이 주금성의 전교본에는 '傷神'으로 되어 있다. 箋校에 의하면, 宋本, 那波本에는 '傷人'이고, 何校에는 '宋刻, 蘭雪皆作人'이라 하였다. 초주갑인자혼입보자본의 '傷人'이 옳다.

137 __ 華陽觀490)中八月十五日夜招友翫月491)

人道秋中492)明月好하니　　欲邀同賞意如何오

華陽洞裏秋壇上에　　　今夜淸光此處多라

138 __ 下邽莊南桃花493)

村南無限桃花發한대　　唯我多情獨自來라

日暮風吹紅滿地하니　　無人解惜爲誰開오

139 __ 三月三十日題慈恩寺494)

慈恩春色今朝盡하니　　盡日徘徊495)倚寺門이라

惆悵春歸留不得할새　　紫藤花下漸黃昏이라

---

490) 화양관(華陽觀): 장안(長安) 주작문가(朱雀門街) 동제3가(東第三街) 영숭방(永崇坊)에 있음. 종도관(宗
　　道觀). 백거이는 원화 원년(806)에 교서랑이란 관직을 그만두고 원진과 함께 장안의 화양관에 머물렀다.
491) 이 시는 백거이가 34세이던 영정(永貞) 원년(805) 장안에서 교서랑 때 지었다. 본문의 '翫月'은 주금성의
　　전교본에는 '玩月'로 되어 있다. '翫'과 '玩'은 뜻이 같은 글자이다.
492) 白居易 著, 朱金城 箋注,『白居易集箋校』二(上海古籍出版社, 2008), 733~734쪽. 箋校에 의하면, 萬首
　　에는 '中秋'이고, 全詩의 주에는 '中秋'의 주석이 있음. 何校에는 '宋刻, 蘭雪皆作秋中'이라 하였다.
493) 이 시는 백거이가 33세이던 정원 20년(804) 하규에서 교서랑 때 지었다. 하규장남(下邽莊南)은 백거이
　　고향인 하규(下邽) 김씨촌(金氏村)의 주택의 남쪽이다.
494) 이 시는 백거이가 34세이던 영정 원년(805) 장안에서 교서랑 때 지었다. 자은사(慈恩寺): 장안(長安)
　　주작문가(朱雀門街) 동제(東第) 진창방(晉昌坊)에 있는 절 이름. 수(隋)나라 무루사(無漏寺) 지역으로
　　폐허가 되고, 정관(貞觀) 22년(548) 고종(高宗)이 춘궁(春宮)에 있으면서 문덕황후(文德皇后)를 위하여
　　절을 건립하였으므로 자은(慈恩)으로 이름을 지었다.
495) 白居易 著, 朱金城 箋注,『白居易集箋校』二(上海古籍出版社, 2008), 736~737쪽. 箋校에 의하면, 全詩
　　에는 '裴回'인데, 朱金城은 '徘徊'와 '裴回'는 같다고 하였다.

140 ― 縣南花下醉中留劉五[496)]

百歲幾廻同酩酊가   一年今日最芳菲라

願將花贈天台女하야   留取劉郎[497)]到夜歸를

141 ― 醉中留別楊六兄弟[498)499)]

春初携手春深散할새   無日花間不醉狂이라

別後何人堪共醉아   猶殘十日好風光을

142 ― 和王十八[500)]薔薇澗[501)]花時有懷蕭侍御[502)]兼見贈[503)]

宵漢[504)]風塵俱是繫한대   薔薇花委故山深이라

憐君獨向澗中立하야   一把紅芳三處心이라

496) 이 시는 백거이가 36세이던 주옥에서 주옥위(盩屋尉) 때 지었다.

497) 유랑(劉郎):『유명록(幽明錄)』에 의하면, 동한(東漢)의 유신(劉晨)이 천태산(天台山)에 약초를 캐러 들어갔다가 선녀를 만나 행복한 생활을 누린 뒤에 다시 세상에 내려왔더니 벌써 진(晉)나라 시대였다고 하며, 옛날 생각이 나서 다시 천태산에 들어가 보니 옛 자취가 묘연(渺然)하더라는 전설이 있음.

498) 양육형제(楊六兄弟): 양여사(楊汝士) 형제(兄弟)이다.

499) 白居易 著, 朱金城 箋注,『白居易集箋校』二(上海古籍出版社, 2008), 746쪽. 이 시는 백거이가 36세이던 원화 2년(807)에 주옥에서 주옥위 때 지었다. 본문의 제목 아래에 주석이 없고, 주금성의 전교본에는 제목 아래에 '三月二十日別'이라고 주석이 붙어 있다. 箋校에 의하면, 那波本에는 제목 아래에 주석이 없다.

500) 왕십팔(王十八): 왕질부(王質夫)이다.

501) 장미간(薔薇澗): 선유사(仙遊寺)에 있다.

502) 소시어(蕭侍御): 이름은 미상이다.

503) 이 시는 백거이가 36세이던 원화 2년(807)에 주옥에서 주옥위 때 지었다.

504) 白居易 著, 朱金城 箋注,『白居易集箋校』二(上海古籍出版社, 2008), 748쪽. 본문에는 '宵漢'이 '霄漢'으로 되어 있다. '宵漢'과 '霄漢'은 의미가 비슷하다.

143 ___ 重到毓材[505]宅有感[506]

欲入中門淚滿巾할새　　庭花無主兩廻春이라

軒窓簾幕皆依舊하되　　秖[507]是堂前欠一人이라

144 ___ 長安正月十五日[508]

誼誼[509]車騎帝王州에　　羈病無心逐勝遊라

明月春風三五更[510]은　　萬人行樂一人愁라

145 ___ 晚秋閑居[511]

地僻門深少送迎할새　　披衣閑坐養幽情이라

秋庭不掃携藤杖하야　　閑踏[512]梧桐黃葉行이라

---

505) 白居易 著, 朱金城 箋注, 『白居易集箋校』 二(上海古籍出版社, 2008), 756쪽. 箋校에 의하면, 육재(毓材)는 육재방(毓材坊)이며 낙양 동성(東城)의 동쪽 제5남북가(第五南北街)에 있다. '毓材'의 '材'는 那波本, 馬本, 全詩의 주에는 '村'으로 잘못되어 있다. 宋本, 萬首, 汪本, 盧校에 의하여 개정함. 全詩의 주에도 '村'이라 한 것은 잘못이다.

506) 이 시는 백거이가 29세인 정원 16년(800)에 낙양에서 지었다.

507) 白居易 著, 朱金城 箋注, 『白居易集箋校』 二(上海古籍出版社, 2008), 756쪽. 본문의 '秖'가 주금성의 전교본에는 '只'로 되어 있다. '秖'와 '只'는 동자(同字)이다.

508) 이 시는 백거이가 29세인 정원 16년(800)에 장안에서 지었다. 백거이는 정원 16년 2월 14일 고영(高郢) 주시하(主試下)에 제4인으로 진사시(進士試)에 합격하였다.

509) 白居易 著, 朱金城 箋注, 『白居易集箋校』 二(上海古籍出版社, 2008), 772쪽. 箋校에 의하면, 萬首에는 '誼誼'은 '喧喧'이다.

510) 白居易 著, 朱金城 箋注, 『白居易集箋校』 二(上海古籍出版社, 2008), 772쪽. 본문의 '三五更'이 주금성의 전교본에는 '三五夜'로 되어 있다. 어느 것이 옳은지 알 수 없지만 일반적으로 '三五夜'가 더 많이 쓰인다.

511) 이 시는 백거이가 29세 이전인 정원 16년(800) 이전에 지었다.

512) 白居易 著, 朱金城 箋注, 『白居易集箋校』 二(上海古籍出版社, 2008), 777쪽. 箋校에 의하면, '閑踏'이 汪本, 全詩에는 '閑蹋'임. 朱金城은 '蹋'은 '踏'의 본자(本字)이다라고 하였다.

146 ___ 送中寒食513)

路旁寒食行人絶514)하니　　獨立515)春愁在路旁이라
馬上垂鞭愁不語할새　　風吹百草野田香이라

147 ___ 冬夜示敏巢516)

爐火欲銷燈欲盡할제　　夜長相對百憂生이라
他時諸處重相見커든　　莫忘今宵燈下情하라

148 ___ 花下自勸酒517)

酒醆518)酌來湏519)滿滿이오　花枝看卽落紛紛이라
莫言三十是年少하라　　百歲三分已一分을

---

513) 이 시는 백거이가 29세 이전인 정원 16년(800) 이전에 지었다.

514) 白居易 著, 朱金城 箋注, 『白居易集箋校』二(上海古籍出版社, 2008), 779쪽. 본문의 '人絶'이 주금성의
전교본에는 '人盡'으로 되어 있다. 箋校에 의하면, 馬本, 汪本, 全詩에는 '絶'의 주석이 있다. 宋本의
詩後註에 '盡', 一本에는 '絶'이고, 那波本에는 '盡'은 '絶'이다. 본문의 '人絶'의 뜻이 시구의 해석에 더
적합한 것으로 여겨진다.

515) 白居易 著, 朱金城 箋注, 『白居易集箋校』二(上海古籍出版社, 2008), 779쪽. 본문의 '獨立'이 주금성의
전교본에는 '獨占'임. 시구의 해석상 '홀로 봄시름에 젖어 길섶에 서 있네'이니 주금성의 전교본의 '獨占'
이 옳은 듯하다.

516) 白居易 著, 朱金城 箋注, 『白居易集箋校』二(上海古籍出版社, 2008), 786~787쪽. 이 시는 백거이가
29세 이전인 정원 16년(800) 이전에 지었다. 본문의 제목 아래에 주석이 없는데 주금성의 전교본에는
'時在東都宅'이라는 주석이 붙어 있다. 箋校에 의하면, 那波本에는 제목 아래에 주석이 없다.

517) 이 시는 백거이가 30세인 정원 17년(801)에 지었다.

518) 白居易 著, 朱金城 箋注, 『白居易集箋校』二(上海古籍出版社, 2008), 790쪽. 본문의 '酒醆'이 주금성의
전교본에는 '酒盞'임. '醆'과 '盞'은 동자(同字)이다.

519) 白居易 著, 朱金城 箋注, 『白居易集箋校』二(上海古籍出版社, 2008), 790쪽. 본문의 '湏訖'의 '湏'가
주금성의 전교본에는 '須'로 되어 있는데, '須'가 맞는 글자이다.

149 ___ 題李十一[520] 東亭[521]

相思夕上松臺立하니　　蚤思[522]蟬聲滿耳秋라
惆悵東亭風月好한대　　主人今夜在鄜州라

150 ___ 杏園花落時招錢員外同醉[523]

花園欲去去應遲이니　　正是風吹狼藉時라
近西數樹猶堪醉한대　　半落春風半在枝라

151 ___ 禁中夜作書與元九[524][525]

心緒萬端書兩紙하야　　欲封重讀意遲遲라
五聲宮漏初明後[526]에　　一點窓燈欲滅時라

152 ___ 夜惜禁中桃花因懷錢員外[527]

前日歸時花正紅더니　　今夜宿時枝半空이라

---

520) 이십일(李十一): 이건(李建)이다.

521) 이 시는 백거이가 37세이던 원화 3년(808)에 장안에서 좌습유, 한림학사 때 지었다.

522) 白居易 著, 朱金城 箋注, 『白居易集箋校』二(上海古籍出版社, 2008), 791쪽. 箋校에 의하면, '蚤思'의 '蚤'은 馬本, 那波本, 汪本, 全詩에는 '蛩'으로 되어 있는데, 宋本, 盧校에 의하여 개정함. 朱金城은 '蚤'은 '蟋蟀'이라 하였다.

523) 이 시는 백거이가 39세이던 원화 5년(810)에 장안에서 좌습유, 한림학사 때 지었다.

524) 원구(元九): 원진(元稹)이다.

525) 이 시는 백거이가 39세이던 원화 5년(810)에 장안에서 좌습유, 한림학사 때 지었다.

526) 白居易 著, 朱金城 箋注, 『白居易集箋校』二(上海古籍出版社, 2008), 806쪽. 箋校에 의하면, '初明後'는 馬本, 汪本에는 '初鳴後'로 되어 있는데, 宋本, 那波本에 의거하여 개정함. 全詩에는 '初鳴夜'의 '鳴'의 下注에는 '明'이라는 주석이 있다.

527) 이 시는 백거이가 38세~40세이던 원화 4년(809)~원화 6년(811) 사이에 장안에서 한림학사로 있을 때 지었다.

坐惜殘芳君不見한대　　風吹狼藉月明中이라

153 ___ **嘉陵**[528]**夜有懷二首**[529]

露濕墻花[530]春意深할새　　西廊月上半牀陰이라

憐君獨臥無言語하니　　惟我知君此夜心을

154 ___ **嘉陵夜有懷二首**[531]

不明不闇朧朧[532]月이오　　非暖非寒慢慢風이라

獨臥空牀好天氣한대　　平明閑事到心中이라

155 ___ **望驛臺**[533][534]

靖安宅[535]裏當窓柳요　　望驛臺前撲地花라

兩處春光[536]同日盡하니　　居人思客客思家라

---

528) 가릉(嘉陵): 가릉역(嘉陵驛). 이주(利州)에 있다.

529) 이 시는 백거이가 언제 어디서 지었는지 알 수 없다.

530) 白居易 著, 朱金城 箋注,『白居易集箋校』二(上海古籍出版社, 2008), 836~837쪽. 본문의 '牆花'가 주금성의 전교본에는 '墙花'로 되어 있다. '牆'과 '墙'은 동자(同字)이다.

531) 이 시는 백거이가 언제 어디서 지었는지 알 수 없다.

532) 白居易 著, 朱金城 箋注,『白居易集箋校』二(上海古籍出版社, 2008), 836~837쪽. 箋校에 의하면, '朧朧'은 馬本, 汪本에는 '朦朧'으로 되어 있고, 汪本에는 '朧朧'의 주석도 있음. '朦'은 全詩에 '朧'의 주석이 있음. 朱金城은「文選」의 '潘岳悼亡詩' 三首 중 2수 '歲寒無與同 朗月何朧朧'에 의거하여 백거이의 시가 바탕한 본이므로 '朧朧'이 옳다 하였다. 宋本, 那波本, 盧校에 의거하여 개정하였다.

533) 망역대(望驛臺): 가릉현(嘉陵縣)의 망역대이며, 곧 망희역(望喜驛)이다.

534) 白居易 著, 朱金城 箋注,『白居易集箋校』二(上海古籍出版社, 2008), 838~839쪽. 주금성의 전교본에는 제목 아래에 '三月二十日'이라고 주석이 붙어 있다. 箋校에 의하면, 那波本은 제목 아래에 주석이 없다.

535) 정안댁(靖安宅): 원진(元稹)의 정안리저(靖安里第)이다.

536) 이 시는 백거이가 언제 어디서 지었는지 알 수 없다. 白居易 著, 朱金城 箋注,『白居易集箋校』二(上海古

156 ＿＿ 暮立[537)

黃昏獨立佛堂前하니　　滿地槐花滿樹蟬이라

大抵四時心捻苦[538)나　　就中腸斷是秋天이라

157 ＿＿ 寒食夜有懷[539)

寒食非短非長夜요　　春風不熱不寒天이라

可憐時節堪相憶한대　　何況無燈各早眠가

158 ＿＿ 王昭君[540)二首[541)

滿面胡沙滿鬢[542)風일새　　眉銷殘黛臉銷紅이라

愁苦辛勤顦顇盡하야　　如今却似[543)畫圖中이라

籍出版社, 2008), 838~839쪽. 箋校에 의하면, '春光'은 馬本에는 '風'으로 되어 있음. 宋本, 那波本,
汪本, 全詩, 盧校에 의거하여 개정함. 全詩의 주에 '風'의 주석이 있다.

537) 이 시는 백거이가 43세이던 원화 9년(814)에 하규에서 지었다.

538) 白居易 著, 朱金城 箋注, 『白居易集箋校』二(上海古籍出版社, 2008), 856쪽. 본문의 '心捻苦'가 주금성
의 전교본에는 '心總苦'로 되어 있다. '捻'과 '總'은 동자(同字)이다.

539) 이 시는 백거이가 43세이던 원화 9년(814)에 하규에서 지었다. 白居易 著, 朱金城 箋注, 『白居易集箋校』
二(上海古籍出版社, 2008), 870~873쪽. 주금성의 전교본에는 제목 아래에 '時年十七'이라고 주석이
붙어 있다. 箋校에 의하면, 那波本은 제목 아래에 주석이 없다.

540) 왕소군(王昭君): 전한(前漢) 효원제(孝元帝)의 궁녀(宮女). 이름은 장(嬙). 칙명(勅命)으로 흉노(匈奴)의
호한사선우(呼韓邪單于)에게 시집갔음. 명비(明妃)라고도 한다.

541) 이 시는 백거이가 17세이던 정원 4년(788)에 지었다.

542) 白居易 著, 朱金城 箋注, 『白居易集箋校』二(上海古籍出版社, 2008), 870~873쪽. 箋校에 의하면, '滿
鬢'의 '鬢'은 榮華에는 '面'임. 全詩의 주에 '面'의 주석이 있다.

543) 白居易 著, 朱金城 箋注, 『白居易集箋校』二(上海古籍出版社, 2008), 870~873쪽. 箋校에 의하면, '却
似'의 '似'는 馬本에는 '是'로 잘못 주석되어 있음. 宋本, 那波本, 汪本, 萬首, 盧校에 의거하여 개정함.
全詩의 주에 '是'의 주석이 있지만 역시 잘못되었다.

159 ＿ 王昭君二首544)

漢使却廻憑寄語는　　　黃金何日贖蛾眉라

君王若問妾顔色커든　　莫道不如宮裏時하라

160 ＿ 遊城南留元九李二十545)晚歸546)

老遊春飮莫相違하소　　不獨花稀人亦稀라

更勸殘杯看日影하니　　猶應趂得547)鼓聲歸라

161 ＿ 題王侍御548)池亭549)

朱門550)深銷春池滿한대　　岸落薔薇水浸莎사

畢竟林塘誰是主아　　　主人來少客來多라

---

544) 제1首는 昭君이 시집간 후 여위고 초췌한 모습을 그린 것이다. 그가 얼마나 초췌했으면 古國 漢나라 使臣이 왔을 때 孝元帝가 내 모습을 묻거들랑 모습 그대로를 전하지 말아 달라고 부탁했을까. 作者는 인물의 외모와 상황과 그 심리를 세밀히 묘사하고 있다. 이 시는 궁녀의 애절한 연정을 담은 詠史詩이다.

545) 이이십(李二十): 이신(李紳)이다.

546) 이 시는 백거이가 44세이던 원화 10년(816) 장안에서 태자좌찬선대부 때 지었다.

547) 白居易 著, 朱金城 箋注, 『白居易集箋校』二(上海古籍出版社, 2008), 911~912쪽. 본문의 '趂得'이 주금성의 전교본에는 '趁得'으로 되어 있다. '趂'과 '趁'은 동자(同字)이다.

548) 왕시어(王侍御): 왕기(王起)이다.

549) 이 시는 백거이가 44세이던 원화 10년(816) 장안에서 태자좌찬선대부 때 지었다. 白居易 著, 朱金城 箋注, 『白居易集箋校』二(上海古籍出版社, 2008), 911~912쪽. 箋校에 의하면, 萬首에는 제목이 '題王侍御池'이다.

550) 주문(朱門): 붉은 색으로 치장한 대문으로 귀족(貴族)이 사는 고대광실(高臺廣室)을 말한다.

162 ___ 浦中夜泊[551]

闇上江隄還獨立하니 　　　水風霜氣夜稜稜이라
廻看深浦停舟處러니 　　　蘆荻花中一點燈이라

163 ___ 望江州[552]

江廻望見雙華表[553]하니 　　知是潯陽西郭門이라
猶去孤舟[554]三四里할새 　　水煙沙雨欲黃昏이라

164 ___ 夜泊[555]

夜入潯陽宿酒樓하니 　　　琵琶亭畔荻花秋라
雲行鳥沒事已往인대 　　　月白風淸江自流라

165 ___ 答春[556]

草煙低重水花明하니 　　　從道風光似帝京이라
其奈山猿江上叫아 　　　　故鄕無此斷腸聲이라

---

551) 이 시는 백거이가 원화 10년(816) 장안에서 강주로 부임하러 가던 도중에 지었다. 이 詩는 詩人이 江岸을 閑步하면서 그 夜景을 描繪한 것이다. 첫 兩句는 홀연히 사람도 그리고 경치도 그리고 詩人의 孤寂한 情緖를 곡절 있게 표현하였으며, 마지막 兩句는 作者 스스로가 自己의 泊舟의 景致를 갈대꽃 속에서 외로운 등불로 묘사하여 深婉의 뜻을 표현한 感想詩이다.

552) 이 시는 백거이가 44세이던 원화 10년(815) 강주에서 강주사마 때 지었다.

553) 화표(華表): 다리·궁전·성벽이나 능묘 앞에 장식을 겸하여 세운 거대한 기둥. 주로 돌로 만들며, 기둥에는 무늬를 새겼다.

554) 白居易 著, 朱金城 箋注,『白居易集箋校』二(上海古籍出版社, 2008), 959쪽. 箋校에 의하면, '孤舟의 '舟'는 萬首에 '城'으로 되어 있음. 全詩, 汪本에도 '城'의 주석이 있다.

555) 이 시는 백거이가 언제 어디서 지었는지 알 수 없다.

556) 이 시는 백거이가 45세이던 원화 11년(816)에 강주에서 강주사마 때 지었다.

166 ── 階下蓮[557]

葉展影飜當砌月할새   花開香散入簾風이라

不如種在天池[558]上이나   猶勝生於野水中이라

167 ── 望郡南山[559]

臨江一嶂白雲間한대   紅綠層層錦繡班이라

不作巴南天外意면   何殊昭應望驪山가

168 ── 竹枝詞[560]

瞿唐峽[561]口水煙伍[562]할새   白帝城[563]頭月向西라

唱到竹枝聲咽處에   寒猿闇鳥[564]一時啼라

---

557) 이 시는 백거이가 45세이던 원화 11년(816)에 강주에서 강주사마 때 지었다.

558) 천지(天池): 천상(天上)의 연못. 곧 선계(仙界)의 연못이다.

559) 이 시는 백거이가 언제 어디서 지었는지 알 수 없다.

560) 이 시는 백거이가 48세인 원화 14년(819)에 충주에서 충주자사 때 지었다. 白居易 著, 朱金城 箋注, 『白居易集箋校』三(上海古籍出版社, 2008), 1183~1184쪽. 본문의 '竹枝詞'가 주금성의 전교본에는 '竹枝詞四首'임. 「竹枝詞」는 주금성의 전교본의 '竹枝詞四首' 중의 '一首'이다. 「죽지사」는 본래 사천(四川)의 중경(重慶) 일대에 유행하던 노래와는 달리 백거이의 창작이다. 구당협구(瞿唐峽口)와 백제성(白帝城)에 달이 기울어질 때 안개가 자욱한 속에서 원한이 사무치듯 처참한 소리가 목 메이듯 하다는 애완(哀婉)의 노래에서 나왔다고들 한다. 적막한 심정을 표현한 시이다.

561) 구당협(瞿唐峽): 삼협(三峽)의 하나. 사천성(四川省)의 양자강(楊子江) 상류에 있는 험준한 협곡이다.

562) 白居易 著, 朱金城 箋注, 『白居易集箋校』三(上海古籍出版社, 2008), 1183~1184쪽. 箋校에 의하면, '水煙'의 '水'는 榮華에는 '冷'임. 全詩의 주에 '冷'의 주석이 있다. 본문의 '伍'는 주금성의 전교본에는 '低'이다. '伍'는 '低'의 속자(俗字)이다.

563) 백제성(白帝城): 성(城) 이름. 사천성 봉절현(奉節縣) 동쪽 백제산(白帝山)에 있다.

564) 白居易 著, 朱金城 箋注, 『白居易集箋校』三(上海古籍出版社, 2008), 1183~1184쪽. 箋校에 의하면, '闇鳥'는 樂府에 '晴鳥'이다.

169 ＿ 三月三日[565]

暮春風景初三日이오　　流世光陰半百年이라
欲作閑遊無好伴하니　　半江惆悵却廻船이라

170 ＿ 紫薇花[566]

絲綸閣下文書[567]靜하고　鐘鼓樓中刻漏長이라
獨坐黃昏誰是伴가　　　紫薇花對紫薇郎[568]을

171 ＿ 舊房[569]

遠壁秋聲蟲絡絲할새　　入簷新影月伍眉[570]라
牀帷半故簾旌斷하니　　仍寔[571]初寒欲夜時라

172 ＿ 暮江吟[572]

一道殘陽鋪水中하니　　半江瑟瑟反江紅이라

---

565) 이 시는 백거이가 49세인 원화 15년(820)에 충주에서 충주자사 때 지었다.

566) 이 시는 백거이가 50세인 장경 원년(821) 10월에 장안에서 중서사인(中書舍人)으로 재천(再遷)되고 지었
다. 당시에 중서성을 자미성(紫薇省)이라 하였다.

567) 白居易 著, 朱金城 箋注,『白居易集箋校』三(上海古籍出版社, 2008), 1240~1241쪽. 箋校에 의하면,
'文書의 '書'는 萬首에 '章'으로 되어 있다.

568) 白居易 著, 朱金城 箋注,『白居易集箋校』三(上海古籍出版社, 2008), 1240~1241쪽. 본문의 '紫薇郎'이
주금성의 전교본에는 '紫微郎'이다. 箋校에 의하면, '紫微郎의 '微'는 馬本, 汪本, 韻語陽秋에 모두 '薇'
로 잘못되어 있음. 盧校에 '凡官名宋具作紫微'라 되어 있어 宋本, 那波本, 全詩에 의거하여 개정하였다.
주금성의 전교본의 '紫微郎'이 옳다.

569) 이 시는 백거이가 50세인 장경 원년(821) 장안에서 주객랑중(主客郎中), 지제고(知制誥) 때 지었다.

570) 白居易 著, 朱金城 箋注,『白居易集箋校』三(上海古籍出版社, 2008), 1240~1241쪽. 본문의 '伍'는 주금
성의 전교본에는 '低'이다. '伍'는 '低'의 속자(俗字)이다.

571) 白居易 著, 朱金城 箋注,『白居易集箋校』三(上海古籍出版社, 2008), 1240~1241쪽. 본문의 '寔'는 주금
성의 전교본에는 '是'이다. '寔'와 '是'는 통용자(通用字)이다.

572) 이 시는 백거이가 45세~47세인 원화 11년(816)~원화 13년(818)에 강주에서 강주사마로 있을 때 지었다.

可憐九月初三夜에　　露似眞珠月似弓이라

173 ── 秋房夜573)

雲露靑天月漏光한대　　中庭立久却歸房이라
水窓574)席冷未能臥하야　挑盡殘燈秋夜長이라

174 ── 潮575)

早潮纔落晚潮來하니　　一月周流六十廻라
不獨光陰朝復暮이오　　杭州老去被潮催라

175 ── 春風576)

春風先發苑中梅더니　　櫻杏桃梨次第開라
薺花楡莢深村裏에　　亦道春風爲我來라

176 ── 戱答夢得577)

狂夫與我世相忘터니　　故態些些亦不妨이라
縱酒放歌聊自樂일새　　接輿578)爭解敎人狂을

───────────

573) 이 시는 백거이가 45세~51세인 원화 11년(816)~장경 2년(822)에 지었다.
574) 白居易 著, 朱金城 箋注, 『白居易集箋校』三(上海古籍出版社, 2008), 1303쪽. 본문의의 '窓'은 주금성
　　 의 전교본에는 '窻'이다. '窻'은 '窓'의 본자(本字)이다.
575) 이 시는 백거이가 53세이던 장경 4년(824)에 항주에서 항주자사 때 지었다.
576) 이 시는 백거이가 60세이던 태화 5년(831)에 낙양에서 하남윤 때 지었다.
577) 이 시는 백거이가 언제 어디서 지었는지 알 수 없다.
578) 접여(接輿): 초(楚)나라의 은자(隱者)이다.

177 ＿＿ 早春持齋答皇甫十⁵⁷⁹⁾見贈⁵⁸⁰⁾

正月晴和風景⁵⁸¹⁾新한대　　紛紛已有醉遊人이라
帝城花笑長齋客은　　　　二十⁵⁸²⁾年來負早春이라

178 ＿＿ 前有別柳枝絶句夢得繼和云春盡絮飛留不得隨風好去落誰家又復戲答⁵⁸³⁾

柳老春深日又斜할새　　任他飛向⁵⁸⁴⁾別人家이네
誰能更學孩童戲하야　　尋逐春風捉柳花아

179 ＿＿ 五年秋病後獨宿香山寺三絶句⁵⁸⁵⁾

1) 經年不到龍門寺⁵⁸⁶⁾하니　今夜何人知我情가
　 還向暢師⁵⁸⁷⁾房裏宿할새　新秋月色舊灘聲이라

---

579) 황보십(皇甫十): 황보서(皇甫曙)이다.
580) 이 시는 백거이가 67세이던 개성 3년(838)에 낙양에서 태자소부분사 때 지었다. 白居易 著, 朱金城 箋注, 『白居易集箋校』四(上海古籍出版社, 2008), 2336~2337쪽. 箋校에 의하면, 제목이 萬首에는 '早春持齋'이다.
581) 白居易 著, 朱金城 箋注, 『白居易集箋校』四(上海古籍出版社, 2008), 2336~2337쪽. "箋校에 의하면, '風景'의 '景'은 馬本, 全詩에는 모두 '氣'로 되어 있음. 宋本, 那波本, 汪本, 盧校에 의거하여 개정함. 全詩의 주에 '景'의 주석이 있다.
582) 白居易 著, 朱金城 箋注, 『白居易集箋校』四(上海古籍出版社, 2008), 2336~2337쪽. 箋校에 의하면, '二十'의 '二'는 汪本, 全詩에는 모두 '三'으로 되어 있음. 全詩의 주에 '二'의 주석이 있다.
583) 이 시는 백거이가 69세이던 개성 5년(840)에 낙양에서 태자소부분사 때 지었다. 白居易 著, 朱金城 箋注, 『白居易集箋校』四(上海古籍出版社, 2008), 2416쪽. 箋校에 의하면, 본문의 제목에는 '前有別' 다음에 '楊'의 글자가 없고, 주금성의 전교본에는 '楊'의 글자가 있음. 箋校에 의하면, 宋本, 那波本, 汪本, 盧校에는 모두 '楊'의 글자가 없다. '前有'가 萬首에는 '前日'이다. 이로 보아 초주갑인자혼입보자본은 宋本, 那波本, 汪本, 盧校 계통의 제목을 따르고 있음을 알 수 있다.
584) 白居易 著, 朱金城 箋注, 『白居易集箋校』四(上海古籍出版社, 2008), 2416쪽. 箋校에 의하면, '飛向'의 '飛'는 萬首에는 '吹'이다.
585) 이 시는 백거이가 69세이던 개성 5년(840)에 낙양에서 태자소부분사 때 지었다.
586) 용문사(龍門寺): 향산사(香山寺)이다.
587) 창사(暢師): 문창상인(文暢上人)이다.

180 ＿＿ 五年秋病後獨宿香山寺三絶句

2) 飮徒歌伴今何在아　　　雨散雲飛盡不廻라

　　從此香山風月夜에　　　秪應長足一身來라

181 ＿＿ 五年秋病後獨宿香山寺三絶句

3) 石盆泉畔石樓[588]頭에　　十二年來晝夜遊[589]라

　　更過今年年七十이니　　假如無病亦宜休라

182 ＿＿ 勸夢得酒[590]

誰人功畵麒麟閣하고　　　何客新投魑魅鄉가

兩處榮枯君莫問하라　　　殘春更醉兩三觴을

183 ＿＿ 宿府池西亭[591]

池上平橋橋下亭인데　　　夜深睡覺上橋行이라

白頭老尹重來宿하니　　　十五年前舊月明이라

---

588) 석루(石樓): 향상사(香山寺) 석루담(石樓潭)이다.

589) 白居易 著, 朱金城 箋注, 『白居易集箋校』四(上海古籍出版社, 2008), 2428~2429쪽. 箋校에 의하면, ‘晝夜遊’의 ‘晝’는 萬首에는 ‘盡’이다.

590) 이 시는 백거이가 언제 어디서 지었는지 알 수 없다.

591) 이 시는 백거이가 74세이던 회창 5년(845)에 낙양에서 형부상서 치사(致仕) 때 지었다. 白居易 著, 朱金城 箋注, 『白居易集箋校』四(上海古籍出版社, 2008), 2557~2558쪽. 箋校에 의하면, 萬首에는 제목이 ‘宿府西亭’이다.

184 ── 傷春詞[592]

深淺簷花千萬[593]枝요   碧紗窓[594]外囀黃鸝라

殘粧含淚下簾坐하야   盡日傷春春不知라

185 ── 賦得聽邊鴻[595]

驚風吹起塞鴻群하니   半拂平沙半入雲이라

爲問昭君月下聽과   何如蘇武[596]雪中聞가

『香山三體法』跋

白樂天之詩 頗有遺懷之作 故達道之人率多愛之 古人撰錄其詩者 或名曰養恬 或名曰助道 然其所錄不傳世 無得而見之 余幸得元本 浩穰蕪亂 難於搜閱 今以 三體類而出之 名曰香山三體法 庶幾與達道者共之云 乙丑(세종 27, 1445)六月匪 懈堂[597]書

---

592) 이 시는 백거이가 52세 이전이던 장경 3년(823) 이전에 지었다.

593) 白居易 著, 朱金城 箋注,『白居易集箋校』二(上海古籍出版社, 2008), 1221쪽. 箋校에 의하면, '千萬'의 '千'은 馬本에는 '十'으로 잘못되어 있음. 宋本, 那波本, 汪本, 萬首, 全詩에 의거하여 개정하였다.

594) 白居易 著, 朱金城 箋注,『白居易集箋校』二(上海古籍出版社, 2008), 1221쪽. 본문의 '窓'은 주금성의 전교본에는 '窗'이다. '窗'은 '窓'의 본자(本字)이다.

595) 이 시는 백거이가 44세이던 원화 10년(815) 장안에서 태자좌찬선대부 때 지었다.

596) 소무(蘇武): 전한(前漢) 때 사람. 자(字)는 자경(子卿). 무제(武帝) 때 중랑장(中郎將)으로서 흉노(匈奴)에 사신으로 갔다가 억류되어 19년 만에 돌아오니 소제(召帝)가 그의 절개를 지킨 공을 기리어 전속국(典屬國) 벼슬을 내렸다.

597) 비해당: 조선조 세종의 제3남. 이름은 용(瑢) 안평대군(1418~1453), 자는 청지(淸之), 호는 비해당(匪懈堂) 또는 낭간거사(琅玕居士), 시호는 장소(章昭)였다.

참고문헌

· 강순애, 「『향산삼체법(香山三體法)』 칠언절구의 구성, 내용 및 텍스트 비교에 관한 연구」, 『書誌學硏究』 第57輯(2014), 51~82쪽.

· 강순애, 「『향산삼체법(香山三體法)』의 오언율시 텍스트에 대한 서지적 연구」, 『書誌學硏究』 第54輯 (2013), 43~74쪽.

· 강순애, 「『향산삼체법(香山三體法)』 칠언율시의 저술, 내용 및 텍스트 비교에 관한 연구」, 『書誌學硏究』 第55輯(2013), 65~107쪽.

· 강순애, 「초주갑인자혼입보자본 「香山三體法」에 관한 서지적 연구」, 『書誌學硏究』 第45輯(2010), 5~ 32쪽.

· 강순애, 「白氏文集」 해제, 연세대학교 국학연구원 편, 『연세대중앙도서관소장 고서해제』 11, 서울: 평민 사, 2008, 427~434쪽.

· 김경동 편저, 『白居易詩選』, 서울: 문이재, 2002.

· 檀國大學校 東洋學硏究所 編, 『漢韓大辭典』 권1~15, 서울: 檀國大學校出版部, 2003.

· 박민웅, 「牛僧儒傳考」, 『중국어문학논집』 제9호(1997. 8), 483~502쪽.

· 白居易, 顧學頡 校點, 『白居易集』, 大北: 里仁書局, 1980.

· 白居易 著, 李瑢 編, 『香山三體法』, 초주갑인자본, 세종 27년(1445)경.

· 白居易 著, 李瑢 編, 『香山三體法』, 초주갑인자혼입보자본, 중종 10년(1515)경.

· 白居易 著, 李瑢 編, 『香山三體法』, 초주갑인자혼입보자번각본, 명종 20년(1563).

· 白居易 著, 朱金城 箋注, 『白居易集箋校』 1~5, 上海古籍出版社, 2008.

· 신민아, 「元稹의 애정시 연구」, 『中國文化研究』 第20輯(2012), 47~69쪽.

· 심우준, 『香山三體法』 研究』, 서울: 一志社, 1997.

· 俞聖濬, 「劉禹錫의 屈原 계승」, 『中國學研究』 第20輯(2001. 6), 183~203쪽.

· 이준식, 「백거이론(白居易論)」, 『중국문학연구』 14권(1996), 99~144쪽.

· 정진걸, 「白居易詩研究」, 『東亞文化』 제44집(2006. 12), 103~120쪽.

· 「中宗實錄」 卷23, 10年 乙亥 11月 乙酉(3日)條, 한국데이터베이스연구소, 국역 조선왕조실록 CD-ROM.

· 千惠鳳, 『日本 蓬左文庫 韓國典籍』, 서울: 지식산업사, 2003.

· 千惠鳳, 「甲寅字本 鑑識의 諸問題」, 『蒼史李春熙敎授定年紀念論叢』, 1993, 19~47쪽.

· 千惠鳳, 『한국금속활자본』, 서울: 범우사, 1998.

· 허경진, 「백낙천 문집의 수입과 한국판본」, 『한문학보』 19(2008), 95~118쪽.

· 허권수, 「韓國漢文學에서의 白居易文學의 受容樣相」, 『한문학보』 26권(2012), 2265~299쪽.

· 황위주, 「韓國本中國試選集의 編纂에 대한 研究」, 『東亞人文學』 제3집(2003), 317~337쪽.

· 花房英樹,「白氏文集の批判的研究」, 190~191쪽.
· 『文苑英華』: 明 隆慶(1567~1572) 간본임.
· 왕본(汪本): 청(淸) 강희(康熙) 43년 왕립명(汪立名) 일우초당(一隅草堂) 간본(刊本)『백향산시집(白香山詩集)』.
· 노교(盧校): 청(淸) 노문초(盧文弨) 군서습포교(群書拾捕校)의『백씨문집(白氏文集)』.
· 전시(全詩): 청(淸) 강희(康熙) 46년(1707) 양주시국(揚州詩局) 간본(刊本)의『전당시(全唐詩)』.
· 송본(宋本): 문학고전간행사(文學古典刊行社) 영인의 송(宋) 소흥(紹興, 1131~1162) 본(本)인『백씨문집(白氏文集)』.
· 나파본(那波本): 사부총간(四部叢刊)』 영인의 일본 나파도원(那波道圓) 번각의 송본(宋本)인『백씨장경집(白氏長慶集)』.
· 마본(馬本): 명(明) 만력(萬曆) 34년(1606) 마원조(馬元調) 간행의『백거이장경집(白居易長慶集)』.
· 하교(何校): 북경도서관(北京圖書館) 소장의 하작(何焯)이 교정한 일우초당(一隅草堂) 간본인『백향산시집(白香山詩集)』.
· 황교(黃校): 황의(黃儀) 校訂本.
· 성안(城按): 白居易 著, 朱金城 箋注,『白居易集箋校』1~5. 上海古籍出版社, 2008.

· 〈http://enc.daum.net/dic100/contents.do?query1=b09b0650a〉 [cited 2010. 4. 20].
· 〈http://culturedic.daum.net/dictionary_content.asp?Dictionary_Id=10009721&mode=title&query=%BE%C8%C6%F2%B4%EB%B1%BA+%C0%CC%BF%EB〉 [cited 2010. 4. 20].
· 〈http://enc.daum.net/dic100/contents.do?query1=b17a2219a〉, daum 백과사전 브리타니커, [cited 2010. 4. 20].
· 〈http://enc.daum.net/dic100/contents.do?query1=b09b0650a〉 [cited 2015. 4. 20]
  김경동 편저,『白居易詩選』, 서울: 문이재, 2002. 97~106쪽.
· 〈http://culturedic.daum.net/dictionary_content.asp?Dictionary_Id=10009721&mode=title&query=%BE%C8%C6%F2%B4%EB%B1%BA+%C0%CC%BF%EB〉 [cited 2015. 4. 20].
· 〈http://enc.daum.net/dic100/contents.do?query1=b09b0650a〉 [cited 2010. 4. 20].
· 〈http://culturedic.daum.net/dictionary_content.asp?Dictionary_Id=10009721&mode=title&query=%BE%C8%C6%F2%B4%EB%B1%BA+%C0%CC%BF%EB〉 [cited 2010. 4. 20].
· 〈http://enc.daum.net/dic100/contents.do?query1=b17a2219a〉. daum 백과사전 브리타니커. [cited 2010. 4. 20].
· 〈http://enc.daum.net/dic100/contents.do?query1=b09b0650a〉 [cited 2010. 4. 20].
· 〈http://culturedic.daum.net/dictionary_content.asp?Dictionary_Id=10009721&mode=title&query=%BE%C8%C6%F2%B4%EB%B1%BA+%C0%CC%BF%EB〉 [cited 2010. 4. 20].
· 〈http://enc.daum.net/dic100/contents.do?query1=b17a2219a〉. daum 백과사전 브리태니커. [cited 2010. 4. 20].
· 〈http://100.daum.net/encyclopedia/view/14XXE0008934〉, 한국민족문화대백과사전 김덕룡, [cited 2015. 6. 27.]

『香山三體法』
초주갑인자혼입보자본 원문

入賦得聽邊鴻

驚風吹起塞鴻羣半拂平沙半入雲爲
問昭君月下聽何如蘇武雪中聞

白樂天之詩願有遣懷之作故達
道之人率多愛之古人撰錄其詩
者或名曰養恬或名曰助道然其
所錄不傳世無得而見之余幸得
體類而出之名曰香山三體法以三
體類而出之名曰香山三體法今以三
元本浩穰繁亂難於搜閱今以三
幾與達道者共之云
乙丑六月泥懈堂書

勸夢得酒

誰人功盡麒麟閣何客新投鸚鵡鄉兩
慶榮祜君莫問殘春更醉兩三觴

宿府池西亭

池上平橋橋下亭夜深曉覺上橋行白
頭老尹重來宿十五年前舊月明

傷春詞

深淺簷花千萬枝碧紗窓外轉黃鸝殘
粧含淚下簾坐盡日傷春春不知

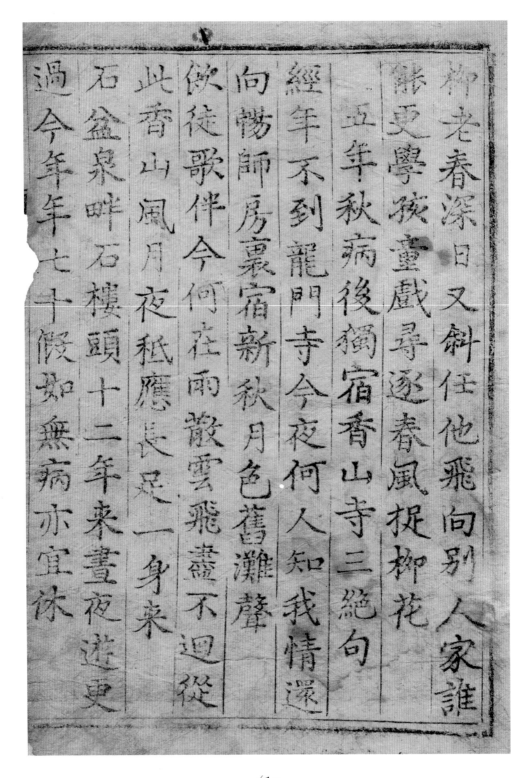

柳老春深日又斜 任他飛向別人家 誰
能更學孩童戲 尋逐春風捉柳花

五年秋病後獨宿香山寺三絕句

經年不到龍門寺 今夜何人知我情 還
向惕師房裏宿 新秋月色舊灘聲

欲從歌伴今何在 雨散雲飛盡不迴 從
此香山風月夜 秖應長是一身來

石盆泉畔石樓頭 十二年來晝夜遊 更
過今年年七十 假如無病亦宜休

戲荅夢得 〔夢得來句云　逢我不教狂荅　公不是道迷狂〕

狂夫與我世相忘故態些些亦不妨縱

酒放歌聊自樂接興爭解教人狂

早春持齋荅皇甫十見贈

正月晴和風景新紛紛已有醉遊人帝

城花笑長齋客二十年来賀早春

前有別柳枝絕句夢得繼和云春盡

絮飛留不得随風好去落誰家又復

戲荅

秋房夜

雲露青天月漏光中庭立久却歸房水

窓席冷未能卧挑盡殘燈秋夜長

早潮

潮繞落晚潮来一月周流六十迴不

獨光陰朝復暮杭州老去被潮催

春風

春風先發苑中梅櫻杏桃梨次第開薺

花榆莢深村裏亦道春風爲我来

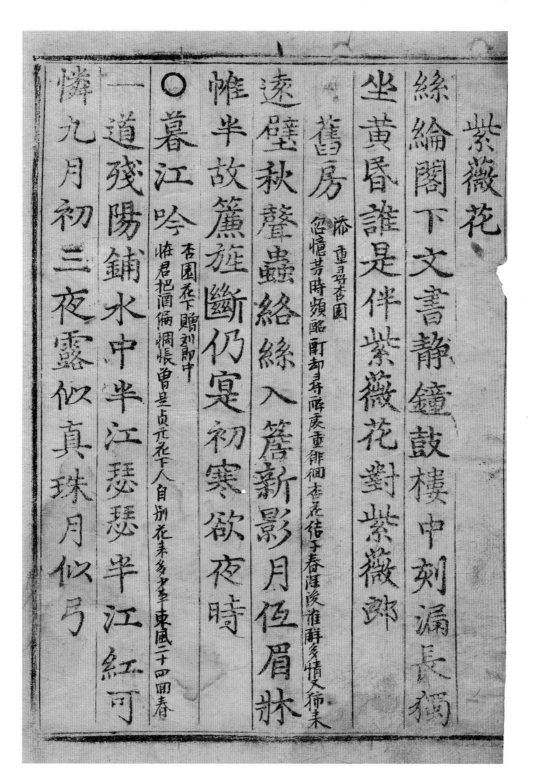

紫薇花

絲綸閣下文書靜鐘鼓樓中刻漏長獨
坐黃昏誰是伴紫薇花對紫薇郎

舊房　重尋舊居

遠壁秋聲蟲絡絲入簾新影月低眉
帷半故簾旌斷仍寒初寒欲夜時

○暮江吟

一道殘陽鋪水中半江瑟瑟半江紅可
憐九月初三夜露似真珠月似弓

- 39b -

望郡南山、

臨江一嶂白雲間紅綠層層錦繡班不

仰巴南天外意何殊照應望驪山

竹枝詞

瞿唐峽口水煙伍白帝城頭月向西唱

到竹枝聲咽處寒猿闇鳥一時啼

三月三日

暮春風景初三日流世光陰半百年欲

作閑遊無好伴半江惆悵却迴船

憐時節甚相憶何況無燈各早眠

王昭君二首

滿面胡沙滿鬢風眉銷殘黛臉銷紅

昔辛勤顇頓盡如今却似畫圖中

漢使却迴憑寄語黃金何日贖蛾眉君

王若問妾顏色莫道不如宮裏時

遊城南留元九李二十晚歸

老遊春飲莫相違不獨花稀人亦稀更

勸殘杯看日影猶應趂得鼓聲歸

臥空林好天氣平明閑事到心中

望驛臺

靖安宅裏當窗柳望驛臺前撲地花兩

憂春光同日盡居人思客客思家

、暮立

黃昏獨立佛堂前滿地槐花滿樹蟬大

抵四時心總苦就中腸斷是秋天

寒食夜有懷

寒食非短非長夜春風不熱不寒天可

心緒萬端書兩紙欲封重讀意遲遲　五

聲宮漏初明後一點窓燈欲滅時

夜情禁中桃花園懷錢員外

前日歸時花正紅今夜宿時枝半空坐

惜殘芳君不見風吹狼藉月明中

嘉陵夜有懷二首

露濕墻花春意深西廊月上半林陰憐

君獨卧無言語惟我知君此夜心

不明不闇朧朧月非暖非寒慢慢風獨

酒醆酌来湏满满花枝看即落紛紛莫

壹三十是年少百歳三分已一分

題李十一東亭

悵東亭風月好主人今夜在郎州

相思夕上松臺立蕐思蟬聲满耳秋惆

杏園花落時招錢員外同醉

花園欲去去應遲正是風吹狼藉時近

西数樹猶堪醉半落春風半在枝

禁中夜作書與元九

地僻門深少送迎坡衣閑坐養幽情談
庭不掃携藤杖開踏梧桐黃葉行
途中寒食
路旁寒食行人絕獨立春愁在路旁馬
上垂鞭愁不語風吹百草野田香
冬夜示敏巢
爐火欲銷燈欲盡夜長相對百憂生他
時諸慶重相見莫忘今宵燈下情
花下自勸酒

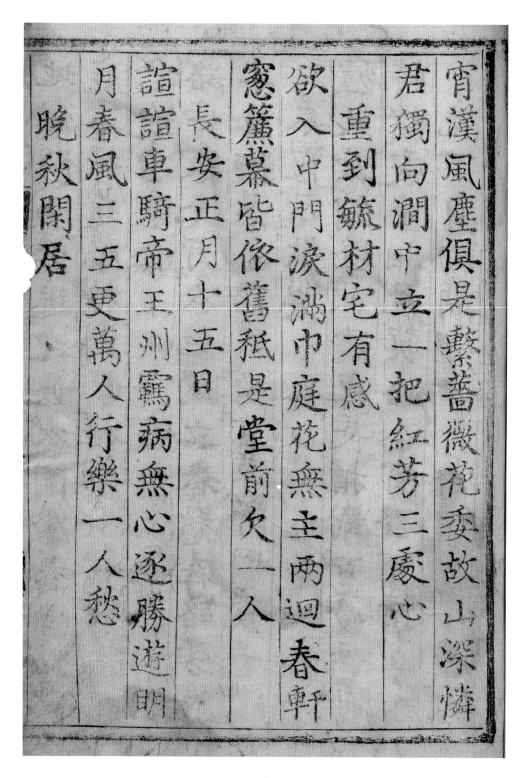

宵漢風塵俱是繫薔薇花委故山深憐

君獨向澗中立一把紅芳三慶心

重到毓材宅有感

窓簾幕皆依舊祗是堂前欠一人

欲入中門淚滿巾庭花無主兩迴春軒

長安正月十五日

誼誼車騎帝王州羸病無心逐勝遊明

月春風三五更萬人行樂一人愁

晩秋閑居

悵春歸留不得紫藤花下漸黃昏

縣南花下醉中留劉五

百歲幾迴同酩酊一年今日最芳菲願

將花贈天台女留取劉郎到夜歸

醉中留別楊六兄弟

春初攜手春深散無日花間不醉狂別

後何人堪共醉猶殘十日好風光

和王十八薔薇澗花時有懷蕭侍御

燕見贈

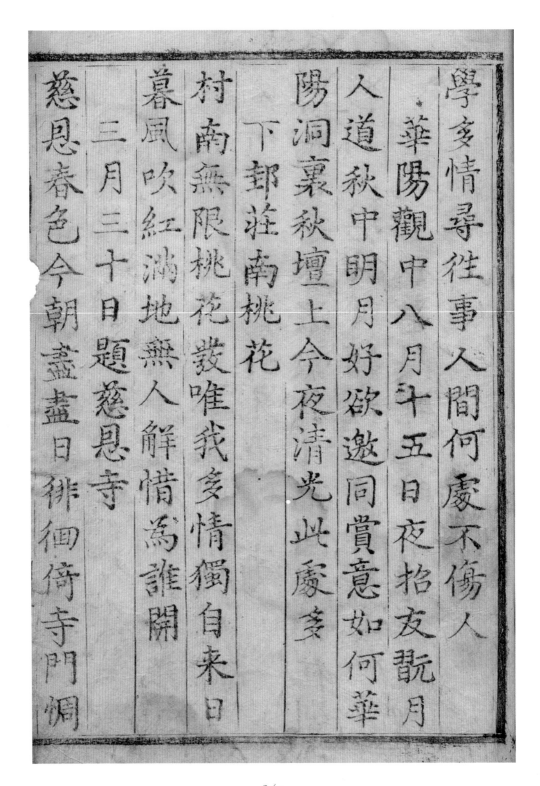

學多情尋往事人間何慮不傷人
華陽觀中八月十五日夜招友翫月
人道秋中明月好欲邀同賞意如何華
陽洞裏秋壇上今夜清光此慮多
下鄜莊南桃花
暮風吹紅滿地無人解惜為誰開
村南無限桃花發唯我多情獨自來日
三月三十日題慈恩寺
慈恩春色今朝盡盡盡日徘徊倚寺門惆

當官盛事爲　那知近地齊名客忽作深

時久人所擽地

山同宿人一醆寒燈雲外夜數杯溫酊

雪中春林泉莫作參時計諫獵登封憶

舊臣

秋雨中贈元九

不堪紅葉青苔地又是涼風暮雨天莫

怪獨吟秋思苦比君校近二毛年

和友人洛中春感

莫悲金谷園中月莫歎天津橋上春若

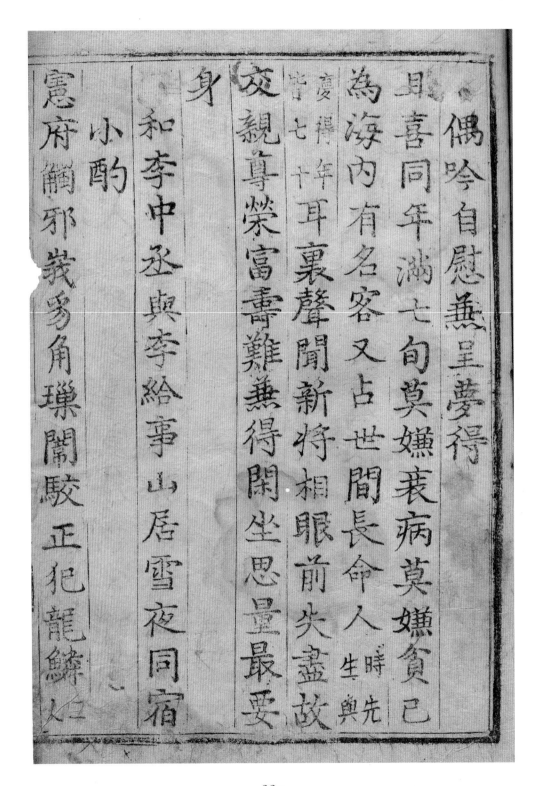

偶吟自慰燕呈夢得

且喜同年滿七旬莫嬚衰病莫嬚貧已

為海內有名客又占世間長命人 時先興 生

慶得甘年 甘七 十耳裏聲聞新將相眼前失盡故

交親尊榮富壽難無得閑坐思量最要

身

和李中丞與李給事山居雪夜同宿

小酌

憲府簡邪崴豸角璡鬭駿正犯龍鱗 仁

炎涼遷次逮如飛又脫生衣着熟衣遲

壁暗螢無限思戀巢寒驚未能歸須知

流輩年年失莫歎衰容日日非舊語相

傳聊自慰世間七十老人稀

老病幽獨偶吟兩德

眼漸昏昏耳漸聾滿頭霜雪半身風已

將心出浮雲外猶寄形於逆旅中觴詠

罷來賓閣閉笙歌散後妓房空世緣俗

念消除盡別是人間夢淨翁

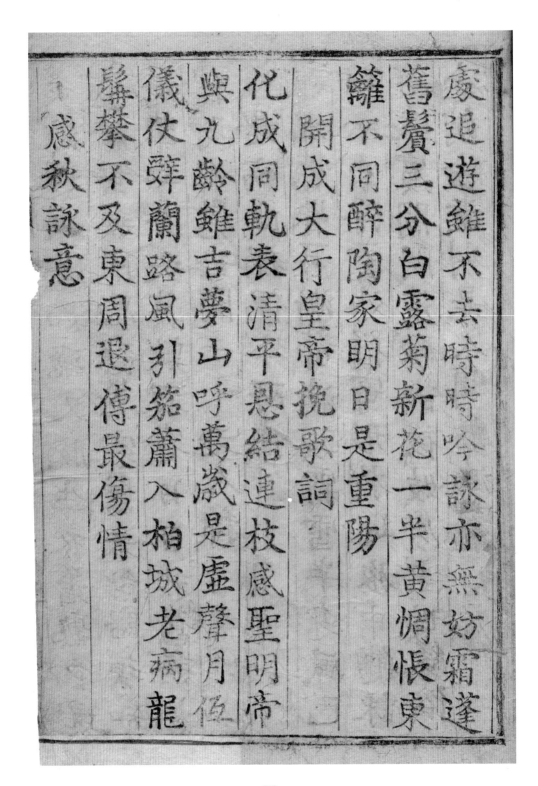

慶遊雖不去時時吟詠亦無妨霜蓬
舊鬢三分白露菊新花一半黄惆悵東
籬不同醉陶家明日是重陽

開成大行皇帝挽歌詞

化成同軌表清平恩結連枝感聖明帝
與九齡雛吉夢山呼萬歲是虛聲月伍
儀仗辟蘭路風引笳蕭入柏城老病龍
鬟攀不及東周退傅最傷情

感秋詠意

彩牋揮逸翰一聲寒玉板清辭無憂無

病身榮貴何故沈吟亦感時

火雨閑閑對酒偶吟

淒淒呇雨暗銅駝嫋嫋涼風起漕何自

夏及秋晴日少從朝至暮悶時多驚臨

池立窺魚筍隼傍林飛拂雀羅頼有盃

中神聖物百憂無奈十分何

九月八日訓皇甫十見贈

君方對酒綴詩章我正持齋坐道塲廖

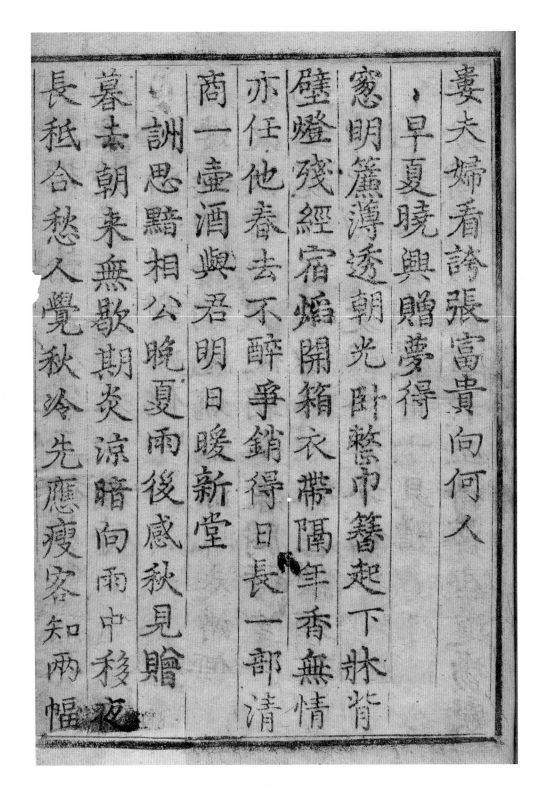

窓明簾薄透朝光臥警巾簪起下牀背
壁燈殘經宿燼開箱衣帶隔年香無情
亦任他春去不醉爭銷得日長一郡清

商一壺酒與君明日暖新堂
訓思黯相公晚夏雨後感秋見贈
暮去朝来無歇期炎涼暗向雨中移 夜
長秖合愁人覺秋冷先應瘦客知兩幅

婁夫婦看誇張富貴向何人
，早夏曉興贈夢得

送蕲春李十九使君赴郡

可憐官職好文詞五十專城未是遲曉

日鏡前無白髮春風門外有紅旗郡中

何處堪携酒席上誰人解和詩唯共炎

親開口笑知君不及洛陽時

寒食日寄楊東川

不知楊六逢寒食作底歡娛過此辰堪

率寺高宜望月嘉陵江近好遊春蠻旗

似火行随馬蜀妓如花坐遠身不使黔

雙鬢莫欺今老矣一杯莫笑便陶然陳
郞中處為高户裴使君前作少年顧我
獨狂多自哂與君同病最相憐月終齋
泃誰開素頉記奇章置一邊
早春憶遊思黯南莊因寄長句
南莊勝處心常憶借問軒車早晚遊義
景難忘竹廊下好風爭奈柳橋頭冰游
見水多於地雪霽看山盡入樓若待春
深始同賞鶯殘花落却堪愁

怨朱絃從此斷燭帝紅淚為誰流夜長

似歲歡宜盡醉未如泥飲莫休何況難

鳴即須別門前風雨冷備備

⑥座中戲呈諸少年

衰容禁得無多酒秋鬢新添幾許霜縱

有風情應淡薄假如老健莫誇張興來

吟詠從成癖飲後酣歌少放狂不為倚

官兼挾勢因何入得少年場

戲贈夢得兼呈思黯

後水

竹

百卷文章更付誰微之之文集凡一百卷莫憑

鵁雛無浴處即應重入鳳凰池

橋亭卯飲

卯時偶飲齋時卧林下高橋橋上亭松

影過窓眠始覺竹風吹面醉初醒就荷

葉上苞魚鮓當石渠中浸酒鮓生計悠

悠身元兀兀甘從妻喚作劉靈

夜宴惜別

笙歌旖旎曲終頭轉作離聲滿座愁箏

貞疎去未為貴小邑陶休何足云香山老色

好當晴後見泉聲宜向醉中聞主人憶

爾爾知吾掇却青雲歸白雲

于與微之老而無子戲於言歎著在

詩篇今年冬各有一子戲作二什一

以相賀一以自嘲

常憂到老都無子何況新生又是兒陰

德自然宜有慶其于公陰德番後德皇天可得道

無知的道無兒一園水竹今為主微之新居

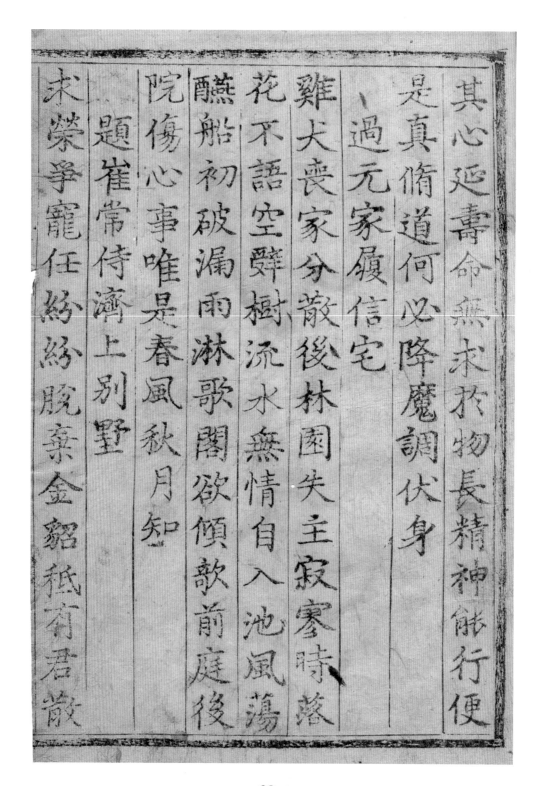

其心延壽命無求於物長精神能行便

是真修道何必降魔調伏身

、過元家履信宅

雞犬喪家分散後林園失主寂寥時落

花不語空辭樹流水無情自入池風蕩

醵船初破漏雨淋歌閣欲傾歌前庭後

院傷心事唯是春風秋月知

題崔常侍濟上別墅

求榮爭寵任紛紛脫棄金貂祗有君嚴

蕭蕭郎
不歸

鏡換盃

欲將珠匣青銅鏡換取金樽白玉卮
裏老來無避處樽前愁至有消時莫能
散悶為功淺萱縱忘憂得力遲不似杜
康神用速十分一盞便開眉

不出門

不出門來又數旬將何銷日與誰親鶴
籠開處見君子書卷展時逢古人自靜

抛官後春多醉不讀書来老更閑琴裏
知聞唯淥水茶中故舊是蒙山竆通行
此長相伴誰道吾今無往還
寄殻協律 南 亥敘江舊遊
五歳優遊同過日一朝消散似浮雲琴
詩酒伴皆拋我雪月花時最憶君幾度 先生在抗州日
聽雞歌白日亦曾騎馬詠紅裙 有歌詩云飜唱黄雞與白日又 有歌詩云著紅騎馬是何人
蕭蕭曲自別江南更不聞 江南吳二娘曲詞云暮雨 吳娘暮雨

巧語情雖重鳥憶高飛意不同應似朱

門歌舞妓深藏牢閉後旁中

、題天竺寺

一山門作兩山門兩寺元從一寺分東

澗水流西澗水南山雲起北山雲前臺

花發後臺見上界鐘淸下界聞遙想吾

師行道處天香桂子落紛紛

、琴茶

元元寄形羣動內陶陶任性一生間自

力賒

、詠懷

蘇杭自昔稱名郡牧守當今當好官兩
地江山蹋得遍五年風月詠將殘幾時
酒醆曾抛却何處花枝不把看白髮滿
頭歸得也詩情酒興漸闌珊

、鸚鵡

隴西鸚鵡到江東養得經年嘴漸紅常
恐思歸先剪翅每因餧食暫開籠人憐

水國多陰常懶出老夫饒病愛閒眠三

旬臥度鶯花月一半春銷風雨天薄暮

何人吹觱栗新晴幾處縛鞦韆綵繩芳

樹長如舊唯是年年換少年

、眼病

散亂空中千片雪蒙籠物上一重紗緂

逢晴景如看霧不是春天亦見花 已上句

皆病眼中所見者也 僧說客塵來眼界醫言風眩

在肝家兩頭治療何魯差藥力微茫佛

心情如往日秋風氣味似春風唯憎小

吏樽前報道去衙時水五筒

、正月三日閒行

黃鸝巷口鶯欲語烏鵲河頭冰欲銷

防名烏鵲河名綠浪東西南北水紅欄三百九

十橋駕鴦蕩漾雙雙翅楊柳交

加萬萬條借問春風来早晚祇從今日

到明朝

、病中多雨逢寒食

隨宜看不必遙遙羨鏡
湖故以此戲言荅之

紫薇花

紫薇花對紫薇翁名目雖同貌不同獨
占芳菲當夏景不將顏色託春風潯陽
官舍雙高樹興善僧庭一大叢何似蘇
州安置處花堂欄下月明中

偶飲

三酘釄醨四體融妓亭簷下夕陽中千
聲方響敲相續一曲雲和憂未終今日

澹煙疎雨間斜陽江色鮮明海氣涼蜃
散雲收破樓閣虹殘水照斷橋梁風離
白浪花千片鴈點青天字一行好着丹
青圖寫取題詩寄與水曹郎

酬微之誇鏡湖

我嗟身老歲方祖君更官高興轉孤軍
門郡閣魯閑否禹穴耶溪得到無酒醆
省陪波卷白骸盆思共彩呼盧一泓鏡
水誰能羨自有胃中萬頃湖　微之詩云孫圍之虎上

漸展書帶葉山榴半舍琴輬房何物春

風吹不變愁人依舊鬢蒼蒼

、悲歌

白頭新洗鏡新磨老逼身來不奈何耳

裏頻聞故人死眼前唯覺少年多塞鴻

遇暖猶迴翅江水因潮亦反波獨有衰

顏留不得醉来無計但悲歌

、江樓晚眺景物鮮奇吟覩成篇寄水

一部張貞外

坡

紅爛熳野桃山杏水林檎

蕭相公宅遇自遠禪師有感而贈

宦途堪笑不勝悲昨日榮華今日衰轉

似秋蓬無定處長於春夢幾多時半頭

白髮懸蕭相滿面紅塵問遠師應是世

間緣未盡欲拋官去尚遲疑

江亭翫春

江亭乘曉閱衆芳春妍景麗草樹光日

消石柱綠嵐氣風隆木蘭紅露漿水蒲

昔年八月十五夜曲江池畔杏園邊今
年八月十五夜湓浦沙頭水館前西北
望鄉何處是東南見月幾迴圓臨風一
歎無人會今夜清光似往年

、西省對花憶中州東坡新花樹因寄

題東樓

每看闕下丹青樹不忘天邊錦繡林西
疲垣中今日眼南賓樓上去年心花含
春意無分別物感人情有淺深最憶東

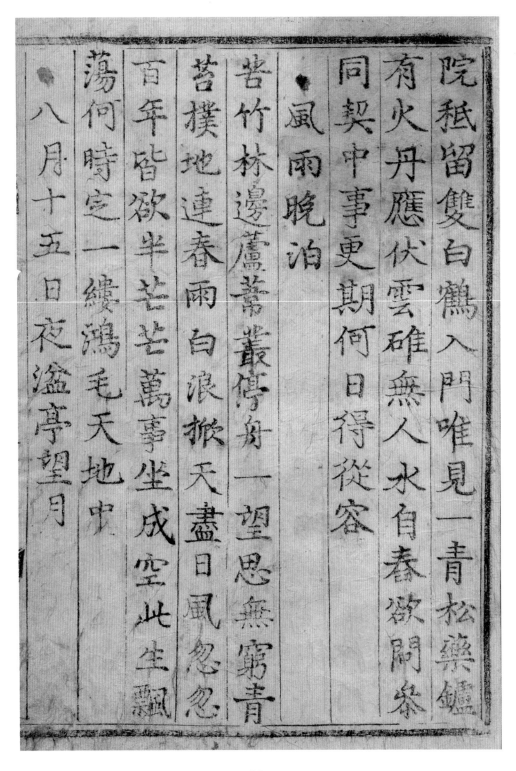

院秖留雙白鶴入門唯見一青松藥鑪
有火丹應伏雲碓無人水自舂欲閒來
同契中事更期何日得從容
・風雨晚泊
苦竹林邊蘆荻叢停舟一望思無窮青
苔撲地連春雨白浪掀天盡日風忽忽
百年皆欲半芒芒萬事坐成空此生飄
蕩何時定一縷鴻毛天地中
○八月十五日夜盜亭望月

二年留我住今朝一酌送君還相看漸

老無過醉聚散窮通捴是閒

石楠樹

可憐顏色好陰涼葉翦紅牋花撲霜金

盖伍垂金翡翠薰籠亂搭繡衣裳春芽

細烓千燈熖夏蘂濃焚百和香見說上

林無此樹只教桃柳占年芳

、尋郭道士不遇

郡中乞假來相訪洞裏朝元去不逢看

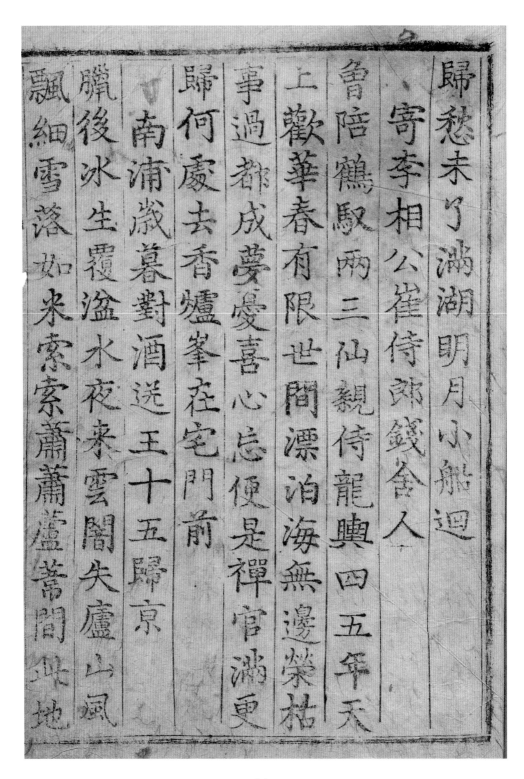

歸愁未了滿湖明月小船迴

寄李相公崔侍郞錢舍人

魯陪鶴馭兩三仙親侍龍輿四五年天

上歡華春有限世間漂泊海無邊榮枯

歸何處去香爐峯在宅門前

事過都成夢憂喜心忘便是禪官滿更

南浦歲暮對酒送王十五歸京

臈後冰生覆溢水夜来雲閣失廬山風

飄細雪落如来索索蕭蕭蘆薝聞珠地

北樓送客歸上都

憑髙送遠一悽悽却下朱欄即解攜東
路人歸天直北江樓客散日平西艮津
欲度迴船尾殘酒重傾簇馬蹄不獨別
君須強飲窮愁自要醉如泥

百花亭晚望夜歸

百花亭上晚徘徊雲景陰晴掩復開
色悠揚映山盡雨聲蕭颯渡江來鬢毛
過病雙如雪心緒逢秋一似灰向夜欲

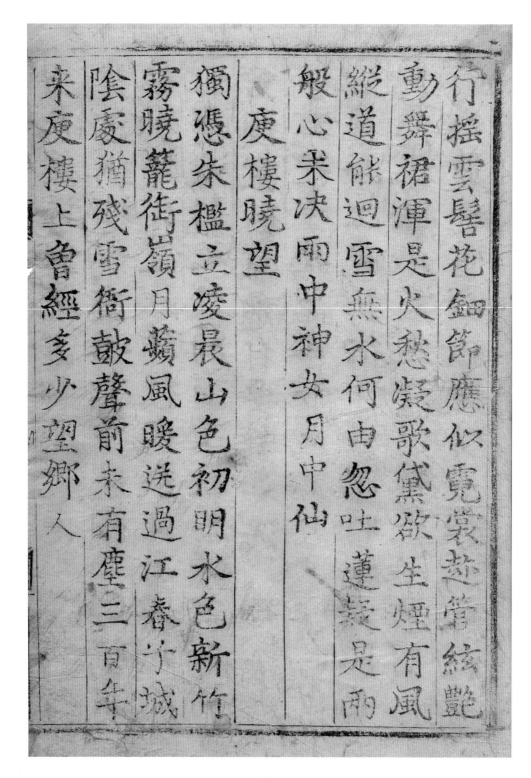

行搖雲鬢花鈿節應似霓裳趁管絃艷

動舞裙渾是火愁凝歌黛欲生煙有風

縱道能迴雪無水何由忽吐蓮疑是雨

般心未決雨中神女月中仙

庚樓曉望

獨憑朱檻立凌晨山色初明水色新竹

霧曉籠街嶺月巓風暖送過江春守城

陰慶猶殘雪衔鼓聲前未有塵三百年

来庚樓上曾經多少望鄉人

物秋霜餘壞色四時冬日最綢年煙破
半露新沙地鳥雀羣飛欲雪天向晚蒼
蒼南北望窮陰旅思兩無邊

、晏坐閑吟

昔為京洛聲華客今作江湖老倒翁意
氣銷磨羣動裏形骸變化百年中霜侵
殘鬢無多黑酒伴襄顏只輭紅頹學禪
門非想定千愁萬念一時空

醉後題李馬二妓

醉歡尋綠酒潛添曉興著紅樓如君宋

別陽和意直待春深始擬遊

題王處士郊居

半依雲渚半依山愛此令人不欲還頁

郭田園八九頃向陽茅屋兩三間寒松

縱老風標在野鶴雖飢飲啄閑一卧江

村來早晚著書盈帙鬢毛班

歲晚旅望

朝來暮去星霜換陰慘陽舒氣序牽萬

枚俱在洛梁園置酒召何人

江樓月

嘉陵江曲曲江遲明月雖同人別離一
宵光景潛相憶兩地陰晴遠不知誰科
江邊懷我夜正當池畔望君時今朝共

語方同悔不解多情先寄詩

認春戲呈馮少尹李郎中陳主簿

認得春風先到處西園南面水東頭柳

初變後條猶重花未開前枝已稠暗助

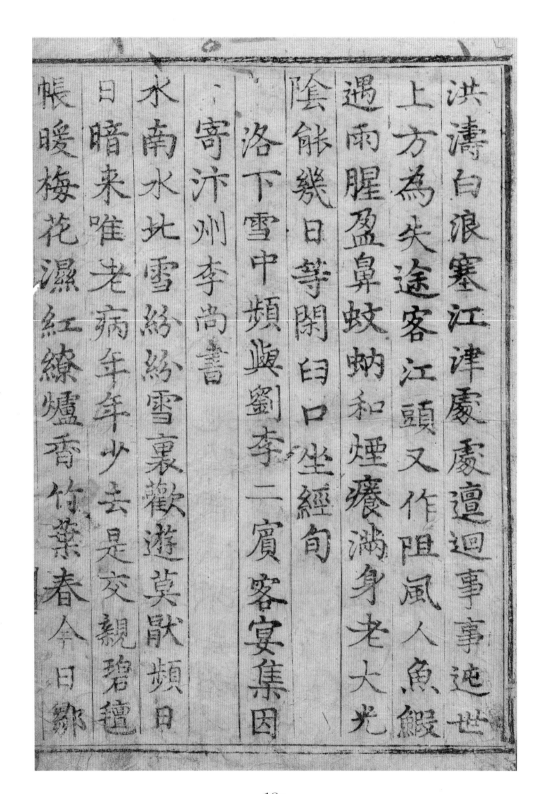

不香饒桂酒紅櫻無色讓花鈿野人不

敢求他事唯借泉聲伴醉眠

得潮州楊相公繼之書幷詩以此寄

之

詩情書意兩慇懃来自天南瘴海濱初

覩銀鈎還啓齒細吟瓊什欲沾巾鳳池

隔絕三千里蝸舍沈冥十五春唯有新

昌故園月至今分照兩鄉人

臼口阻風十日

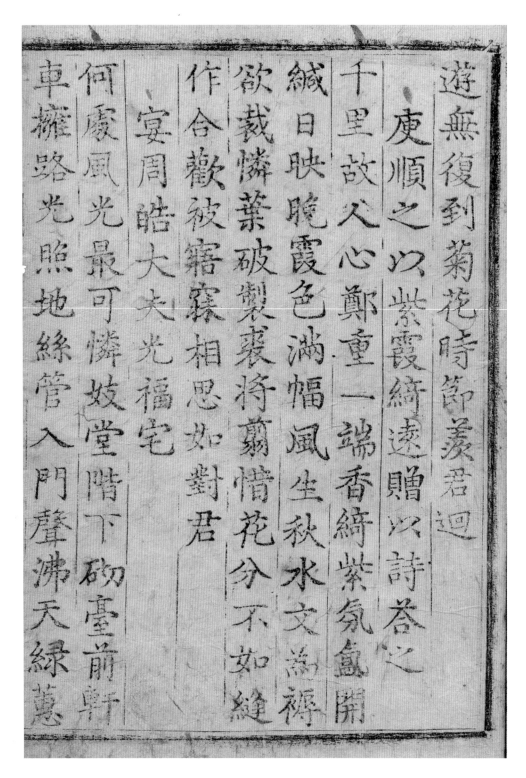

遊無復到菊花時節羨君迴

庚順之以紫霞綺遠贈以詩答之

千里故人心鄭重一端香綺紫氣氲開

緘日映晚霞色滿幅風生秋水文為褌

欲裁憐葉破製裳將蔑惜花分不如縫

作合歡被痛寢相思如對君

宴周皓大夫光福宅

何處風光最可憐妓堂階下砌臺前軒

車擁路光照地絲管入門聲沸天綠蕙

示符離及下郹弟妹

時難年飢世業空弟兄羈旅各西東田
園寥落干戈後骨肉流離道路中昂影
分為千里鴈辭根散作九秋蓬共看明
月應垂淚一夜鄉心五慶同

送王十八歸山寄題仙遊寺

曾於太白峯前住數到仙遊寺裏來黑
水澄時潭底出白雲破處洞門開林間
煖酒燒紅葉石上題詩掃綠苔惆悵舊

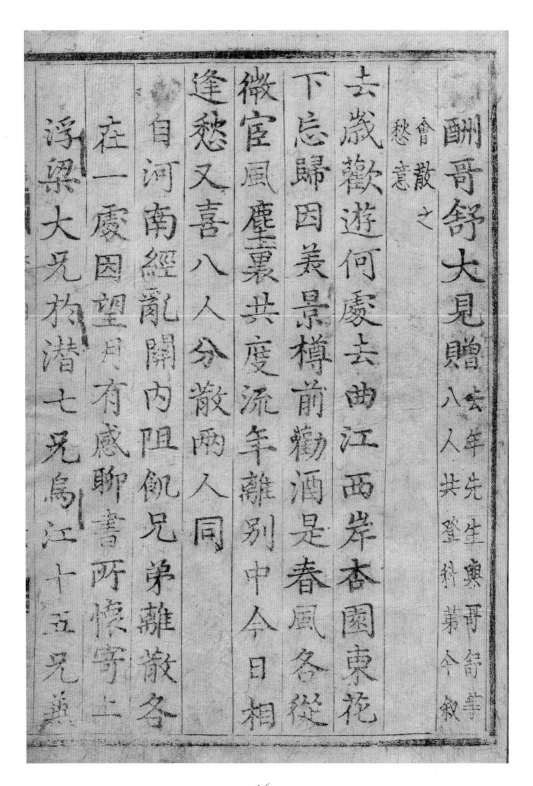

酬哥舒大見贈去年先生與哥舒等八人共登科弟今敘會散之愁意

去歲歡遊何處去曲江西岸杏園東花
下忘歸因美景樽前勸酒是春風各從
微宦風塵裏共度流年離別中今日相
逢愁又喜八人分散兩人同

自河南經亂關內阻飢兄弟離散各
在一處因望月有感聊書所懷寄上
浮梁大兄於潛七兄烏江十五兄兼

- 16a -

古木晴天雨月照平沙夏夜霜熊就江

樓銷暑否比君茅舍校清涼

杭州春望

望海樓明照曙霞　城東樓
名望海

護江隄白蹋

晴沙濤聲夜入伍員廟柳色春藏蘇小

家紅袖織綾誇柿蒂　杭州出柿蒂
花著尤佳也

花著青旗

沽酒趁梨花　吳俗釀酒
號烏梨花

梨花春

誰開湖

寺西南路草綠裙腰一道斜　在孤
山寺

西湖

草綠裙腰

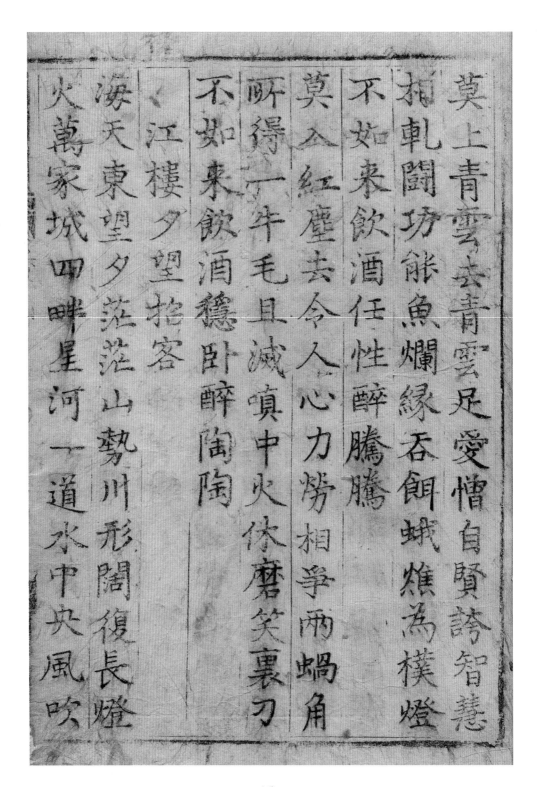

莫上青雲去青雲足愛憎自賢誇智慧
相軋鬪功能魚爛緣吞餌蛾燋爲撲燈
不如來飲酒任性醉騰騰
莫入紅塵去令人心力勞相爭兩蝸角
所得一牛毛且滅眞中火休磨笑裏刀
不如來飲酒穩臥醉陶陶
江樓夕望招客
海天東望夕茫茫山勢川形闊復長燈
火萬家城四畔星河一道水中央風吹

莫作商人去惝惶君未諳雪霜行寒北
風水宿江南蔵鑷百千萬沈舟十二三
不如来飲酒卿面醉酣酣
莫事長征去辛勤難具論何魯盡麒閣
私是老辣門蟻風衣中物刀槍面上痕
不如来飲酒合眼醉昏昏
莫學長生去仙方悞殺君那將薤上露
擬待鶴邊雲砣砣皆燒藥纍纍盡作墳
不如来飲酒閑坐醉醺醺

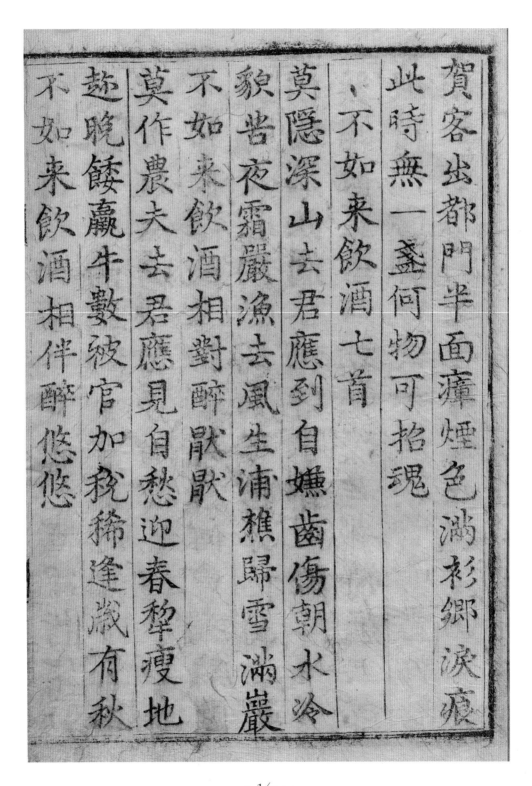

賀客出都門半面瘴煙色滿衫鄉淚痕

此時無一盞何物可招魂

、不如来飲酒七首

莫隱深山去君應到自孀齒傷朝水冷

貌岀夜霜嚴漁去風生浦樵歸雪滿巖

不如来飲酒相對醉獣獣

莫作農夫去君應見自愁迎春犁瘦地

趂晚餧羸牛數被官加稅稀逢歲有秋

不如来飲酒相伴醉悠悠

乾葉落梧桐鬢爲愁先白顏因醉暫紅

此時無一盞何計奈秋風

何慮難忘酒軍功第一高遷鄕隨露布

半路授旌旄玉柱剝蔥手金章爛椹袍

此時無一盞何以騁雄豪

何慮難忘酒青門送別多歛襟收涕淚

簇馬聽笙歌煙樹灞陵岸風塵長樂坡

此時無一盞爭奈去留何

何慮難忘酒遂臣歸故園敕書逢驛騎

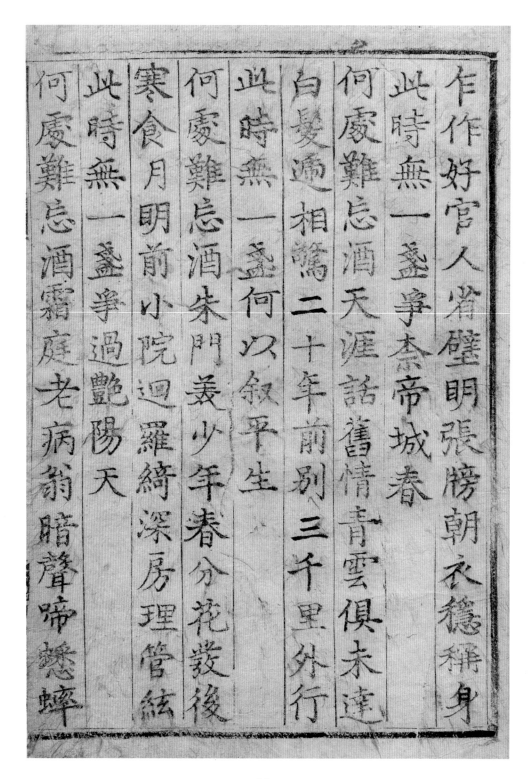

作作好官人省壁明張牓朝衣穩稱身
此時無一盞爭奈帝城春
何處難忘酒天涯話舊情青雲俱未達
白髮遞相鬚二十年前別三千里外行
此時無一盞何以叙平生
何處難忘酒朱門羨少年春分花發後
寒食月明前小院迴羅綺深房理管絃
此時無一盞爭過艷陽天
何處難忘酒霜庭老病翁暗聲啼戀蟀

青衣傳氈褥錦繡一條斜

何處春深好春深娶婦家兩行籠裏燭

一樹扇間花賓拜登華席親迎障幰車

催粧詩未了星斗漸傾斜

何處春深好春深妓女家眉欺楊柳葉

裙妬石榴花蘭麝熏行被金銅釘坐車

楊州蘇小小人道最夭斜 反伊邪 斜

何處難忘酒七首

何處難忘酒長安嘉氣新初登高第客

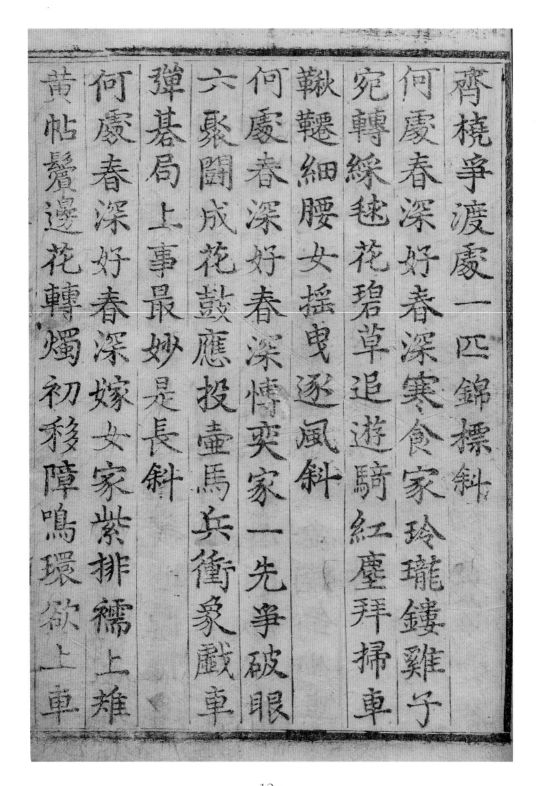

齊橈爭渡慶一匹錦標斜

何慶春深好春深寒食家玲瓏鏤雞子

宛轉綵毬花碧草追遊騎紅塵拜掃車

鞦韆細腰女搖曳逐風斜

何慶春深好春深博奕家一先爭破眼

六聚鬪成花鼓應投壺馬兵衝象戲車

彈棊局上事最妙是長斜

何慶春深好春深嫁女家紫排襦上雉

黃帖鬢邊花轉燭初移障鳴環欲上車

蕭蕭蘆葉裏風起釣絲斜

何慶春深好春深潮戶家濤翻三月雪

浪噴四時花曳練馳千馬驚雷走萬車

餘波落何慶江轉富楊斜

何慶春深好春深痛飲家十分杯裏物

五色眼前花舖歡眠糟甕流涎見麴車

中山一沈醉千度日西斜

何慶春深好春深上巳家蘭亭席上酒

曲落岸邊花弄水游童棹湍裙小婦車

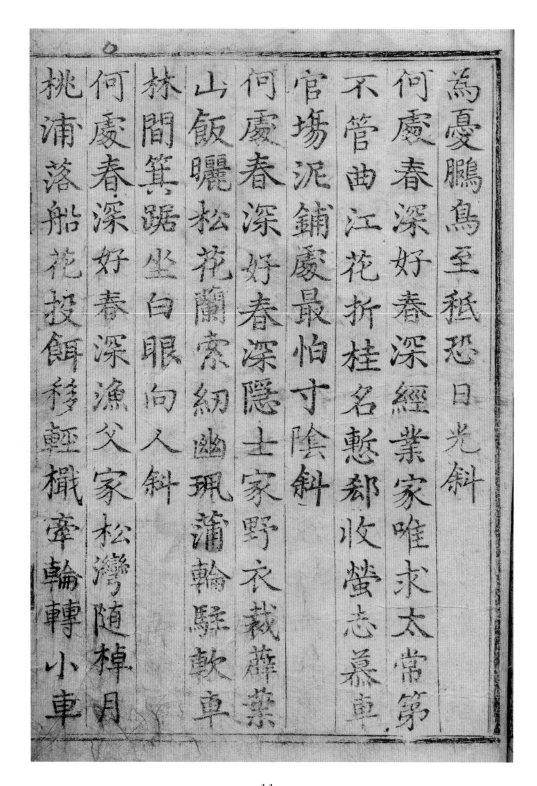

為憂鵬鳥至秖恐日光斜

何處春深好春深經業家唯求太常第
不管曲江花折桂名慙郤收螢志慕車
官場泥鋪慶最怕寸陰斜

何處春深好春深隱士家野衣裁薜葉
山飯曬松花蘭寮紉幽珮蒲輪駴軟車
林間箕踞坐白眼向人斜

何處春深好春深漁父家松灣随棹月
桃浦落船花投餌移輕檝牽輪轉小車

相逢不敢揖彼此帽伍斜

何處春深好春深女學家慣看溫室樹

飽識浴堂花御印提随仗香騘把下車

宋家宮樣鬢一片綠雲斜

何處春深好春深御史家絮繁驄馬尾

蝶繞繡衣花破柱行持斧埋輪立駐車

入班遙認得魚貫一行斜

何處春深好春深遷客家一杯寒食酒

萬里故園花炎瘴蒸如火光陰走似車

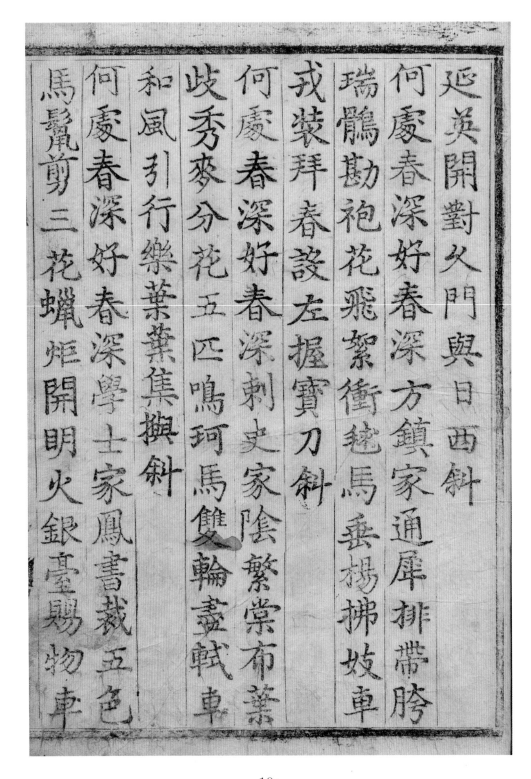

延英開對火門與日西斜

何處春深好春深方鎮家通犀排帶胯

瑞鶻勘袍花飛絮衝毬馬垂楊拂坡車

戎裝拜春設左握寶刀斜

何處春深好春深刺史家陰繁棠布藥

歧秀麥分花五匹鳴珂馬雙輪畫軾車

和風引行樂葉葉集攲斜

何處春深好春深學士家鳳書裁五色

馬戲翦三花蠟炬開明火銀臺賜物車

和春深二十首

何處春深好春深富貴家馬爲中路鳥
妓作後庭花羅綺驅論隊金銀用斷車
眼前何所苦唯苦日西斜

何處春深好春深貧賤家荒涼三逕草
冷落四隣花奴困歸傭力妻愁出賃車
途窮平路險舉足劇褒斜

何處春深好春深執政家鳳池添硯水
雞樹落衣花詔借當衢宅恩容上殿車

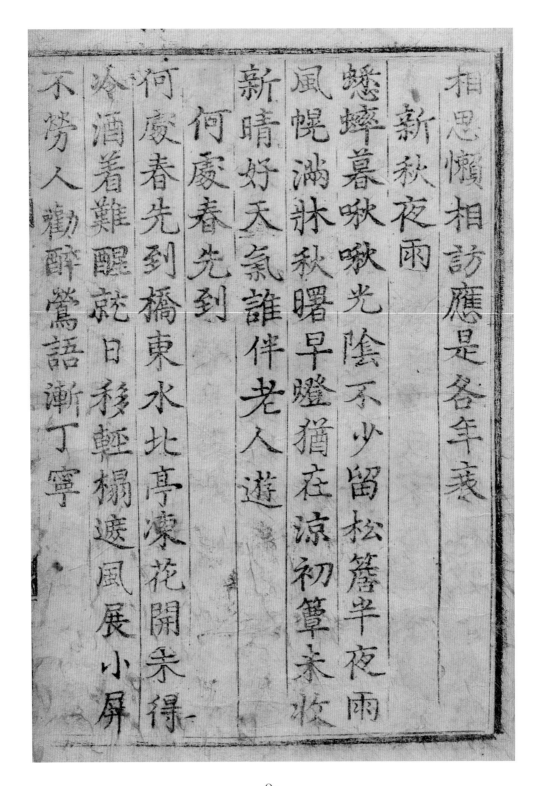

相思懶相訪應是各年衰

新秋夜雨

慇蜩暮啾啾光陰不少留松簷半夜雨

風幌㴞牀秋曙猶在涼初簟未收

新晴好天氣誰伴老人遊

何慶春先到

何慶春先到橋東水北亭凍花開榮得一

冷酒着難醒乾日移輕榻遮風展小屏

不勞人勸醉鶯語漸丁寧

生衣不著身更添砧引思難與籌相親

此境誰偏覺貧閑老瘦人

自詠

鬚白面微紅醺醺半醉中百年隨手過

萬事轉頭空臥疾瘦居士行歌狂老翁

仍聞好事者将我畫屏風

酬夢得暮秋晴夜對月相憶

霽月光如練盈庭復滿池秋深無熱後

夜淺未寒時露葉圑荒菊風枝落病梨

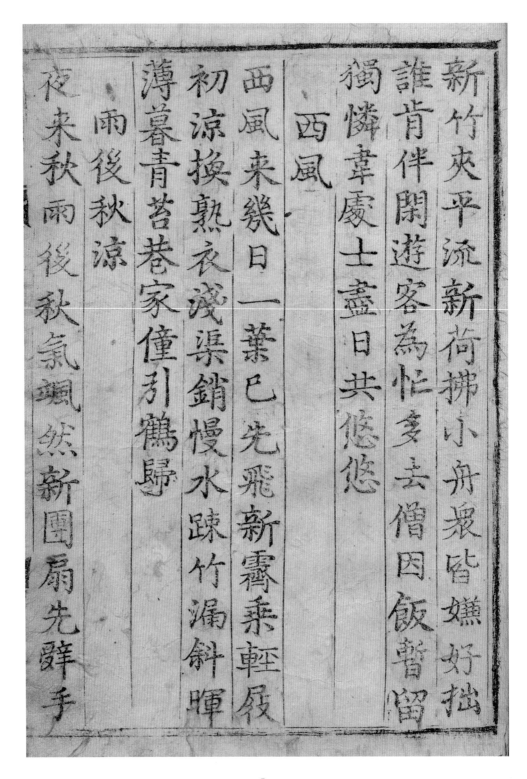

新竹夾平流新荷拂小舟衆皆嬚好拙
誰肯伴閑遊客為忙多去僧因飯暫留
獨憐韋慶士盡日共悠悠
、西風
西風来幾日一葉巳先飛新霽桑輕屐
初涼換熟衣淺渠銷慢水踈竹漏斜暉
薄暮青苔巷家僮引鶴歸
、雨後秋涼
夜来秋雨後秋氣颯然新團扇先辝手

惜落花

夜来風雨急無復舊花林枝上三分落
園中一寸深日斜啼鳥思春盡老人心
莫怪添杯飲情多酒不禁

和杜錄事題紅葉

寒山十月旦霜葉一時新似燒非因火
如花不待春連行排絳帳亂落剪紅巾
解駐籃輿看風前唯兩人

池上贈辛山人

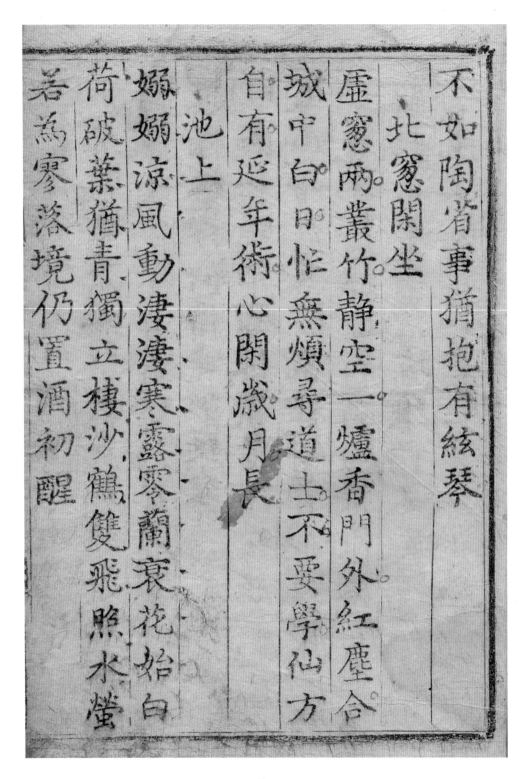

不如陶省事猶抱有絃琴
北窓閑坐
虛窓兩叢竹。靜空一爐香門外紅塵合。
城中白日忙無煩尋道士不要學仙方
自有延年術心閑歲月長
池上
嫋嫋涼風動淒淒寒露零零蘭衰花始白
荷破葉猶青獨立棲沙鶴雙飛照水螢
若爲寥落境仍置酒初醒

舟中袛有琴七絃 為益友兩耳是知音

心靜即聲淡其間無古今

秋齋

晨起秋齋冷蕭條稱病容清風兩窻竹

白露一庭松阮籍謀身拙稽康向事慵

生涯別有慶浩氣在心胷

履道春居

微雨灑園林新晴好一尋伍風洗池面

斜日拆花心眠助嵐陰重春添水色深

獨酌無多興閒吟有所思一杯新歲酒

兩句故人詩楊柳初黃日髭鬚半白時

蹉跎春氣味彼此老心知

秋晚

煙景澹濛濛池邊微有風覺來蓺近壁

知暝鶴歸籠長貌隨年改衰情與物同

夜來霜厚薄黎葉半伍紅

船夜援琴

鳥棲魚不動月照夜江深身外都無事

吳宮詞

一入吳王殿無人觀翠蛾樓高時見舞
宮靜夜聞歌半露臂如雪斜迴臉似波
妍嬪各有分誰敢妬恩多

偶題閣下廳

靜愛青苔院深宜白鬢翁貌將松共瘦
心與竹俱空暖有低簷日春多颺慕風
平生閑境思盡在五言中

小歲日對酒吟錢湖州所寄詩

唯看一點火遙認是行舟

松下琴贈客

松寂風初定琴清夜欲闌偶因羣動息

試撥一聲看寡鶴當徹怨秋泉應指寒

憖君此傾聽本不為君彈

湖亭望水

久雨南湖漲新晴北客過日沉紅有影

風定綠無波岸沒閭閻少灘平船舫多

可憐心賞處其奈獨遊何

山鳥似呼人酒嫩傾金液茶新碾玉塵

可憐幽静地堪寄老慵身

除夜

薄晚支頤坐中宵枕臂眠一從身去國

弄見日周天老度江南歲春抛渭北田

潯陽来早晚明日是三年

西河雨夜送客

雲黑雨傝傝江昏水闇流有風催解纜

無月伴登樓酒罷無多興帆開不少留

斜月入前楹迢迢夜坐情梧桐上階影

懋蟬近林聲曙傍窓間至秋從簟上生

感時因憶事不寢到雞鳴

途中感秋

節物行搖落年顏坐變衰樹初黃葉日

人欲白頭時鄉國程程遠親朋慶慶辭

唯殘病與老一步不相離

、遊寶稱寺

竹寺初晴日花塘欲曉春野猿㹝弄容

新磨鏡

衰容常晚櫛秋鏡偶新磨一興清光對

方知白髮多鬢毛從幻化心地付頭陀

任意渾成雪其如似夢何

▽上巳日恩賜曲江宴會即事

賜歡仍許醉此會與如何翰苑主恩重

曲江春意多花伍著豔妓鶯藏讓清歌

共道昇平樂元和勝永和

●夜坐

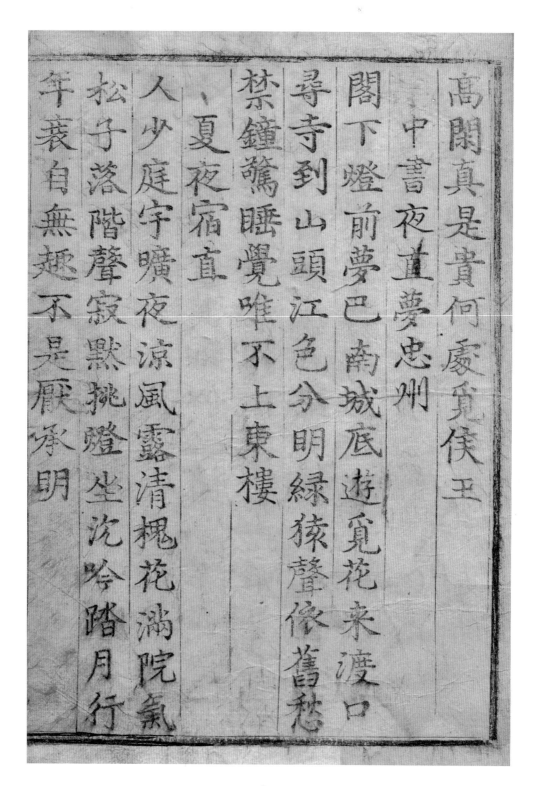

高閣真是貴何憂覓侯王

中書夜直夢忠州

閣下燈前夢巴南城底遊覓花来渡口

尋寺到山頭江色分明緑猿聲依舊愁

禁鐘驚睡覺唯不上東樓

、夏夜宿直

人少庭宇曠夜涼風露清槐花満院氣

松子落階聲寂默挑燈坐沈吟踏月行

年衰自無趣不是厭承明

孤燈此夜情病容非舊日歸思逼新正

早晚重歡會霑離各長成

客中守歲

守歲樽無酒思鄉淚滿巾始知爲客樂

不及在家貧畏老偏驚節防愁預惡春

故園今夜裏應念未歸人

、題施山人野居

得道應無着謀生亦不妨春泥秧稻暖

夜火焙茶香水巷風塵少松齋日月長

晚景函關路涼風社日天青巖新有燕

紅樹欲無蟬愁立驛樓上厭行宮埃前

蕭條秋興昔漸近二毛年

旅次景空寺宿幽上人院

不與入境接寺門開向山暮鍾鳴鳥聚

秋雨病僧閑月隱雲樹外螢飛廊宇間

幸投花界宿暫得静心額

、除夜寄弟妹

感時思弟妹不寐百憂生萬里經年別

、春送盧秀才下第遊太原謁嚴尚書

未將時會合且與俗浮沈鴻養青冥翮

蛟潛雲雨心煙郊春別遂風磧暮程深

墨客投何處幷州舊翰林

送文暢上人東遊·

得道即無着隨緣西復東貌依年臘老

心到夜禪空山宿馴溪虎江行瀘水蟲

悠悠塵客思春滿碧雲中

社日關路作

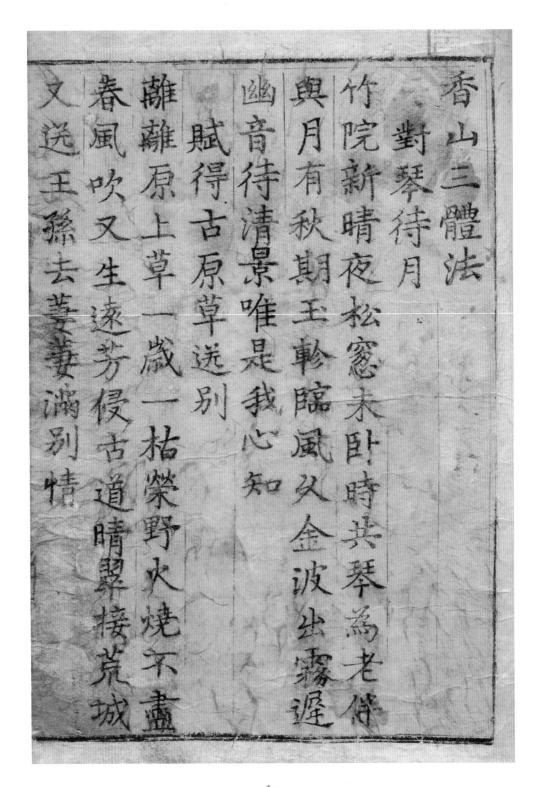

香山三體法

對琴待月
竹院新晴夜松窻未卧時共琴爲老伴
與月有秋期玉軫臨風久金波出霧遲
幽音待清景唯是我心知

賦得古原草送別
離離原上草一歲一枯榮野火燒不盡
春風吹又生遠芳侵古道晴翠接荒城
又送王孫去萋萋滿別情

『향산삼체법』 원문의 영인을 PDF파일로 촬영하였으며,
실물 크기의 80%로 축소하였다.

香山三體法

저자 강순애

成均館大學校 圖書館學科에서 學士, 碩士를 거쳐 文學博士를 받았다. 國會圖書館, 國立中央圖書館에서 圖書館 및 古書實務를 담당하였으며, 成均館大, 同德女大, 漢城大의 文獻情報學科에서 강의를 하였다. 서울市 文化財 鑑定委員, 國家文化財非常任專門委員을 역임하였다. 현재 漢城大學校 知識情報學部 敎授로 재직하고 있으며, 학술정보관장을 겸임하고 있다. 韓國學中央硏究員 및 美國 Univ. of Pittsburgh 交流敎授, 國家一般動産文化財 典籍分野 鑑定委員, 인천광역시 문화재위원회 위원, 대한불교조계종 성보보존위원회 전문위원, 한국학중앙연구원 국학연구지원 심사위원회 위원, 한국기록관리학회 회장, 書誌學會 理事로 활동하고 있다. 현재 관심 분야는 韓國古文獻의 디지털화와 데이터베이스 構築, 佛敎書誌學, 主題別 데이터베이스, 文獻의 發掘 및 價値評價, 記錄管理分野 등이다.

저서에는 『月印釋譜 卷25 硏究』, 『우상잉복 천재시인 이언진의 글향기』, 『서지학개론』, 『기록관리개론』, 『月印釋譜 卷20 硏究』, 『송광사 사천왕상 발굴자료의 종합적 연구』, 『고문헌의 조직과 정보활용』, 『印刷文化史』, 『大藏經의 世界』 등이 있다. 최근에 발표된 논문으로는 「윤지당유고(允摯堂遺稿) 편찬·간행과 목활자의 조성 및 서지적 특징에 관한 연구」, 「농암(聾巖) 이현보(李賢輔)의 애일당구경첩(愛日堂具慶帖) 권하에 관한 연구」, 「고려 팔만대장경 법원주림(法苑珠林)의 판각에 관한 연구」, 「새로 發見된 初槧本 月印釋譜 卷20에 관한 硏究」, 「高麗大藏經校正別錄의 學術的 意義」, 「大方廣佛華嚴經의 流通本에 대한 考察」, 「새로 發見된 內醫院字本 諺解痘瘡集要에 관한 硏究」, 「朝鮮朝 活字本系의 妙法蓮華經 板本에 관한 硏究」, 「KORMARC 韓國文獻自動化形式 및 記述規則(案)_古書用의 制定과 目錄記述의 方向設定에 관한 硏究」, 「새로 發見된 初槧本 『月印釋譜』 卷25에 관한 硏究」, 「舊大藏目錄의 初雕大藏經 構成의 累加的 性格에 관한 硏究」, 「奎章閣의 圖書編撰·刊行 및 流通에 관한 硏究」 등 다수가 있다.

백거이『향산삼체법』의 판본과 내용에 관한 연구

2015년 12월 15일 초판 1쇄 발행

지은이 강순애
펴낸이 김흥국
펴낸곳 보고사

책임편집 황효은
표지디자인 오동준

등록 1990년 12월 13일 제6-0429호
주소 경기도 파주시 회동길 337-15 보고사 2층
전화 031-955-9797(대표), 02-922-5120~1(편집), 02-922-2246(영업)
팩스 02-922-6990
메일 kanapub3@naver.com / bogosabooks@naver.com
홈페이지 http://www.bogosabooks.co.kr

ISBN 979-11-5516-479-2 93810
ⓒ강순애, 2015

정가 23,000원

이 도서의 국립중앙도서관 출판예정도서목록(CIP)은 서지정보유통지원시스템 홈페이지
(http://seoji.nl.go.kr)와 국가자료공동목록시스템(http://www.nl.go.kr/kolisnet)에서
이용하실 수 있습니다.(CIP제어번호: CIPCIP2015030950)